Baunilha
& chocolate

SVEVA CASATI
MODIGNANI

Baunilha & chocolate

Tradução de
JOANA ANGÉLICA d'AVILA MELO

EDITORA RECORD
RIO DE JANEIRO • SÃO PAULO
2006

CIP-Brasil. Catalogação-na-fonte
Sindicato Nacional dos Editores de Livros, RJ.

Casati Modignani, Sveva
C33b Baunilha e chocolate / Sveva Casati Modignani; tradução de Joana Angélica d'Avila Melo. – Rio de Janeiro: Record, 2006.

Tradução de: Vaniglia e cioccolato
ISBN 85-01-07367-9

1. Romance italiano. I. Melo, Joana Angélica d'Avila. II. Título.

06-1105 CDD – 853
CDU – 811.131.1-3

Título original italiano:
VANIGLIA E CIOCCOLATO

Direitos exclusivos de publicação em língua portuguesa somente para o Brasil adquiridos pela
EDITORA RECORD LTDA.
Rua Argentina 171 – Rio de Janeiro, RJ – 20921-380 – Tel.: 2585-2000
que se reserva a propriedade literária desta tradução

Impresso no Brasil

ISBN 85-01-07367-9

PEDIDOS PELO REEMBOLSO POSTAL
Caixa Postal 23.052
Rio de Janeiro, RJ – 20922-970

EDITORA AFILIADA

Ao amigo Ezio Bartocci, um herói do nosso tempo,
assassinado em 20 de julho de 1999.

Agradeço a Donatella Barbieri, que me acompanhou e me aconselhou durante a elaboração do romance; às "moças" da Sperling, pelo afeto e pelo profissionalismo; a Giuseppe Baroffio, que sempre me deixou trabalhar em absoluta liberdade; e a Carla Tanzi, pela atenta participação em cada fase do meu trabalho.

Por fim, agradeço ao doutor Augusto Enrico Semprini, da Universidade de Milão, especialista em obstetrícia, ginecologia e imunologia, e à amiga Stefania Maroni, por me contar uma experiência dramática que me inspirou este enredo.

A "sala Chippendale", que serve de ambiente num momento importante da história, é uma sugestão da minha querida amiga Annamaria Andrini Arisi.

Domingo, 24 de maio

Querido Andrea, desgraça da minha vida,

Muitas vezes ameacei ir embora e nunca fui. Agora, porém, estou indo. Você sabe o quanto sou lenta mas tenaz em minhas decisões.

Em dezoito anos de casamento, pude avaliar seu egoísmo, sua capacidade de mentir, seus medos, sua infantilidade.

Não quero saber como conseguirá se virar sem mim, já que sozinho não consegue nem abrir uma lata de cerveja.

Se quiser sobreviver, terá de aprender a cuidar de si mesmo, dos nossos três filhos, do zoológico de casa. Não será fácil dar ordens à empregada, que você graciosamente define como "a cretina", nem lidar adequadamente com a irmã Alfonsina, que nos ameaça com o castigo perpétuo se não mandarmos batizar o pequeno Luca; com sua mãe, que some de casa um dia sim, outro não, e a gente precisa peneirar a cidade para encontrá-la; com o psicólogo de Lucia, ou com Daniele, que se trespassa todo com argolas e, aos 15 anos, ainda faz xixi na cama; com os boletos a pagar no correio e outros no banco, com as guias do imposto de renda, com a lista diária do supermercado. Você vai ter de correr feito lançadeira entre colégio e jardim de infância, entre o tablado de judô para Daniele, a piscina pública para Luca e a escola de dança para Lucia. Terá de procurar um bombeiro para o cano que está vazando e neutralizar as legiões de formigas gigantes que saem de um buraco no terraço e são refratárias a qualquer veneno.

Vai ter de se arranjar com isso tudo e muito mais, porque não estarei aí para tentar, inutilmente, tapar as frestas de um barco destinado ao naufrágio.

Me pergunto como você vai conseguir achar tempo e ânimo para cultivar seus esportes prediletos: as mentiras, as traições, o desinteresse pelos nossos filhos.

Exceto por um breve e maravilhoso parêntese, que remonta a muito tempo atrás, durante anos fui a escrava devota de um patrão arrogante.

Sei que fui cúmplice nesse jogo perverso e sei que suportei ofensas e vexames porque temia ficar sozinha.

No fim, sua falta de respeito foi mais forte do que meu temor da solidão.

Minha condição é idêntica à de milhões de outras mulheres. Somos todas vítimas conscientes e esperamos um amanhã melhor, um passe de mágica que possa inverter a situação.

Quantas vezes, cansada de engolir sapos, tentei demovê-lo do seu egoísmo! Não adiantou nada. Compreendi que as palavras não ajudam, escorrem para longe como água. Só os fatos contam. Então, resolvi agir.

Depois de 18 anos de casamento, você não me tapeia mais.

Como eu poderia imaginar que o homem pelo qual me apaixonei fosse só um menino que se recusa a crescer?

Quando nos casamos, eu era jovem demais e insegura para entender isso.

Azar o meu, com esta minha necessidade de ser aprovada por todos, principalmente pela minha mãe. Ela queria para mim um marido tradicional e eu a satisfiz.

E arrumei como companheiro o típico macho despótico que manda e desmanda na mulher, enquanto nossos filhos são o que poderia me acontecer de mais complicado. Ninguém se resigna às próprias derrotas, e não há dúvida de que Lucia, Daniele e Luca são a prova da minha falência. Mas não quero mais me sentir culpada por isso. A partir de hoje, você é que terá de se arranjar com eles.

Eu os amo apaixonadamente, como amei você. Deixo-os com muita dor e me afasto de você com uma sensação de libertação.

Não suporto mais sua falsidade, seu narcisismo, seu fingido papel de pai-companheiro, generoso, compreensivo, que compra para os filhos os presentes que nego, que escuta as grandes e as pequenas mentiras deles com uma benevolência que não é sua.

Você é o pai bom e eu, a mãe má. Você, o que concede e eu, a que proíbe.

A cada vez que tento botá-los na linha, você vira uma fúria e quebra tudo o que lhe cair nas mãos.

O escarcéu é a única resposta que sabe dar quando cobro suas responsabilidades. Depois sai, batendo a porta da casa. Houve um tempo em que eu temia que você não voltasse. Eu era a vítima que tem medo de ser abandonada pelo próprio carrasco. Compassivamente, escondi dos nossos filhos sua infantilidade, mas eles compreenderam e estão confusos e perdidos.

Desgraça da minha vida, você não imagina quanto rancor acumulei e o quanto me custa abandonar minhas crianças. Ai de você se não cuidar deles. Vou para Cesenatico, para a casa da vovó, porque preciso ficar sozinha.

Diga aos nossos filhos que eles podem me telefonar a qualquer hora, para o celular ou para o fixo. Quanto a você, porém, segure a minha barra e afirme que tirei umas férias para descansar. Não se atreva a ir me procurar. Se fizer isso, saiba que só voltarei para pegar as crianças e abandoná-lo para sempre. Portanto, se der realmente valor à nossa família, não se faça ouvir nem ver.

Agora você está sozinho com suas responsabilidades e, pela primeira vez, com seus filhos. Torço para que possam se ajudar uns aos outros.

Penelope

Tinha acontecido uma briga

1

TINHA ACONTECIDO uma briga furiosa entre Andrea e Penelope por causa de Stefania, uma vistosa jornalista que escrevia sobre cultura. O motivo não tinha sido tanto o ciúme, mas a raiva de Penelope pela desenfreada capacidade do marido em mentir, a cada vez negando a infidelidade, mesmo diante da evidência. Andrea a traía desde sempre, e desde sempre se proclamava inocente.

— Acontece que justamente hoje de manhã, poucas horas depois de fazer amor com você, tomei um café no bar com sua bela colega. Ela acabou se refugiando nos meus braços, em lágrimas, me pedindo perdão — começou Penelope.

— Você está jogando verde para cima de mim — retrucou Andrea.

— Foi ela quem me procurou e contou tudo.

— Duas malucas. Duas visionárias! — Andrea arregalava os olhos, estupefato.

Começava a sentir medo e Penelope, conhecendo-o, sabia que ele estava a ponto de explodir, de arrebentar algum objeto.

Muitas vezes assistira às escandalosas cenas que ele fazia para intimidá-la.

— Você é um idiota, Andrea — comentou. — Não sabe até que ponto pode chegar a cumplicidade entre nós, mulheres. Não só Stefania me contou tudo, aos prantos, mas no fim conseguimos até sorrir das suas manobras ridículas para evitar que eu descobrisse.

Agora Andrea a encarava rígido, em alerta, prestes a estourar. Ela prosseguiu, impassível:

— Já que estamos no assunto, devo lhe dizer que você não pode continuar a insultar minha modesta inteligência. Você é um desastre como marido e como pai. Estou de saco cheio. Desta vez, entre nós, acabou tudo realmente — concluiu, sem ligar para o fato de que Priscilla, a empregada, os espiasse por trás da porta da cozinha e de que os filhos, em seus quartos, ouvissem tudo.

Andrea, naquele momento, segurava um dos sabidamente gigantescos volumes da *Enciclopédia Treccani*.

Jogou-o contra o vidro da porta da cozinha, que explodiu em mil cacos. Em seguida saiu de casa, batendo fragorosamente a porta da rua.

Retornou à meia-noite, trazendo uma torta de sorvete de baunilha e chocolate. Pretendia colocá-la no congelador, se sua mulher já estivesse dormindo. Mas, se estivesse acordada, ele recitaria o costumeiro ato de contrição, ela o perdoaria e os dois comemorariam o fim das hostilidades à mesa da cozinha, entre uma carícia e um pedaço de torta.

A casa estava silenciosa. As crianças dormiam.

Sansone, deitado junto ao pequeno Luca, lançou-lhe uma mirada indiferente e voltou a fechar os olhos. Penelope estava estirada no sofá, dormindo. Pelo menos, era o que parecia. Ele a olhou com ternura, pensando que mais dia, menos dia, iria parar de lhe causar tantas inquietações.

De repente, topou com a armação vazia da porta e só então se lembrou de ter quebrado o vidro. Paciência. Penelope providenciaria a substituição. Inclinou-se sobre ela e lhe acariciou a face. Depois seguiu cansadamente para o quarto. No jornal, onde chefiava a editoria de cultura, tivera uma noite agitada. Os faxes haviam pifado e a matéria mais importante do enviado especial a Londres não tinha chegado a tempo. Assim, ele mesmo precisara se plantar na frente do computador e, com material de arquivo e um breve relatório telefônico, escrevera o texto.

Sem falar de outras chateações, entre as quais uma matéria enfática sobre um péssimo programa de TV, do qual ele fora obrigado a falar bem.

Tirou a roupa, jogando tudo de qualquer jeito sobre a poltrona, e meteu-se na cama. Tentou ler algumas páginas da biografia de uma cantora famosa que deveria resenhar, mas desabou, vencido pelo cansaço. Seu último pensamento, antes de adormecer, foi que, na manhã seguinte, teria muito tempo para fazer as pazes com a esposa.

Acordou às onze. Espreguiçou-se como um gato, sentindo na pele o contato agradável dos lençóis de cetim. Logo pensou em Penelope, a pessoa mais importante de sua vida. Para Andrea, não existia mulher que agüentasse a comparação com ela, sua amadíssima companheira, que lhe era indispensável como o ar, para sobreviver. Stefania, por exemplo, era de uma beleza exuberante. Tinha sido divertido levá-la para a cama, porque ela sabia transformar o amor em um jogo irresistível. Mas ele jamais trocaria por ela sua mulher, que cheirava a flores-do-campo e a pão fresco. Penelope das pernas de seda, dos quadris generosos, do busto de adolescente, do ventre pequenino e firme apesar das três gestações, agradava-lhe mais do que qualquer outra. Sua boca recendia a tangerina, os grandes olhos dourados o encantavam. Nela, amava tudo: a voz pastosa, as mãos um pouquinho rechonchudas, a graça com que roía as unhas. Quando metia os dedos entre seus cabelos castanhos, eternamente despenteados, ou abraçava seu corpo macio e forte, ele se sentia dono do mundo. Ela era uma rocha à qual ele se agarrara e não havia mulher, por mais esplêndida que fosse, que pudesse competir com sua adoradíssima Pepe. Stefania, assim como as outras companheiras ocasionais, não passava de um jogo.

Portanto, tinha de fazer logo as pazes. Nisso, seria de grande ajuda a ausência dos filhos, que, aos domingos, eram convidados dos primos de sua mulher.

Saiu da cama, vestiu o roupão, escancarou a porta da sacada e abriu a do quarto. Não escutou a costumeira música de fundo, que marcava o despertar dominical. Espantou-se por encontrar Sansone, o branco pastor *maremmano**, agachado diante de sua porta. O silêncio o preocupou. Tudo aquilo era sinal de alarme.

— Pepe, cadê você? — gritou, esperando ouvir a voz da mulher. Não teve resposta. Em vez de entrar no banheiro para uma chuveirada, correu para a cozinha.

Normalmente, encontrava a mesa cuidadosamente arrumada, sua tigela de frutas já cortadas, o potinho de iogurte fresco, as torradas, o mel, o café americano — claro e aromático — e sua mulher sentada, folheando os jornais. Naquela manhã, não havia nada disso. O susto fez Andrea conter a respiração, porque a sua frente se apresentava uma visão clara daquilo que resta depois de uma revolução: pratos sujos, xícaras com restos de leite e flocos de aveia, potinhos de geléia destampados, açúcar derramado na mesa. Ele recuou, quase apavorado.

— Pepe, cadê você? — gritou de novo, com a aflição de um menininho que não encontra a mamãe.

Só Sansone lhe respondeu, com um leve ganido.

— Mas o que está acontecendo aqui? — alarmou-se, enquanto inspecionava a casa, escancarando as portas de todos os aposentos. A sala estava um caos. Nos quartos dos filhos, nos banheiros, no vestíbulo, a mesma bagunça. De Penelope, nem sinal. Ele excluiu a hipótese de que ela tivesse acompanhado as crianças à casa dos primos. Eram sempre eles

*Raça de cães pastores, de pelagem branca ou alaranjada, abundante e longa, ligeiramente ondulada. O nome vem de "maremma", terreno baixo e pantanoso, próximo ao mar. (*N. da T.*)

que vinham buscá-las, nas manhãs de domingo. Andrea sentiu uma preocupante aceleração dos batimentos cardíacos. Não era possível que Penelope tivesse saído deixando toda aquela bagunça, sem uma explicação. Voltou à cozinha. Sobre o aparador, e apoiado no pequeno relógio de porcelana vienense, viu um envelope com o sobrescrito: *Para Andrea*. Estava fechado. Sua mão tremeu enquanto o abria e tirava um papel escrito com uma letra minúscula, mas alinhada. Começou a ler.

Leu tudo, até o fim. Depois desabou numa cadeira. Sentia-se atordoado, como se tivesse levado uma pancada na cabeça. Aquelas não eram palavras de Penelope. Sansone, a seus pés, fitava-o em silêncio. Até Tchip e Tchop, os periquitos, estavam estranhamente quietos. A essa altura ele notou outra mensagem, escrita com giz, na pequena lousa pendurada junto à geladeira azul. Dizia: *Meus filhos adorados, resolvi sair por uns tempos. Preciso descansar. Volto logo. Amo vocês. Um abraço apertado. Mamãe.*

— Não é possível! — berrou Andrea e olhou o cachorro, como se dele pudesse vir uma resposta. Então lembrou-se do que sua mulher havia gritado na véspera: "Desta vez, entre nós, realmente acabou tudo."

— Ficou maluca — sussurrou, assustado, virando-se para Sansone, que replicou com um bocejo. — Uma coisa é ameaçar; outra é colocar em prática uma loucura. Agora ela vai me ouvir — disse, voltando à sala. Pegou o telefone e teclou o número do celular de Penelope. Atendeu uma voz gravada que sugeriu ligar de novo outra hora, porque o usuário "não podia atender" no momento. Ele deu um chute no revisteiro e soltou um urro, seguido de um palavrão. Tinha machucado o pé.

Voltou à cozinha mancando, abriu a geladeira e pegou uma garrafa de água mineral. Encheu um copo e bebeu em longos goles.

Depois agarrou o açucareiro e jogou-o contra o aparador. Os grãozinhos brancos caíram em chuva sobre o piso. Ele estava fora de si, e não havia ninguém com quem se desafogar.

Não conseguia aceitar as acusações de Penelope mas, sobretudo, não lhe parecia verdade que ela o tivesse deixado. Sentiu-se insultado e ofendido.

— Antes não a tivesse conhecido! — sibilou. Fez uma bola com a carta e jogou-a longe. — Aquela tremenda cretina! Quem ela acha que é? Até desligou o celular! Pois agora eu entro no carro, agarro-a pelo pescoço e trago para casa aos tapas! — gritou de novo, encarando Sansone.

O cão pensou que os berros fossem com ele e começou a rosnar, erguendo o lábio superior e mostrando os dentes.

— Pára com isso! — ordenou Andrea, enquanto procurava onde tinha ido parar a carta. Achou-a, recolheu-a, alisou-a e voltou para o quarto. Era o único aposento onde havia um mínimo de ordem. Estirou-se sobre os lençóis, que ainda mantinham a tepidez na qual se aconchegara até poucos minutos antes, quando nem imaginava a catástrofe que se abateria sobre ele, e releu a carta de sua mulher, sopesando cada palavra. Penelope havia traçado o perfil de um desgraçado no qual ele não se reconhecia.

Ela descrevera uma família desastrada, que não podia ser a sua.

Retratara a si mesma como uma escrava, vítima de um explorador, de um tirano. E por fim o chantageava: se ele fosse buscá-la, ela levaria consigo os filhos. Um desastre. Mas seria tudo verdade? Ele sempre se considerara um bom marido e um bom pai. Às vezes perdia as estribeiras. Mas quem não se enfurece com a própria mulher, sobretudo quando ela sabe ser pérfida o suficiente para não perder nenhuma ocasião de encostar o marido na parede? Estaria enciumada por causa de Stefania?

Penelope se enfurecera porque ele se obstinava em negar. Mas qual é o homem idiota o bastante para admitir uma infidelidade? Levantou-se da cama e se debruçou na sacada. A rua era a de sempre, as tílias exalavam todo o seu perfume, os automóveis percorriam a pista nos dois sentidos, o mundo não tinha mudado. Mas ele, sim. Sua mulher o deixara e

Andrea não conseguia acreditar que as razões fossem aquelas expostas na carta. Talvez houvesse outra coisa. Mas o quê? "E se fosse tudo verdade?", perguntou-se de repente. Claro, sua Penelope tinha razão. Ele se comportara como um inconsciente. Foi como se um relâmpago tivesse clareado a escuridão de sua mente, mostrando-lhe toda a sua pequenez. Sempre fora um marido infiel, mentia, deixava para ela a difícil tarefa de administrar a casa e a família, intervindo raras vezes, e despropositadamente. Por que era tão estúpido? E Penelope, como pudera suportá-lo durante tantos anos? Abriu a mão e lançou a carta ao vento. Depois apoiou os braços no parapeito e chorou.

Na última vez em que havia chorado assim, ainda era um rapazinho. Mas aquela era uma velha história de família. Por que lhe vinha à lembrança logo agora?

2

NUVENS CARREGADAS de chuva se adensavam no horizonte. Penelope entrou de novo no carro, depois de sair do posto onde havia tomado um péssimo *cappuccino* e mordiscado um brioche que transudava margarina. Ao entrar no toalete para limpar a boca, tinha topado com um grupo de turistas alemãs, gordas e barulhentas. Então fugiu. Quando passou em frente ao caixa, comprou uma provisão de bombons. Agora retomava a auto-estrada para Bolonha, mastigando pastilhas de menta como se estas pudessem aliviar a tortura dos pensamentos. "Por todo o tempo que for necessário", pensou, trincando bombons. "E vamos esperar que realmente funcione", balbuciou com um suspiro entrecortado por um soluço, enquanto as lágrimas lhe velavam o olhar e as primeiras gotas grossas de chuva fustigavam o pára-brisa. Tinha escolhido um péssimo dia para se separar de sua família. A decisão, por muito tempo adiada, não fora um capricho, mas uma necessidade. Ela intuíra que não havia outra solução para dar uma reviravolta nos problemas que a afligiam, assim como a Andrea e às crianças.

Depois daquela última e horrorosa briga, Priscilla recolhera os cacos de vidro, enquanto Penelope perambulava pela casa, abobalhada, incapaz de fazer qualquer coisa. Passou em frente ao quarto de Lucia. A porta estava entreaberta. Sua filha estava encolhida na cama, abraçando uma almofada enfeitada com rendinhas e fitinhas. Daniele, sentado num banquinho, acariciava Igor, sua jibóia-macho, enroscada em seu braço. Luca sentava-se no assoalho e construía alguma coisa com o Lego.

Lucia e Daniele conversavam, e ela parou para escutá-los.

— Esses dois são insuportáveis — dizia a filha.

— Também é culpa nossa. Mamãe fica nervosa porque nós damos um monte de problemas — retrucava o irmão.

— Quem dá é você, porque não estuda. Eu sou a primeira da classe. Portanto, fale só em seu nome.

— Mas você faz a dieta dos faquires. Isso deixa mamãe muito chateada.

— Os filhos criam problemas. Está escrito. Mas nem todos os pais brigam tanto quanto os nossos — sentenciou Lucia.

— Papai é um mulherengo. Isso não está escrito, mas é uma verdade irrefutável — observou o garoto.

— Ela também podia arranjar um amante. Assim empatariam. As distrações fazem bem — disse a filha, com o tom de uma mulher vivida.

— Os amantes se chamam distrações?

A pergunta viera do pequeno Luca, que até aquele momento parecia ignorar a conversa dos irmãos.

— Cale a boca, que você ainda não tem nem 6 anos e não entende nada — intimou-o Lucia.

— Eu, quando me casar, vou arranjar muitas distrações e, se tiver uma filha como você, esgano ela — retrucou o garotinho, nem um pouco intimidado.

O sentimento de culpa das crianças em relação àqueles pais desencontrados arrasou Penelope. Naquele instante, ela decidiu ir embora. Andrea se tornaria um pai responsável, se ela saísse de cena. Devia absolutamente tentar e confiar a ele todo o peso da família, do contrário Lucia não demoraria a ficar anoréxica, Daniele correria riscos de outro tipo, mas igualmente perigosos, e Luca, tão silencioso e introvertido, sabe-se lá que outros sofrimentos enfrentaria. Deixá-los sozinhos com o pai era a única solução razoável, ainda que dolorosa.

Depois do jantar, deu uma volta com o cachorro. Lucia fora à pizzaria com o namorado. Daniele e Luca tinham ido dormir. Priscilla se arrumara para encontrar Muhamed, o noivo egípcio com quem passava todos os fins de semana.

— Estou *sexy*, patroa? — perguntara a empregada, antes de sair. — Quando eu vivia nas Filipinas, era mais *slim* e muito *sexy*. Agora Muhamed diz que estou gorda.

— Você é bonita, Priscilla. Não se preocupe — assegurou Penelope.

Às vezes Muhamed enchia a noiva de pancada. Ela se inflava de orgulho. "Ele me bate porque me ama", dizia.

Penelope esperou Lucia voltar e depois arrumou a bagagem. Por fim, deitou-se no sofá, diante da TV, para se atordoar com um programa bobíssimo de variedades.

Ouviu o elevador parar no andar. Rapidamente, desligou a TV e fechou os olhos. Não queria falar com Andrea. Quando o marido lhe acariciou o rosto, ela teve vontade de morder a mão dele. Por fim, adormeceu.

Poucas horas depois, sentou-se à mesa da cozinha e, de supetão, escreveu a carta para Andrea.

Depois acordou os filhos e preparou o desjejum. Observou-os enquanto comiam. Escutou as conversas deles, esforçando-se por responder normalmente, porque sua cabeça estava confusa. Amava-os, estava para deixá-los e não podia lhes dizer isso.

Às nove, os primos Pennisi interfonaram. As crianças estavam prontas para sair.

— Quem vai nos buscar depois? — perguntou Lucia.

— Seu pai — garantiu ela.

— Então diga a ele para ser pontual. Preciso estar em casa às quatro, sem falta, para terminar um exercício de grego. E amanhã tenho argüição de história.

— Viva a minha menina! — comentou Penelope, sorrindo para a filha, enquanto se esforçava por não acrescentar as costumeiras recomendações, como a de não fingir estar comendo e esconder o alimento embaixo da mesa. Sem aquela mania de querer emagrecer, Lucia seria perfeita. Seu ideal era ter o corpo delgado de Veronica Pivetti e o rosto maravilhoso de Claudia Schiffer.

Ela abriu a porta do elevador para as crianças, depois de dar-lhes um último e rápido beijo. Luca pousou a boquinha rosada em sua face, produzindo o habitual "brrr" que ficava entre a bicota e a gozação. Daniele fez soar a pequena campainha que trazia pendurada no lóbulo da orelha.

— Eu não tenho nada para estudar. Portanto, se papai chegar tarde, tudo bem. É até melhor — resmungou.

Pois é, ele nunca tinha nada para estudar. Mas tirava notas lastimáveis e se arriscava a levar bomba.

Penelope se debruçou à janela da sala e olhou para baixo, para a rua. Viu os filhos entrarem no carro dos primos. Fechou as janelas e foi até à cozinha. Se não tivesse decidido partir, arregaçaria as mangas e começaria a limpar tudo. Em vez disso, rabiscou uma curta mensagem na pequena lousa. Tirou do bolso do robe a carta para o marido e a colocou bem à vista, no tampo do aparador. Depois foi até o quarto de vestir, onde a mala já estava pronta. Embora fosse final de maio, o dia não era dos melhores. O céu se apresentava coberto de nuvens e o ar estava um pouco frio. Ela escancarou o armário e, entre as roupas que restavam, escolheu um velho *tailleur* cor de glicínia que não usava havia anos, desde antes do nascimento de Luca.

A saia e o casaco ainda aderiam perfeitamente à sua silhueta.

Na sapateira, escolheu um par de mocassins azuis, muito confortáveis para dirigir. Pegou a bolsa, a mala e se encaminhou para a porta de casa, na ponta dos pés, para não acordar Andrea. Já na saída, teve uma hesitação. Voltou ao quarto dos meninos. "Meu Deus, que confusão", disse, enquanto examinava os objetos em cima da mesa-de-cabeceira de Luca. "Pois é, eu sabia, ele esqueceu o Ventolin", constatou, baixinho, e logo ficou alarmada, culpando-se por não ter sido mais diligente. Se tivesse um ataque de asma, sem aquele remédio ao alcance da mão, o garotinho ficaria ainda mais apavorado. Se ela tivesse pensado menos em seu problema e mais no do filho, isso não teria acontecido. Talvez fosse o caso de adiar a partida. A bombinha era muito mais importante. Talvez nem devesse partir. Bastava desfazer a mala, rasgar a carta, apagar o bilhete na lousa e continuar vivendo como sempre vivera.

"Mas até agora foi só um desastre", sussurrou ela, olhando ao redor. Ocorreu-lhe que, para o pior, nunca existe fim, e que era necessário interromper a espiral perversa da degradação familiar. "Luca vai se arranjar. Os irmãos o ajudarão", concluiu. Atravessou de novo o corredor, na ponta dos pés, e saiu.

Seu carro estava estacionado em frente ao prédio, no canteiro central da avenida, embaixo de uma fileira de plátanos. Ela entrou e desligou o celular.

Tinha evitado comunicar sua decisão não somente aos primos Pennisi e às amigas do peito, Donata e Sofia, mas também aos pais. Quando eles soubessem, e Andrea não demoraria muito a soar o alarme, ela já estaria em Cesenatico e, dali, desafiava quem quer que fosse a desentocá-la.

Na saída para Ancona, a chuva já se transformara em dilúvio. Os limpadores de pára-brisa não conseguiam varrer a água, tornando problemática a visibilidade. Penelope reduziu a velocidade e resolveu fazer outra parada. Não queria se arriscar a um acidente. Para os seus filhos queria só uma mãe distante, e não internada no setor de traumatologia.

Parou em frente a um posto e maldisse sua distração: tinha deixado o guarda-chuva na mala do carro. Por sorte, levava uma capa de chuva sobre o banco traseiro. Vestiu-a como pôde e atravessou correndo o estacionamento, afundando os pés em grandes poças d'água.

Outros viajantes já se amontoavam no local, esperando a chuva passar.

Dentro do posto, abriu a bolsa e ligou o celular. Já se sentia suficientemente longe de casa para se considerar imune às mudanças de idéia.

Não sabia quanto tempo duraria seu exílio. Talvez poucos dias, talvez algumas semanas. No intervalo, avaliaria se e quanto o marido lhe fazia falta. Provavelmente, superado o impacto inicial, Andrea também poderia refletir sobre a relação deles, sobre as crianças, sobre tudo. Talvez voltassem a viver juntos, talvez se separassem. Neste caso, ela certamente não renunciaria aos filhos, ainda que tivesse de arrastar o pai deles ao tribunal.

"Quem imaginaria", pensou, "que nossa grande história de amor acabaria assim?"

Olhou a chuva batendo do lado de fora das vidraças e teve a esperança ardente de recuperar logo sua família, porque Andrea não era apenas o pai dos seus filhos, era o homem por quem ela se apaixonara e no qual acreditara. A ele dedicara sua vida.

Quando conhecera Mortimer, vivera momentos terríveis, dilacerada pelo sentimento de culpa e angustiada porque não conseguia escolher entre os dois homens a quem amava.

Tinham-se passado sete anos desde quando ela se decidira a encerrar o caso com Mortimer. Mas a interrogação persistia. Mortimer continuava ocupando um lugar importante no seu coração. Ela ainda se perguntava se teria sido mais feliz com ele. Até agora não obtivera uma resposta.

Lembrou-se de um prognóstico de Donata, a amiga astróloga: "Andrea é uma cruz que você vai carregar nos ombros a vida inteira." Não queria aceitar o veredito, sobretudo porque aquela cruz pesava também sobre os frágeis ombros dos filhos.

A chuva parou de repente e, entre as nuvens que se distanciavam, irrompeu o sol. Penelope pegou uma cestinha na loja de conveniência e encheu-a de coisas, abastecendo-se de água mineral, porque a de Cesenatico era imbebível, sucos de fruta, potes de mel e de geléia, caixas de espaguete e vidros de molho de tomate.

Na velha casa de sua mãe havia sempre um estoque de alimentos enlatados, mas ela preferia um bom prato de massa a um sanduíche de atum.

Quando estava ansiosa, lançava-se à comida, que sempre fora seu grande consolo.

Pagou a conta e saiu. Colocou as sacolas em cima do banco traseiro do carro. Abriu a bolsa, porque lhe pareceu ouvir o toque do celular. Na mesma hora, o aparelho emudeceu. Ela apertou a tecla e identificou uma chamada de sua mãe.

Então sorriu de leve. Imaginava a razão daquele telefonema. Andrea fora choramingar no ombro da sogra. Mas sem dúvida não encontrara consolo, porque não era o genro dos sonhos dela. A mãe de Penelope preferiria para a filha um marido talvez menos bonitão, mas com uma substanciosa conta bancária e uma profissão bem remunerada.

Não se preocupou em retornar a ligação e deu partida no carro. Colocou para tocar o CD de *Um americano em Paris*, de Gershwin, regido por Adriano Maria Barbieri, e, escutando aquelas notas alegres e límpidas, esperou aliviar a ansiedade, o ressentimento e a dor.

Acompanhava o ritmo batendo com os dedos no volante. Aos 38 anos, ainda tinha vontade de viver, de amar, de ser feliz. E teve um lampejo de otimismo. Por uma fração de segundo, sentiu que conseguiria emergir daquela espécie de atoleiro no qual estava mergulhada havia anos. Afinal, tomara uma decisão importante e difícil, que somente uma mulher enérgica podia tomar. "Pepe, você é forte", disse a si mesma, para se dar coragem.

Dissera a Andrea que o deixava para que ele enfrentasse sozinho os problemas da família. Era uma meia verdade. Os mesmos problemas continuariam a ocupar seus pensamentos, na solidão de Cesenatico. Ela deveria enfrentá-los e desentranhá-los um a um, a começar pela sua relação com o marido.

"Desgraça da minha vida", sibilou, entre dentes.

Quando deixava a auto-estrada e, virando à direita, pegava a provincial para Cesenatico, teve absoluta certeza de que Andrea, naquele momento, estava chorando.

Finalmente, ele também descobriria o poder terapêutico das lágrimas.

3

Penelope entrou no lugar atravessando a ponte sobre o canal do porto, onde os barcos de pesca atracados ostentavam majestosas velas de cores berrantes sob o céu de maio, dourado de sol. Na medida do possível, sentiu-se reanimada. Tinha nascido em Milão, mas suas raízes estavam ali, naquela grande povoação assediada pelas névoas hibernais, pela umidade tórrida dos verões cada vez mais curtos, pelas melancolias outonais. Ali nascera o bisavô Gualtieri, capitão da Marinha, ali nascera e vivera a vovó Diomira, ali crescera sua belíssima mãe e, também ali, ela passara muitos verões de sua vida.

Conhecia Cesenatico em todos os seus meandros, do velho burgo, no qual sobreviviam as casas antigas dos pescadores, à parte nova, selvagemente crescida nos últimos cinqüenta anos. Já iam longe os anos em que, durante a primeira noite do solstício de verão, chegavam de Cesena, de Forlì e de outras cidadezinhas do interior as famílias mais ricas, que traziam a reboque as cabanas de madeira, numa corrida para tomar posse do melhor lugar na praia que, então, era livre. Naquela época se comiam alimentos agora esquecidos, como o *pane dorato*, que fazia as vezes de costeleta e era preparado com finas fatias de pão dormido, umedecidas em leite e fritas em banha de porco, e os *strozzapreti*, engana-padres, — nhoquezinhos de farinha de trigo com água e uma pitada de sal, fervidos e incrementados com toucinho. Alimentos pobres, para a gente pobre que vivia com dificuldade mas era rica em bonomia, fantasia, engenhosidade, extravagância que aflorava a loucura, vontade de se soerguer da miséria. Uma vontade acentuada pelo confronto com os "senhores" que, no verão, a bordo dos seus barcos, hospedavam artistas e intelectuais e navegavam preguiçosamente ao longo da costa, entregando-se à "boa vida".

"Estou em casa", pensou Penelope, enquanto percorria a alameda Roma.

Parou o carro em frente a um velho portão de ferro batido. Uma grade baixa também de ferro, com largas volutas, delimitava o jardim. Ao fundo, meio escondida pelos pinheiros-marítimos, via-se a fachada da casa de veraneio. Tinha sido erguida pelo bisavô, no fim do século XIX, em puro estilo Liberty. Era uma construção de dois andares, encimada por uma torrinha lateral com janelas em arco.

Penelope desceu do automóvel, abriu o cadeado que trancava o portão enferrujado e escancarou os batentes, que, rangendo nas dobradiças, desenharam dois semicírculos no cascalho da trilha de acesso invadida pelo mato. Ultrapassou, de carro, duas grandes e viçosas fúcsias e alcançou a casa. As persianas estavam abaixadas e a pintura das paredes, antes de um belo amarelo-dourado, mostrava-se descascada, escurecida. Os traços de uma grega policrômica sobreviviam ao longo do perímetro externo do sótão. O portãozinho de madeira, ao qual se chegava subindo seis degraus, revelava profundas gretas criadas pela umidade invernal que o havia inflado. No ar, ela sentiu o cheiro do mar.

Subiu os degraus pisando uma camada de folhas que ninguém havia removido. Abriu os batentes e viu-se envolvida pela escuridão fria e úmida da velha casa desabitada.

Ocorreu-lhe que aquele era o único lugar do mundo no qual poderia refletir e tentar reorganizar a própria vida.

Um triângulo de sol irrompeu na penumbra do vestíbulo, clareando o pavimento em ladrilhos de losangos brancos e pretos, cobertos por um véu de areia que, trazida pelos ventos de outono, penetrara através das fissuras. Do fundo do vestíbulo vinha a luminosidade opaca da varanda fechada por vidros verdes e lilases.

Apertou o interruptor da luz. A lâmpada não se acendeu.

"Lá vamos nós", resmungou Penelope.

O vizinho, o velho professor Attilio Briganti, era encarregado de pagar as contas dos vários serviços. Mas, ultimamente, às vezes se esquecia. Assim, a casa ficava sem luz. Ela teria de esperar até a manhã seguinte, voar até o correio para pagar e suplicar ao funcionário de plantão que mandasse religar logo a eletricidade. Paciência. À noite, acenderia umas velas e tomaria banho com água fria.

Enrolou as persianas do vestíbulo, as da sala e finalmente entrou na cozinha. Estava com fome. Colocaria no gás uma panela de água e, enquanto esperava que esta fervesse para mergulhar o espaguete, tiraria do carro a mala e as provisões. Escancarou os postigos e tentou levantar uma persiana. O cordão ficou em sua mão. Tinha se quebrado. Por sorte, havia uma segunda janela, Aconteceu a mesma coisa. "Bom começo", resmungou. Não lhe agradava a idéia de cozinhar à luz de velas, às duas da tarde. Mas não desanimou. Achou e acendeu uma vela, pegou a panela no suporte e colocou-a na pia. Abriu a torneira e ouviu um gorgolejo suspeito. Depois, mais nada.

A essa altura, pareceu-lhe que alguma coisa conspirava contra ela e, por um instante, receou ter feito tudo errado.

"E agora, o que é que eu faço?", perguntou-se, desencorajada.

A vela, em cima da mesa, projetava sombras sinistras na penumbra da cozinha. Como sempre, nos momentos de desconforto, invadiu-a uma fome furiosa, incontrolável. "Vou comer, mesmo assim", decidiu.

Entre as latas empilhadas no aparador, escolheu uma que lhe pareceu bem grande. Aproximou-a da chama e leu: "Posta de atum ao azeite de oliva. Almadrava de San Cusumano. 300 gramas". "Muito bem", disse em voz alta, enquanto procurava o abridor numa gaveta.

Abriu a lata, pegou um garfo e comeu tudo, até o último bocado. Depois lavou as mãos com água mineral.

A essa altura ouviu a campainha do telefone, que estava pendurado numa parede do vestíbulo. Ali, por sorte, entrava a luz do sol. Ela pronunciou um "alô" entre o pranto e a raiva. Era sua mãe, que a atacou com uma torrente de palavras.

— Pode-se saber o que você aprontou desta vez? — começou a mãe, continuando: — Não pretendo cuidar dos seus filhos e daquele neurótico do seu marido. É bom que você saiba disso logo. Já tenho os meus problemas.

Penelope conhecia bem os problemas da mãe: uma luta feroz contra a perseguição do tempo, os compromissos na cabeleireira, na esteticista, no doutor Bottari, que lhe eliminava as rugas e lhe esticava a pele, as aulas no Clube Conti para manter a forma. Quando as duas saíam juntas, quem não as conhecia tomava-as por irmãs. A mãe era a irmã mais nova. Usava minissaias justíssimas, tênis que sublinhavam seu andar desenvolto, e camisetas de adolescente, porque, aos 58 anos, conservava jovens os braços e o colo. Irene Pennisi era atrevidamente bela, e assim permaneceria ainda por muito tempo. Penelope sempre a considerara uma rival, não mãe. Então, disse:

— Não quero falar com você. Faça o favor de não se meter na minha vida. Você já me deu problemas demais, e ao meu pai também. Desta vez, se eu errar, vai ser somente por opção minha e não por querer fazer sua vontade.

Desligou sem escutar a resposta. Finalmente, com poucas palavras, conseguira dizer o que sempre lhe pesara no coração. Toda a raiva, o rancor, as frustrações e os bocados mal digeridos explodiram assim, como um fogo de artifício.

— Vão para o inferno, você, esta casa, esta minha vida errada! Vão todos para o diabo! — berrou, tropeçando numa mesinha cheia de bibelôs, que oscilaram perigosamente. Depois deu um pontapé numa cadeira da sala Chippendale. Duas pernas se soltaram e a cadeira desabou.

Então, ela escutou a voz rouca da vovó Diomira.

A sala Chippendale

1

— PENELOPE, pelo amor de Deus, pare de se balançar na minha Chippendale! — berrou a avó, com a voz enrouquecida pelo cigarro.

Sua "Chippendale" era uma cadeira estofada e fazia parte da sala, no mesmo estilo, da qual ela sentia muito orgulho. Duas cadeiras, duas poltronas, um sofazinho de dois lugares, todos absolutamente desconfortáveis, três mesinhas, uma *étagère* com os vidros lapidados e um abajur de pé.

A menina fingiu não ouvir e continuou destemidamente a se balançar, notando com prazer o lamento da madeira a ponto de se desconjuntar. Estava sozinha, sentia tédio e tirava consolo daquele balanço, enquanto seu olhar percorria a seda verde, de desenhos chineses, que revestia assentos e encostos.

— Você se aproveita porque sabe que sua mãe não pode intervir! — gritou ainda a avó referindo-se à filha, que estava na varanda em companhia de um homem jovem, o qual chegara pouco antes com um grande buquê de gladíolos.

A avó apagou o cigarro dentro de um tinteiro de bronze e esticou os braços para agarrar Penelope. A pequena viu aqueles membros brancos de pele enrugada, as mãos de longos dedos curvados pela artrite e as unhas escarlates se estenderem em sua direção para pegá-la. Então deu um pulinho e deslizou da cadeira, esquivando-se antes de ser agarrada. Ao passar junto de Diomira, sentiu-lhe o perfume, que era uma mistura de Givenchy, pó-de-arroz e tabaco. Ágil como um gato, escapuliu e logo estava no jardim, seguida pela voz rouca da avó.

— Veja o que você fez com a minha preciosa Chippendale. Claro que quem vai pagar a despesa do conserto não serei eu.

Penelope se agachou num canteiro pontilhado de begoniazinhas brancas que rodeavam uma pomposa hortênsia de flores azuis. Ali, embaixo da hortênsia, entre duas pedras bem grandes, estava escondido o seu tesouro: uma lata de biscoitos Oswego que continha um estojo de batom da mãe, uma pulseira de coral, um autógrafo de Iva Zanicchi e o caderninho dos seus poemas.

O batom tinha aroma de violeta e Penelope o abriu para cheirá-lo. Era como sentir o perfume dos lábios da mamãe. A pulseira, presente de primeira-comunhão, ela a perdera e por causa disso tinha levado umas palmadas.

Quando a encontrou, no cascalho do jardim, em vez de mostrá-la a Irene resolveu escondê-la para não ter mais de usar aquilo. O autógrafo de sua cantora preferida, conseguira-o com uma amiga, trocando-o por um saquinho de batatinhas San Carlo. O caderno, do qual morria de ciúme, era um presente do professor Briganti, o vizinho da casa de veraneio.

— Você já vai passar para a quinta série — disse ele. — Está na hora de começar a escrever seus pensamentos. Todo dia, você pode registrar com palavras suas reflexões. Esse exercício vai ajudá-la a compreender muitas coisas.

— A mamãe não iria gostar dos meus pensamentos — replicou Penelope.

— Não convém escrever para agradar os outros. Não é necessário que nem mesmo você goste daquilo que escrever. O importante é se expressar. Fui claro?

O professor Briganti era sempre claro e, sobretudo, nunca perguntava se a pessoa havia entendido, mas se tinha se explicado bem. Penelope gostava daquele homem de meia-idade que recebia as visitas dos seus alunos, rapazes e moças do liceu de Cesena, onde ele ensinava história e filosofia. Gostava porque ele era gentil e lhe falava como se ela já fosse adulta, e não uma menina de 9 anos.

Assim, havia começado a anotar no caderninho as dúvidas, as amarguras, as broncas injustas, as incongruências dos grandes, e a escrever poemas. Para ela era fácil compor rimas emparelhadas. Pegou o caderno, soltou o lápis que estava preso a ele por um cordãozinho, fechou a lata e, pensativa, dirigiu-se pela trilhazinha até os fundos da casa. Parou embaixo da varanda de vidros policrômicos, onde a mãe recebia o visitante misterioso.

Agora, também a vovó estava ali.

— Não vejo necessidade de tanta *prostração* — dizia esta, com sua linguagem antiquada, cheia de despropósitos, que fazia todo mundo sorrir mas que, segundo ela, era indício da excelente educação recebida e do seu alto nível.

— Mas você se dá conta do problema em que se meteu? — perguntou a mãe. — Vendeu as casinhas, as terras de Sant'Arcangelo, e já ia hipotecar a casa.

— Mas agora estou aqui, para ajudá-las — disse o visitante.

— Donde, por conseguinte, senhor Oggioni, o senhor cuidará de que se evite o problema. Não é verdade? — insistiu a avó, falando pelo canto da boca porque estava acendendo um cigarro.

Penelope não sabia o que significava "hipotecar a casa", mas gostou muito das palavras. Então abriu o caderno e as transcreveu. Depois se sentou no banquinho de pedra, embaixo da varanda, e resolveu não perder uma sílaba daquela conversa.

— Mas de que jeito o senhor nos ajudará, se não temos mais dinheiro? — insistiu a mãe.

— Fazendo frutificar o que restou — respondeu o visitante. — Para isso, preciso conhecer exatamente a situação patrimonial.

— Minha situação matrimonial é assaz desastrosa — disse a avó, que, além de ser surda, não tinha entendido bem. — E essa é uma calamidade que, *savà sandir, tulmonconné*.

Penelope escreveu velozmente: patrimonial, matrimonial e *tulmonconné*.

Filha de um comandante da Marinha, a avó crescera num colégio onde aprendera um péssimo francês, um pouco de música, suficiente para tocar ao piano algumas valsas, um pouco de bordado, que lhe permitira preparar o enxoval, e as técnicas mais elementares para pintar com aquarela glicínias frondosas, buquês de rosas e esboços de paisagens improváveis.

Jamais havia sido bela. Tinha um corpo quadrado e rígido, um péssimo temperamento e, sobretudo, era cheia de si.

O pai comandante, no fim do século XIX, mandara construir a casa de Cesenatico, onde instalara a filha recém-saída do colégio, esperando que ela achasse um bom partido. Mas Diomira, assim se chamava a avó, tinha grandes pretensões, e nenhum cortejador lhe parecia à altura de sua própria condição.

Enquanto isso, o pai conseguira, com algumas especulações bem-sucedidas, amealhar uma discreta fortuna em terrenos e vilazinhas de pequenas casas. Depois morrera, deixando-a sozinha.

Diomira tinha 45 anos. De um dia para outro, transformou-se radicalmente. Começou a renovar o guarda-roupa, vestindo-se como uma mocinha, e passou a se maquilar, a freqüentar bailes, a fumar. Chorou sobre todos os prováveis maridos que havia descartado e se deixou capturar por um doidivanas de Forlimpopoli que tinha a metade da sua idade e não sabia fazer nada, mas era belo como Robert Taylor. Em pouco tempo estavam casados. Só no quinto mês de gravidez foi que ela soube que esperava um bebê. Acreditava ter entrado na menopausa, porque já completara 46 anos.

Quando nasceu Irene, a mãe de Penelope, o marido bonito e jovem já fora embora, depois de se apropriar de metade do patrimônio de Diomira, que não esquentou muito com isso. Criou Irene, que herdara a beleza do pai, enquanto continuava a pintar ramos de glicínia, a tocar no piano as valsas de Strauss, a bordar, a fumar e a se considerar dois palmos acima de todos. Ao mesmo tempo, para sobreviver, vendia as terras e as casinhas sobre as quais o belo marido não conseguira botar a mão. Um dia chegou-lhe de Goma, uma cidade do Congo, a notícia de que ele tinha morrido. Nunca soube o que o marido fazia tão longe, nem por que morrera no meio de todos "aqueles negros, que nojo". Disse apenas: "Paz à sua alma."

— Senhora Diomira, estou falando de patrimônio, de bens imóveis, em suma — disse o visitante, subindo o tom de voz.

Penelope escreveu no caderno "bens imóveis", porque também gostou dessas palavras.

— Ainda tenho o palacete de *Frampula* — explicou a avó, aludindo a uma decadente habitação de Forlimpopoli alugada a algumas famílias operárias. E acrescentou: — E esta casa, naturalmente. Sem falar das minhas jóias, que não posso em absoluto *anielar*, na medida em que fazem muita vista quando freqüento a sociedade.

— E a esmeralda colombiana *carrée* — acrescentou a mãe. — Puríssima, sem jaça. O vovô trouxe de uma viagem à América do Sul.

Penelope parou de escrever para se perguntar o que estava acontecendo entre a mãe, a avó e o visitante misterioso, o senhor Oggioni. Era um belo homem. Não tão jovem quanto a mamãe, mas quase. Devia ser rico, porque havia estacionado na alameda um Alfa Giulia cor de amaranto. Vinha de Rimini, onde estava hospedado no Grand Hotel. O pai de Penelope tinha um carrinho de 600 cilindradas e, nos fins de semana, chegava a Cesenatico com o motor fervendo, mesmo que na auto-estrada não passasse de cem quilômetros por hora.

Penelope começou a escrever: "Segunda-feira, 27 de julho. Matrimônio e patrimônio, isto aqui é um manicômio. Bens imóveis? Tulmonconé, o dinheiro deu no pé. Anielaremos casa e jóia, o que vai ser desta pinóia? Só não vejo bem por que do meu pai tudo esconder."

Fechou o caderno e voltou a guardá-lo na lata, escondendo-a de novo sob a hortênsia. Depois retornou sorrateiramente à casa. A conversa na varanda tinha acabado. A avó estava na cozinha, lavando um peixe numa baciazinha cheia d'água. Penelope subiu a escada na ponta dos pés. Transpôs o primeiro andar e enfrentou a escada em caracol que levava à torrinha, de janelas em arco abertas para os quatro lados.

Dali dominavam-se os jardins da avó e dos vizinhos: de um lado, o do professor Briganti, de outro, o da família Zoffoli. Penelope viu sua amiga, Sandrina Zoffoli, com a priminha vinda de Bolonha em visita. As duas estavam moldando alguma coisa com pasta de sal e conversavam animadamente.

Penelope as invejou e se aborreceu porque Sandrina não a convidara. Debruçou-se para o lado da rua e viu a procissão de veranistas que voltavam ao mar depois da sesta. Não era um espetáculo interessante. Do lado oposto, no quarto lado, havia um beco de terra batida, pouco freqüentado, que levava à praia. Naquele momento, no beco, viu sua mãe. Esta se apoiava à grade do jardim. Diante dela, estava o senhor Oggioni.

Mais do que falar, os dois cochichavam, e Penelope não escutava o que diziam. Ele pousou uma das mãos no ombro de Irene. Penelope se retraiu, como se tivesse visto alguma coisa que não devia. Desceu correndo a escada em caracol, voltou à sala no térreo e recomeçou a se balançar na Chippendale da avó, sentindo-se infinitamente triste.

2

PENELOPE CONCLUIU a quinta série e passou para a escola média. Partiu com a mãe para a costumeira e longa temporada de férias em Cesenatico. Era agora uma jovenzinha em constante conflito com a mãe, que se fatigava para mantê-la sob controle, porque a garota aproveitava qualquer pretexto para brigar com ela.

Numa noite de julho, depois do jantar, Penelope entrou no quarto dos pais. Irene estava sozinha e se arrumava para ir a Milano Marittima, ao Hotel Miramare, onde umas amigas a esperavam.

— Mamãe, posso ir ver *Romeu e Julieta*? — perguntou. Irene usava um tubinho branco, muito justo, que sublinhava sua figura delgada e harmoniosa, deixando nus os braços e os ombros bronzeados. Estava se maquilando diante do espelho oval da *pétineuse* e se voltou para olhar a filha.

— Você está engordando muito — observou, acrescentando: — Mas que cabelo desarrumado! Não consegue se pentear? — Pousou sobre o tampo de mármore o lápis preto de olhos, esticou a mão para a cabeça da filha e passou os dedos em pente nos desalinhados cabelos dela. Depois balançou a cabeça com ar desolado. — Espetados e rebeldes como os do seu pai — comentou. — Não há jeito de colocá-los no lugar.

— Nem todo mundo pode ser bonita como você — retrucou a garota, num tom de voz entre a censura e a ironia. E insistiu, enquanto a observava: — Então, posso ir?

Irene era verdadeiramente bela. Tinha 28 anos, mas demonstrava dez a menos. Os cabelos castanhos, lisos e brilhantes como seda, mal lhe afloravam os ombros e estavam seguros por uma presilha branca de madrepérola. Dos lóbulos das orelhas pendiam vistosos brincos feitos de perolazinhas que desciam em cascata e lhe iluminavam o rosto dourado pelo sol. Penelope buscou inutilmente algum traço de semelhança entre ela e a mãe.

— Ir aonde? — perguntou Irene, que recomeçara a maquilar os olhos.

— À pracinha della Conserve. Hoje à noite se apresentam uns atores da Romagna. Vão interpretar *Romeu e Julieta* — explicou a garota.

— Não tínhamos resolvido que você sairia comigo? — observou a mãe.

— Quem resolveu foi você, não eu — protestou Penelope. — Não gosto de ficar com as filhas das suas amigas. São muito metidas, insuportáveis.

— O que você quer dizer com metidas?

Entre os aspectos irritantes da personalidade de sua mãe estava esse de responder às perguntas com outras perguntas.

— Você entendeu muito bem. Falam só de vestidos, de cruzeiros que fizeram ou vão fazer, dos cursos de dança e equitação. Com elas eu me sinto uma pobre idiota.

Esperava que a mãe respondesse: "Idiotas são elas." Mas Irene disse:

— Você sabe como é, os pais delas são homens ricos, de sucesso. Já o seu sempre se contentou com pouco. É um homem sem ambições.

Essa era outra atitude que a irritava na mãe. Penelope tomava o partido do pai. Numa redação escolar, pela qual obtivera uma nota lisonjeira, tinha escrito: "Meu pai é um pai de verdade: gentil, bonito, e sua pele tem perfume de limão."

Naquele último ano, ela havia crescido e percebera que seus pais não combinavam entre si.

A estraga-prazeres, segundo Penelope, era a mãe, que não perdia oportunidade de criticar o marido, ainda que benevolamente, justamente como fazia agora. Penelope achava aquilo uma farsa. Tinha lido em algum lugar a expressão "água quieta" e imediatamente a impingira a Irene, porque essas palavras definiam uma pessoa que parecia tranqüila e tolerante, mas na realidade era voluntariosa e traiçoeira.

Até o verão precedente, os saraus no jardim do Hotel Miramare tinham sido agradáveis. A mãe conversava com os amigos e ela jogava pingue-pongue, *Vedo Roma* ou futsal com as filhas deles. Mas, agora, aquele clima frívolo não lhe interessava mais. Havia também outro fato que a aborrecia: a presença do senhor Romeo Oggioni, que dedicava a Irene muitas atenções e era retribuído com sorrisos e olhares lânguidos. Penelope não gostava daquela história. Mas não disse nada, por saber que a mãe reagiria com raiva.

— Sandrina também vai à pracinha para ver o teatro. Vamos ficar juntas — insistiu.

— Fora de questão. Não deixo você se misturar com aquela confusão toda. — Irene terminara de se maquilar. Levantou-se e se olhou de novo no espelho.

— Você é má — disse Penelope. — Papai me deixaria ir.

— Tem certeza? Telefone para ele. Se ele disser que sim, por mim tudo bem. Mas que fique bem claro: se lhe acontecer alguma coisa, a culpa será unicamente dele — retrucou Irene com voz áspera.

— Não vou incomodar o papai por causa disso. Ele trabalha e precisa de sossego — declarou Penelope. Estava clara a alusão à mãe, que não fazia absolutamente nada, além de se divertir. Irene entendeu e se enfureceu.

— Nesse caso, você fica em casa com sua avó — decidiu, enquanto saía do quarto rebolando sobre as sandálias brancas de salto agulha. Penelope lhe mostrou a língua pelas costas e depois pulou na cama, fazendo ranger as molas. Deitou-se "no lado do papai" e esboçou um meio sorriso, considerando sua meia vitória. Não iria ver o espetáculo, mas tinha evitado uma noite chata no Miramare.

Pela primeira vez observou atentamente aquele quarto que fora do bisavô, o capitão da marinha Alcibiade Gualtieri. Dele e de sua mulher, falecida ao dar à luz vovó Diomira, havia um grande retrato cor de sépia pendurado acima da cômoda. A bisavó era uma jovem de ar desbotado, com uma roupa cheia de bicos e rendinhas que a cobria até o pescoço. Estava sentada numa poltrona, braços languidamente pousados no regaço, olhos pequenos, um pouco assustados, cabelos escuros, partidos em dois bandós e recolhidos na nuca. O capitão, ereto junto dela, usava um uniforme branco de oficial e na cabeça trazia o quepe de praxe. Se não fosse o bigode espesso e escuro, ele seria igualzinho à vovó. Penelope considerou que esta também poderia ter um bigode assim, se a cabeleireira não o depilasse com cera.

Sobre o mármore cor-de-rosa da cômoda estava pousado um porta-retrato de madrepérola com a foto dos seus pais no dia do casamento. O casal era ladeado por duas crianças vestidas de pajens: Mariarosa e Manfredi Pennisi, seus primos.

No passado, ela reclamara mais de uma vez com a mãe.

— Por que não apareço também nessa foto? — perguntava.

— No dia do casamento, você ainda estava na lua. Nasceu nove meses depois. Se o papai e eu não tivéssemos casado, você nunca nasceria.

Agora entendia, mas, quando era pequena, essa explicação lhe parecia incompreensível e ela a vivenciava como uma exclusão da vida dos pais. Naquela fotografia em cores destacava-se o rosto moreno do seu pai Domenico, vulgo Mimì. Ele era uns poucos centímetros mais baixo do que a mamãe, que usava um vestido em estilo império, de cintura alta, "copiado de um modelo de Josefina Bonaparte", sustentava a vovó, que sempre escolhia pontos de referência importantes. A mãe parecia uma esposa-menina. Entre os cabelos, graciosamente presos, estava pousada uma coroazinha de flores de laranjeira da qual descia um véu de tule. O papai sorria timidamente para a objetiva e apertava a mão enluvada da esposa. Num filme que havia visto, Penelope identificara no ator protagonista, Omar Sharif, uma semelhança com o pai, cujo rosto revelava traços árabes.

Domenico era siciliano. A família Pennisi era numerosa. Quando se reuniam todos, passavam de cem. Tinham sido grandes proprietários de terras e herdades na província de Catânia. Depois, as subdivisões de herança haviam aniquilado o patrimônio. O papai ainda possuía um lote e uma casa de campo arruinada no sopé do Etna.

Terminado o liceu, ele fora mandado para Roma, onde, depois de se diplomar em economia, conseguira trabalho num banco. Revelara-se um empregado brilhante, tanto que, quando abriram uma nova filial em Cesena, resolveram enviá-lo à Romagna como diretor. No campo de tênis do clube náutico de Cesenatico, Mimì Pennisi conheceu Irene. O siciliano se apaixonou perdidamente por ela, que não ficou insensível ao fascínio daquele brilhante funcionário, de maneiras galantes e excelentes perspectivas. De fato, estava avaliando a proposta de uma nova transferência, desta vez para Milão, a fim de dirigir uma sede na avenida Buenos Aires.

A avó Diomira fez o possível para favorecer esse casamento, sobretudo porque o dinheiro começava a escassear e também porque Irene era inquieta demais para ser mantida sob controle por uma mãe já idosa. Assim, organizou uma cerimônia em grande estilo e ficou feliz quando a filha partiu para Milão, onde os pais de Mimì haviam comprado um apartamento na via Plinio para presenteá-lo ao casal. A avó Diomira, por sua vez, deu generosamente aos dois grande parte da prataria inglesa adquirida por Alcibiade Gualtieri durante suas viagens pelo mundo.

Muitas vezes Penelope assistira às discussões entre seus progenitores provocadas por Irene, figura dominante, que censurava o marido por ter frustrado suas expectativas. Irene criara a ilusão de vê-lo instalado no vértice do banco para o qual ele trabalhava. Mimì a decepcionara. Um pouco por inércia, um pouco pela absoluta incapacidade de se impor, mas sobretudo porque se considerava satisfeito com seu trabalho, que lhe permitia ficar perto da família.

— Quando você chega ao topo, não tem mais vida afetiva. Só almoços e jantares de trabalho, reuniões do conselho, viagens pela Itália e ao exterior. Sou um siciliano caseiro e gosto de sossego — justificara-se ele perante a mulher, que o criticava, como de costume.

— Só que você esquece um pequeno detalhe: o dinheiro. Por que se contentar com um salário modesto, quando poderia ganhar dez vezes mais? — objetara Irene.

— Porque dinheiro em excesso é fonte de preocupações. Veja suas amigas: gastam a rodo e nunca estão contentes. A nós nunca falta o necessário, e até podemos nos permitir alguns caprichos. Como este — dissera Mimì, entregando um presente à mulher. Era um pequeno Rolex de ouro maciço.

Irene, sempre sensível a essas atenções, encerrara as hostilidades. Voltaria a abri-las na próxima oportunidade.

Penelope, espectadora silenciosa, já compreendera como funcionava o mecanismo familiar e, em seu íntimo, aderira definitivamente ao partido do pai.

Ouviu que a avó a chamava do térreo. Deixou a cama, com seu estrado de molas rangentes, e desceu até a sala. O televisor estava ligado. A avó assistia a *Giochi senza frontiere*.

— Por que você não saiu com sua mãe? — perguntou Diomira, depois de dar uma forte tragada no cigarro.

— Eu queria ir à pracinha. Hoje à noite tem teatro. Daqui a pouco Sandrina vem me buscar e não posso sair, porque a mamãe me proibiu — explicou Penelope, amuada.

— Não devo nem posso discutir as decisões de sua mãe. Donde, por conseguinte, forçoso é que você se adapte — disse Diomira.

— E de má vontade a isso me disponho — replicou a garota, secundando o estilo da avó. Havia preparado uma linguagem particular para se dirigir a ela, que parecia gostar disso.

— Resolvi. Levarei você para assistir ao teatro, se bem que não pouco me ensombrece misturar-me à multidão dos banhistas — declarou a avó. Desligou o televisor e apagou o cigarro. Colocou graciosamente o chapeuzinho azul de ráfia, pegou a bolsa e precedeu Penelope até a porta. Na avenida, Sandrina Zoffoli veio ao encontro das duas. Também estava muito excitada por causa do espetáculo a que ia assistir. As três flanquearam o canal do porto e, quando chegaram à parte mais antiga da povoação, foram ofuscadas pelas luzes do palco improvisado com bastidores de madeira tosca.

A avó achou uma cadeira livre, no fundo da praça, enquanto Penelope e sua amiga abriam espaço no meio do público para ficar mais perto dos atores, que, de roupas um tanto gastas, duelavam e trocavam tiradas fulminantes.

Penelope não captou a ingenuidade da apresentação nem a pobreza do cenário. Em vez disso bebia os diálogos, mais do que os escutava, e repetia consigo mesma algumas falas, em voz baixa, para não as esquecer, fascinada pelas imagens que aquelas frases evocavam em sua mente abrasada.

"O amor é um jogo que faísca nos olhos dos amantes", sussurrava Romeu. E Julieta, adiante, dizia: "Meus olhos tentarão não cintilar além do que o bom senso lhes permitir."

Os dois jovens atores eram belíssimos ou, pelo menos, assim os considerava Penelope, que se identificou com Julieta e enrubesceu quando Romeu beijou a jovem, depois de lhe sussurrar: "Dos meus lábios, por meio dos teus, foi tirado o meu pecado."

Todas aquelas menções a olhos, lábios e beijos a deixaram extasiada, ainda que nem sempre conseguisse captar o sentido daquela impetuosa torrente de palavras.

Sandrina lhe deu uma cotovelada quando a viu chorar pelo fim trágico dos dois apaixonados.

— Não seja idiota! É apenas uma comédia — censurou-a.

— É uma tragédia. Idiota é você, que não entende nada. Isto é poesia de verdade — retrucou Penelope, ao mesmo tempo constatando o quanto suas rimas eram tolas e vazias. Tinha o coração cheio de emoções que não sabia expressar. Por isso, não gostou quando viu os dois infelizes amantes voltarem à vida para receber os aplausos. Durante duas horas, passadas como um relâmpago, mergulhara num mundo fantástico que a fizera sorrir, vibrar e chorar. E esse estado de espírito ainda perdurava no retorno para casa. Irene ainda não tinha voltado. A avó subiu a escada que levava ao andar de cima.

— Vá dormir logo — disse. — E principalmente não conte à sua mãe que nos misturamos com a multidão — recomendou.

— Obrigada por tudo, vovozinha — balbuciou a jovem, aflorando-lhe a face com o beijo.

Em vez de se deitar, subiu a escadinha em caracol, entrou na torrinha e se debruçou à janela que dava para o jardim e para o beco. Respirou fundo, observando o céu pontilhado de estrelas. Uma dolente melancolia a recobria como um manto. Acariciou os próprios cabelos, imaginando que fossem longos e louros como os de Julieta. Depois baixou o olhar para o jardim e, de repente, já não estava na casa de Cesenatico, mas no palácio dos Capuleto, em Verona. Repetiu em voz baixa e emocionada as frases da tragédia recém-vista.

"Quem és tu, que, assim oculto pela noite, penetras dessa maneira os meus segredos?", recitou, como se o belíssimo Romeu estivesse ali embaixo.

E prosseguiu: "Oh, Romeu, Romeu. Por que és Romeu?"

Não se espantaria se Romeu lhe respondesse, falando-lhe do seu amor. A lua de julho, já alta no céu, banhava o beco além do jardim.

Ela viu duas figuras, um homem e uma mulher, que se abraçavam.

A mulher usava um vestido branco. Nas orelhas, as pérolas em cascata cintilavam na penumbra aveludada da noite. "É a mamãe", sussurrou Penelope, reconhecendo-a. "E Romeo Oggioni", constatou com desdém.

E mediu o abismo entre o jovem Montecchio e o horrível Oggioni que estava devorando os lábios de sua mãe.

3

AQUELA DESCOBERTA se traduziu numa dolorosa sensação de ciúme e decepção. Naquele verão, ela parou de escrever seu diário rimado. A lata de biscoitos Oswego, com seu precioso tesouro, foi parar no lixo.

Jamais contou à mãe que a vira, mas as relações entre as duas ficaram ainda mais conflituosas. Penelope era decididamente hostil a Irene. Se esta lhe pedia para fazer uma determinada coisa, fazia outra só por implicância. Essa espécie de guerra fria se prolongou por muito tempo.

Penelope completou 17 anos e, invariavelmente, continuava passando o verão na casa de Cesenatico. Numa tarde de julho, quando perseguia o gato da avó, que havia roubado uma salsicha, entrou no quarto dos pais. Irene, sentada na cama, estava chorando. O rímel, derretendo-se, havia desenhado dois riachinhos escuros em suas faces.

— Venha cá, Pepe — chamou, com voz desanimada.

O gato pulara no alto do armário e as observava, apertando firmemente a salsicha entre os dentes, consciente de estar inalcançável.

Penelope se aproximou cautelosamente da mãe, olhando-a com desconfiança.

— Sabe por que estou chorando? — perguntou Irene.

Penelope balançou negativamente a cabeça. Não sabia e não lhe interessava saber.

— Acho que perdi um afeto que me é muito importante — sussurrou a mulher.

— Pois é. Eu soube. Romeo Oggioni se casou — soltou a mocinha e logo se arrependeu, porque jamais deveria ter pronunciado um nome que lhe era odioso.

Irene limpou o rosto com um lencinho de papel.

— Não é por ele. Estou chorando é por sua causa — disse, baixinho. — Faz anos que você foge de mim. Eu me esforço por não dramatizar nossas incompreensões, digo a mim mesma que isso vai passar. A adolescência é um período difícil, e uma mãe deve aprender a ser paciente. Mas agora você está crescida, é quase uma mulher. E continuo a sentir sua hostilidade. Não entendo o motivo. O que lhe fiz? De que jeito a ofendi?

Penelope sentiu as palavras da mãe como uma intrusão em seus próprios sentimentos. Não tinha nada em comum com ela. Havia se habituado a considerá-la uma estranha e desejava manter as distâncias.

— Você não me fez nada — respondeu. — De qualquer modo, se está chorando por minha causa, não tenho nada a ver com isso. Não me envolva com os seus problemas, assim como eu não me meto com os seus.

— Você é muito dura — constatou Irene.

— Sou apenas sincera. Sou como você quis que eu fosse — esclareceu Penelope, a ponto de sair. Na realidade, sofria muito por se manter distante da mãe. Tinha se fechado em si mesma para não enfrentar um emanharado de sentimentos tão complexos que lhe davam um profundo desconforto. Havia escrito uma canção e a cantara naquela manhã, na praia, para a amiga Sandra, acompanhando-se ao violão e sabendo que a mãe a escutava.

Era uma impiedosa invectiva contra Irene, que se calara e, depois, se refugiara no quarto para chorar.

O gato, do alto do armário, planou sobre o gaveteiro e dali voou para fora do quarto, como uma flecha. Penelope gostaria de ser como ele: arrancar tudo o que podia, ignorando os próprios sentimentos e os dos outros. Em vez disso, entupia-se de comida, engordava e se sentia culpada. Já quase de saída, preferiu se refugiar na sacada. Irene foi ao seu encontro e tentou inutilmente segurar-lhe a mão.

— Por favor, Pepe, vamos conversar — suplicou. — Por que você implica tanto comigo? — insistiu.

Penelope observou o jardim do professor Briganti e as visitas que o animavam. Pessoas quietas, de idade um tanto avançada, e com um ar sereno. Havia também dois garotinhos brincando com Piccarda, a velha tartaruga que circulava preguiçosamente entre os canteiros.

Chegou até o quarto a voz preocupada do professor.

— Atenção, meninos, cuidado com essa velha senhorita. — Ele temia que os garotos machucassem o animal.

Aquela imagem de vida tranqüila, pacata, provocou em Penelope uma sensação de paz, de serenidade.

— Eu não implico com você — retrucou. — Apenas não compreendo por que você pode fazer tudo o que quer, ao passo que eu tenho sempre de pedir permissão para qualquer coisa e, na maioria das vezes, a resposta é "não".

— Por que você mencionou Romeo Oggioni?

— Você sabe muito bem — respondeu Penelope, titubeante, baixando o olhar.

Irene ergueu-lhe o rosto, obrigando-a a fitá-la bem nos olhos.

— O senhor Oggioni conseguiu salvar o pouco que restava dos bens de sua avó. É um homem de negócios. Se a casa de Forlimpopoli ainda pertence à nossa família, o mérito é dele. Despejou os inquilinos e transferiu para lá uma das suas oficinas de botões. Hoje, sua avó sobrevive com o aluguel que ele paga. Restaurou as paredes com dinheiro do próprio bolso. É bonito, inteligente, e suficientemente cínico para fazer sucesso. Com sua avó, foi honesto e generoso. Fez isso por mim. Ele gostava de mim. E eu dele. Durante uns dois anos, deixei que me cortejasse. Chegamos a nos beijar e você nos viu, lá da torrinha. Talvez eu tivesse ido além disso. Foi você quem me deteve e me permitiu salvar os princípios nos quais acredito: a fidelidade, o meu casamento, minha filha. Em suma, Pepe, entre mim e Oggioni houve apenas uns beijos, aqueles que você viu. Depois, mais nada. Por isso ele se casou. Amo seu pai e, sinceramente, espero que você encontre um companheiro como ele. Talvez com uma pontinha de ambição a mais. Se é verdade que o dinheiro não traz felicidade, é certo que na abundância se sofre menos, tenho absoluta certeza. É isso.

Penelope a escutara com atenção. No silêncio que se seguiu, recordou aquela noite de verão, na torrinha, quando desejara ser Julieta e morrer ao lado do seu amor. Reviu Romeo Oggioni beijando sua mãe. Naquele momento, Irene havia matado todos os seus sonhos.

Realmente, era simples e ingênuo demais que sua mãe esperasse cancelar com quatro palavras um episódio que a fizera sofrer por muito tempo.

Tinham-se passado cinco anos desde aquela noite e Penelope aprendera a não confiar nela. Não estava muito certa de que Irene estivesse dizendo a verdade.

— Por que me dá explicações que não pedi? — perguntou bruscamente, acrescentando: — E também, por que me fala disso logo agora?

— Não agüento mais sentir você tão distante. Eu a vi, naquela noite, embora esperasse que, no escuro, você não tivesse me reconhecido. Levei muito tempo para compreender que você sabia. E depois me perguntei muitas vezes se você estava pronta para ouvir a verdade — argumentou Irene.

— Agora que me contou, o que você espera que eu faça? — desafiou-a Penelope.

— Não faço idéia.

— Pois muito bem. Então não fique achando que vou me pendurar no seu pescoço, dizendo: vamos ficar amigas.

— Bastaria que você parasse de me odiar.

— Mas quanta importância você se atribui! Eu nem a enxergo. Imagine só se posso odiá-la! — retrucou Penelope, a esta altura com os olhos marejados.

— Que coisas terríveis de se ouvir — disse Irene, olhando-a desconcertada.

— Lamento, mamãe. Mas não consigo me expressar de outra maneira. Muitas vezes me sinto infeliz e inquieta. Não sou uma aluna brilhante. Por isso você me matriculou na escola normal, e não no liceu. Mas, mesmo lá, estudo pouco e de má vontade. Suas amigas e as filhas delas me criaram um monte de complexos. Diante da sua beleza, eu me sinto como uma rã gorda e desgraciosa. Como posso lhe perdoar tudo isso? — desabafou Penelope, explodindo finalmente num choro descontrolado.

Então se viu nos braços de Irene, que, apertando-a contra si, disse baixinho:

— O que posso fazer para confortá-la?

— Tente com a varinha mágica. Você me fez feia. Me faça ficar bonita e desejável como você — balbuciou Penelope, entre as lágrimas.

Irene sorriu. O desabafo da filha lhe parecia um bom ponto de partida para reconquistá-la.

— Eu tenho mesmo uma varinha mágica, embora você não a veja. Claro, ela não age de repente. Precisaremos de um pouco de tempo e da sua colaboração — declarou, acariciando-lhe os cabelos.

— Como assim? — perguntou Penelope, soltando-se dos braços de Irene.

— Para começar, você vai entrar numa dieta. Depois, fará muito esporte. Eu lhe ensino a jogar tênis. Levarei você à minha cabeleireira, à esteticista, e iremos a Forlì para comprar umas roupas novas. Em setembro, seu tamanho será quarenta. Prometo. A essa altura, perceberá que é bonita.

— Mas nunca serei como você — disse Penelope, desconsolada.

— Será melhor do que eu. Vai aprender a ser você mesma e a gostar de si. Garantido.

— Veremos — duvidou a jovem, de cara fechada. Deixou a sacada e atravessou o quarto para sair. Já na porta, voltou-se: — Você ainda não me deu permissão para ir à festa na praia.

Tinha sido convidada pelas amigas do verão a comemorar o aniversário de uma delas com um churrasco. Todo mundo levaria de casa alguma coisa para comer e beber. Penelope havia falado com a mãe alguns dias antes, e Irene a deixara em suspenso, sem negar nem consentir.

— Vá olhar na geladeira. Preparei para essa festa uma travessa de espetinhos de camarão. Fiz um estoque de laranjada e comprei dois quilos de sorvete. Está tudo pronto. Inclusive os copos e pratos de plástico.

— Você fez mesmo tudo isso? — espantou-se Penelope.

— Não esqueça que mais tarde chega seu pai. Espere por ele antes de sair. Comporte-se com juízo esta noite. E agora vá. Preciso lavar esta cara melada de rímel — respondeu Irene, sorrindo.

Penelope chegou à praia levando todas aquelas guloseimas e também seu violão. Todos os amigos e amigas se encontravam lá. Também estava Roby, o guarda-vidas, chamado Bobby Solo por causa de sua extraordinária capacidade de imitar a voz do cantor romano. Roby era filho dos donos de um alberguezinho do lugar. No verão, arredondava os magros rendimentos da família tomando conta dos banhistas, quando não estava ocupado em paquerar as moças, para as quais cantava: *Una lacrima sul viso*. Penelope tinha uma queda por ele. Irene percebera e, naturalmente, não via com bons olhos a situação. Assim, dizendo à filha "Comporte-se com juízo", aludia àquela espécie de garotão provinciano, que tinha 26 anos e nenhuma perspectiva para o futuro.

Penelope captou a mensagem mas não se preocupou. Pelo contrário: a idéia de um belo rapaz que a paquerava levantou seu moral. Desde uns dois anos antes, suas amigas do peito e suas colegas de classe protagonizavam complexas histórias sentimentais. Histórias que nasciam e terminavam num prazo de poucos meses e se renovavam continuamente. Os rapazes consideravam Penelope apenas uma boa amiga. Nenhum lhe enviara jamais um bilhetinho de amor. Ela sofria com isso e reagia agindo como um garoto, vestindo-se de modo descuidado e se empanturrando de lanches. Mas se sentia feia, sozinha, e isso lhe doía atrozmente. Naquele verão, o guarda-vidas a cercara elogiando sua habilidade de nadadora. Com o engraçado sotaque da Romagna, adulava-a, exaltando a delicadeza do seu rosto, o fascínio da voz, o talento ao inventar canções. Irene, de longe, ficava de olho na filha e temia que aquela ingênua paixonite pudesse lhe causar desprazeres.

A vovó Diomira também havia percebido as manobras dos dois jovens para ficarem sozinhos e interpelara a neta com a franqueza habitual:

— Fique longe daquele desgraçado. Lembra-se do *Rigoletto*? "Esta e aquela, para mim são iguais." Mas ele nem sequer é o duque de Mântua.

Penelope pensava no outono, em sua volta à escola, quando as colegas alardeariam suas histórias de amor estivais. Talvez ela também viesse a ter uma história para contar.

Quando caiu a noite, bem no meio da festa, o Bobby Solo da praia segurou-a, cochichando:

— Menininha, vamos dar uma volta à beira-mar. — Penelope se deixou levar para longe dos outros, encantada por aquelas palavras. Quando o guarda-vidas a convidou para se sentar dentro de um barco no seco, com a cumplicidade do luar, Penelope admirou seu belo corpo e imaginou que Roby fosse um guerreiro *viking*.

Atribuiu uma estirpe real a ele e a si mesma, vendo-se bela, tal como sua mãe dissera que ela ficaria. Deixou-se beijar, de início surpresa, porque não compreendia a razão daquela língua estranha dentro de sua boca, e depois vencida por uma descarga de pulsações novas e envolventes. Sentiu um arrepio quando o jovem meteu a mão sob sua roupa para acariciá-la. De repente, sentiu que a mão dele guiava a sua para lá, para onde a mão de uma moça direita não devia ir nunca. Baixou o olhar. A luz da lua clareava algo assustador que nascia da bermuda fosforescente do guarda-vidas.

Penelope gritou, horrorizada. Pulou para fora do barco e começou a correr em direção ao grupo de amigos. Passou por todo mundo e saiu da praia, seguida por Sandrina, que a chamava aos berros:

— Pare, Pepe! Afinal, o que aconteceu?

— Não, não vou parar. Aconteceu que encerrei o assunto com os homens. Meu Deus, que nojo — respondeu, correndo para casa, para sua mãe.

4

Penelope não contou a ninguém, nem mesmo à mãe, sua amarga experiência com o guarda-vidas. Manteve-a cuidadosamente em segredo e, mais uma vez, convenceu-se de ser realmente azarada: suas amigas jamais tinham tido aventuras tão grosseiras. No entanto, a decepção poderia lhe ser útil.

Dia após dia, mês após mês, foi se reaproximando da mãe. Compreendeu que, embora muito jovem, Irene era dotada de uma robusta dose de bom senso e se deixava guiar por ele, mais do que pelos sentimentos. Do pai vagabundo, a quem jamais conhecera, tinha herdado o amor ao dinheiro. A mãe megalomaníaca, amante da exterioridade, lhe transmitira o prazer das coisas bonitas e a importância de aparecer.

Diomira, a rainha dos disparates, havia ensinado à filha, com o exemplo, mais do que com palavras, uma certa retidão moral e o respeito às regras.

— Não se pode viver de qualquer jeito, *à la sem-façon*, como fazem os jovens de hoje — dizia. E prosseguia: — Na França, os *sem-culottes* fizeram a *révoluction*, e depois acabaram com o *derrière* no chão.

Seguindo os conselhos da mãe, Penelope havia melhorado seu aspecto, tanto que a amiga Sofia lhe dissera mais de uma vez:

— Sabe que você está ficando cada vez mais bonita?

Melhorou também o rendimento escolar. Seu temperamento reservado, melancólico, sua insatisfação inata continuaram como sempre. Porém, ela se deu conta de que, quando o aspecto fica mais belo, também os maus humores se tornam mais toleráveis.

A amiga Donata, que já então se divertia com a astrologia, gratificando parentes e amigos com seus prognósticos, preparara para ela um horóscopo completo.

— Você tem um temperamento velado. Como é dominada pela lua, suas arestas não são evidentes. Parece tranqüila, porque esconde bem as inquietações. Preste atenção para não se fechar demais na sua concha, porque dos outros você pode receber o mal, mas igualmente o bem. Por que você se subestima sempre? — perguntara Donata.

Penelope gostaria de responder: "Porque já existe você para se superestimar e fazer com que eu me sinta um verme."

Mas não conseguia mesmo se abrir, dizer às outras pessoas, inclusive às amigas mais queridas, o que realmente achava delas.

Quando voltou a Cesenatico, no verão seguinte, o Bobby Solo do litoral da Romagna mudara de balneário. Agora, no bote vermelho de salvamento, estava um novo guarda-vidas. Também este era um belo rapaz do lugar. Penelope evitou confraternizar com ele. Quando não estava na praia com a mãe, freqüentava a casa do professor Briganti, que a ajudava nos deveres escolares de férias mas, sobretudo, tinha a capacidade de captar sua atenção, contando-lhe páginas de história, de mitologia, de literatura. A velha mãe do professor tinha "passado desta para melhor" durante o inverno. Alguns meses antes, também se fora o querido amigo Marino Moretti, deixando um vazio difícil de preencher. O mestre, durante os meses de férias, se sentia sozinho e recebia com alegria as visitas vespertinas de Penelope.

— Piccarda ainda está viva — informou ele. — Esta brava e velha senhorita ainda sobreviverá a mim.

Penelope não conseguia compreender como alguém podia se afeiçoar tanto a uma tartaruga. Com o gato da avó, quando estava numa lua boa, sempre se podia brincar. Com uma tartaruga, não.

— Quando estamos sozinhos — explicou o professor —, não podendo investir afetivamente nos nossos semelhantes, nós o fazemos num animal, qualquer que seja, e lhe atribuímos valores que na realidade ele não tem.

— O senhor não está sozinho, professor. Ainda tem muitos amigos, e seus alunos lhe querem bem. Eu também lhe quero bem — sussurrou Penelope.

— Um dia vou ler para você umas páginas de um grande escritor latino chamado Sêneca. Em seu curto ensaio sobre a velhice, ele contou coisas que eram verdadeiras dois mil anos atrás, tanto quanto hoje. A pior doença, contra a qual não existem remédios, é a velhice, que traz consigo a solidão. Quando você é jovem, pensa que o mundo lhe pertence. E de fato é assim. Mas logo chega o tempo em que os anos passam velozes como a água de um rio. Você se vê velho e percebe que está cada vez mais só. Então precisa sentir alguém muito próximo. Eu tinha minha mãe, que até o último momento se manteve superlúcida. Convivíamos bem. Eu lia o jornal para ela e conversávamos sobre os fatos do mundo. Agora me restou Piccarda. É pouco, eu sei. Não passa de uma tartaruga. No entanto, quando sai da letargia invernal, à medida que recupera as forças, ela vem me procurar bem aqui, ao pé da escada. Sabe que eu a espero. Então lhe dou uma folha de alface e, naquele momento, ficamos ambos felizes.

O homem lhe abrira o coração e revelara a profunda melancolia do ocaso. Penelope se comoveu.

— O senhor não é tão velho assim, professor — disse, tentando consolá-lo. — É muito mais novo do que a vovó Diomira. Por que nunca se casou? — perguntou ingenuamente.

— Porque sou tímido. Sempre fui, sobretudo com as mulheres. Quando era jovem, se encontrava uma moça que me agradava, enrubescia até as orelhas, só de olhar para ela. Ficava emocionado, balbuciava umas bobagens e depois fugia, cheio de vergonha — confessou ele.

— Querido professor, o senhor é realmente uma pessoa rara — declarou Penelope, com convicção.

— Não falemos mais disso — respondeu ele, encolhendo a cabeça entre os ombros, exatamente como fazia a tartaruga Piccarda. — Eu apenas tentei responder à sua pergunta.

Penelope o presenteou com um poema que escrevera para ele.

Era uma composição breve, tocante. O homem a leu e seus olhos ficaram marejados. Não fez comentários, mas passou pelos cabelos da jovem uma mão hesitante, quase como se temesse machucá-la.

Penelope lhe falava freqüentemente de si, de sua insatisfação, de suas dúvidas sobre o futuro. Um dia, conseguiu confessar-lhe o desejo de musicar alguns poemas.

— Mas não consigo inventar uma boa melodia. Compreendi que a música precisa de grandes silêncios, ao passo que na minha cabeça há um barulho infernal. Nesse sentido, não tenho talento. E nem mesmo em outros sentidos, para falar a verdade — lamentou-se.

— Acho que você não deve ter pressa. O talento, se existir, aparecerá no momento certo. Compreendo seu desejo de interpretar suas próprias composições. Mas nem sempre quem escreve letras consegue também musicá-las. Pense nos libretistas dos melodramas. As melodias imortais de Mascagni, Verdi, Puccini ganhavam corpo seguindo os enredos e os diálogos de excelentes libretistas — argumentou o professor. — Pode ser que você precise de um bom musicista que acredite na sua poesia.

— Não houve libretistas mulheres? — quis saber Penelope, curiosa.

— Temo que não. Talvez tenham existido mulheres que poderiam escrever letras belíssimas. Mas não encontrariam consenso. E pensar que as mulheres sempre tiveram muita inteligência, sensibilidade e genialidade — explicou ele.

— O senhor acha mesmo? — perguntou Penelope.

— E como! Um dia lhe contarei sobre santo Ambrósio, o padroeiro da sua cidade, que aprendeu a ler, sem declamar em voz alta, com as irmãs da clausura, obrigadas a respeitar a regra do silêncio.

As tardes de Penelope, no jardim do professor, transcorriam assim, entre a execução dos deveres escolares de férias e as digressões sobre os temas da vida. A jovem amava essas horas de serena intimidade com aquele homem culto, benévolo, sábio. Muitas vezes, porém, a avó ou a mãe a chamavam, temendo que tanta assiduidade pudesse incomodar o vizinho.

Um dia a mãe a chamou e, assim que ela entrou em casa, disse que a avó precisava ser internada urgentemente no hospital.

— O que ela tem? — preocupou-se Penelope.

— O médico diz que é uma broncopneumonia, e surgiram também umas complicações cardíacas — informou a mãe, angustiada.

Chegou a ambulância para levar a avó, Irene foi com ela e Penelope ficou em casa sozinha, esperando notícias.

A mãe voltou quando já escurecera. Chorava.

— O estado de sua avó é grave. Talvez ela não escape — disse, entre lágrimas.

Penelope queria bem à avó e todos os dias pegava a bicicleta para ir vê-la no pequeno hospital do lugar, esmerado e eficiente. A avó respirava com a ajuda de oxigênio. Tinham colocado em sua boca uma sonda para alimentação e, no dorso da mão, a agulha do tubo de soro para hidratá-la. Estava constantemente sedada.

Penelope se sentava à sua cabeceira e lhe acariciava docemente o rosto. Esperava que o afeto tivesse um poder terapêutico e fizesse a avó sarar. Mas os dias passavam e não havia melhoras. No fim de semana, seu pai chegou de Milão. Penelope escutou os pais cochicharem no quarto, a portas fechadas. Depois, a voz do pai subiu de tom.

— Você não vai querer que ela morra num leito de hospital — afirmou ele, decidido. A mãe sussurrou algo incompreensível e seguiu-se uma nova réplica do pai.

— Contrataremos uma enfermeira para a noite. Ela fez muito por nós. Agora chegou nossa vez de fazer alguma coisa por ela.

Diomira foi trazida para casa. Passou mais uma semana totalmente sedada. Veio o pároco da igreja dos capuchinhos para lhe dar a extrema-unção. Penelope rezou devotamente pela cura da avó. E de repente, numa manhã, ao alvorecer, a voz rouca de Diomira se fez ouvir na casa inteira.

Penelope e a mãe correram ao quarto dela, onde a enfermeira tentava sossegá-la.

— Quero meu café. Forte e com bastante açúcar — dizia ela.

— Vou fazer agora mesmo — ofereceu-se a neta, rindo de alegria e correndo para a cozinha, certa de que suas preces haviam operado o milagre.

— Pepe, telefone logo para o médico. Peça que ele venha ver sua avó, que parece curada — ordenou a mãe, do alto da escada.

Irene e a enfermeira conseguiram colocar Diomira de pé, fazer sua higiene e vesti-la com uma bela camisola, enquanto ela resmungava o tempo todo.

— Bastou que eu não me sentisse bem por alguns dias e vocês logo se aproveitaram. Veja o estado dos meus cabelos! E o bigode? Espetado como arame. Minhas unhas! Ninguém se preocupou em refazer o esmalte.

A Diomira de sempre estava de volta. Sorveu seu café com infinito prazer, distribuindo sorrisos maliciosos.

— É um milagre! Um milagre! — repetia a enfermeira.

— Que milagre, que nada! Eu apenas tirei algumas horas de repouso — irritou-se a avó. — Já é dia e ainda estou no quarto. Quero descer para a sala — acrescentou, afastando o lençol e exigindo o robe.

Não se agüentava de pé, mas Irene e a enfermeira não conseguiram dissuadi-la do seu propósito.

— Este, não. Quero aquele de cetim azul-celeste — teimou.

Penelope nunca se sentira tão feliz. Ajudou a mãe e a enfermeira a segurar Diomira, enquanto esta descia dificultosamente a escada e metralhava ordens.

— Chamem imediatamente a cabeleireira. Façam outro café para mim. No almoço, quero uma substanciosa sopa de peixe. Liguem o ventilador, aqui dentro está muito quente.

Irene repetia incessantemente:

— Tudo bem, mamãe. Sem dúvida, mamãe.

Transpuseram a entrada da sala. Diomira quis a cadeirazinha rígida. Instalaram no alto do encosto uma almofada para apoiar sua cabeça um tanto vacilante. Ela deu um longo suspiro.

— Assim está decididamente melhor — disse, mais calma. Depois virou-se para Irene: — Quero ficar sozinha com minha neta. Portanto, saiam vocês duas e fechem a porta.

Olhou ao redor, satisfeita, e sorriu para Penelope.

— Não estou tão bem quanto pareço — confessou. — Mas um enfermo tem o direito de impor sua vontade.

Fez uma pausa e prosseguiu:

— Minha sala precisa de novo estofamento — constatou, considerando o estado da seda já gasta. Depois baixou a voz. — Agora, mocinha, você me faz um favor. Abra a gavetinha da *étagère*. Ali achará cigarros e fósforos.

— Vovó! Você teve uma broncopneumonia. Não está pensando em... — protestou a neta.

— Cale-se e faça o que estou mandando. Isso, muito bem. Agora me dê um cigarro. Acenda-o, por favor. E escancare a janela. Se sua mãe perceber, é capaz de fazer um escândalo.

Penelope meteu-lhe o cigarro entre os lábios e Diomira deu uma longa tragada. Sorriu, satisfeita.

— Ah! *Je suis soulagée* — comentou, feliz.

Reclinou a cabeça e adormeceu para sempre na sua preciosa Chippendale.

5

A VOVÓ DIOMIRA repousava no caixão forrado de cetim branco com pespontos dourados. Tinha sido vestida com o traje de renda macramê bordô que usara para assistir à estréia do *Rigoletto* no teatro Bonci de Cesena. Irene colocou-lhe entre as mãos um terço, adquirido às pressas numa joalheria em frente ao porto, de contas vermelho-escuras que combinavam com a roupa.

Penelope, quando teve certeza de que ninguém a observava, pegou o maço de cigarros e a caixa de fósforos na gaveta da *étagère* e escondeu-os dentro do caixão.

— Para o caso de você querer dar uma fumadinha — cochichou ao ouvido da avó, convencida de que ela gostaria.

Das casas vizinhas, a notícia da morte de Diomira Gualtieri propagou-se pelos arredores. E, de repente, começou um entra-e-sai de gente de todas as idades e de todas as condições. O primeiro a se apresentar foi o professor Briganti. Usava para a ocasião um terno preto, uma camisa imaculada, gravata preta e um chapéu preto que ele tirou ao entrar no vestíbulo, onde Irene, aguardando que o marido chegasse de Milão, recebia os visitantes. Também ela envergava um vestido de seda preta com bolinhas brancas, mantendo-se dignamente de pé na entrada da sala.

— Cara Irene, vim apresentar-lhe minhas condolências — disse o professor, num sussurro.

— Obrigada, meu amigo. Se quiser ver a mamãe... — respondeu ela, apontando para o interior da sala, onde o sofá, as poltronas e as cadeiras Chippendale tinham sido enfileirados diante do caixão, a cujos lados ardiam dois círios.

Penelope estava na cozinha com Sandrina Zoffoli e a mãe desta, Gigina, que haviam se oferecido para ajudá-la. E de fato, à medida que as visitas se sucediam, as três se azafamavam servindo cafés quentes, cafés gelados, chás frios de pêssego, água mineral. As pessoas, depois de uma breve parada junto aos despojos de Diomira, seguiam desorientadas para a copa e a varanda. Penelope e Sandrina iam da cozinha para lá e para cá, levando bandejas cheias de xícaras e copos e ouvindo os comentários sobre a defunta.

"A senhora viu como Diomira está bonita? Parece dormir." "Teve a morte dos justos. Foi embora sem sofrer." "Grande mulher, Diomira. Que Deus a tenha em sua glória." "Claro que era jovem. Ainda podia viver mais alguns anos." Esta última observação vinha das amigas da avó, algumas mais velhas do que ela, e que agora temiam por si mesmas.

Seguindo a tradição, o portão do jardim tinha um dos batentes fechado, assim como a porta da casa, pela qual entravam mensageiros com buquês de flores e bilhetinhos de pêsames.

Chegou também Mimì Pennisi, que abraçou sua mulher, sua filha e depois começou a chorar como uma criança. Afeiçoara-se sinceramente àquela sogra estranha, que sempre lhe havia demonstrado uma ternura especial.

Foi um dia extremamente cansativo. Irene foi às casas dos vizinhos para pegar emprestadas umas jarras onde pudesse colocar os buquês. À tardinha, a sala se transformara numa estufa.

Enquanto isso, a senhora Zoffoli começara a estirar a massa para fazer lasanha e talharim. No fogo, os molhos borbulhavam, e ao perfume das flores se sobrepunha ao dos quitutes. Em Cesenatico, quando morria alguém, consumiam-se palavras, hectolitros de café e quilos de massa.

O professor Briganti retornou ao cair da noite, oferecendo-se para velar Diomira. Também se ofereceu o pai de Sandrina, que era contemporâneo e amigo de Mimì Pennisi.

— Você e sua mulher vão descansar — insistiu. — Amanhã haverá o funeral e será outro dia cansativo. Com este calor! O professor e eu faremos companhia a Diomira.

O médico da família, vindo em visita oficial com a mulher, deu um sedativo a Irene e mandou-a para a cama.

— Vou ficar acordada — anunciou Penelope. A morte da avó era um evento extraordinário em sua vida, e ela pretendia vivê-lo a fundo. Sandrina quis permanecer ao seu lado. Assim, quando anoiteceu, enquanto o senhor Zoffoli e o professor Briganti conversavam baixinho na varanda, Penelope e sua amiga retomaram o controle da cozinha, alternando considerações sobre a morte com os visitantes, sobre as histórias da praia, sobre os fogos-fátuos que no verão se acendiam nos cemitérios.

— Na Índia, os mortos são colocados num grande recinto e deixados expostos ao sol e à lua. Os corvos vêm e os comem. Uma semana depois, os parentes vão recolher os ossos — disse Penelope.

— Esta você inventou agora. Na verdade, na Índia as cinzas dos mortos são jogadas num rio, o Ganges, que as leva para longe, até o mar — esclareceu Sandrina.

— Mas os que estão longe do rio acabam como eu disse — teimou Penelope.

— Os que estão longe do Ganges são queimados. Eles fazem fogueiras imensas, como as nossas do Ano-novo, quando queimamos a *Focaraccia* na praça — insistiu a amiga.

— Seja como for, somos cristãos e a vovó será enterrada no túmulo da família Gualtieri, junto a seus parentes — concluiu Penelope, que não queria discutir.

— Por falar em túmulos de família, você viu a casa nova dos Bertarelli?

— Parece um mausoléu. Todo aquele mármore branco me dá arrepios — constatou Penelope.

— Os Bertarelli são *pernósticos*. Ganharam muito dinheiro, não se sabe como. Clelia Bertarelli foi minha colega de colégio, no primário e no secundário. No entanto, quando me encontra finge que não me conhece. Fala com voz empostada e diz que tem um noivo americano — contou Sandra, fazendo uma imitação cômica da atitude afetada da colega.

— Vou ter saudade da vovó — sussurrou Penelope, finalmente externando a dor que sentia no coração. — Mas, até amanhã, ela ainda está conosco. — Seus olhos se encheram de lágrimas.

— Vamos Pepe, deixe isto comigo. Eu termino de enxugar os pratos. Vá vê-la — sugeriu a amiga, docemente.

Penelope saiu da cozinha, atravessou o vestíbulo na ponta dos pés e entrou na sala. Os círios difundiam uma luz tênue. A jovem foi envolvida pelo perfume intenso das flores. Aproximou-se da avó e observou-a, pensativa. Pareceu-lhe que o peito dela subia e descia, respirando. "E se ela estivesse apenas dormindo?", desejou Penelope. Depois estendeu a mão e tocou a testa de Diomira. Estava gelada. Da copa vinham as vozes cochichadas do professor Briganti e do pai de Sandra, que travavam um diálogo pacato.

Ocorreu-lhe que Diomira havia sido uma avó estranha, boa e generosa. Quantas vezes a levara ao cinema, ao salão de jogos, ao teatro! Sempre ficara ao seu lado contra Irene, quando esta se mostrava demasiado severa. Sua linguagem estrambótica e fantasiosa acabava junto com ela. Sua megalomania se tornaria lenda na história da família. Coerente consigo mesma até o fim, a avó fora embora em sua Chippendale, como uma rainha que morre no trono.

— Adeus, vovó. Vou ter saudade de você — sussurrou, comovida, acariciando-lhe a mão. — Espero que o bom Deus a deixe fumar — acrescentou, para aliviar a comoção.

Saiu da sala e subiu ao primeiro andar. A porta do quarto dos pais estava encostada. Dali não vinha nenhum rumor. Eles dormiam, exaustos. Penelope seguiu em frente e subiu a escada em caracol. Chegou à torrinha e olhou o céu. Pareceu-lhe que o mundo devia manifestar um sinal de luto pela morte da vovó. As estrelas, naquela noite, deveriam se apagar, e as árvores do jardim, reclinar os ramos. Mas tudo continuava como sempre. Ela baixou o olhar para a rua. Estava deserta. Somente uma bicicleta de dois lugares, protegida por uma coberturazinha de lona vermelha, avançava lentamente. Ela escutou o rangido das correntes e viu as pernas de um homem e de uma mulher pedalando. De repente, a roda dianteira se soltou do quadro e seguiu pelo asfalto por alguns metros. A bicicleta tombou para a frente. Ouviu-se um grito e os dois ocupantes foram jogados ao chão, diante do portão da casa. A moça vestia uma saia branca e um *top* preto. Gritava com voz enraivecida:

— Eu lhe disse que esta bicicleta estava quebrada!

O rapaz, de *jeans* e pólo amarela, levantou-se e tentou ajudá-la. Ela, porém, agitava os braços para afastá-lo.

— Foi tudo culpa sua. Você é um retardado!

Penelope desceu precipitadamente ao térreo, saiu para o jardim e abriu o portão.

— Precisam de ajuda? — perguntou, aproximando-se dos dois.

O rapaz olhou-a e sorriu. Tinha olhos grandes, escuros, e um rosto belíssimo, dourado pelo sol. Ela o ouviu dizer, com uma voz que a encantou:

— Acho que sim. A moça arranhou o joelho.

— Entrem aqui em casa. Mas falem baixo, porque minha avó morreu esta manhã — informou Penelope, precedendo-os até a cozinha. Sandrina já fora embora. Penelope levou um dedo aos lábios, para sinalizar aos dois que falassem baixo.

— Mas de fato há um morto aqui dentro? — perguntou a moça, preocupada.

Penelope assentiu e esclareceu:

— Está na sala ao lado.

— Aqui eu não fico — afirmou a desconhecida, em tom decidido.

— Minha avó não vai comer você — disse Penelope, aborrecida. Já segurava um pano úmido e estava pronta para passá-lo no machucado da outra.

— Que sorte, você querer me lançar no mundo da canção. Por enquanto, só conseguiu me jogar no chão e me arrastar a um velório — sibilou irritada a moça para o jovem, que não parava de olhar Penelope. Depois afastou grosseiramente a mão estendida para seu joelho e saiu da cozinha, balançando-se sobre altíssimos saltos agulha.

Penelope e o rapaz se fitaram bem nos olhos.

— Eu me chamo Andrea — sussurrou ele.

— E eu, Penelope. Pepe, para os amigos — respondeu ela, baixinho.

— Você parece sósia de Romy Schneider. Só que é mais bonita do que ela.

Penelope achou Andrea bonito de tirar o fôlego. Sentiu que lhe agradava e soube que, naquele momento, sua primeira história de amor estava começando.

— É o presente da vovó Diomira — sussurrou. Andrea não entendeu a que ela se referia. Veio lá de fora a voz vulgar da moça, que berrava:

— Então, você vai ou não me levar para casa?

— A fadinha está chamando você — avisou-o Penelope, com um sorriso irônico.

6

A RESSACA ACARICIAVA a areia e os pés descalços deles dois, enquanto o sol era um enorme disco de fogo que nascia do mar. Andrea e Penelope se viram, correram ao encontro um do outro, abraçaram-se e trocaram o primeiro beijo. E foi um momento irrepetível, de felicidade absoluta.

Tinham se passado dez dias da morte de Diomira. Andrea havia telefonado a Penelope diariamente, de Milão, onde trabalhava na redação de um jornal importante. Ligava em horários combinados, quando ela sabia que a mãe não estava em casa. Entre os dois, as palavras fluíam impetuosas como um rio na cheia. Logo no início, Andrea fizera questão de esclarecer que a moça com quem sofrera o acidente na bicicleta não era sequer sua amiga. Era cantora numa pequena banda da Romagna e queria muito aparecer nos jornais. Tinha sido apresentada a ele por um colega, que trabalhava para *Il Resto del Carlino*, e que lhe pedira o favor de mencioná-la no jornal milanês, nos textos sobre espetáculos.

— Não é o tipo de moça que eu freqüentaria — completara ele.

— Qual é o tipo de moça que você freqüentaria? — perguntara Penelope, que começava a refinar a arte inata da coqueteria feminina.

— Você sabe. — Andrea parecia não querer dar o braço a torcer mais do que o necessário.

— Não, não faço a mínima idéia — espicaçara ela.

— É você. Gosto dos seus olhos risonhos, de sua beleza discreta. Penso nisso o tempo todo e queria que você fosse uma bonequinha que coubesse no bolso do meu paletó, para tê-la sempre perto.

Penelope escutava extasiada essas palavras banais, que para ela eram sublimes. Estava nascendo seu primeiro amor, e ela o acariciava com ternura e espanto, como se ele fosse uma flor maravilhosa a ponto de desabrochar.

— Também gosto de você — sussurrara, fremente, enrubescendo e abençoando o telefone, que impedia Andrea de ver sua perturbação. Ele tinha 22 anos e estava aprendendo o ofício de jornalista. Já lhe contara os difíceis primeiros tempos. Tinha começado aos 18 anos a circular pelas redações, esmolando colaborações esporádicas e mal remuneradas, sem desanimar. Vivia com a mãe, que era faxineira numa escola primária. Por fim, tinha sido contratado por um jornal, aprovado no curso de jornalismo e escalado para a editoria de espetáculos. Sua mais alta aspiração era a de se tornar "enviado especial".

Penelope não sabia o que falar de si. Parecia-lhe não ter nada de interessante para contar. No entanto, confiara a ele o seu sonho: escrever belas canções.

Depois de muitas conversas a uma distância de trezentos quilômetros, certa madrugada o telefone tocou. Ainda não eram cinco horas. Seus pais acordaram sobressaltados, e ela desceu correndo a escada para atender.

— Estou aqui, em Cesenatico. Espero por você na praia.

— Quem é? — perguntou o pai, com voz de sono.

— Foi engano — mentiu Penelope, já escapulindo para fora de casa. Montou a bicicleta e pedalou impetuosamente em direção ao mar. O dia clareava, e a cidadezinha da Romagna parecia um lugar irreal.

As rodas da bicicleta afundaram na areia quando ela freou, em frente à entrada do balneário. Penelope contornou o bar, que estava fechado. No horizonte, nasciam do mar os primeiros raios de sol. Ela olhou ao redor e viu Andrea, na praia, a uns cem metros de distância. Ele usava a pólo amarela. Penelope tirou as sandálias e correu ao seu encontro.

Os dois se abraçaram. Andrea a beijou e Penelope retribuiu aquele beijo com a paixão ingênua dos seus 18 anos.

— Não consigo acreditar que a encontrei — disse ele.

— Nem eu — respondeu Pepe, num sopro.

— Eu amo você — sussurrou o belíssimo jornalista.

— Diga de novo — pediu ela.

— Eu amo você, amo, amo — repetiu Andrea, feliz.

— Eu também amo você. Parece que o conheço desde sempre. Eu não sabia, mas o estava esperando. — Penelope pensou em Diomira, que gostava de homens bonitos. Nisso, parecia-se com a avó. Nunca se apaixonaria por Andrea, se ele fosse um rapaz insignificante.

— Meu Deus, como estou feliz! — gritou Andrea, erguendo os braços para o céu. Depois abraçou-a de novo. — Também a procurei por muito tempo. Você é a garota que eu sempre quis.

Penelope pensou que eles deviam fazer algo especial para comemorar seu amor.

— Já tomou banho de mar às cinco da manhã? — sugeriu, quase adivinhando os pensamentos de Andrea.

Ele nunca o tinha feito. Ela o viu tirar a camisa e os *jeans*. Por baixo, usava um calção amarelo e azul. Penelope admirou de relance a maravilhosa solidez daquele corpo jovem e forte. Ela não estava de maiô. Vestia ainda a camisola de algodão branco, orlada de vermelho e com mangas curtas em renda de Sangallo. Por mais ingênua que fosse, intuiu que Andrea gostaria de vê-la nua. Não lhe daria essa satisfação.

Segurou-o pela mão e correram juntos para o mar, espadanando água para todos os lados. Depois nadaram em direção ao largo, entrando numa corrente morna.

Às vezes, ao moverem os braços, seus corpos se tocavam, dando a ela uma sensação maravilhosa.

O sol, já fora da água, parecia uma esfera incandescente na linha do horizonte. Penelope virou-se de costas, imitada por Andrea. Ficaram imóveis, braços abertos, de mãos dadas, olhando aquela bola de fogo que lentamente se erguia no céu.

— Eu queria ir até lá e tocar o sol — disse ela.

— Podemos ir a outro lugar e tomar o desjejum — brincou ele.

Voltaram para a margem. Emergiram da água exaustos. Penelope sentiu um arrepio.

Andrea a enxugou como pôde com sua pólo amarela. Ela se lembrou de ter uma saída de praia na cestinha da bicicleta e entrou numa cabana para se trocar.

Naquele momento, o dono do balneário levantou a porta do bar. Eles se sentaram a uma mesa na areia e pediram *cappuccino* e sonhos.

— Até que horas podemos ficar juntos? — perguntou Andrea.

— Meus pais se levantam às sete e meia. Preciso estar em casa 15 minutos antes. Eles não sabem que saí — explicou Penelope. — Mas podemos nos ver à tarde. Em que hotel você está?

— Tenho de estar na redação à uma da tarde. Parti esta noite, depois do fechamento do jornal, e corri até aqui. Não tinha outra maneira de ver você.

— Não dormiu nem um pouquinho?

— Na minha cabeça eu tinha uma espécie de linda cópia de Romy Schneider. Chama-se Penelope e está de férias com os pais em Cesenatico. É uma sereia e me enfeitiçou com seu chamado. Eu não podia me deixar vencer pelo sono — explicou ele, em tom brincalhão.

— Não é bom viajar quando se está cansado — argumentou ela, que no entanto se sentia muito lisonjeada por aquela prova de amor.

— Mas sei ser cuidadoso. Não queria sofrer um acidente e me arriscar a nunca mais vê-la — replicou Andrea, beijando-a no braço.

Chegaram os sonhos e o *cappuccino* fervente. Penelope afundou os dentes na massa fofa e cheirosa.

— Coma e pare de me olhar — espicaçou-o.

— Não consigo tirar os olhos da moça mais bonita do universo — justificou-se ele.

— Por sorte não sou daquelas que ficam cheias de si. Comparada com minha mãe, não passo de um patinho feio — confessou Penelope com simplicidade, depois de engolir o bocado.

O dono do bar foi abrindo os guarda-sóis. Um servente começou a limpar a areia com um ancinho.

Os dois se separaram.

— Telefone quando chegar a Milão — pediu ela.

— Fique por perto, porque não demoro a voltar — prometeu ele.

Penelope o viu se afastar num utilitário maltratado que se parecia com o carro do seu pai, quando ela era criança. Às sete e quinze, subiu silenciosamente a escada de casa e chegou ao seu quarto. Deitou-se na cama, abraçando o travesseiro. Andrea havia partido e ela se sentiu só. Foi invadida pela tristeza, que logo se transformou em pranto. Era isso, o amor? Um instante de exaltação e depois somente lágrimas? Repetiu várias vezes em voz alta o nome de Andrea: "An-dre-a. Três sílabas lindíssimas. Ou talvez só duas: An-drea", sussurrou, afundando o rosto no travesseiro. Procurou palavras que rimassem com esse nome. Ocorreu-lhe "marea". A maré vem e vai, seguindo os influxos da lua. Andrea aparecia e ia embora do mesmo modo. Seria sempre assim?

Sentiu necessidade de contar a alguém sua magnífica história. As amigas falavam dos seus amores com as mães. Ela, porém, deveria ser muito cautelosa com Irene, porque, disso tinha certeza, esta conseguiria estragar tudo.

Se lhe dissesse que amava um jornalista sem dinheiro, a mãe faria um escarcéu. A avó, que a compreenderia e confortaria, não existia mais. Podia telefonar a Sofia ou a Donata. Depois achou que certas histórias não podem ser contadas por telefone. Convinha esperar até voltar para Milão. Mas agora podia falar com Sandrina Zoffoli. Era uma amiga leal e não a trairia.

Um dia Andrea lhe telefonou.

— Consegui antecipar minhas férias. Meu amigo de *Il Resto del Carlino* vai me emprestar a casa dele. É um apartamento na via Roma, ao lado da Cooperativa — anunciou.

— Quando você chega? — perguntou ela, ansiosa.

— Na próxima semana. Ficaremos juntos até o feriadão de 15 de agosto.

Era mais do que ela esperava. Encontravam-se na praia todas as manhãs. Os pais não iam mais ao banho de mar, porque o costume exigia que observassem um período de luto.

O pai trabalhava no jardim, a mãe preparava as conservas que levaria para a cidade. Penelope estava livre como o ar, até a hora do desjejum.

Com Andrea ela nadava, ia de bote até o largo, tomava sol, conversava. Parecia que os assuntos não se esgotariam nunca. Ele lhe contava as histórias da região onde nascera, do pai morto numa fundição de aço para salvar um colega de trabalho, do seu irmão que trabalhava em Roma e se casara com uma espécie de herdeira, da avó Stella, a mãe de seu pai, sempre vestida de preto, sempre amorosa com os filhos e netos.

Penelope lhe falava de Donata e Sofia, as amigas do peito, dos almoços de Natal em Catânia, na casa dos parentes do pai, da avó Diomira, que morava em seu coração, do desejo de conhecer um compositor que escutasse suas letras.

— Um dia eu apresento Danko a você — prometeu ele.

— Que Danko? Aquele de *Margherite per te*, de *Baciami strega*? — perguntou ela, citando duas músicas que naquele momento faziam grande sucesso.

— Ele é meu amigo. Será convidado de honra de um *show* numa boate de Villalta — explicou Andrea.

— Não posso acreditar que você conheça Danko. Talvez não tenha percebido, mas para mim Danko é um mito.

— Pois acredite, vou apresentá-lo a você.

Uma noite, com a cumplicidade de Sandrina, Penelope arrancou dos pais o consentimento para chegar tarde. Andrea queria levá-la a Villalta, a uma boate onde a faria encontrar Danko.

— Veja bem, não passe da meia-noite — decidiu Irene.

Penelope iniciou uma série de tratativas e conseguiu prorrogar a volta para uma hora da manhã.

Era a primeira vez que ela e Andrea podiam ficar juntos por tanto tempo. Ele a esperava no carro, em frente à Cooperativa. Conforme o combinado, Sandrina os deixou sós.

— Dois é bom, três é demais. Vou para a casa da minha tia. Quando você voltar, Penelope, passe lá para me pegar. Assim, ninguém descobrirá nosso segredo.

— Se não temesse magoar Penelope, eu lhe daria um beijo — exagerou Andrea.

Os dois seguiram para a boate. Danko e sua mulher Ivona os aguardavam.

O jornalista fez as apresentações. Ainda era cedo e só eles estavam no local. O músico emprestou seu violão a Penelope. Sobre os acordes de um velho tango, a jovem recitou, mais do que cantou, a letra de uma canção que escrevera.

Danko sorria. Parecia estar gostando.

— Você escreveu outros textos?

— Cadernos inteiros — interveio Andrea, comprazido.

— Gostei muito dessa letra — decretou Ivona. — Tem uma atmosfera intensa.

— Mas não tenho idéias para a música — lamentou-se Penelope.

— Se todos os letristas escrevessem também a melodia, eu estaria desempregado — brincou Danko.

Nasceu naquela noite uma amizade que durou a vida inteira.

Quando o local começou a se encher, os dois namorados saíram.

— Para onde está me levando? — perguntou a jovem.

— Para o único lugar onde finalmente podemos ficar sozinhos, você e eu.

— Talvez ainda não seja o momento — hesitou Penelope.

— Eu desejo você, meu amor — sussurrou Andrea, acariciando-lhe o seio.

Estavam de novo no carro, de volta a Cesenatico.

— Por que certas coisas não podem ser feitas à luz do sol? — questionou a jovem.

— Foi você quem decidiu que devíamos nos ver às escondidas, como ladrões. Por quê? — perguntou Andrea.

— Até quando for possível, prefiro que esta história pertença somente a nós dois — explicou ela.

— E assim vai desfiando mentiras, uma atrás da outra. À tarde, diz que vai para a casa do professor e pula a sebe para me encontrar. À noite, inventa saídas com sua amiga. Tudo isso me parece muito irracional — explodiu Andrea.

Era a primeira discussão entre eles.

— Você não conhece Irene Pennisi — justificou-se Penelope.

— Amanhã vou embora, e só poderemos nos rever quando você voltar para a cidade — advertiu Andrea, com ar ameaçador.

Penelope se considerava uma moça sensata, e não sabia como conciliar os impulsos do amor com os ensinamentos maternos.

— Tudo bem. Façamos como você quer — disse, em tom de vítima de um sacrifício. Desejava e temia aquilo que ia acontecer.

7

ELA ACHAVA QUE IRIA entrar num daqueles numerosos e horríveis apartamentos de verão com móveis de plástico, linóleo sobre o pavimento, mesinhas de resina, sofás forrados de couro sintético. Ao contrário, porém, transposto um breve lance de escada, viu-se num vestíbulo a céu aberto, circundado por colunas brancas. No centro, numa fonte retangular. A água corrente produzia sons acariciantes. Ao redor, abriam-se os aposentos.

Penelope conhecia bem Cesenatico, mas não fazia idéia de que o prediozinho anônimo, ao lado da Cooperativa, pudesse esconder um apartamento fantástico como aquele. Andrea levou-a para percorrê-lo: cozinha moderníssima, banheiros em mármore rosa de Portugal, quartos e sala em estilo provençal com valiosas peças de antiquário, quadros importantes do século XIX francês, tapeçarias das manufaturas de Aubusson.

— Para onde você me trouxe? — perguntou, espantada.

— Para o único lugar digno de você — respondeu Andrea, abrindo a porta de um quarto onde imperava um grande leito de baldaquino, com cortinas de flores idênticas às do papel de parede. Dentro de uma enorme jarra sobre a cômoda, havia um buquê de lilases brancos, perfumadíssimos.

— Fui eu que arrumei as flores, hoje de manhã — precisou ele.

— Então, sabia que eu viria aqui.

— Era o que eu esperava — sussurrou Andrea, abraçando-a.

Penelope achou que uma moça de bem deveria fugir, mas quem lhe dava forças para ir embora, quando ela desejava ficar e descobrir o que aconteceria? Crescera dentro do respeito a muitas regras. A mais importante estabelecia que "moça direita chega virgem ao casamento".

Sofia e Donata, as quais tinham vários admiradores, jamais se haviam concedido. Sandrina era apaixonada pelo filho de um comerciante de peixe que a cortejava fazia alguns meses. Ela ainda não cedera.

Nenhuma, porém, havia conhecido um tipo excepcional como Andrea. No entanto, todas viviam intensas histórias de amor, freqüentemente mais sonhadas do que reais.

Agora, ela estava sozinha, numa casa belíssima, diante de um homem que a desejava.

Lembrou-se de algumas afirmações da avó: "Um homem que tem intenções sérias não compromete uma moça correta." As intenções sérias eram as matrimoniais. Ela não esperou que Andrea a pedisse em casamento, porque não tinha certeza de que aceitaria. O casamento não tinha nada a ver com as sensações perturbadoras que ele lhe suscitava. Além disso, parecia-lhe vulgar isso de colocar a paixão num dos pratos da balança, tendo como contrapeso uma garantia de núpcias. Todas essas considerações se atropelavam em sua mente, enquanto Andrea lhe cobria o rosto de beijos e ela sentia a respiração dele, seu perfume, e escutava arrebatada as ternas e bobas palavras que ele sussurrava.

Nesse momento aconteceu uma coisa estranha. Penelope teve a percepção de seu poder sobre Andrea. Ele respirava com sofreguidão e suas mãos tremiam ao acariciá-la. Dependia dela, somente dela, ceder ou repeli-lo. Tinha-o na mão, e essa consciência a fazia sentir-se forte. Mas, por sua vez, estava dominada pelo desejo e não era fácil decidir se o satisfaria ou se respeitaria os princípios segundo os quais fora educada. A solução chegou inesperadamente. Penelope sentiu um grande vazio entre o estômago e o cérebro. Empalideceu e escorregou molemente para a cama, sussurrando:

— Estou me sentindo mal — e desmaiou.

Andrea, apavorado, correu à cozinha para buscar um copo d'água. Ela bebeu em pequenos goles.

Aos poucos, o mal-estar passou e seu rosto ficou de novo rosado.

— Desculpe — balbuciou, com um sorriso tristonho.

— A culpa foi só minha — admitiu ele. — Eu devia saber que, para as moças direitas como você, não é fácil enfrentar a primeira relação.

Penelope se sentou na cama e o encarou com expressão gelada.

— Ou seja, se eu tivesse cedido, não seria uma moça direita — constatou.

— Você sabe muito bem que eu não quis dizer isso — defendeu-se Andrea.

— Pelo contrário, entendi muitíssimo bem. Tinha razão a vovó Diomira, quando dizia que "os homens têm dentes de cão, se não mordem hoje, mordem amanhã". É isso — sustentou Penelope, com firmeza.

Andrea a encarou, desorientado. Ela viu seus belíssimos olhos se ensombrecerem, os lábios se crisparem numa expressão feroz.

— Chega! — explodiu ele, agarrando o copo e arremessando-o contra a parede. Penelope sobressaltou-se como se tivesse sido esbofeteada. Não tinha gostado daquele gesto irrefletido, e então reforçou a dose:

— Você tentou se aproveitar de mim. Organizou tudo friamente: o encontro com Danko, esta casa lindíssima, os lilases perfumados na jarra. Contava com seu fascínio, sua simpatia, sua capacidade de me surpreender, e com minha fraqueza de moça apaixonada. Mas o tempo em que os homens pediam a prova de amor às bobas como eu já passou. Até porque, enquanto isso, as mulheres se emanciparam.

— Enquanto isso houve 1968 e as mulheres aprenderam a ser mais sinceras. Quando amam um homem, não pensam nos provérbios das avós. Satisfazem seus impulsos e fazem amor — replicou Andrea, furibundo.

— Ora, esqueça isso de 1968! Vocês homens gostam de lembrá-lo só quando é útil aos seus desejos baixos. E repito, baixos — indignou-se Penelope. — Espero ansiosa o dia em que as mulheres vão subverter os velhos conceitos, e elas é que pedirão a prova de amor. Fui clara?

— Claríssima. Você me pede a prova e eu dou — disse Andrea, repentinamente calmo, brindando-a com um sorriso desarmante.

— Neste caso, peça desculpas e prometa nunca mais jogar a rede para me pegar como um peixinho. Se alguma coisa tiver de acontecer entre nós, será quando e se eu decidir — afirmou Penelope, dirigindo-se ao vestíbulo com passo decidido, para ir embora.

Andrea correu atrás dela, alcançou-a e agarrou-a por um braço.

— Para onde vai? — perguntou.

— Vou encontrar Sandrina. Ela está me esperando.

— Vai esperar mais um pouco — afirmou Andrea.

Atravessaram juntos a rua e ele a guiou pelo porto lotado de turistas. O comércio ainda estava aberto. Andrea arrastou-a até a loja de Mantoni, o joalheiro onde Irene havia comprado o terço para Diomira. O ourives o cumprimentou como se o conhecesse.

— Sua encomenda está pronta — anunciou, entregando-lhe um delicado pacotinho atado com uma fita de seda cor-de-rosa.

— É para você — disse Andrea, passando-o a Penelope.

Saíram para o porto. Ela abriu o pacote. Dentro havia uma aliança de ouro. Na parte interna, estava escrito: DE ANDREA PARA PENELOPE. Ela o olhou, perturbada.

— Estou loucamente apaixonado por você — sussurrou ele. — Nunca se esqueça disso.

— Tente se lembrar você também — replicou ela, com firmeza.

Andrea retornou a Milão naquela noite e recomeçou a telefonar duas vezes por dia.

Uma noite, quando estavam à mesa, Irene perguntou a Penelope, à queima-roupa:

— Quem é o rapaz que lhe comprou esse anelzinho que você tem no anular no Mantoni?

O ourives tinha dado com a língua nos dentes.

— Acabou-se o meu segredo — resmungou Penelope, enrubescendo.

— Você está nos escondendo alguma coisa? — interveio seu pai.

— Tenho um namorado, finalmente. Nós nos amamos e com ele eu me sinto bem — explicou ela, com simplicidade.

— Eu quero apenas saber quem é — insistiu a mãe. Estava irritada, mas se esforçava por não demonstrar.

— Chama-se Andrea Donelli. Mora em Milão com a mãe. É jornalista. Tem 22 anos. Não possui bens imóveis, como diz você. Mas ama sua profissão e tem muita vontade de se firmar. É bonito por fora e espero que também por dentro. Agora você já sabe de tudo — disse Penelope, sem se alterar.

Seu pai lhe sorriu. Estendeu um braço para ela e lhe acariciou a face.

— Na sua idade, sua mãe já estava casada. Acho justo que você agora tenha um namorado — comentou.

— Mimì, pelo amor de Deus, como é que pode ser sempre tão tolerante? — interpelou-o Irene, com raiva.

— Mas logo você é quem me pergunta? — questionou ele, balançando a cabeça.

Penelope pensou na avó. Se ainda estivesse ali, com eles, àquela altura ela exclamaria "*Touchée*", dirigindo-se a Irene, naturalmente. No entanto, não gostou de constatar que seu pai não era tão distraído a ponto de não perceber que a esposa havia flertado com Romeo Oggioni. Mimì Pennisi sabia e havia se calado.

— Bem, a esta altura o jantar acabou. Vou tomar o café com meu amigo Zoffoli — decidiu ele.

— E eu vou ter de encarar mamãe — suspirou Penelope, resignada.

De fato, uma vez sozinhas as duas, Irene trovejou contra a leviandade da filha, até mesmo para disfarçar o embaraço suscitado pela alfinetada do marido.

— Você é maluca! O que lhe deu na cabeça, para se meter com um sujeito sem dinheiro?

— Eu não me meti com ele, no sentido em que você entende. Embora talvez faça isso, mais cedo ou mais tarde — ameaçou Penelope.

— Espero, para o seu bem, que essa história acabe logo. Você deve ser mais ambiciosa nas suas escolhas.

— De que ambições você está falando? Você não conhece Andrea, portanto não pode julgá-lo.

— Sou mais experiente do que você. Na primeira oportunidade, você vai cair nos braços dele como uma pêra madura. Ele a comerá numa só mordida e aí, adeus para você.

— Por que é tão pérfida?

— Pepe, vamos falar claramente. Você não é uma beleza fulgurante. Precisa encontrar um homem tranqüilo, com uma posição sólida, que lhe ofereça garantias suficientes para vir a ser um bom pai de família.

Penelope ficou magoada pela observação da mãe sobre sua beleza. Sabia que uma comparação com ela não lhe seria favorável, mas Andrea a fizera se sentir lindíssima.

— Para você, a beleza não adiantou muito — replicou. A mãe dirigiu-lhe um olhar feroz. Ela prosseguiu, inabalável: — A esta altura, pela segunda vez na última meia hora, você deveria se sentir *touchée*, como diria a vovó.

— Você é uma insolente. Ficou de cabeça virada com essa paixonite de dois vinténs. Mesmo assim, vai ter de cortar logo essa história — concluiu Irene, saindo da cozinha e deixando-a sozinha para refletir.

Andrea não pôde mais voltar a Cesenatico. Penelope confiava sua tristeza a Sandra e se consolava girando no anular a aliança. Só o reveria quando retornasse a Milão.

Finalmente, setembro chegou. As férias tinham acabado. Mimì viera buscar a filha e a mulher. Na manhã da partida, ao enrolar as persianas do seu quarto, Penelope viu uma fileira de balõezinhos oscilando no ar. Estavam atados às barras do portão, e as letras escritas em cada um deles compunham uma frase: PEPE, QUER SE CASAR COMIGO?

Ela chamou os pais para olharem. Mimì Pennisi explodiu numa gargalhada fragorosa.

— Esse seu jornalista deve ser mesmo um sujeito divertido — comentou.

— Espero que você pense bem, antes de responder — sibilou Irene.

Penelope não a escutou. Seu sim foi impulsivo, um sim para a vida inteira.

As lembranças se esfumaram...

1

As LEMBRANÇAS SE esfumaram e Penelope recolheu amorosamente os pedaços da preciosa Chippendale na qual tinha dado um pontapé. Prometeu a si mesma mandar restaurá-la, junto com o resto da desconfortabilíssima sala, que, ao contrário do que afirmava a avó, não era autêntica, mas uma reprodução dos anos 1920. Recordou também que a famosa esmeralda colombiana, sobre a qual sua mãe alimentava tantas expectativas, acabara por se revelar uma pedra de pouco valor. Sua espertíssima avó sabia disso, mas gostava de jogar com essas e outras mentiras que satisfaziam seu prazer de ostentar. Penelope olhou ao redor e constatou que a casa já demonstrava os sinais da passagem do tempo. Pela primeira vez, ela se dava conta dessa degradação. Estava convencida de que nada acontecia por acaso. Talvez a casa do bisavô capitão estivesse aproveitando essa sua visita inesperada para lhe mostrar a necessidade de ser restaurada.

Atravessou o jardim e tocou a campainha da casa ao lado. Eram duas da tarde. Ela sabia que, àquela hora, o professor Briganti dormia em sua poltrona, diante do televisor ligado, e não queria ser perturbado até as quatro. Mas Penelope não agüentaria esperar muito.

Viu o rosto escavado do homem desenhar-se no vão de uma janela.

— Quem teve a desfaçatez de vir me incomodar? — protestou ele, com a voz meio trêmula dos velhos.

— Professor, desculpe. Sou Penelope, a filha de Irene Pennisi — gritou ela por sua vez, porque o homem, com o passar dos anos, tinha ficado um pouco "duro de ouvido", como ele mesmo definia.

A expressão carrancuda do velho se suavizou.

— Penelope! A fiel companheira do homem que desafiou os deuses pela ânsia de saber. O que faz aqui, a esta hora, nesta terra de selvagens?

— Se o senhor abrir o portão e me deixar entrar, juro que vou dizer — brincou ela.

— Mas é claro, minha terna amiga — exclamou o professor. Saiu da janela e, pouco depois, desceu lentamente os degrauzinhos da casa e foi ao encontro dela, ao longo da trilha do jardim, com passos curtos, apressados e algo incertos. Por fim, abriu o portão de ferro.

— Entre, entre, filhinha — convidou-a.

— Querido professor, mais uma vez peço desculpas por tê-lo incomodado. Eu queria usar seu toalete para tomar um banho. Lá em casa não há água nem eletricidade. Talvez mamãe tenha se esquecido de deixar o dinheiro de sempre, para pagar as contas. — Falou tudo em um só fôlego, segurando-o pelo braço e dirigindo-se com ele para o interior da casa, muito semelhante à da avó.

O professor vivia sozinho, assistido por uma mulher do lugar que o ajudava segundo antigos critérios: cama feita, almoço na mesa e roupa lavada e passada. O resto era supérfluo.

— Claro, pode usar o banheiro. Você sabe o caminho. Enquanto isso, vou lhe fazer um café — disse ele, repentinamente animado por aquela visita inesperada.

Quando Penelope se sentou ao seu lado, na cozinha, para tomar o café numa xicarazinha não muito limpa, o professor explicou:

— O dinheiro que Irene deixou está aqui, querida menina. Mas em dezembro tivemos um congelamento. O encanamento de água estourou, tanto aqui como na casa de vocês. No meu caso, chamei uns operários que em menos de um dia resolveram tudo. Mas não ousei dar a eles a chave de vocês, sem a autorização de Irene. Deveria ter telefonado para ela. Depois, velho distraído que sou, esqueci. Desculpe, e peça desculpas em meu nome à sua mãe.

— Lá dentro quase não há o que roubar. O senhor poderia chamar um bombeiro, talvez esta tarde mesmo? Vou passar a noite num hotel, mas queria usar a casa a partir de amanhã. Acha que consegue encontrar alguém? Hoje é domingo, e neste lugar...

O professor não a deixou terminar.

— Lembra-se de como meu amigo Moretti definia esta terra? — perguntou, com um sorriso malicioso.

— Eu sei, professor: "Mais tórrido que alegre, com todas as suas carnes derramadas à beira-mar." Não é? — replicou ela, lembrando-se das horas passadas com o velho mestre, conversando sobre poesia.

— Muito bem! — exclamou o velho, acrescentando: — Veio sozinha? Como vai seu marido? E as crianças?

Queria conversar, agora que seu cochilo fora interrompido.

Tempos antes, Penelope se servira dele para suas escapadas com Andrea. "Vou estudar na casa do professor Briganti", anunciava à mãe. Entrava no jardim do vizinho, contornava a casa, pulava a sebe do fundo e, na ruela de terra batida, encontrava Andrea, que estava à sua espera. Uma vez Irene a procurou, certa de que ela estava na casa do mestre. Ele pescou no ar a mentira da jovem e lhe deu cobertura.

— Encarreguei-a de uma tarefa — explicou prontamente a Irene. Depois esperou Penelope no beco atrás do jardim.

Quando a jovem, ajudada por Andrea, pulou a cerca viva, confrontou-a:

— Minha menina, consegui salvá-la por um triz. Que o Senhor me perdoe: menti à sua mãe. Mas não poderei justificá-la outra vez. Se esse rapaz com quem você se encontra realmente a quer bem, deveria evitar fazê-la pular as cercas vivas.

Penelope sempre lhe fora grata por essa pequena cumplicidade, que, apesar das recriminações do velho, prosseguiu durante todo o verão.

Quando Penelope se casou, o professor Briganti lhe deu de presente uma edição oitocentista da *Divina Comédia*, com uma dedicatória: "Que você ainda possa encontrar algo muito prazeroso do outro lado da sebe."

Agora, em resposta à pergunta dele sobre seus filhos e seu marido, ela disse:

— Pulei a cerca viva de novo. Mas é uma longa história. Talvez eu a conte ao senhor, um dia desses — lembrou-se de Mortimer e pensou no quanto precisava revê-lo, num momento tão difícil de sua vida.

O homem a presenteou com um sorriso de solidariedade. Depois acompanhou-a de volta até o portão.

— Estou feliz por você se encontar aqui — afirmou.

— Como vai Piccarda? — quis saber ela, já se despedindo.

— Acho que me abandonou — respondeu tristemente o mestre. — Mas continuo a esperá-la, ainda que esteja um mês atrasada para o nosso encontro. — Depois mudou de assunto: — Sabia que restauraram o Grand Hotel? Dizem que ficou bem melhor. Por que não dorme lá esta noite?

Penelope seguiu a sugestão. Pediu um quarto com vista para o mar. Trancou-se ali, abandonou-se na cama e adormeceu.

Foi despertada pelo toque insistente do celular, que ela deixara carregando sobre uma bancada do banheiro. Pensou nos filhos e correu para atender, esperando ouvir a voz de um deles. Mas era Donata, com quem ela não queria falar de jeito nenhum.

— Não consigo escutar nada — disse.

— Pepe, por favor, preciso falar com você.

O tom de voz da amiga do peito era alarmado. Penelope imaginou conhecer a razão dessa necessidade e desligou imediatamente. Não queria ouvir as reprimendas da astróloga sabichona. Olhou a hora e constatou que só dormira dez minutos. Agora a paz do sono se esfumara. Ela se vestiu de novo e decidiu voltar a pé até a casa de praia. Arejaria todos os aposentos, aproveitando o tépido sol vespertino. Entrou de novo e subiu ao primeiro andar. Escancarou as portas dos quartos e a do banheiro. Abriu as janelas, uma por uma. Ali em cima, as persianas se enrolaram sem problemas. Depois, subiu a escada em caracol e se debruçou à torrinha.

Olhou o jardim dos Zoffoli. Reviu sua amiga Sandrina, ocupada em moldar gatinhos com massa de sal, em companhia da priminha vinda de Bolonha. A lembrança se distanciou e ela notou que o jardim estava em condições deploráveis. A casa fora vendida havia anos a uma família de Forlì que não a usava nunca. Sandrina morrera há muito tempo. Durante a viagem de lua-de-mel, o avião no qual viajava com o marido para as ilhas felizes dos mares do Sul tinha caído. “Pobre Sandrina”, sussurrou, com saudade da companheira de tantos longos verões, agora distantes.

Desceu de volta ao primeiro andar e retornou ao quarto da vovó Diomira. Olhou ao redor. Se quisesse reformar a casa, deveria começar por ali. Observou a bela cama Liberty em madeira de faia, a cabeceira engastada em latão com pequenas rosas em relevo, a Natividade acima da cama, as pias de água benta em porcelana pintadas à mão, as mesinhas-de-cabeceira com o tampo de mármore preto raiado de azul. Havia também um armário de três módulos. O central continha um belíssimo espelho, emoldurado por volutas florais entalhadas na madeira. Ela ergueu o olhar e notou uma grande mancha amarelo-cinzenta que, do forro, descia ao longo da parede atrás do armário. No ano anterior, aquilo não existia. O reboco estava inflado, desbeiçando a forração vermelho-escura de flores amarelas. "O cano de água furou", pensou ela, preocupada. Tentou arrastar o móvel, sem sucesso. Abriu a porta do meio e viu que, dentro, a madeira do fundo do armário também estava inflada e transudando umidade. Então tirou das prateleiras os lençóis, as toalhas e os velhos centros de mesa orlados por uma renda delicada, que a avó chamava *frivolité* e a mãe, "renda tagarela", porque as pessoas a confeccionavam conversando com as amigas. Lembrou-se da agilidade com que a avó trabalhava, fazendo deslizarem nas mãos as navetas de marfim nas quais estava enrolado um finíssimo fio de Escócia. Dali saíam espiguilhas de maravilhosa consistência. Penelope puxou uma gaveta e viu, no fundo do armário, duas latas meio enferrujadas. Colocou-as sobre a cama e observou-as por alguns instantes. Numa, reconheceu aquela dos biscoitos Oswego, que ela jogara no lixo. Evidentemente, a avó a recuperara e decidira conservá-la com todo o conteúdo. Dentro, estavam a pulseira de coral, o batom da mãe, o autógrafo de Iva Zanicchi e o caderninho com seus horríveis poemas. Na outra lata havia papéis e fotografias em preto-e-branco. Penelope espalhou tudo sobre a cama. Encontrou o diploma de capitão de longo curso do bisavô Gualtieri, o atestado de boa conduta e bom aproveitamento do colégio da avó, o diploma da escola normal da mãe, participações de crisma e diversas certidões, entre as quais a do casamento dos seus pais. Eles tinham se desposado em Cesenatico, no dia 28 de fevereiro de 1960.

Penelope teve um sobressalto. Ela nascera em julho. Quatro meses após a cerimônia. Recordou todas as vezes em que a mãe lhe repetira: "Você nasceu exatamente nove meses depois que me casei." Mentirosa! Agora, entendia a escolha do vestido de noiva em estilo Império. A cintura alta deveria esconder a linha do ventre, já arredondada. Mais uma vez, Irene a enganara.

2

Sansone já esperava ser levado lá fora havia horas e, como Andrea não parecia se dar conta, começou a latir, indo e vindo entre o quarto e a porta da rua.

— Tem razão — disse o homem. — Só um tempinho para eu me vestir, e saímos.

O branco, belíssimo *maremmano* chegara à casa dos Donelli após o nascimento de Luca, quando ainda era um filhote de três meses. Os dois tinham praticamente crescido juntos. Entre eles se estabelecera uma relação que excluía o resto da família. O cão deixava que o pequeno Luca lhe fizesse tudo, inclusive a limpeza dos dentes. Todos os dias, o menino lhe dava uma demonstração, colocando na própria boca uma nojenta pasta amarronzada que depois passava no cão, enquanto, com a escova, limpava-lhe a dentadura. Sansone não toleraria de ninguém essa tortura, nem mesmo de Penelope, que no entanto o alimentava e o levava para passear. Dela, contudo, sofria o ultraje de ser banhado, porque assim sabia que poderia se deitar na cama do seu amiguinho.

Andrea lhe colocou a coleira e os dois saíram do prédio. Sansone o conduziu até um jardim público onde se aliviaria e poderia revolver-se na grama, armar emboscadas aos seus semelhantes e farejar a passagem deles.

Quando voltaram, o cão estava tranqüilo e dedicou ao dono um olhar agradecido. Ao abrir a porta do apartamento, por um instante Andrea teve a esperança de encontrar sua mulher. Talvez Penelope tivesse compreendido o absurdo do seu gesto e voltado para não deixá-lo sozinho, a enfrentar os problemas da família. Mas sobretudo porque o amava e não podia viver sem ele.

— Talvez agora a gente a encontre — sussurrou ao cão.

Mas a casa estava como ele a deixara uma hora antes: deserta e caótica.

Realmente não sabia por onde começar, para dar àquilo um mínimo de ordem. Se ao menos Priscilla estivesse... Imagine! A filipina desaparecia no sábado e não dava notícias até a manhã de segunda-feira. E ele estava sozinho, desesperadamente sozinho.

— Ela já sabia há algum tempo que iria embora! — explodiu, entre a raiva e o pranto. Depois deu um soco na mesa, fazendo tilintar a louça. O mesmo gesto, as mesmas palavras do seu pai.

Quem fora embora, então, tinha sido Gemma. Aquela história, que Andrea gostaria de esquecer, vinha-lhe à mente em toda a sua dramaticidade num momento em que ele precisava reunir serenamente as idéias e enfrentar aquele triste domingo e todos os dias que se seguiriam, esperando o retorno da mulher. Porque não duvidava de que Penelope voltaria. Amava demais os filhos para resistir muito tempo sem vê-los.

Pois é, os filhos. O que lhes diria quando, dali a umas duas horas, fosse buscá-los na casa dos primos? Como reagiriam à ausência da mãe?

Quando telefonara à sogra, esperando o apoio dela, fora atacado por uma avalanche de críticas. Por fim, Irene concluíra:

— Foi você quem procurou esta desgraça. Agora, não espere que seja eu a tirar as castanhas do fogo.

Andrea estava desesperado. As acusações de Penelope, graves, sérias, motivadas, eram como uma punhalada nas costas. Por que sua mulher não conversara com ele antes de tomar uma decisão tão definitiva? Talvez Sofia ou Donata pudessem esclarecer esse ponto. Penelope jamais fazia qualquer coisa sem consultar suas amigas do peito. Pensou em telefonar para elas, mas desistiu por temer que reagissem como a sogra. Por que as mulheres sempre se aliam contra os homens? Até aquela boba da Stefania entrara em crise e se enturmara com Penelope, indo chorar no ombro dela. Andrea nunca se sentira tão sozinho como naquela manhã tristíssima de maio. Parecia que o mundo inteiro estava mancomunado para esmagá-lo, aniquilá-lo, suprimi-lo.

Entrou nos quartos das crianças e olhou desgostoso a confusão ali reinante. Sansone, refestelado em cima da cama de Luca, rosnou ameaçador, quando ele tentou fazê-lo descer.

— Você foi educado muito mal — disse Andrea, com severidade. A crítica, à qual o cão não deu a mínima, era obviamente para sua mulher. Fosse como fosse, ele se retirou calmamente e entrou no quarto de vestir.

Escancarou uma série de portas antes de encontrar o vão no qual ficavam as gavetas com suas camisas, todas muito bem passadas e dobradas. Não imaginava possuir tantas, e arrumadas com tamanho capricho. Nunca entrava ali. Todas as manhãs, Penelope já lhe deixava separados, no quarto de dormir, terno e roupa de baixo limpa. Ele sequer imaginava que todos aqueles armários fossem mantidos com uma ordem e uma limpeza tão meticulosas. E certamente não era Priscilla quem cuidava disso. Ele ainda se lembrava daquela vez em que, durante uma ausência de sua mulher, a filipina conseguira desintegrar em poucos minutos seus suéteres de *cashmere*, metendo-os na máquina de lavar a sessenta graus centígrados.

Tudo o que Penelope soubera dizer à empregada tinha sido: "De agora em diante, você está proibida de encostar a mão na lavadora." Se dependesse dele, Priscilla teria sido imediatamente demitida. Mas sua Pepe era assim: permissiva até o martírio. Procurou as calças e encontrou-as acuradamente penduradas no respectivo compartimento, numa fileira organizadíssima. Nem uma prega sequer, nunca que faltasse um botão. Agora que ela fora embora, havia altas probabilidades de que tudo se precipitasse no caos. Abriu outra porta dupla. Ali estavam os vestidos de verão da mulher. Repassou-os um a um, experimentando com os dedos a maciez dos tecidos e observando, pela primeira vez, a maravilha de certas sedas e suas cores. Um vestido, em particular, chamou sua atenção. Era um *chemisier* em seda de quadrinhos vermelhos e brancos. Penelope o usava na época do noivado. Lembrou-se dela naquela roupa, sentada no carro ao lado dele. Depois os dois percorreram, num pôr-do-sol do meio do verão, uma ruela que ladeava o aeroporto de Linate.

Pararam e, de mãos dadas, aproximaram-se do alambrado que delimitava a zona intransponível. Olharam os aviões que levantavam vôo, levando até o céu também os sonhos deles. Imaginaram viagens a terras longínquas: América, China, ilhas dos mares do Sul.

— Um dia partiremos juntos — disse Andrea, abraçando-a. — Faremos viagens fantásticas, do pólo ao equador. Vai ser uma delícia, querida. Prometo solenemente — garantiu.

A promessa jamais foi cumprida. Casaram-se pouco depois e logo se viram às voltas com as contas da casa. Não era fácil enquadrar o orçamento no seu salário de redator. A certa altura, porém, ele fora promovido a correspondente. Teve um bom aumento e começou a viajar. Mas estava excluído que Penelope pudesse acompanhá-lo. Lucia e Daniele eram dois esplêndidos bebês que engatinhavam pela casa e precisavam dos cuidados constantes da mãe.

No entanto, haviam continuado a acalentar o sonho de férias cintilantes, em algum país longínquo. Ele, enquanto isso, embarcava em pequenas e estúpidas aventuras extraconjugais que sempre o deixavam de boca amarga, um pouco porque se sentia culpado mas, sobretudo, porque sua adoradíssima Pepe continuava sendo a melhor das companheiras possíveis. Às vezes ela descobria essas infidelidades, sofria e lhe fechava a cara durante muitos dias. Então Andrea, recordando a promessa de tanto tempo antes, jurava a si mesmo: "Assim que fizermos as pazes, eu a levo comigo."

Uma vez conseguiram de fato tirar umas boas férias de duas semanas na Inglaterra. A sogra se oferecera generosamente para cuidar das crianças e eles, de volta à juventude, tinham freqüentado um *college*.

Aprenderam pouco, mas riram muito. De outra vez, Lucia e Daniele, já mais crescidos, foram mandados para um acampamento em Pinzolo e eles se concederam umas férias em Merano. Poucos dias, vividos alegremente. Também naquele momento, tinham sido felizes.

Agora ele apertava entre os dedos aquela seda quadriculada em vermelho e branco que lhe recordava momentos de esplêndido entendimento com sua mulher. Aproximou do rosto o tecido, esperando recuperar o perfume dos vinte anos. Em vez disso, sentiu um vago odor de naftalina. "Por que o tempo cancela tudo de bom que houve entre um homem e uma mulher?", perguntou a si mesmo.

Dos 18 anos de vida em comum, só restava uma carta hostil, abandonada ao vento. Andrea admitiu que, para chegar àquele ponto, grande parte da responsabilidade era indubitavelmente sua. Mas talvez sua mulher também tivesse contribuído para o desastre.

O telefone tocou e ele correu a atender, esperando ouvir Penelope. Mas era Donata.

— Posso falar com minha amiga? — pediu ela. — Tentei o celular, mas ela não conseguia me escutar — explicou.

— Sua amiga não está — replicou, sufocando a decepção.

— Preciso muito falar com ela — insistiu Donata.

Andrea esteve a ponto de lhe contar tudo, mas uma nota de nervosismo na voz da mulher o impediu de falar, até porque ela se despediu apressadamente.

Pousou o fone e acariciou com um gesto distraído o tampo da escrivaninha. Era a mesa de trabalho de Penelope. Havia uma fotografia dela com os filhos. Todos sorriam para a objetiva. Ele mesmo a tirara, poucos meses antes, na noite de Natal. Tinham se passado cinco meses e Penelope fora embora.

Sua mão tocou uma tigelinha de porcelana delicadíssima, da qual sua mulher gostava muito. Era um objeto de antiquário, colorido de ouro velho e tintas pastel.

— Não toque nela — dissera Penelope uma vez, quando ele examinava a tigela.

— De onde vem? — perguntara.

— Da loja de um antiquário — fora a resposta breve e cortante.

Andrea se sentira mal, embora soubesse não merecer explicações. Os dois se falavam pouco havia muito tempo, e, quando o faziam, era para brigar. Por quê? Olhou na foto o rosto sorridente da mulher, que se tornara uma mãe superprotetora, resmungona e neurótica. Às vezes ele a achava insuportável, mas nunca deixara de amá-la. Onde tinha ido parar a moça doce e jovial que conhecera numa noite de verão em Cesenatico?

Penelope tinha sido uma flor delicada e gentil que ele colhera com ternura no momento em que ela desabrochava, seguro de que aquela seria sua mulher para sempre. Agora ela se revoltava contra ele e o golpeava à traição.

O carrilhão bateu duas da tarde. Dali a duas horas, ele se veria cara a cara com os filhos. Uma perspectiva aterrorizante. Devia falar com Penelope de qualquer maneira. Ela já devia ter chegado a Cesenatico.

Deixou o telefone tocar longamente. Ninguém atendeu. Tentou o celular e, finalmente, escutou a voz dela.

— Pepe, pelo amor de Deus, não desligue. Estou enlouquecendo — disse, enquanto lhe parecia que seu coração explodiria de emoção.

— Não quero falar com você — respondeu ela.

— Por favor, me ajude. Preciso entender — suplicou.

— Esta é uma operação difícil, que você terá de fazer sozinho.

— Eu queria responder à sua carta.

— Você sabe o endereço — disse Penelope e desligou.

— Vá para o inferno! — gritou Andrea, furiosíssimo. Era a primeira vez que a mulher o encostava à parede, lembrando-lhe suas responsabilidades, sem chance de saída. Jamais acreditaria que ela fosse capaz. Talvez sempre a houvesse subestimado. Talvez ela tivesse razão quando o acusava de jamais ter feito um esforço para conhecê-la verdadeiramente.

Abriu a gaveta central da escrivaninha de Penelope. Nunca fizera isso. As gavetas, muitas vezes, revelam a personalidade de quem as usa. Talvez, remexendo aquelas coisas, pudesse saber algo mais sobre ela. Apareceram estranhos objetos que suscitaram sua ternura: uma caixinha de veludo cheia de pedrinhas coloridas. O que significariam? Muitos pedacinhos de lápis bem apontados. Cadernos preenchidos com sua letra clara e minúscula. Uma rosa de organza, de um belo verde-pálido. Pacotes de cartas cuidadosamente amarrados e separados: das amigas, dos parentes, de Danko, de outras pessoas que ele não conhecia, dos filhos. Não ousou lê-las, embora tivesse vontade. Ficou curioso por um envelope, que continha um cartão de visita, endereçado à senhora Pepe Pennisi. Abriu-o e leu: *Gentil Pepe, aqui estão as luvas que você esqueceu no táxi. Boa sorte, Mortimer*. Do outro lado estava impresso um nome compridíssimo: *Raimondo Maria Teodoli di San Vitale.*

— E isto, o que será? — interrogou-se em voz alta. Havia também uma data: 26 de fevereiro. Não dizia o ano. — Mortimer! — repetiu, dubitativo.

Horripilante, como apelido. Talvez um amigo de juventude. Mas ele nunca soubera que Penelope algum dia tivesse freqüentado pessoas com dois nomes e dois sobrenomes. E também aquele "Gentil Pepe" não parecia um modo normal de se dirigir a uma amiga. Notou, então, um maço de cartas amarradas por uma fitinha de seda branca. Todas endereçadas à sua mulher. No verso de cada envelope, estavam as iniciais *R. M. T. S.* "Raimondo Maria Teodoli di San Vitale", repetiu Andrea.

Quase arrancou a fita para ler aquilo tudo. Sua mão tremeu, ele enrubesceu e, por fim, jogou o pacote de cartas de volta ao fundo da gaveta. Se Penelope tinha um segredo, não seria ele a violá-lo.

3

NESSA NOITE, Andrea sentiu sobre si, pela primeira vez, os olhares gélidos dos seus três filhos. De repente, já não era o pai amigo, cúmplice das transgressões deles, sensível aos seus caprichos, tolerante e generoso. Olhavam-no com severidade e ele se sentiu culpado. Penelope lhe escrevera: "Segure a minha barra." Ele se preparara para defender a mulher, mas não achava argumentos para defender a si mesmo.

Daniele foi o primeiro a romper o silêncio, depois de ler a mensagem da mãe na lousa.

— Papai, isto é uma brincadeira de péssimo gosto. Onde você escondeu a mamãe?

— A mamãe nunca foi descansar um pouco me deixando sozinho — constatou o pequeno Luca, com expressão grave.

Tinha sido Lucia a ler em voz alta as palavras que Penelope escrevera na lousa. Andrea não tivera coragem de ir à casa dos primos para buscar os filhos. Manfredi e Mariarosa Pennisi os tinham deixado na entrada do prédio e, quando as crianças entraram, ele anunciou:

— Mamãe não está. Tirou uns dias de férias. Viajou hoje de manhã.

— Mais do que viajar, ela parece ter fugido — observou Lucia. — Nem sequer arrumou a cozinha.

— Venha, Sansone. Vamos procurar a mamãe — disse Luca, convencido de que os pais haviam organizado uma brincadeira desagradável.

— A mãe de vocês foi para Cesenatico. Podem telefonar para lá quando quiserem. Garanto que ela precisa muito descansar, porque está exausta — afirmou Andrea, tentando enfrentar a situação.

— Cansada de você! — explodiu Lucia, com voz estridente. — Não que eu queira tomar o partido dela, mas você é mesmo uma ruína. Para mim é ótimo ter um pai que me dá tudo de mão beijada. Quando está, naturalmente. Porque você nunca está — acrescentou, ressentida. — Realmente, nos últimos tempos a mamãe piorou muito. Ficou insuportável. Estou cansada dos dois. E não vá achando que eu agora vou limpar a cozinha ou fazer as camas. Você a fez fugir e vai ter de resolver. Vou estudar no meu quarto. Virem-se.

Andrea constatou que os filhos tinham compreendido imediatamente a situação e lhe davam as costas, os três.

— Eu me viro logo — afirmou Daniele, refugiando-se por sua vez no quarto que dividia com Luca, o qual circulava pela casa abrindo portas de móveis, afastando almofadas e travesseiros, olhando embaixo das camas, à procura da mãe.

Andrea deu um soco na mesa. Não tinha vontade de recitar um ato de contrição diante dos filhos. Além disso, não se considerava tão culpado assim. Sentiu uma espécie de choque elétrico lhe atravessar o cérebro e depois uma grande dor na mão. Serviu para fazê-lo recuperar a calma. Escancarou a porta do quarto de Daniele. Dentro de uma bolsa de lona azul, de marinheiro, o garoto enfiava camisetas, revistinhas, um par de tênis fedorentos.

— O que está fazendo? — perguntou Andrea.

— Vou dormir na casa do meu amigo Lele — respondeu Daniele, tranqüilamente.

Andrea se alarmou. Lele era um colega de colégio que dividia com Daniele o escasso interesse pelo estudo, a paixão por serpentes e pelos alfinetes e argolinhas que ele espetava em qualquer parte do corpo.

— E o forro de borracha, vai deixar em casa? Você não vai querer molhar a cama do seu amigo — observou perfidamente.

Ferira-o traiçoeiramente, pois esse lhe parecia o único modo de controlar uma rebelião que ameaçava contaminar os outros.

Daniele enrubesceu e lançou ao pai um olhar cheio de ódio.

— Saia do meu quarto e não me dirija mais a palavra — replicou, enquanto virava no chão o conteúdo da bolsa.

Andrea se retirou calmamente. Tinha vencido um *round*, depois de ser nocauteado. Talvez tivesse chegado o momento de virar a situação a seu favor, mesmo ao custo de perder a imagem de pai bom e tolerante, que, afinal, não se revelara muito convincente.

Abriu a porta do quarto de Lucia.

— Você tem duas horas para assumir a cozinha e botar na mesa alguma coisa comestível para a família — ordenou.

— Recorra a Priscilla. Preciso estudar e não sou sua empregada — reagiu ela, nem um pouco intimidada.

— Vamos esclarecer logo umas coisas. Você tem 17 anos e, portanto, está em condições de prover, por uma noite, as suas necessidades e as dos seus irmãos. Daqui a uma hora, vou ao jornal para trabalhar. Você e Daniele saem com o cachorro e dão comida a ele. Também é preciso cuidar dos periquitos e levar o lixo lá fora. Não volto antes da meia-noite, se tudo correr bem. Quero encontrar a casa arrumada e meus filhos dormindo. Isto é uma ordem — disse Andrea, com voz firme.

— Se não...? — desafiou-o Lucia, com um sorriso ultrajante.

— Se não, você vai se sentir muito culpada por não assumir suas responsabilidades — respondeu ele, com um sorriso igualmente pérfido.

Luca estava na sala, deitado no tapete. As costas de Sansone lhe serviam de travesseiro. Andrea se agachou no chão, junto dele.

— Como você está? — perguntou.

— Hum-hum — resmungou Luca, amuado.

— Posso fazer alguma coisa?

O menino pensou um pouco, antes de responder.

— Quando é que a mamãe volta? — perguntou, num sussurro.

— Não sei. Espero que logo. — Andrea lhe acariciou os cabelos.

— Logo, quando? Esta noite?

— Acho que não.

— Então, quem vai ler a historinha para mim?

— Você vai precisar inventar uma para contar a Sansone. Não vou estar aqui, quando você for dormir — disse Andrea.

— Se a mamãe não lê a historinha para mim, não consigo dormir — retrucou Luca, prosseguindo: — E também o cachorro não pode subir na minha cama se a mamãe não lavar as patas dele antes.

Andrea tinha de reagir logo a esse início de capricho.

— Você mesmo lava. Sei que pode fazer isso — replicou, decidido. — Agora, tenho de ir trabalhar.

— Se tenho de lavar as patas dele, quero a semanada — rebateu o menino.

Andrea o observou, aturdido.

— Nem pense nisso. Ninguém recebe compensações por cuidar dos próprios bichos.

— Daniele e Lucia recebem todo fim de semana. Eu também quero — teimou Luca.

A solução mais simples, aquela que Andrea adotaria se Penelope estivesse ali, seria concordar. Depois, ela cuidaria de corrigir a rota. Mas, agora, ele estava sozinho. Sabia que Luca não se interessava pelo dinheiro, cujo valor ainda não conhecia. Compreendia, porém, que o menino se dispunha a criar caso.

— Quanto ganham seus irmãos? — perguntou.

Luca pensou um pouco. Não distinguia uma nota de mil liras de outra de cinco mil.

— O justo — declarou, depois de um instante de silêncio.

— Ótima resposta — constatou Andrea. — O justo, para você, é nenhuma semanada. Não se recebe compensação por fazer os próprios deveres.

Viu o filho corar até as orelhas, abrir os pequenos, deliciosos lábios numa careta de desespero e berrar entre lágrimas:

— Quero a minha semanada! A semanada! A semanada!

Andrea compreendeu que Luca só queria a mãe, e sentiu toda a sua incapacidade de enfrentar aquele capricho. Começou a se inclinar sobre ele e o cão lhe saltou em cima, jogando-o no chão.

Sansone achara que Andrea queria agredir o menino. Andrea se apavorou e gritou para chamar Lucia e Daniele, que, da porta da sala, haviam assistido à cena.

Lucia, com pulso enérgico, segurou o irmãozinho e lhe deu dois tapas. Luca parou imediatamente de berrar. Daniele agarrou o cão pelo pescoço, contendo-o, e Andrea conseguiu ficar de pé.

— Mas como é que a mãe de vocês agüenta isso tudo? — estourou, enquanto ajeitava a gravata.

— Nós temos problemas. Só agora você percebe? — interpelou-o Daniele, com ar comprazido.

— Desculpe, papai — sussurrou Luca, pendurando-se à calça dele.

— Desculpo, mas só se estas cenas não se repetirem mais — disse, acrescentando: — Agora, vocês aí se entendam. Preciso sair.

Meteu-se pelo elevador com um suspiro de alívio. Talvez Penelope tivesse algumas razões para estar sempre nervosa e irritável. No caso dele, tinham bastado duas horas com os filhos para se sentir um trapo.

Foi para o jornal e entrou na redação.

Afinal, estava orgulhoso pelo modo como conseguira se arranjar com as crianças.

Certo, a filha dera uma mãozinha com Luca, demonstrando uma surpreendente presença de espírito. Talvez tivesse aprendido com a mãe aquela técnica algo cruenta para acalmar os caprichos histéricos do garotinho. Ele jamais teria ousado estapeá-lo. Nunca levantara um dedo para os filhos.

Recordou quantas vezes a mulher chamara sua atenção sobre os problemas das crianças. "Andrea, você precisa crescer e aprender a ser pai", dizia ela. "Sua imaturidade causa sofrimento em mim e neles."

Tentou começar a trabalhar, conversar com seus colaboradores, mas seus pensamentos estavam longe.

Seu ramal tocou. Ele atendeu e ouviu a voz alterada de Lucia.

— Venha imediatamente para casa. Luca está mal — disse a filha.

— O que aconteceu? — alarmou-se Andrea.

— Uma crise de asma. Não é daquelas habituais, papai. O Ventolin não está resolvendo. Ele respira com dificuldade. Precisa ir para o hospital.

Andrea voltou voando para casa e botou no carro o caçula, Lucia e Daniele. Na maior velocidade, chegaram ao pronto-socorro da clínica pediátrica.

Luca estava realmente muito mal. O médico de plantão pegou o garotinho no colo e o levou para o consultório, fechando a porta.

Meia hora decorreu até que a porta se abrisse e o médico aparecesse, sozinho. Explicou que havia tomado as providências necessárias ao caso. Agora, o menino estava muito bem. Depois, encarou Andrea com severidade e disse:

— O garoto não tem nada de fisiológico. O problema dele são os pais. Aconselho o senhor e sua mulher a procurar ajuda psicológica.

Lucia e Daniele não fizeram comentários. Quando o médico devolveu Luca aos familiares, o menino saltou para os braços do pai e lhe cobriu o rosto de beijos.

Saíram da clínica todos juntos e entraram no carro. Sentiam-se quase felizes, porque o grande medo pelo pequeno Luca havia passado.

— Sugiro tomarmos um megassorvete — disse Lucia.

Já eram nove da noite. Viram-se sentados à mesinha de um bar. Daniele e Luca pediram uma taça de baunilha e chocolate. Lucia, para não arruinar a linha perfeita, escolheu uma salada de frutas. Andrea tomou apenas um café.

— Por que não podemos resolver nossas encrencas entre nós, em vez de com o psicólogo? — perguntou Daniele de repente.

— A mamãe já está fazendo isso. Foi embora — replicou a jovem.

— A mamãe fez uma boa escolha — concluiu Andrea. — Vai entender a falta que lhe fazemos. E aprenderemos a ser menos pesados para ela.

Quando voltaram para casa, estavam exaustos. Foram dormir logo. Andrea, porém, não conseguia pegar no sono. A certa altura, levantou-se e saiu do quarto. Do corredor, ouviu Daniele falando ao telefone com a mãe. Então voltou para o quarto, na ponta dos pés. Pegou caneta e papel e escreveu a Penelope.

4

Penelope recorrera a um sonífero para conseguir adormecer. Não estava habituada a isso e, em poucos minutos, o pequeno comprimido branco fez o efeito devido.

Assim, ela levou algum tempo até recuperar a lucidez necessária para perceber que seu celular, sobre a mesa-de-cabeceira, estava tocando.

Achou-o, tateando no escuro, e atendeu com voz de sono. Enquanto isso, acendeu a luz e viu a hora no rádio-despertador. Eram onze da noite.

— Mamãe! Onde você está? — perguntou o filho.

— Na cama, naturalmente. E você? — Agora estava bem acordada e ansiosa por falar com Daniele.

— Estou na cozinha. Falo baixinho para os outros não me escutarem — sussurrou ele.

— Seus irmãos ainda estão acordados? — preocupou-se Penelope.

— Onde você está? — repetiu o garoto. — Liguei para a casa daí, mas ninguém atende.

— Estou num hotel a duzentos metros da casa da vovó, que está sem luz e sem água. Amanhã de manhã vêm os operários. Mas você, como vê, me achou do mesmo jeito — explicou Penelope, sentando-se na cama. Estava feliz por falar com Daniele.

— Mamãe, por que você foi embora de repente? Por que nos deixou com papai? Ele não consegue resolver nada, você sabe — suspirou o garoto.

— Mas vai aprender a se virar, tenho certeza. Seja paciente e dê um tempo a ele. Estou cansada, preciso de repouso e aproveito para ajeitar a casa da vovó, antes do verão.

— Não entendi nada — disse Daniele e acrescentou: — Você está fazendo uma falta mortal. E não só para mim.

— Meu tesouro querido! Eu nunca recebi uma declaração de amor tão bonita. Volto logo, pode ter certeza.

Ele se despediu de repente.

— Acho que vem vindo alguém. Talvez papai — sussurrou.

— Telefone quando quiser. Um abraço apertado.

O filho não escutou estas últimas palavras. Já desligara o telefone. Penelope queria pedir notícias de Luca e de Lucia, saber como tinha sido o dia. Por que Daniele não falara dos irmãos? Será que havia acontecido alguma coisa? Ela apagou a luz e revirou-se demoradamente na cama, inquieta. Sabia que esse era o preço a pagar por tê-los deixado.

Na manhã seguinte, quando acordou, seu primeiro pensamento ainda foi para os filhos. Consolou-se com a idéia de que Priscilla se apresentaria pontualmente às oito e arrumaria a casa.

Fez o desjejum e depois seguiu para a casa de praia. Quando chegou, dois operários já haviam demolido um pedaço da parede da cozinha e descoberto um cano de água que entupira por causa do calcário. Tinham sido convocados na noite anterior pelo professor Briganti, que agora fiscalizava o andamento dos trabalhos.

— Penelope, tenho uma notícia extraordinária — disse o vizinho, com expressão radiosa. — Piccarda voltou! Foi ontem, à tardinha. Topei com ela quando descia os degraus para acender a luz do jardim. Ela se fez de difícil, como toda solteirona que se respeita. Mas por fim voltou.

— Até parece que ganhou na loteria — comentou brincando um operário.

— Fico muito contente pelo senhor — sorriu Penelope.

— Veja, senhora, a situação aqui está complicada. Este cano está podre. Precisa ser trocado — afirmou o homem.

— Já que é indispensável... — suspirou Penelope. E acrescentou: — Também temos uma infiltração num dos quartos, no andar de cima.

Já compreendera que durante alguns dias aquela velha construção não seria habitável.

— Nesse caso, convém dar uma olhada mais completa — decidiu o bombeiro. Ele e o eletricista passaram em revista a casa inteira, aposento por aposento. Concluíram que era necessário refazer a instalação elétrica, adequando-a às normas vigentes, e a de aquecimento. Além disso, era preciso trocar todos as esquadrias de madeira, substituir a caldeira, restaurar a pintura.

O professor Briganti, absolutamente ignaro de questões práticas, acompanhava com interesse aquela conversa de desmontes e restaurações, como uma criança que se diverte ao descobrir uma nova brincadeira.

— Eu me ofereço para acompanhar esses trabalhos — propôs ele a Penelope. Era uma oportunidade inesperada para quebrar a monotonia dos seus dias.

— Os custos são altos — anunciou o bombeiro. — A casa está precisando de uma reforma geral.

— A casa é da minha mãe. Acho que vou ter de consultá-la — argumentou Penelope. Mas não queria enfrentar Irene depois de descobrir a última mentira dela e, sobretudo, decidiu que duas restaurações, a de sua família e a da casa, ambas ao mesmo tempo, seriam realmente demais para suas forças.

— Façam um orçamento de tudo e, enquanto isso, consertem o essencial: água, luz e persianas. Depois avaliaremos o resto dos trabalhos — concluiu.

Tinha voltado à velha casa da vovó Diomira para refletir, sentia de fato a necessidade de estar só. A idéia de ficar num hotel por vários dias lhe pareceu insuportável. Queria fazer longas caminhadas pela praia, ainda deserta naquela estação, e olhar os barcos dos pescadores. Queria trabalhar no jardim e arrancar o mato dos canteiros. Não queria operários, andaimes e martelos pneumáticos.

O telefone tocou no vestíbulo. Era a agência dos correios.

— É a senhora Donelli? — perguntou a funcionária. — Aguarde na linha. Vou lhe passar o diretor.

— Oi, Pepe. Acabou de chegar uma carta expressa para você, de Milão. Vai esperar o estafeta ou prefere vir buscá-la logo? — perguntou-lhe o amigo Sandro Curi.

— Vou buscar agora — respondeu ela. Andrea lhe escrevera e confiara a resposta ao meio mais veloz.

24 de maio

Querida Penelope,

Li sua carta uma infinidade de vezes. Estou perplexo e magoado. Eu jamais esperaria de você uma paulada dessas. Conheço sua honestidade, portanto sei que escreveu sinceramente o que pensa. Mas, com igual sinceridade, devo lhe dizer que não sou o monstro que você descreve.

Hoje de manhã, quando acordei e não a encontrei, me senti sozinho como uma criança abandonada.

Depois, comecei a refletir.

Naquele dia me comportei como um imbecil, insistindo em negar a estúpida história com Stefania e destruindo o vidro da porta.

É o medo de perdê-la que sempre me fez reagir com violência. O modelo de família da qual venho deve ter tido seu peso em tudo isso. Não é uma justificativa, é uma explicação.

Depois de ler sua carta, achei que você havia enlouquecido. Precisei de muitas horas para compreender que só um grande sofrimento pode tê-la levado a uma decisão tão drástica.

Você me proibiu de ir buscá-la. Recusa-se a falar comigo no telefone. Em suma, me colocou de castigo. Espero sinceramente lhe demonstrar que posso mudar.

Pela primeira vez, acho que fui sincero também com nossos filhos. Tive de ser, porque aqueles três pestinhas me fizeram compreender claramente que me consideram responsável pela sua fuga. Não posso dizer que estão errados, posso?

Querida Pepe, fiz você sofrer mas nunca deixei de amá-la.

Recordo quando fomos a Verona. Você estava grávida de Lucia.

Estávamos em janeiro. Fazia tanto frio que, no nosso quarto de hotel, acrescentaram uma estufazinha elétrica.

Eu deveria entrevistar Patty Pravo, que na hora marcada não apareceu, mandando dizer pelo agente que estava cansada e com dor de cabeça. Fui encontrar você no restaurante, na hora do almoço. Estava muito contrariado. Um *maître* gentilíssimo nos sugeriu *baccalà in umido adagiato su un letto di polenta*. A descrição nos fascinou. No fim do almoço, você sumiu para dar um telefonema. Depois voltou à mesa com um ar triunfante.

"Vamos tomar o café no hotel", anunciou. "Patty Pravo está à sua espera no bar."

Você havia entrado como letrista no mundo da música popular e rapidamente o abandonara, mas mantinha algumas amizades, entre as quais se incluía Patty Pravo. Na hora me irritei, porque você tivera êxito numa coisa em que eu fracassara. Depois, prevaleceu a gratidão. Fiz minha entrevista e escrevi uma boa matéria.

Naquele dia, depois de um passeio entre a igreja de Santa Anastácia e a praça Bra, entramos na loja de um ourives antiquário.

Eu lhe dei de presente uma gargantilha oitocentista, feita de pérolas e granadas, ligadas por uma malha de ouro vermelho. Você a usou até a hora do parto. Depois não a vi mais. Que fim levou?

Voltamos ao nosso belíssimo quarto, friorentos e felizes. Entramos sob os cobertores de lã e, para aquecê-la, eu a apertei nos meus braços até você adormecer. Então me levantei e abri a cortina da janela. Vi que estava nevando e acordei você.

Ficamos atrás da vidraça, abraçados, olhando o espetáculo dos flocos brancos que desciam silenciosos.

A praça, os carros estacionados, os tetos das casas iam ficando brancos. E nós dois, bem juntinhos, o coração cheio de felicidade, nos sussurrávamos palavras de amor.

Os problemas entre nós começaram depois. Quando Lucia nasceu, você passava os dias e as noites com ela nos braços. Já não tinha tempo para mim. Eu me senti excluído. Sua mãe e suas amigas não saíam daqui de casa. Você passava horas conversando com elas e paparicando a menina. Dificilmente falava comigo.

Passava mais tempo com Sofia do que comigo. Você sempre soube quanta hostilidade existe entre mim e ela. Sofia me considera uma pessoa vazia e sei que ela é uma presunçosa da pior espécie. Nunca entendi como você pode ser amiga daquela fofoqueira, de aspirações e horizontes tão limitados. Falo de Sofia porque me veio a suspeita de que ela pode ter tido um peso em sua decisão de ir embora. Afinal, não poderíamos ter nos olhado nos olhos, você e eu, e esclarecido honestamente nossos problemas? Não, não podíamos. Recordo quantas vezes você tentou ter um diálogo sério comigo, sem jamais conseguir, porque eu tinha medo de enfrentá-lo.

Só agora me dou conta de como são problemáticos os nossos filhos, e sei que tenho minhas responsabilidades em tudo isso. Eu ia escrevendo: "minhas culpas", mas ainda não consigo. Estou sofrendo mais do que você imagina. Você me deixou diante de um mar de problemas que não sei enfrentar. Para não falar das questões práticas, que, para você, talvez sejam banalidades. Cuidar do zoológico de casa, por exemplo. Quantas vezes por dia o cão precisa descer? Ele tem mesmo de dormir com Luca? Como se prepara sua comida? E Tchip e Tchop, como tratar deles? Priscilla sabe alguma coisa sobre isso? E os peixes? Luca me disse que a peixinha vermelha está grávida e que é preciso instalar no aquário uma rede e isolar os alevinos para evitar que os grandes os comam. Isso é o que diz Luca. É verdade? E onde acho a rede? Por sorte, Daniele se ocupa pessoalmente de Igor, sua nojentíssima serpente. Depois, há todos os problemas das crianças: o psicólogo e o curso de *flamenco* de Lucia, o jardim de infância e a aula de natação de Luca, a rejeição de Daniele ao colégio. O que devo fazer? Bater neles ou passar-lhes a mão na cabeça? Com sua mãe, já sei que não posso contar. Sobre a minha, estendo um véu piedoso. Pepe, meu amor, o que lhe deu na cabeça? Como faremos para sobreviver sem você? Sempre soube que você é preciosa. Agora, sei que é indispensável. Você é a mulher da minha vida. Eu a amo e estou disposto a qualquer coisa para recuperar seu amor. Por favor, me dê notícias suas.

Mandarei esta carta pelo correio expresso. Quero que você a receba logo.

Um grande abraço,

Andrea

P.S. 1:

Esta noite Luca sofreu uma crise de asma e tive de levá-lo ao pronto-socorro. Agora ele está bem. O médico de plantão me aconselhou a conversar com um psicólogo, porque o problema dele é psicossomático, não fisiológico, e causado pela relação problemática com os pais. Você sabia disso?

P.S. 2:

Quem é Mortimer? Achei um pacote de cartas dele. Não as li.

P.S. 3:

Um dia lhe contarei a história de Gemma. Acho que o fato de ter tentado esquecê-la me fez muito mal. Indiretamente, isso também prejudicou a você e a nossos filhos.

5

PENELOPE ESTAVA na praia. Sentada na borda de um bote salva-vidas, diante do mar liso como uma mesa, leu a carta do marido.

Respirou profundamente o ar que cheirava a sal e avaliou as palavras de Andrea, esforçando-se por considerá-las com isenção. Fundamentalmente, nada daquilo era novo, inclusive as lembranças dos momentos serenos entre os dois. Andrea era assim: passava da ternura à violência com extrema rapidez. Nem mesmo a crise do pequeno Luca era novidade.

Ela já conversara sobre isso com o psicólogo de Lucia, que, indiretamente, também acompanhava Daniele e Luca.

— O garoto está chantageando vocês — explicou o especialista. — Inconscientemente, ele lhes transmite uma mensagem: já que não estou satisfeito com os meus pais, somatizo este mal-estar ficando sem fôlego. Quando a insatisfação cresce, a asma dele também se agrava.

Agora, o inconsciente do menino dizia: já que a mamãe foi embora, vou ficar muito mal, para fazê-la voltar. Mas, desta vez, ela não se encontrava ali para sofrer a chantagem. Penelope sabia de tudo isso, mas ainda assim se preocupou com ele.

As únicas novidades da carta estavam nos outros dois pós-escritos: as menções a Mortimer e a Gemma. Andrea tinha encontrado as cartas de Mortimer. Não as lera, mas queria saber. Três dias atrás, isso não teria acontecido. Por mais indícios que ela tivesse deixado, ele jamais demonstrara perceber alguma coisa. Quanto a Gemma, a irmã de Andrea falecida antes de completar vinte anos, este sempre fora considerado um assunto tabu. Penelope só conseguira saber que, quando Andrea tinha 15 anos, sua irmã e seu pai morreram quase simultaneamente.

O sol tépido enxugava a faixa de areia. Os proprietários dos balneários tiravam cadeiras, espreguiçadeiras e guarda-sóis das cabanas e os lavavam para livrá-los da areia, preparando-os para a estação que começaria dali a algumas semanas. Quando as escolas fechassem, os primeiros veranistas invadiriam as praias. Enquanto isso, iam sendo repintadas as cabines, os bares passavam por uma faxina, montavam-se os balanços para as crianças.

Penelope viu o escorrega pintado de azul no qual, durante o verão, seus três filhos haviam brincado. Quanta ternura naquelas lembranças...

Agora, enquanto com a mão protegia os olhos dos raios de sol, parecia-lhe ver o corpinho bronzeado e perfeito do pequeno Luca, a cabeleira negra inflada pela brisa, deslizando de braços erguidos ao longo do percurso tortuoso do escorrega, e escutar seus gritinhos agudos e alegres, enquanto ela e Andrea estavam ali, na areia, prontos para acolhê-lo nos braços.

Nos fins de semana que Andrea passava com eles em Cesenatico, não havia tensão e Luca não sofria de asma. Daniele e Lucia, contudo, já tinham seus problemas. Penelope torcia para que Luca se salvasse. Mas poucos meses depois, no outono, ele também começara a manifestar sinais de sofrimento.

"Pais problemáticos só podem prejudicar seus filhos", pensou. Se Andrea decidisse se abrir, ela talvez conseguisse lhe contar a história de Mortimer.

Mas, por enquanto, cada um dos dois devia elaborar sozinho e em santa paz os próprios dramas.

Guardou a carta do marido no bolso da bermuda. Pegou as sapatilhas de lona e, descalça, atravessou a praia.

— Posso passar pelo bar? — perguntou ao homem corpulento que retirava a cobertura de plástico do balcão. As mesinhas ainda se empilhavam num canto. As prateleiras estavam vazias. As paredes, recém-pintadas, exalavam um cheiro bom de tinta.

O homenzarrão ergueu o olhar para ela e sorriu com expressão incrédula.

— Mas você é Penelope! — exclamou. Tinha uns cinqüenta anos. Os cabelos grisalhos estavam recolhidos num rabo-de-cavalo e o rosto era uma redezinha de rugas curtidas pelo sol. Do calção bem curto transbordava uma barriga de comilão.

— Você é Roby! O Bobby Solo da Romagna! — surpreendeu-se ela. Os dois não se viam havia mais de vinte anos.

— E você, a Romy Schneider de Milão — lembrou ele.

— Pois é — disse ela e acrescentou, com um sorriso malicioso: — A Romy Schneider com quem você tentou fazer a festa.

— Ainda se lembra? Eu me dei mal com você. — Ele soltou uma gargalhada sonora.

— Você não tinha ido para a Inglaterra?

— Fui guarda-vidas na ilha de Jersey. Depois trabalhei como *barman* em Brighton. Você sabe, o nosso fascínio causa um certo efeito sobre aquelas inglesinhas branquelas. Eu cantava *Una lacrima sul viso* e elas caíam do galho como pêssegos maduros. Com uma eu me casei. Ganhei algum dinheiro. Assumi este balneário e vou tocando o negócio dos meus pais, que estão cansados de trabalhar. Tenho três filhos. O caçula ainda está engatinhando.

— Também tenho três — disse ela.

— Não diga! Você ainda parece uma menina. Mas isto aqui está um cemitério. O que veio fazer, nesta estação? Venha, eu lhe ofereço um drinque — convidou ele.

— Obrigada, fica para outra vez. Agora estou com pressa — esquivou-se Penelope.

Os anos tinham passado, mas o Bobby Solo da Romagna não havia mudado. Já recomeçara a lançar olhadelas assassinas que a fariam sorrir, se estivesse menos angustiada.

— Vou lhe apresentar minha mulher. É durona, mas foi um maná, para um gaiato como eu.

— A gente se vê, Roberto — despediu-se ela.

Encaminhou-se para casa. Era quase meio-dia e ela queria ver a quantas andavam as obras.

Pensou de novo em Mortimer, na história de amor entre os dois, terminada mas não concluída. Uma paixão que ainda não se apagara.

O pai de Penelope dizia: "Com bolas paradas, você sabe como uma partida de bocha acabou." Nessa história, algumas bolas ainda giravam em algum lugar.

— Eu estava mesmo esperando a senhora — disse o bombeiro, parado no portão do jardim.

— Já terminou? — quis saber ela.

— De jeito nenhum. Venha ver, vou lhe mostrar — anunciou ele, precedendo-a em direção à entrada. — Eu tinha dito que o encanamento precisa ser trocado. Veja a senhora mesma as condições desta parede. A calha também está podre — explicou, mostrando placas de umidade ao longo de todo o perímetro da cozinha e nas paredes que se comunicavam com o exterior. Então acrescentou: — Religaram a eletricidade e a fiação entrou em curto-circuito. Se a fiscalização aparecer, a senhora vai receber uma multa.

Penelope soltou um suspiro resignado.

— Tudo bem. Faça o que for preciso. De quantas horas vai precisar?

— De vários dias, senhora. Agora vou almoçar. Volto daqui a uma hora — disse o homem, afastando-se e subindo à caminhonete em que seu ajudante o esperava.

Penelope os viu se afastarem. Voltou ao vestíbulo, pegou o telefone e, instintivamente, ligou para o número de sua casa, em Milão. Queria falar com Priscilla. Ter notícias dos filhos.

O telefone tocou demoradamente. Ninguém atendeu. Penelope sabia que, àquela hora, os dois maiores estavam no colégio, o caçula no jardim de infância e o marido no jornal. A doméstica filipina devia necessariamente estar em casa para fazer o almoço. Mas não estava. Ela ligou uma segunda vez, temendo haver errado da primeira. De novo, nada. Preocupou-se. Seu primeiro impulso foi o de chamar o marido, no jornal. Obrigou-se a não fazer isso, ao menos por enquanto. O que a preocupava era sobretudo a saúde de Luca. Telefonou para o jardim de infância. Atendeu a irmã Alfonsina.

— O que posso fazer pela senhora? — perguntou a diretora.

— Ontem à noite Luca passou mal. Como está ele agora? — indagou Penelope, com cautela.

— Está lá fora, no pátio. A julgar pela animação nas brincadeiras, eu diria que está ótimo. Seu marido já me havia avisado. Pode ficar tranqüila, senhora Donelli. O menino está bem. Mas ficará melhor ainda no dia em que seus pais viverem e o fizerem viver de modo cristão. Louvado seja Nosso Senhor Jesus Cristo.

A freira encerrou a conversa e Penelope deu um suspiro de alívio. A ausência de Priscilla, contudo, continuava a intrigá-la. Precisava achar um jeito de ter notícias. Excluiu sua mãe e o porteiro. Ligou para Sofia.

— Já sei de tudo — informou a amiga do peito. — Sua mãe me contou. Eu estava muito curiosa por saber os detalhes, mas não ousei me manifestar. Você está mesmo em Cesenatico?

— Calma, Sofia. É tudo verdade. Estou nervosa, até porque não sei o que está acontecendo na minha casa. Priscilla não atendeu ao telefone. Você poderia ir ver como andam as coisas por lá?

Sabia que estava oferecendo uma isca saborosa a Sofia, que respondeu:

— Mantenha o celular ligado. Assim que puder, eu lhe telefono. Quanto a você, tomou a decisão certa. Donata já sabe? — perguntou, sem conseguir conter a curiosidade.

— Não. Nem deve saber. Bem, espero seu telefonema — cortou Penelope.

Confiava em Sofia como em si mesma. Sua amiga tinha a rara capacidade de enfrentar com senso prático qualquer situação, até a mais difícil. Só perdia o vínculo com a realidade quando entrava em jogo seu marido, o professor Varini, um indivíduo insípido que ela havia mitificado e a quem agora denegria, chamando-o de "o verme", porque ele a deixara por uma jovem aluna.

Voltou à entrada da casa e sentou-se no primeiro degrau. Olhou o portão de ferro batido. A tinta marrom, que o recobria estava descascada e quase completamente devorada pela ferrugem. Observando-o, recordou uma manhã de agosto, quando, ao enrolar a persiana do seu quarto, vira ondular uma série de balõezinhos com o texto: PEPE, QUER SE CASAR COMIGO?

Mortimer só iria acontecer muitos anos depois. A partida com os dois homens da sua vida ainda não estava concluída.

Andrea dormia profundamente...

1

ANDREA DORMIA profundamente. Acordou sentindo um incômodo na planta dos pés, enquanto duas patas enormes caíam sobre seus ombros e uma língua lhe lambia o rosto.

— Mas o que é isto? — perguntou, com voz sonolenta. No quarto entrava uma lâmina de luz que provinha do corredor. Luca o puxava pelos pés e Sansone fungava em cima dele. — Querem o quê, vocês dois?

— Papai, são sete horas. Você tem de descer com Sansone. Depois, precisa preparar o desjejum e devo ser acompanhado até o jardim de infância — disse Luca, num só fôlego.

Andrea quase protestou, sugerindo ao menino que recorresse à mamãe. Mas Penelope não estava.

— Você sempre acorda a esta hora? — perguntou. Depois levantou-se e, ainda resmungando, foi tomar banho. Luca e o cão o seguiram.

Estava delicioso aquele menininho de pijama azul-celeste, descalço, a mão sempre agarrada ao pêlo espesso e branco do seu cão.

— Hoje é segunda. Priscilla não vem? — perguntou Andrea, enquanto vestia os *jeans*.

— Priscilla só chega às oito. A essa hora, Daniele e Lucia já saíram para o colégio — informou Luca.

— E você, a que horas tem de estar no jardim de infância?

— Às nove. Na portaria a gente tem de ver o cardápio do almoço e escolher entre risoto e massa, assado e bife à milanesa, salada e batatinha. Eu sempre quero a massa, o bife e a batatinha.

Enquanto falava, Luca já ia prendendo a guia na coleira de Sansone.

— Obrigado pelas informações — sorriu Andrea, despenteando-lhe os cabelos. — A partir deste momento, você está nomeado meu ajudante. Eu saio com o cachorro, você vai resolvendo a comida dele e depois acorda seus irmãos — acrescentou, enquanto, alcançada a porta da rua, tentava inutilmente abri-la.

— Precisa pegar as chaves naquele potinho — sugeriu Luca.

— Obrigado — respondeu Andrea. — O que seria de mim sem você?

Voltou quinze minutos depois. Sansone desapareceu na cozinha. Daniele batia à porta do banheiro, protestando com a irmã.

— Você está atrasada um minuto e meio para o tempo previsto. Hoje temos de lidar com aquele atrapalhado do papai e eu já vi que vamos chegar atrasados ao colégio.

Lucia abriu a porta do banheiro e, enquanto voltava ao seu quarto, berrou:

— Grande coisa! Para você, tanto faz chegar no horário ou não.

Andrea fingiu ignorar o bate-boca e a avaliação a seu respeito. Luca estava de cócoras na porta que dava para a área de serviço e fiscalizava a refeição do cachorro.

— E você, por que ainda não se vestiu? — perguntou-lhe o pai.

— Se sou seu ajudante, preciso lhe dizer o que nós comemos no desjejum. E também é a mamãe quem costuma me vestir — explicou tranqüilamente o menino.

Andrea se esforçava por parecer desenvolto, mas não sabia por onde começar. Além disso, não tinha dormido bem e fora acordado três horas antes do normal.

— Tudo bem, hoje você me ensina a escolher suas roupas — disse enfaticamente. E acrescentou: — Agora me diga o que vocês comem no desjejum.

Sansone lambia a tigela agora vazia, empurrando-a pelo chão em todas as direções. Luca estava decidido a demonstrar toda a sua competência como colaborador.

— Vou começar por mim. Eu tomo chá com leite e torradas com geléia. Lucia, um suco de fruta no qual a mamãe dissolve uma colher de mel. Faz isso escondido, se não Lucia não bebe, porque diz que açúcar engorda. Com Daniele, sem problema. Você bota na frente dele a caixa do leite, a de aveia em flocos e o açucareiro. Ele mesmo prepara o grude. E você, come o quê?

— Para mim, vou fazer um café — resmungou Andrea, enquanto fazia o possível para arrumar a mesa.

— Mamãe come fruta e iogurte. O café ela toma depois — informou Luca. E acrescentou: — Estou com muita raiva da mamãe.

Lucia entrou nesse momento e Andrea deu um suspiro de alívio, porque não saberia como responder à afirmação de Luca.

— Meu suco está pronto? — perguntou ela, sentando-se à mesa.

Andrea estava lavando uns morangos, depois de descascar uma pêra e uma maçã. No fogão, a água para o chá estava esquentando.

— Vamos com isso, porque eu só tenho três minutos antes de sair — disse Lucia.

Andrea ergueu o olhar para ela. Era uma jovem fantástica, quase da altura dele, magra como um espeto. No rosto, reunia os melhores traços do pai e da mãe: malares altos, nariz pequenino e levemente arrebitado, lábios grandes e macios, olhos profundos e claros. Os cabelos muito negros, longos e ondulados, estavam recolhidos numa grande trança enrolada em coque sobre a nuca. Qualquer maquilagem só poderia estragar tanta perfeição. E de fato Lucia não se maquilava. Vestia-se com estudada simplicidade: saias compridas e flutuantes, camisões de seda cuidadosamente passados, sapatos baixos. Só usava salto para dançar *flamenco*. Perfumava-se abundantemente, como sua avó Irene. Quando saíam juntas, avó e neta, eram tomadas por mãe e filha. Lucia era muito cortejada. Tinha um namorado: Roberto Tradati. Ele estava com vinte anos e cursava o primeiro ano de engenharia. Cuidava amorosamente dela e recorria a mil expedientes para induzi-la a se alimentar melhor.

— Não gostei do seu tom. Aliás, sabe de uma coisa? Se quiser seu suco, você que o prepare sozinha — replicou o pai, exasperado por todas aquelas incumbências que lhe caíam em cima, pegando-o despreparado.

— Preciso sair para o colégio e meu tempo é curto. Mamãe sabe disso — replicou Lucia, com ar provocador.

— Sua mãe mimou você mais do que o admissível. Não pretendo continuar nesse caminho — anunciou Andrea, para reforçar, enquanto colocava a água no bule de chá.

— E é logo você que vem criticar a mamãe? — explodiu a garota.

— Chega! Por mim, você pode sair de estômago vazio. Não estou nem aí. Comunico-lhe oficialmente que, a partir de hoje, você mesma vai ter de preparar sua comida, se quiser se alimentar. Já tem idade para isso.

Luca levou as mãos aos quadris e olhou o pai com aprovação.

— Bem feito! — exclamou, contente, dirigindo-se à irmã.

— Estou simplesmente escandalizada com essa sua reviravolta. Até ontem eu era sua menina adorada, e agora de manhã, só por causa de um suco de fruta, você me sai com uma agressividade que eu não conhecia. Sua mulher o mimou mais do que a mim. Você vai aprender sozinho o que significa tocar para a frente uma família — sentenciou ela, com voz estridulante. Pegou uma maçã e saiu, batendo a porta da cozinha.

Furibundo, Andrea correu atrás dela no corredor.

— Não lhe permito sair batendo portas — urrou.

— Por quê? Você vive fazendo isso — replicou Lucia com um sorriso pérfido, pendurando no ombro as alças da mochila cheia de livros.

Nesse momento apareceu Daniele.

Andrea olhou para ele como se o visse pela primeira vez na vida. Daniele era o oposto de Lucia. Seu rosto era idêntico ao da mãe e ao do avô Mimì: muito mediterrâneo. Aos 15 anos, o garoto ainda não crescera completamente, mas as premissas não eram animadoras. Ele tinha uma clara tendência à obesidade. Penelope se consolava lembrando que isso também acontecera com ela, naquela idade. Daniele era um péssimo estudante, quase tanto quanto ela mesma havia sido na adolescência. Era frágil e inseguro. Ela reagira entrando em conflito com a mãe, ele reagia fazendo xixi na cama, cultivando uma ternura exagerada pela serpente Igor e furando-se todo com *piercings*. Usava umas roupas dignas de irem para o lixo e só tomava banho quando Penelope o metia à revelia embaixo do chuveiro.

Nessa manhã, Daniele se apresentou de cara limpa. Haviam desaparecido a campainha do lóbulo de uma orelha, a cruz céltica do outro, a argola enfiada no lábio e as bolinhas que lhe perfuravam uma sobrancelha.

— Você está bem? — perguntou Andrea, preocupado.

— Estou péssimo. Vou ter dois testes e não estou preparado — confessou Daniele. Sentou-se à mesa, onde Luca espalhava geléia sobre uma torrada. Serviu-se de leite frio e jogou na tigela os flocos de aveia, enquanto o irmãozinho lhe estendia o açucareiro. — Nada de açúcar — disse. — Engorda e não ajuda a aumentar minhas capacidades cerebrais.

Andrea resolvera fazer seu café. Ficou de costas para os filhos, escutando a conversa.

— Capacidades cerebrais, o que é isso? — perguntou o irmãozinho.

— São umas rodinhas que a pessoa tem no cérebro. Quando elas giram direito, a gente fica menos merda, menos burro — explicou Daniele, sério.

— Mas será que o cara deixa mesmo de ser um merda total? — quis saber Luca.

— Querendo, sim. O cara pode não ser nem um pouco merda. A partir de hoje, parei com os *piercings* e o açúcar.

— Eu gostava dos seus brinquinhos. Me dá de presente? — pediu Luca.

— Não. Vou guardar como lembrança.

— Você é realmente um merda.

Andrea se virou de repente e fulminou os dois com um olhar.

— Vamos parar com essa linguagem? Não quero mais ouvir palavrões hoje.

Tinha falado grosso, mas estava contente pela cara limpa de Daniele. Acompanhou-o até a porta.

— Papai, se eu falhar nesses dois testes, minha aprovação está fodida — anunciou.

— Eu já disse que chega de palavrões — ameaçou-o Andrea.

— Eu não sabia que falhar era palavrão — brincou o garoto.

— Realmente, não sei como a mãe de vocês conseguiu suportá-los por tanto tempo — concluiu Andrea, abrindo a porta para ele. Depois, refletiu que os filhos são o produto da família da qual provêm e admitiu ter sua própria parte de responsabilidade.

Voltou à cozinha. Luca sorvia tranqüilamente seu chá.

— Vá se vestir — ordenou o pai.

— Tem tempo. Tome seu café — aconselhou-o o pequenino.

— Já são oito. Por que Priscilla não chega? — perguntou Andrea.

— Deve ter brigado com Muhamed — comunicou o menino, com ar inocente.

— Quem é Muhamed?

— O noivo. Bate nela porque tem ciúme. Ela vem mostrar as marcas à mamãe e chora. A mamãe telefona para Muhamed e ameaça denunciar ele. Muhamed diz que é para a mamãe ir cuidar dos seus assuntos, se não ele vem aqui e bate em todo mundo. Então Priscilla fica ainda mais desesperada e...

— Chega. Não quero saber mais. Pelo menos esta manhã — intimou Andrea. Sua capacidade de suportar já fora submetida a uma dura prova.

Nesse momento, o telefone tocou.

— Eu atendo — disse Luca, correndo para a sala.

Andrea tomava seu café com expressão triste. Continuava a ruminar os próprios erros e confiava na carta que escrevera a Penelope para restabelecer o contato com ela.

— Priscilla está no hospital — anunciou o menino, aparecendo à porta da cozinha. — Hoje não vem trabalhar, porque Muhamed lhe quebrou as costelas.

Andrea custou a absorver a notícia. Priscilla era a garantia de uma casa habitável. Sem ela, tudo seria um desastre. Contando só com as próprias forças, ele não conseguiria conciliar as exigências dos filhos, a organização da casa e as necessidades do seu trabalho.

— E agora, o que fazemos? — perguntou, perdido, olhando o filho, como se dele pudesse vir uma solução miraculosa.

Luca deu de ombros e abriu os bracinhos com ar desconsolado. Depois seu rosto se iluminou.

— Você podia telefonar para a mamãe.

Andrea se inclinou, pegou o filho no colo e o manteve abraçado.

2

SOFIA ACABAVA de voltar do ginásio quando recebeu de Penelope o pedido de ajuda. Tinha passado duas horas no Club Conti. Freqüentava-o metodicamente em dias alternados, com Donata, Penelope e a mãe de Penelope, que parecia ter a mesma idade das outras. Segundo uma definição de Donata, o ginásio unia o útil ao agradável, no sentido de que os exercícios massacrantes se alternavam com rios de tagarelice. Depois todas relaxavam sob a ducha, na sauna, na piscina. Penelope era a menos assídua do quarteto. Quando não comparecia, nenhuma das outras se inquietava. Mas, quando não viu Donata, Sofia se preocupou.

— O que terá acontecido com ela? — perguntou a Irene, que chegara primeiro e já estava se aquecendo na bicicleta.

— Não sei nem quero saber. Já tenho meus problemas com Pepe — disse Irene.

— O costumeiro conflito mãe *versus* filha? — perguntou Sofia, digitando no computador da bicicleta a programação da corrida.

— Ela me tratou com a maior grosseria, depois de largar casa, marido e filhos — disparou Irene, enquanto desacelerava as pedaladas.

Sofia ficou imóvel.

— Desculpe, você pode repetir?

— Você entendeu muito bem. Não venha me dizer que não sabia de nada.

— Juro que não. Achei que ia encontrá-la aqui, agora de manhã.

Irene parou de pedalar e olhou consternada a amiga de sua filha.

— Se ela não falou disso com você, significa que a situação é muito mais grave do que eu pensava.

— Vamos aguardar, antes de fazer disso um drama. Faz anos que Pepe ameaça deixar Andrea. Desta vez, deve ter desejado apavorá-lo mesmo — observou Sofia.

— Que o meu genro é um marido e um pai desastroso, quanto a isso não há dúvida. Acho bom que Pepe queira dar um susto nele. Mas tudo precisa ser feito segundo as regras. Minha amiga Idina, quando largou o marido, encheu duas malas com as coisas dele. Naturalmente, arrancou e guardou consigo os botões de ouro do *smoking*. Depois mandou trocar o segredo da fechadura e despachou as malas para a casa da amante de Giulio. Quando ele apareceu, ela já estava fazendo um cruzeiro com as filhas. Agiu segundo as regras. Você rompe com o traidor e se comunica com ele por meio do advogado. Mas aquela estúpida foi embora deixando os filhos, que são a única arma de que uma mulher traída dispõe para a negociação. Entendeu o que quero dizer? — concluiu Irene.

Sofia pensou em sua própria situação conjugal. Ela também não havia seguido as regras. Aquele "verme" do Varini a abandonara para viver com uma aluna de vinte anos e ela continuava a receber o marido e sua jovem amante, na esperança de reconquistá-lo. Então, disse:

— Cada um age segundo seu instinto. Se ela deixou as crianças com ele, significa que quer lhe dar uma lição e provavelmente espera que ele suplique para que ela volte. A não ser que... — Não concluiu a frase, porque a dúvida que lhe ocorrera parecia absurda.

— A não ser que Pepe tenha um amante. E isso explicaria tudo. Mas uma mulher que tem um amante não vai se esconder naquele barracão de Cesenatico — observou Irene.

— Pepe não tem amantes. E, se você se refere àquela velha história com Mortimer, posso lhe garantir que ela sofreu muito, mas, no fim, o amor por Andrea prevaleceu.

— Então, só me resta concluir com a mesma constatação amarga: Pepe é uma imatura e jamais vai crescer — cortou Irene, recomeçando a pedalar.

— Seu marido diz o quê? — perguntou Sofia, pouco depois.

— Aquele? Imagine! Como bom siciliano, não nega a raça. Nunca diz nada. Fica calado. Esse foi o tormento da minha vida inteira. Pepe saiu a ele e à minha mãe. São pessoas com as quais seria melhor não lidar — declarou Irene.

— Você está sendo injusta com Mimì. Eu o conheço desde quando era menina e sempre o considerei um homem delicioso — objetou Sofia.

— Bom, se é isso que você acha, pode ficar com ele, eu dou. Passamos 39 anos juntos. Faz trinta que penso em deixá-lo, sem nunca achar coragem para isso. Não se pode passar a vida com um homem sempre acomodativo, nojentamente compreensivo, eternamente manso, que não lhe oferece sequer um motivo para brigar — desabafou a outra.

— Eu queria ter um pai como Mimì — confessou Sofia.

— Você é quem sabe. Acontece que ele é meu marido, embora pareça meu avô — disse Irene, com raiva.

Sofia largou a bicicleta e se plantou diante de Irene, pousando as mãos no guidom.

— O que você tem? Nunca a vi tão transtornada — constatou.

Aos 58 anos, a mãe de Penelope ainda era muito bonita e conseguia se manter jovem recorrendo a pequenos expedientes. Sofia sabia que Irene freqüentava assiduamente o consultório do doutor Bottari, porque, por sua vez, também recorria a ele para renovar com ácido glicólico o frescor da pele do rosto. Irene tomava injeções de ácido hialurônico para atenuar as rugas, e candidamente revelara ter eliminado as olheiras com uma blefaroplastia. Cuidava da silhueta com dietas massacrantes e manhãs de exercícios físicos. Usava minissaias vertiginosas sem ser vulgar, porque seu corpo era o de uma adolescente.

Mais uma vez, Irene parou de pedalar e, com os olhos marejados, encarou a outra.

— Estamos falando de Penelope, ou há outros problemas? — insistiu Sofia.

Irene desceu do selim e se dirigiu ao vestiário. Sofia a seguiu, decidida a esmiuçar a questão.

— É você quem vai cuidar dos seus netos? — perguntou.

— Me deixe em paz — ordenou Irene, começando a se despir.

— Como é que seu genro vai se arranjar, sozinho? — insistiu a amiga.

— Sofia, vá cuidar da sua vida — replicou Irene, com voz áspera.

Sofia voltou ao ginásio. Não iria cuidar da própria vida, ainda que lhe botassem uma corda no pescoço. Mas nada nem ninguém, nem mesmo a ausência de Donata, poderia impedi-la de prosseguir nos exercícios do seu programa. Depois, assim que voltou para casa, o telefone tocou. Era Penelope, que pedia ajuda.

Em matéria de organização, Sofia era fantástica. Como na casa dos Donelli ninguém atendia, ela localizou Andrea no jornal.

— Sua mulher me ligou — disse, e indo direto ao assunto, prosseguiu: — Ela quer saber onde anda Priscilla.

— No hospital. Conforme me disse Luca, o egípcio lhe quebrou umas costelas — explicou Andrea.

— Ou seja, seus filhos ficaram ao mesmo tempo sem mãe e sem doméstica. Desculpe, Andrea, não quero botar o dedo na ferida. Pelo contrário, pergunto se posso ajudar em alguma coisa — disse Sofia.

— Não sei. Estou saindo agora da sala do diretor. Pedi uns dias de folga para poder cuidar da casa e das crianças.

— Ótimo. Eu me encarrego de Priscilla. Em que hospital ela está? — quis saber Sofia.

— Não faço idéia. Anote aí o telefone da casa dela. Veja o que pode fazer por aquela cretina — disse Andrea, em tom desconsolado.

Sofia estava finalmente em seu elemento. Desdobrar-se pelos outros lhe fazia bem. Antes, devia informar Penelope e tranqüilizá-la, e depois iria atrás da filipina.

Quando procurava na agenda o número do celular da amiga, o telefone tocou outra vez.

Era Donata, com voz entrecortada por soluços.

— Preciso falar com Pepe de qualquer jeito, mas não consigo encontrá-la — anunciou.

— Você sempre pode recorrer a mim. O que lhe aconteceu? — perguntou Sofia, apreensiva.

— Para você não digo, Sofia. Quero Pepe, ao menos por enquanto.

— Azar o seu. Penelope está em Cesenatico. Vai ficar lá um tempão, porque brigou com Andrea — explicou esta. Se não estivesse ansiosa por saber o motivo do pranto de Donata, até se demoraria nos detalhes.

— Até ela! — soltou Donata.

— Não me diga que você também está às turras com Giovanni. Deus do céu, você, Pepe e eu somos realmente um trio desastroso — comentou Sofia, quase alegre. E acrescentou: — Giovanni sempre foi um homem irrepreensível. Nós sempre invejamos você por isso. O que ele lhe fez?

— Sofia, esqueça. Vou tentar ligar para Cesenatico — concluiu a amiga astróloga e desligou.

3

ANDREA ACABOU de dar as orientações aos seus redatores e já ia saindo do jornal quando foi alcançado pelo diretor.

— Vou tomar um café. Você me acompanha? — propôs Ettore Moscati.

Andrea tinha pressa de voltar para casa, mas não pôde recusar. Os dois entraram juntos no elevador. Desceram calados, no térreo, e saíram para a rua. Andrea jamais ousava rejeitar os convites do homem que, segundo ele, era o artífice do seu destino profissional. Mais de uma vez, essa aquiescência já lhe valera as reclamações de Penelope.

Se Moscati dizia: "Vamos colher cogumelos amanhã cedo?", Andrea respondia: "A que horas passo para apanhá-lo?" Para ele, que adorava dormir, isso significava madrugar, ao passo que Moscati, que sofria de insônia, já estava com a corda toda às quatro da manhã.

— Por que você não engraxa os sapatos dele e não lhe beija os pés? — perguntava Penelope, irônica.

Às vezes, após o fechamento do jornal, o diretor dizia:

— Vamos dar um pulo no cassino de Campione?

Andrea só queria ir dormir, mas replicava:

— Eu ia justamente lhe propor isso.

Na mesa da roleta, Moscati ganhava e Andrea perdia. Voltava para casa às seis da manhã, humilhado e sem dinheiro. Dormia quatro horas e retornava ao trabalho completamente moído, mas sorridente.

— Você parece Fantozzi* — comentava Penelope, sem um pingo de piedade.

— Moscati é meu amigo — justificava Andrea.

— E sua família é o quê? Sua inimiga? Será que pelos seus filhos você se disporia a fazer tudo isso? — martelava ela.

— Por você, fiz muito mais do que isso. Se não tivesse memória curta, você se lembraria — recriminava ele.

— Naquela época você tinha 22 anos. Agora tem 42. Entre nós havia uma história de amor. Com ele, só a sua bajulação.

— Cretina! Eu devo tudo a Moscati. Foi ele quem me fez chegar até onde estou. Sempre confiou em mim.

— E você deu a ele seu profissionalismo. Como é possível ter tão pouca consideração por si mesmo?

Penelope era impiedosa.

— Estou achando você meio arrasado — disse o diretor, derramando um envelopinho de adoçante no café.

— Penelope me deixou — admitiu Andrea.

— E você reclama? Estou lutando há dez anos com minha mulher para conseguir me separar — objetou o outro.

— Depende de como a pessoa vive com uma mulher. Estou muito bem com Penelope.

— Mas faz galinhagem com as outras. Com Stefania, o que você aprontou?

---

*Famoso personagem tragicômico criado pelo comediante Paolo Villaggio. (*N. da T.*)

— Nada de sério. Eu amo minha mulher.

— Precisa de advogado?

— Nem pensar. Só quero que ela volte para mim e para os nossos filhos — afirmou Andrea, decidido.

— Ou seja, ela os jogou em cima de você. Então, significa que vai voltar. Dê-lhe tempo e tire todas as folgas de que precisar — concluiu o diretor, dando-lhe um tapinha nas costas.

Aquela frase de Moscati, "Então, significa que vai voltar", foi para Andrea uma boa companhia no trajeto para casa. Era a primeira mensagem positiva nas últimas 24 horas. Depois, ao topar com a bagunça do apartamento, ele desanimou mais uma vez. Acima de tudo, perturbou-o a porta sem vidro da sala para a cozinha, porque lhe recordava a última briga com Penelope. Procurou na agenda doméstica de endereços o número do vidraceiro, chamou-o e pediu que ele viesse o mais cedo possível. Se Penelope voltasse, nunca mais quebraria nada. "Juro", prometeu a si mesmo, enquanto se perguntava por onde começaria, para deixar a casa um pouco habitável. Enfrentou a limpeza e arrumação da cozinha, começando pela gaiola dos periquitos. Sansone estava deitado num canto e o olhava de um jeito indecifrável. Pareceu estar grato a Andrea por não ter sido deixado sozinho durante muito tempo. Ele sentiu uma onda de ternura e estendeu a mão para acariciá-lo. O cão rosnou.

— Entendi. Poucas intimidades — sorriu Andrea, passando-lhe um pedacinho de biscoito. O cão deu uma farejada e o pegou delicadamente entre os dentes.

Depois de meia hora de trabalho, achou que a cozinha já estava com um aspecto aceitável.

— E agora, o que faço? — perguntou, encarando o cão. — Já sei, preciso preparar o almoço de Daniele e Lucia. Eles não comem na escola, como Luca. — Abriu a geladeira, em busca de inspiração. Lembrou-se de que houvera um tempo em que gostava de cozinhar. Tinha sido justamente ele a ensinar à mulher alguns pratos rápidos e gostosos: a salada "bem salgada, pouco vinagre e muito azeitada", o peixe-espada grelhado com orégano, salsa e umas gotinhas de limão, a massa "à Donelli", com tomate fresco em cubinhos, folhas de manjericão picadas e azeite de oliva perfumado.

— Os ingredientes estão aqui. Portanto, vamos lá — disse em voz alta, para se animar.

Tocaram a campainha. Ele foi abrir e se viu diante de Sofia e Priscilla. A filipina estava com um olho roxo.

— Fui pegá-la no pronto-socorro. Por sorte, ela não quebrou nenhuma costela — explicou Sofia, empurrando para a entrada a jovem, que mantinha o olhar baixo, como se sentisse vergonha de ter apanhado. — Por alguns dias, ao menos enquanto ela não estiver apresentável, não a mande sair. E agora, desculpe, mas preciso ir embora. Tenho o professor e a amiguinha dele para almoçar.

Priscilla correu ao banheiro de serviço para se trocar. A doméstica filipina trabalhava na casa desde o nascimento de Luca. Tinha sido Sofia quem a encontrara e sugerira que Penelope a contratasse: "Você não pode continuar desse jeito. Precisa realmente de uma ajuda."

Priscilla surgira como o coelho da cartola de um prestidigitador. Tinha 25 anos, um passado de dificuldades econômicas e familiares, um marido que, depois de engravidá-la, fugira para o Japão com uma babá inglesa. Vivera nas Filipinas, com nove irmãos e os pais, numa cabana onde galinhas ciscavam. Do marido, tivera uma menina cardiopata e precisava de dinheiro para tratar dela. Assim, partiu como clandestina, desembarcou em Amsterdã e dali chegou à Itália, onde encontrou uma tia que a empregou na casa de uma anciã. A tia reivindicava metade do salário, por ter-lhe arrumado aquele trabalho. A anciã morreu dois meses depois e Priscilla foi servir a uma senhora rica que, para castigá-la pelos seus erros, deixava-a presa do lado de fora, na sacada, em pleno frio de janeiro. Então, pediu ajuda às freiras do convento, onde Sofia a descobriu.

Na casa dos Donelli, Priscilla aprontava uma lista inesgotável de complicações. Mas era simpática, otimista e relativamente confiável. Penelope a queria bem. Com muita paciência de sua parte e muita boa vontade da parte da filipina, as duas tinham instaurado uma convivência aceitável. Até o momento em que apareceu Muhamed, o egípcio, que era garçom numa boate e queria convertê-la à religião muçulmana para enviá-la ao Egito, a fim de cuidar dos pais dele, já velhos. Priscilla se recusava a satisfazê-lo. Periodicamente, ele a acusava de ter amantes e a espancava. Ela chorava, mas se orgulhava por ter um homem ciumento. Penelope reprovava essa submissão e lhe explicava a importância da dignidade. Priscilla dizia:

— Sim, tem razão. — E depois a espicaçava: — Mas acho que o senhor Andrea é parecido com Muhamed. Grita e quebra tudo. Depois, traz um presente e a senhora sorri.

Penelope se enfurecia:

— Ele nunca levantou um dedo para me bater — sublinhava.

— Mas trai a senhora. E Muhamed não faz isso comigo. Portanto, estamos empatadas — concluía a empregada, com seu eterno sorriso.

Agora, Andrea olhou-a se afastar. Priscilla era baixinha e gorducha como um novelo de lã. Ele sempre a rejeitara, considerando-a uma cretina. Mas, naquele momento, abençoou Sofia por tê-la trazido de volta.

— Eu faço o almoço. Você limpa os banheiros e os quartos — ordenou Andrea, quando a empregada reapareceu com o aventalzinho cor-de-rosa.

— Tudo bem. Mas já vou avisando que o senhor tem de fazer as compras e pegar Luca no jardim de infância. À uma hora, precisa descer com Sansone. O resto eu resolvo — esclareceu Priscilla.

— Está certo, patroa — disse Andrea, com um meio sorriso.

— A senhora Penelope fugiu, não foi? — perguntou a filipina, com ar divertido.

— Vá cuidar das suas coisas. E trabalhar — respondeu ele, irritado.

Andrea continuou a preparar o almoço. Àquela hora, disso tinha certeza, Penelope havia recebido e lido sua carta. Esperou que lhe telefonasse. Poder falar com ela seria um alívio. O telefone tocou naquele momento. Ele afastou Priscilla, que corria para atender.

— Deixe, eu atendo — disse, erguendo o fone. E, como a doméstica se mantinha ali ao lado, curiosa, dispensou-a com um gesto.

— É o senhor Andrea Donelli? — perguntou uma voz masculina.

— Sim. Quem fala? — alarmou-se ele.

— Qual é o seu grau de parentesco com a senhora Maria Guidi?

— É minha mãe — respondeu, empalidecendo.

— Aqui é da Policlínica. Sua mãe fraturou um braço e se encontra em estado confusional. Encontramos seu endereço num papel que estava na bolsa dela. Vinha andando pela rua e foi atropelada por um carro — explicou o homem.

— Vou já para aí — disse Andrea. E pensou que, se sua mulher estivesse, nada disso teria acontecido.

4

MAIS DE UMA VEZ, ao longo da vida, Andrea desejara a morte de algumas pessoas que lhe complicavam a existência. Seu desejo sempre havia sido satisfeito. Desde criança, rezava para que seu pai morresse. Nos momentos de desespero, gritava na cara dele: "Quero ver você morto." Não precisou aguardar muito tempo. Depois esperou que a morte levasse Gemma. Também ela foi embora rapidamente. Em seguida, almejou um fim lento e doloroso para a professora Cazzaniga. Também esse desejo se realizou pontualmente. Então se apavorou. Embora a razão lhe dissesse que seus maus pensamentos não influíam em absoluto sobre o destino dos outros, sua consciência os reprovava, como pecados terríveis.

Agora, diante de sua mãe, reduzida a um montinho de ossos acomodado no leito branquíssimo do hospital, pensou que, se ela devia morrer, era melhor que se apagasse logo, sem sofrer. Mas repeliu imediatamente esse pensamento, sussurrando: "Bom Deus, se vós existis realmente, lede no meu coração e não leveis em conta os meus medos."

Andrea amava sua mãe e olhou-a com ternura. Numa das mãos tinham enfiado a agulha do tubo de soro. Ele lhe acariciou delicadamente o rosto e os cabelos, procurando naqueles traços consumidos a imagem da mulher que o trouxera ao mundo quando estava na flor da idade. Ela fora uma mulher forte, uma trabalhadora incansável, mãe ao mesmo tempo distraída e solícita, uma mulher ferozmente apaixonada pelo marido. Para poder mantê-lo estudando e lhe garantir um futuro melhor do que o seu, Maria Donelli suportara até as humilhações da professora Cazzaniga, que lecionava na escola onde ela trabalhava como faxineira. No apartamento de dois cômodos, onde os dois foram morar quando ficaram sozinhos, sua mãe trabalhava inclusive à noite: trocava golas de camisas, fazia bainhas de calças, alargava ou apertava saias e vestidos para completar o salário e permitir que Andrea estudasse e fizesse carreira. Tinha outro filho, Giacomo, dez anos mais velho do que ele. Giacomo morava em Roma, onde se casara com uma moça rica, e não voltara a ver a mãe desde o dia do enterro do pai e da irmã. Andrea o procurara algumas vezes, e inclusive lhe apresentara Penelope. Giacomo era sempre gentil e muito formal, mas insistia em sublinhar que preferia não ter mais relações com a família. A mãe sofria com isso. Aquele filho ausente continuava no seu coração.

Ela abriu os olhos e viu Andrea.

— Giacomo, não é? — perguntou, hesitante.

— Não. Andrea — respondeu ele.

— Onde é que estou?

— No hospital. Quebrou um braço e ele foi engessado — explicou o filho.

— É mesmo? Não me lembro — sussurrou ela.

Tinha sido medicada com sedativos, e logo adormeceu de novo.

Andrea afastou-se de sua cabeceira, saiu para o corredor e telefonou ao irmão, em Roma.

— Nossa mãe está mal. Você pode vir vê-la?

— Estou muito ocupado. E, também, de que adiantaria?

— Ela perguntou por você — sublinhou Andrea.

— Ora, do jeito como está a cabeça dela, tanto faz que eu apareça aí ou não — esquivou-se o outro.

— Giacomo, é sua mãe — insistiu Andrea. — Está num leito de hospital e pode não se recuperar nunca mais.

— Na verdade, ela é mais sua mãe do que minha. Por mim, nunca fez nada — replicou o irmão, em tom agressivo.

— Entenda-se com sua consciência. Eu avisei — rebateu Andrea com igual agressividade, desligando o telefone.

Do corredor, observou o aposento de quatro leitos. Maria ocupava o do fundo, junto à janela. Não se mexia, não se queixava, não pedia nada. No entanto, ele sabia: seu coração ansiava por ternura, sobretudo por parte daquele filho a quem ela não revia desde muitos anos antes.

Andrea conversara com o médico. A fratura no braço tinha sido reduzida e deveria continuar no gesso por um mês. O hospital só ficaria com a paciente durante dois dias.

— O problema de sua mãe é a demência senil — dissera o médico. — Ela precisa ser internada num lugar adequado. Existem muitas clínicas para enfermos desse tipo. Eu o aconselho a se informar com um assistente social. Ele lhe dará uma lista de endereços.

Andrea havia respondido: "Sim, tudo bem, muito obrigado", mas não podia aceitar a idéia de colocar Maria num asilo geriátrico público. Penelope, se estivesse ali, saberia o que fazer. Mas, agora, ele tinha de se virar sozinho. A única solução que lhe ocorria era a de uma clínica particular. Mas o custo seria excessivo, e ele não queria em absoluto mexer na conta bancária da mulher.

O celular tocou. Era Lucia:

— Papai, acabo de chegar do colégio. Obrigada por ter feito o almoço. Eu soube da vovó. Preciso que você me dê as coordenadas. Depois do almoço, vou para aí — anunciou.

— Prefiro que você cuide de Luca. Priscilla não pode sair para ir buscá-lo na escola.

— Mas eu quero ver a vovó — insistiu Lucia.

— E vai ver. Só que, agora, eu preciso que você se ocupe do seu irmão.

— Dos meus irmãos. Daniele me pediu um curso acelerado de matemática. É trabalho perdido, porque ele não entende nada. Mas vou fazer o que ele pede.

Andrea voltou a se sentar junto ao leito de Maria, que arregalava os olhos para ele.

— Como está, mamãezinha? — perguntou, acariciando-a.

— Que lugar esquisito. Onde estou? — perguntou ela de novo.

— No hospital. Quebrou um braço e eles o engessaram. Está vendo? — repetiu Andrea.

— Sim, sim, estou vendo. Cadê seu pai?

— O papai já morreu — explicou ele, pacientemente.

— Oh, que pena. E por que você não me contou?

— Porque isso aconteceu há quase 30 anos. Mas você não se lembra, não é?

— Você está sempre querendo brincar. Ele foi buscar Gemma, agora me lembro. Sabe, minha memória vai e vem, e às vezes esqueço coisas muito importantes. Outra coisa: quando Pietro trouxer a menina de volta, temos de ir embora daqui — disse ela, começando a se agitar.

— Tudo bem, mamãe. Iremos embora, prometo. Mas agora você precisa sossegar. Estou aqui, do seu lado — sussurrou ele.

Veio uma enfermeira para substituir o recipiente de soro. Depois passou um médico para examiná-la e pediu que Andrea saísse. Não era o mesmo com quem ele tinha conversado duas horas antes. A porta se abriu, depois de bastante tempo, e o médico foi ao encontro dele.

— Assim que liberarem um leito, vou transferir sua mãe para a cardiologia — anunciou.

— Há mais algum problema? Seu colega me disse que ela teria alta depois de amanhã — objetou Andrea.

— Vi o eletrocardiograma da senhora Maria e acabo de examiná-la. Ela tem uma insuficiência cardíaca grave. Já mandei colocar diuréticos e digitoxina no soro.

— Doutor, eu quero saber: minha mãe está sofrendo? — perguntou Andrea, apreensivo.

— Não creio. Ela não se queixa.

— Minha mãe nunca se queixou — afirmou ele, acrescentando: — Se ela está morrendo, por que lhe engessaram o braço, coitadinha?

— Para eliminar a dor. Agora, vamos cuidar dela e ver se responde à medicação. Fique tranqüilo — sugeriu o médico, antes de se despedir.

Andrea foi sentar-se junto de Maria. Nos outros leitos, os pacientes pareciam não ter o menor interesse por eles. Havia uma anciã com talas nas pernas, cochilando. Uma moça, com o busto engessado até o pescoço, escutava música em fones de ouvido. Outra mulher fazia palavras cruzadas.

— Veio um doutor muito delicado. Me fez um carinho — disse a mãe. Estava num bom momento. Tinha plena consciência de si e do lugar onde se encontrava. — Hoje de manhã, saí para ir buscar minha pensão. Aí me deu uma tontura muito forte. Caí e depois me vi aqui. Cadê Penelope? — informou-se ela.

— Foi passar uns dias na praia. Quer que eu a chame?

A doença de sua mãe podia ser um bom pretexto para convencer Penelope a voltar. Mas ele logo se envergonhou desse pensamento.

— Deixe sua mulher sossegada. Já vou dar muito trabalho a ela quando sair daqui. Você vai me levar para a sua casa, não é? — perguntou ela, querendo ser tranqüilizada.

— Assim que lhe fizerem todos os exames — garantiu o filho.

— Veja na minha bolsa, menino. Tem uns bombons. Pegue um — disse Maria, chamando-o como quando ele era criança.

Andrea achou a bolsa na mesinha-de-cabeceira. Abriu-a e remexeu lá dentro, com o coração enternecido. Havia a carteira com uns trocados, a caderneta da pensão, um terço dentro de uma caixinha de filigrana de prata, o documento de identidade, uma lata de pastilhas Valda, um envelope branco que continha umas fotografias. Ele as repassou, uma a uma. Reviu a casa decadente na qual vivera até a morte do pai, o velho Ford, os *setters* Full e Dolly, seu pai e sua mãe posando para a objetiva diante da entrada do Lido de Veneza, onde tinham passado a lua-de-mel. E depois reviu a si mesmo, muito pequenino, nos braços da avó Stella, e, ao lado deles, Giacomo, que já estava com dez anos, e Gemma, que fazia uma careta engraçada.

— Me cante alguma coisa — pediu Maria.

— Cantar o quê? — perguntou ele, confuso.

— Uma daquelas romanças de que seu pai gostava — disse ela.

— Diga qual — respondeu Andrea, para ganhar tempo.

— Aquela que diz: *Che gelida manina, se la lasci riscaldar. Cercar, che giova? Al buio non si trova...*

Maria começou a cantar baixinho. Andrea baixou a cabeça e cobriu o rosto com as mãos. Não queria que sua mãe o visse chorar.

História de Andrea

1

PIETRO DONELLI era um gigante de dois metros de altura, ombros largos como um armário e face tão bela, nobre e gentil que induzia todo mundo a se enganar sobre sua verdadeira natureza, que era agressiva e freqüentemente violenta, embora, às vezes, dulcíssima. Sem nenhuma razão aparente, em poucos minutos ele passava da jovialidade quase infantil a uma raiva feroz. Maria, sua mulher, amava-o com paixão. Sofria sua instabilidade emocional vivendo suas fúrias como uma calamidade inevitável e suas ternuras como um dom divino. Em vez de amá-lo, seus filhos o temiam, porque Pietro fazia sentir todo o peso de sua autoridade. Quando era afetuoso e tentava brincar com eles, retraíam-se, desconfiados. Andrea o odiava quando o via descarregar toda aquela agressividade sobre a mãe. Nesses momentos, desejava do fundo do coração que o pai morresse.

Um dia, Pietro voltou cansado do trabalho, tropeçou na roda da bicicleta de Maria e caiu. Xingou-a com um rosário de palavrões, ameaçando lhe partir a cara se ela não saísse de perto. Depois agarrou a bicicleta como se esta fosse um brinquedinho e, com um só braço, jogou-a contra uma árvore, destruindo-a. Por fim, entrou em casa, colocou no gramofone o disco da "sua" *Bohème* em volume total e saiu para tomar banho na fonte.

Estava nu da cintura para cima. Com mãos que pareciam pás, jogava água gelada nos braços, nas costas, no colo e no pescoço ensaboados. Di Stefano cantava: "*Che gelida manina...*". Pietro se lavava e acompanhava o tenor, sem errar uma nota.

Full e Dolly, o casal de *setters*, levantaram-se de sob a figueira onde estavam deitados e fugiram para o campo, perturbados pelo volume altíssimo da música. Gemma, se estivesse em casa, iria segui-los. Gemma odiava tudo o que seu pai amava: as óperas líricas, o vinho, o ganso assado, o rifle de caça, as botas de couro que Pietro usava até em pleno verão. Gemma odiava seu pai, de resto como Andrea e Giacomo. Somente a vovó Stella, a mãe dele, e Maria, sua mulher, conseguiam amá-lo. Todos, porém, o temiam.

— Por que você se casou com ele? — perguntava Gemma à mãe.

— Ele me agradava. Era bonito. Ainda é bonito até hoje — justificava-se Maria.

— Mas você não percebe o horror que é quando olha para você com aquela cara de louco?

— Depois isso passa. Ele não é mau. É apenas diferente. Se fosse um homem comum, talvez eu não gostasse tanto dele.

— Então você devia ter evitado fazer filhos com esse homem. Não é justo que tenhamos de suportá-lo, só porque você gosta dele.

— Tudo vai ficar bem — concluía Maria.

Andrea estava lendo uma revistinha em quadrinhos, deitado na grama ressequida. De vez em quando observava o torso enorme do pai e imaginava que no meio do milharal havia um índio armado com arco e flecha. O índio disparava a flecha, que assoviava no ar e ia atingir bem no meio a nuca de Pietro, o qual, ferido de morte, caía no chão duro e seco.

Então, finalmente, já não haveria nem ódio nem medo, mas só silêncio e paz.

Pietro se enxugou com uma toalha felpuda e se virou. Viu Andrea, o filho caçula, que estava soluçando.

— Ei, você aí, infeliz, o que houve? — perguntou, aproximando-se.

O garotinho cobriu o rosto com o braço. Nesse gesto havia o terror de ser espancado e a vergonha pela fantasia elaborada contra o pai.

Pietro se inclinou e Andrea entreviu o gigante se debruçar sobre ele. Sentiu-se dominado pelo medo. Começou a tremer.

— Está com dor de dente? — perguntou Pietro. Sua voz potente se transformara num sussurro.

— Eu prefiro que você não morra — disse Andrea.

— Por que eu morreria? Nem estou doente — tranqüilizou-o Pietro. Puxou do bolso uma nota de quinhentas liras e colocou-a na mão do filho. — Vá comprar sorvete no vilarejo.

— Obrigado — respondeu Andrea. — Mas não estou com vontade de tomar sorvete — acrescentou, devolvendo a nota. Jamais poderia aceitar dinheiro de um homem que, um instante antes, ele desejara ver morto.

O pai se reergueu e balançou a cabeça, olhando-o com ternura.

— Você é completamente maluco — lamentou. Deu-lhe as costas e entrou em casa, recomeçando a cantar em sincronia com Di Stefano: *Ma per fortuna è una notte di luna...*

Andrea se levantou e começou a perambular ao redor da casa, que dava para uma larga estrada de terra batida. A um quilômetro dali ficava o vilarejo, rico pela economia que girava em torno da indústria de vergalhões, mas pobre de cultura porque todos só se preocupavam em ganhar dinheiro. Os habitantes eram pessoas de bem: casa, trabalho e férias. Havia uma igreja, o cinema paroquial, a escola, o jardim de infância, um centro esportivo. Os ricos tinham amantes na cidade. As mulheres dos ricos também. Os filhos deles viviam correndo em automóveis de alta cilindrada. O carro e a geladeira com congelador em separado eram símbolos de afirmação social. Alguns operários se estabeleciam por conta própria, abriam pequenas indústrias e logo construíam uma casa com piscina.

Havia também os chamados "irregulares", entre os quais se incluía a família Donelli. A casa deles, se assim se podia chamar, era isolada do vilarejo. Era uma choupana construída por Pietro e seus irmãos com sobras de material, no início dos anos 1950. A garagem era um barracão de chapa corrugada. Abrigava o velho Ford de Pietro, as bicicletas da família, a moto de Giacomo, as ferramentas da horta de Maria e toda a velharia da casa: camas de lona rasgadas, mas que não deviam ser jogadas fora porque nunca se sabe, baús com etiquetas de viagens e cruzeiros, que ninguém sabia como tinham ido parar ali, malas de fibra já inutilizáveis, caçarolas furadas, cadeiras esburacadas, latas vazias, cordas, pneus de bicicleta, um espelho de parede rachado, suportes de bacia para água enferrujados. Ao lado da garagem ficava o galinheiro, onde as galinhas ciscavam que, à noite, se abrigavam dentro de uma casinhola de madeira. Por fim, havia o canil de Full e Dolly, o casal de *setters* irlandeses que Pietro levava à caça.

Giacomo e Gemma já eram nascidos quando os Donelli se transferiram para lá, deixando o vilarejo e a casa da vovó Stella. Por definição unânime da família, Pietro era considerado uma "dor de cabeça". Por isso, seus irmãos ficaram felizes por ajudá-lo a erguer aquela choupana, livrando-se assim de uma presença incômoda.

No verão, fazia ali um calor insuportável e, no inverno, um frio terrível. Em qualquer estação, a vovó Stella vinha a pé do vilarejo, trazendo comida, quando a família não tinha dinheiro nem para comprar cigarros. Pietro era um trabalhador lunático. Depois de se massacrar dias e dias malhando lingotes incandescentes, brigava com alguém e se demitia. Então começavam os períodos negros. Com o dinheiro recebido, ele entrava no carro e, acompanhado de outros malucos, circulava durante semanas. O tempo passava. Não havia mais dinheiro para as compras da casa. Maria esgotava sua "reserva áurea", obtida com a venda de ovos. Envergonhada, entrava nas mercearias e pedia aos donos para "assinar".

Pagaria quando pudesse. A vovó Stella liqüidava as dívidas no açougue, na padaria, na papelaria. Depois aparecia com estoques de massa, uma enorme travessa de batatas ao forno entre as quais se escondia um assado gostoso, uma terrina de barro cheia de ragu de carne de boi.

— Essas pobres crianças precisam se alimentar para poderem crescer — dizia à nora, que chorava e lhe atribuía culpas que ela não tinha.

— Enquanto a senhora o abastecer, aquele desgraçado do Pietro nunca vai mudar — lamentava-se Maria, em cuja fronte pálida se destacava e pulsava uma veia azulada.

— Enquanto você o perdoar por tudo, aquele desgraçado do seu marido vai pintar e bordar — replicava a avó.

— Foi a senhora quem começou a dar a ele tudo de bandeja — irritava-se Maria.

— E você continuou. Eu a avisei de que Pietro era um desespero, disse que não devia se casar com ele. Mas você, mais cabeçuda do que uma abóbora, teimou. Agora, o que vou fazer? Ajudo vocês como posso.

A mãe batia a porta da cozinha e se refugiava na horta, chorando e ao mesmo tempo arrancando o mato invasor, que comprometia o crescimento das abobrinhas.

Maria ia ficando cada vez mais nervosa, à medida que os dias passavam e o marido não retornava. Depois chegava o momento em que ela montava sua bicicleta e, em vez de ir ao vilarejo para fazer faxina na casa dos Gnutti, rodava pela região à procura do fugitivo. Era conhecida em todas as bodegas e nos piores restaurantes. "Não vimos seu marido", diziam. Ou então: "Apareceu por aqui na semana passada, com os amigos de sempre. Estavam todos bêbados. Não se preocupe. Mais dia, menos dia, ele volta."

— Eu sei. Vaso ruim não quebra — comentava ela, entre dentes, e voltava para casa, vencida mas não resignada.

Então Giacomo e Gemma se lançavam contra ela.

— É um desgraçado — dizia Giacomo.

— É um inconsciente — dizia Gemma.

— É o pai de vocês — replicava Maria.

Andrea observava e ficava calado, mas, por dentro, seu ódio contra Pietro talvez fosse maior que o dos irmãos, porque ele fazia sua mãe sofrer.

Depois vinha o momento em que se erguia na estrada uma nuvem de poeira, da qual surgia o Ford azul. Full e Dolly partiam como flechas ao encontro do veículo barulhento. Pietro fazia ouvir sua possante voz de tenor.

— Ei, vocês aí, venham cá! Fora da toca! Papai Noel chegou. — De fato, vinha com presentes para a família inteira. Uma vez, trouxera um sofá de camurça branca, com encosto capitonê. Outra vez, uma máquina elétrica, para costurar e bordar. E havia também capotes e impermeáveis, botas inglesas de couro, *foulards* franceses de seda, perfumes, baixelas de porcelana, um televisor novo. Maria se amargurava, porque a origem de todas aquelas coisas era sempre muito duvidosa, mas ainda assim suspirava aliviada, porque seu homem voltara são e salvo. A essa altura, torcia o pescoço de uma de suas preciosas galinhas poedeiras e botava na mesa um almoço memorável. Pietro distribuía os presentes e depois contava suas peripécias, fossem elas verdadeiras ou inventadas. Tinha ido à ópera e assistido a *La traviata* ou a *La bohème*. Discorria sobre as vozes dos intérpretes, fazendo sutis distinções entre o longo fôlego de Mario Del Monaco e o de Giuseppe Di Stefano, sobre a potência vocal de Maria Callas e Mirella Freni. Falava dos cantores como se eles fossem vizinhos de casa. Mostrava suas fotos com dedicatória e autógrafo. A mulher anuía, admirada. Andrea não perdia uma sílaba e via a figura de Pietro se agigantar acima de todo mundo. Gemma mostrava a língua às costas do pai. Giacomo comia em silêncio. Enquanto isso, Pietro esgotava a garrafa de Chianti e pedia outra. As vozes dos seus queridinhos, Renata Tebaldi ou Ettore Bastianini, faziam tilintar as vidraças e ele, já embriagado, se levantava e, erguendo o copo, cantava: "*Libiam ne'lieti calici...*"

Então Maria o arrastava para o quarto, tirava-lhe a roupa e o metia na cama. Giacomo subia na sua moto ruidosa e ia para o vilarejo, Gemma se sentava à porta da casa e fumava um cigarro, Andrea capturava os vaga-lumes e os fechava na palma da mão. À exceção do pai, eram todos muito infelizes.

— Escute só aquele porco. Escute o barulho que ele faz — dizia Gemma, aludindo aos ruídos que vinham do quarto dos pais.

— Estão fazendo amor, não é? — perguntava Andrea, incerto.

— Pois é. E ela mia, como uma gata no cio — replicava a jovem, irritada, apagando a guimba na sola do sapato. E prosseguia: — Amanhã, recomeça a chorar.

— É normal. A história de sempre — dizia Andrea, resignado, encolhendo os ombros.

Pietro estava sem trabalho havia um mês. Maria se esfalfava a fim de lhe conseguir dinheiro para comprar vinho e cigarros. Um dia, empenhou os brincos e o anel de coral porque sabia que Pietro ficaria uma fúria se ela não lhe arrumasse recursos. Ele era capaz de moê-la a pontapés e depois comentar, com um sorriso zombeteiro: "Me desculpe por não ter tirado as botas." Maria se escondia para chorar e Gemma a medicava com compressas frescas, enquanto suplicava:

— Por favor, vamos embora. Eu não posso mais viver nesta casa com aquele desgraçado.

— Mas o que você tem com isso? Seu pai nunca implica com você. Ele lhe quer bem.

Giacomo apertava os punhos, contendo a vontade de agredir Pietro, até porque era apenas um garoto e sabia que levaria a pior. Andrea observava tudo e sofria, até porque não compreendia de que lado estava a razão.

Não lhe parecia que o pai fosse tão mau como Gemma sustentava. Nas noites de inverno, Pietro o levava para a cama de casal e lia para ele maravilhosas histórias dos seus autores preferidos: Walter Scott, Dumas, Hugo, Ponson du Terrail. Eram momentos belíssimos. Às vezes o pai o levava consigo no carro. Percorriam todos os bares e Pietro o apresentava aos amigos.

— Este é o caçula da casa. É inteligente e de poucas palavras. Vai ser presidente da República.

Depois começava a beber, a jogar cartas, e se esquecia dele.

Havia no vilarejo uma taberneira muito corpulenta. Loura, pele de porcelana, seios enormes e voz de barítono. Era temida e respeitada pelos fregueses, inclusive por Pedro. Ela já derrubara mais de um bêbado que tentara aborrecê-la.

Andrea se escondia embaixo da mesa, entre as pernas do pai, e adormecia. Então, ela o tomava nos braços. Entre o sono e a vigília, ele percebia seu perfume de menta. A mulher lhe acariciava os cabelos, falando-lhe com doçura, e ele sentia um langor extenuante. Amava-a loucamente.

Naquele entardecer de verão, depois do banho, Pietro se abandonou numa espreguiçadeira, embaixo da figueira, e exigiu aos berros um copo de vinho.

Gemma acabara de retornar do vilarejo, de bicicleta. Trabalhava no salão de um cabeleireiro, como aprendiz.

Andrea estava na cozinha, debulhando ervilhas com a mãe.

— Ai, meu Deus, estamos sem vinho — apavorou-se Maria.

— Ele que vá comprar — explodiu Gemma.

A irmã tinha 19 anos. Era bonita como o pai e tinha o mesmo temperamento, impetuoso e bizarro. Era a única que conseguia enfrentá-lo. Pietro jamais levantara a mão para ela. Talvez a temesse. Mas quando se sentia provocado além dos limites, agarrava-a por um braço, arrastava-a para a porta, enquanto ela o cobria de insultos, empurrava-a para fora e trancava a casa, mesmo em pleno inverno.

Maria esperava que o marido se distraísse e então a deixava entrar de mansinho.

— Faça este favor. Vá comprar duas garrafas no vilarejo — pediu Maria à filha.

— Nem pensar. Vá você, que é escrava dele.

— Eu vou — interveio Andrea. Sua mãe lhe deu o dinheiro, ele montou a bicicleta e partiu.

Quando voltou, Giacomo também estava lá. Giacomo tinha 22 anos. Completara o curso de eletrotécnico e trabalhava numa fábrica de televisores. Estavam todos na cozinha quando Andrea entrou com as garrafas de vinho. Notou um silêncio preocupante.

Maria estava servindo um minestrone frio. Aproximou-se do marido e este, com um pé, fez com que ela tropeçasse. Maria caiu, com sopeira e tudo. Pietro explodiu numa gargalhada zombeteira e ao mesmo tempo olhou ao redor, em busca de uma aprovação que não veio. Pena. Ele achara aquilo uma brincadeira muito divertida.

Maria se levantou e, em silêncio, começou a recolher cacos e minestrone com uma pá. Os filhos olhavam o pai, com ar gélido. Ele deu um soco na mesa.

— Santo Deus! — berrou. — Vocês não acham graça em nada! Que raça de gente é esta?

— Eu é que digo: que raça de gente é você?! — desabafou Maria. Era a primeira vez que ela reagia. Todos prenderam a respiração.

Se fosse passavelmente inteligente, Pietro não teria insistido. Mas, como todos os violentos, não percebeu e reforçou a dose.

— Eu sou um animal são, que come, bebe, fuma e trepa. Assim faziam meu pai e o pai do meu pai. É assim que funcionam as coisas. Deve-se saber usar o bastão ou a cenoura, de acordo com a necessidade. Com esse sistema, Napoleão criou um exército invencível — disse ele, inflando o tórax e esbanjando autocomplacência.

De repente, Giacomo se levantou da cadeira. Esticou os braços por sobre a mesa e agarrou o pai pelas axilas, colocando-o de pé. Já era um homem e não o temia mais.

— Você não é Napoleão. É apenas um maluco. E nós, que o suportamos durante anos, somos mais malucos ainda. E agora, peça desculpas à minha mãe — disse baixinho, olhando-o ferozmente.

Andrea achou que o pai ia reagir. Até aquele momento, nunca houvera rebelião. Mas Pietro se encolheu, olhou de banda e sussurrou:

— Tem razão. Peço desculpas a Maria.

Maria estava encostada no aparador, consciente de ter acendido um estopim que estava prestes a provocar uma explosão.

Giacomo largou a presa, depois de obrigar o pai a se sentar de novo.

— Vou embora daqui — anunciou. — Nunca mais volto a esta casa.

Entrou no quarto que dividia com Andrea, pegou a mala no armário, abriu-a em cima da cama e começou a enchê-la com suas coisas.

Andrea, que o seguira, aproximou-se e o olhou com admiração, enquanto considerava a inconsistência das próprias fantasias. Era necessário muito mais do que a flecha envenenada do índio. Era necessária a força de Giacomo. Mas Giacomo era dez anos mais velho do que ele.

— Me leve junto — pediu. — Eu também não quero mais ficar nesta casa.

— Então você não entendeu nada. Eu rompi com a família Donelli. Todos os Donelli conspiraram para transformá-lo no desgraçado que ele é. Se eu pudesse, até trocaria de sobrenome — agarrou a mala e saiu.

Maria o alcançou quando ele ia pegar a moto.

— Para onde você vai? Como é que toma desse jeito, de uma hora para outra, uma decisão tão séria? Como é que eu vou ficar, sem você? — perguntou, mesmo sabendo que não conseguiria detê-lo.

— Você vai continuar sempre tomando o partido daquele animal, sem ligar para o mal que faz a si mesma e aos seus filhos.

— Cada um tem seu temperamento e seu destino. Deus o abençoe — sussurrou Maria, estendendo-lhe os braços. Queria abraçá-lo pela última vez. O filho a repeliu com um gesto brusco e partiu.

No céu se acendiam as estrelas. O mormaço era de tirar o fôlego. Nos campos ao redor da casa, a grama estava queimada e a terra era uma teia de rachaduras. As galinhas cochilavam nos poleiros, com as penas invadidas pelos piolhos. Full e Dolly estavam imóveis diante da porta, línguas pendentes por causa do calor.

Andrea olhou o irmão que se afastava para sempre da vida deles, a bordo da moto que se acelerava, ondulando na poeira.

Ajoelhada no chão, Maria chorava. Gemma martelava com os punhos a carroceria do velho Ford.

Pietro saiu da casa e se plantou de pernas abertas na trilhazinha de cimento. Olhou para Maria.

— Vou ter de ir comer na taberna? — perguntou com voz arrogante. Então Maria recolheu um punhado de terra e jogou-o com raiva em cima dele.

— Quero que você morra, infame! — berrou, com voz embargada pelo pranto.

Andrea esperou que Deus ouvisse aquela invocação e a atendesse.

2

DEPOIS DA PARTIDA de Giacomo, a tensão aumentou na casa dos Donelli. Maria não perdia oportunidade para acusar o marido pela fuga do filho mais velho. Pietro, habituado à silenciosa aceitação da companheira, tornara-se mais agressivo ainda. Todo entardecer, voltava bêbado e provocava brigas furibundas. Os utensílios da casa, já desconjuntados, acabavam em pedaços. Numa noite de outono, Andrea se meteu no meio dos pais para defender Maria. Pietro, cego de ira, partiu-lhe o lábio com um soco, fazendo-o perder um dente. Andrea caiu no chão, vencido pela dor. Gemma agarrou o rifle e o apontou para a cara do pai.

— Se você não sair imediatamente desta casa, eu o mato — disse, com voz gélida. Já soltara a trava e tinha o indicador no gatilho.

Maria se inclinou sobre o filho e, gritando de desespero, apertou-o contra si, soluçando.

Pálido de medo, Pietro recuou até a porta.

— Fora daqui! — ordenou-lhe a filha.

Quando o pai já estava lá fora, Gemma deu um tiro, mirando-lhe os pés. Pietro não ousou nem mesmo montar a bicicleta. Saiu correndo pela estrada de terra batida, em direção ao vilarejo. Full e Dolly foram os únicos a segui-lo.

Gemma sentou-se ao volante do carro e, ajudada pela mãe, levou Andrea ao posto de saúde.

— Quem fez isto com ele? — perguntou o médico.

— Caiu em cima de uma pedra, no riacho — respondeu Gemma.

Costuraram-lhe o lábio.

— Coloque-o na cama, com uma bolsa de gelo. Dê-lhe uma aspirina, para reduzir a dor e a febre. O dente está perdido para sempre — afirmou o médico.

Andrea entrara em estado de choque e precisou de dois dias para se recuperar.

Na manhã seguinte, chegou a vovó Stella.

— Mas o que aquele desgraçado fez agora? — perguntou a Maria. E contou que Pietro estivera em sua casa, chorando, e, entre soluços, dissera que havia cometido um despropósito.

— Se ele voltar, eu o mato mesmo — disse Gemma, que ia saindo para o trabalho no vilarejo.

— Cale a boca, você é esquentada como ele — repreendeu-a a avó. — Em nossa casa, os irmãos dele e suas esposas não o aceitam. Vocês não vão mandá-lo dormir pelos campos.

Gemma se afastou e Stella entrou na casa com Maria. No torpor da febre, Andrea sentiu na testa a mão fresca da avó.

— Seu pai não queria machucá-lo, meu menino. Agora ele está arrependido. Perdoe-o — suplicou a velha.

— É melhor que ele morra — sussurrou Andrea.

A avó fez o sinal-da-cruz e ficou ao seu lado por muito tempo, rezando o terço.

— Nunca fique igual a ele — disse. — Quando crescer, nunca bata na sua mulher nem nos seus filhos. Viu que coisa horrível é a violência?

— Mas eu espero que ele morra — retrucou o garoto.

Quando Pietro voltou, Andrea já havia sarado. Maria abriu o portão da garagem e disse:

— Agora, seu quarto é aqui. Você não entra mais em casa, nem mesmo para comer. A sopa, nós a traremos cá fora.

Dias depois, pegou o filho pela mão, tomou o ônibus com ele e levou-o ao melhor dentista, na cidade.

Maria vendera seu relógio de pulso, de ouro, a fim de pagar para o filho um dente novo, que foi aparafusado no maxilar. Terminado o trabalho, a boca de Andrea voltou a ser bonita como antes.

— Ficou como se não tivesse acontecido nada — sorriu Maria.

— Pelo contrário, aconteceu tudo, e não vou me esquecer nunca — disse Andrea. Maria recomeçou as faxinas na casa dos Gnutti. Todo sábado, Pietro colocava seu pagamento na janela da cozinha. Não se embriagava mais. Passava as noites na garagem, escutando seus discos. Quando queria trocar de roupa, pregava um bilhete à porta.

A cada vez que passava diante da garagem, Gemma cuspia no chão.

Chegou novembro. Maria e os dois filhos estavam à mesa. Andrea já levara a comida do pai.

— À noite faz frio — observou Maria. — Eu me sinto mal sabendo que ele está lá fora, sozinho.

— Se ele entrar, eu saio — disse Gemma.

— Ele mudou. Parou de beber. Trabalha como um jumento. Vocês não acham que ele já foi suficientemente castigado? — perguntou Maria, tentando defender a causa do marido.

— Ele teve a sorte de não o denunciarmos — replicou a moça.

Maria tirou a mesa e foi se deitar. Gemma jogou água morna na bacia e lavou os cabelos. Depois se sentou junto da estufa para secá-los, enquanto os penteava. Andrea dava talhos nas cascas das castanhas. Depois iria colocá-las na brasa, para assar. Ao mesmo tempo, observava a irmã.

Ela era belíssima. Os cabelos, que lhe desciam ondulados até os ombros, soltavam reflexos cambiantes ao secar.

— Você poderia ser modelo — disse ele.

— Meu namorado é ciumento — respondeu ela. E sua expressão carrancuda se suavizou.

— Você tem namorado? — perguntou Andrea.

— Não é segredo para ninguém. É Alessandro. Você não sabia mesmo?

— Alessandro, o filho dos Gnutti?

— Sim. Qual é o problema?

— Ele é um paspalhão. Todo mundo sabe — reclamou o irmão.

— As pessoas não o conhecem. Ele não liga para os bilhões do pai. É uma alma sensível. Entendeu?

— O que eu sei é que ele não estuda, não trabalha, está sempre bêbado e destrói os carros, como se fossem carrinhos de mão.

— Porque não liga para eles. São coisas compradas com o dinheiro do pai, que é um dinheiro maldito.

Gemma aludia ao fato de que a empresa Gnutti produzia minas terrestres, fuzis, canhões e outras maldades.

— Não gosto de Alessandro Gnutti. Se o dinheiro do pai o incomoda tanto, ele podia trabalhar e se sustentar — replicou Andrea.

— Não quero mais ficar nesta casa de pedintes. Um dia Alessandro vai me levar para o México — afirmou ela.

— Com o dinheiro maldito do pai? — perguntou o garoto.

— Não me interessa — cortou Gemma. Sacudiu os longos cabelos, agora secos, vestiu o pesado suéter que colocara para aquecer na grade, junto à estufa, e saiu.

Andrea sabia que Gemma não dormiria em casa naquela noite. Afastou a cortina da janela e olhou na direção da garagem. Das fissuras da chapa vinha uma luz tênue. Seu pai estava lendo. Ele sentiu saudade das noites em que, quando pequeno, Pietro o levava para a cama grande e lia para ele histórias de piratas, de corsários, de mosqueteiros e guardas do rei.

Saiu e empurrou a porta da garagem. Pietro estava reclinado na cama de lona, embrulhado numa jaqueta de couro, a boina de lã metida na cabeça, e sorriu para ele. Tinha uma expressão branda. Parecia muito mudado.

— Faz tempo que não nos vemos — disse, pousando o livro sobre o cobertor de lã.

— Eu o perdôo — sussurrou Andrea.

— Obrigado — respondeu Pietro, sem se mover.

— Gemma não está. Por que você não vai dormir com a mamãe?

E, assim, seu pai voltou a viver na casa. Gemma estava quase sempre no vilarejo. Quando voltava, fingia não vê-lo.

No Natal, chegou de Roma um cartão de Giacomo. Estava endereçado a Maria. O texto dizia: "Estou bem, e espero que você também. Boas festas."

— Só isso? — exclamou Maria, aliviada mas decepcionada.

— O que mais ele deveria escrever? — perguntou Pietro.

— Não mandou o endereço, nem contou o que faz para sobreviver.

— Ele não quer mais ter relações conosco. Jurou isso — recordou Andrea.

— São coisas que a pessoa diz na hora da raiva. Mas já se passaram cinco meses! — protestou Maria.

Passou um ano e veio outro verão tórrido. O calor desancava todo mundo. As galinhas pararam de botar ovos. Full e Dolly circulavam preguiçosamente ao redor da casa. Gemma fora morar definitivamente no vilarejo, na casa da vovó Stella, desde muitos meses antes. Maria caíra numa espécie de apatia que a tornava indiferente a qualquer coisa.

Numa manhã de agosto, Andrea estava lá fora, tirando carrapatos dos cães. Maria, na cozinha, lia uma fotonovela, esperando que o café acabasse de coar. Pietro tomava banho na fonte.

Andrea viu uma minúscula figura de mulher, vestida de preto, correndo pela estrada poeirenta. Foi ao encontro dela.

— Por que você sai por aí com este calor? — perguntou, beijando-a na face.

— Cadê sua mãe? — informou-se a avó. Estava pálida e ofegante.

Maria apareceu na soleira.

— A senhora chegou a tempo para o café — disse.

A velha entrou na cozinha, sentou-se exausta numa cadeira e desatou o nó do lenço preto que lhe cobria a cabeça.

— Gemma sumiu há dois dias — anunciou. — Não apareceu mais no trabalho.

A mãe deu um longo suspiro.

— O que foi que ela aprontou? — quis saber Pietro, que acabava de entrar.

— Está vendo esta marca preta no meu braço? — mostrou a avó, puxando a manga comprida do vestido. — Foi ela que me fez isto, dois dias atrás. Queria um dinheiro que eu não tenho. A filha de vocês acabou no mau caminho.

— Precisamos salvá-la — disse Pietro.

— Tenho certeza de que ela foi embora com o filho mais moço dos Gnutti — informou a avó.

Andrea escutava, sem dizer uma palavra.

A mãe apoiou os cotovelos na mesa e cobriu o rosto com as mãos.

— Quantas vezes, quando era menor, ela me suplicou que a levasse para longe daqui! Eu nunca tive coragem de satisfazê-la. Não podia largar o meu homem. Não seria capaz, nem mesmo agora — confessou

Maria. E prosseguiu: — Como se faz para arrancar um homem do coração? É como sofrer de uma doença incurável.

Andrea saiu e voltou a limpar os cães. Escutou seu pai dizendo: "Venha, mamãe. Eu levo você de volta." Quando passou pelo filho, sugeriu:

— Você precisa usar éter nos carrapatos. Pegue uma garrafa, na prateleira da garagem.

O velho Ford se afastou, levantando uma grande nuvem de poeira.

Pouco depois, Maria também saiu, de bicicleta.

— Vou para o serviço — anunciou. Não trabalhava mais para os Gnutti. Desde quando soubera que Gemma andava com o filho deles, não ia mais até lá. Pietro, em vez de ir trabalhar, fora procurar a polícia para denunciar o desaparecimento da filha. Depois rodou pela região, em busca de notícias. Finalmente, voltou para casa.

— E então? — perguntou Andrea.

— Eles vão achá-la. Você vai ver, vão achá-la — tranqüilizou-o Pietro. Estava pálido, sofrendo. Largou-se na espreguiçadeira e pediu: — Me traga um copo de limonada.

— Talvez eles tenham ido para o México — sussurrou Andrea. — Gemma não quer mais morar aqui.

— Mas não pode levantar a mão para a minha mãe. Afinal, ela ainda é menor, e vai ter de se explicar comigo.

— Ela não volta mais — sussurrou o garoto.

Pietro bebeu a limonada. Depois olhou o filho nos olhos, com ternura.

— Foi tudo culpa minha. Primeiro Giacomo, agora Gemma. Um dia, talvez você também vá embora. Faz meses que tomei juízo. Mas isso não basta para cancelar todo o mal que fiz. Meus irmãos me vêem como uma fumaça nos olhos. Minha mãe chora a cada vez que me aproximo. Meus filhos fogem. Você está crescendo. Está quase da minha altura. Quando vai fugir? — perguntou, com voz amarga.

— Não sei. A vida aqui não é boa — respondeu Andrea.

Maria voltou ao meio-dia.

— Quero minha filha de volta — desabafou, enfrentando Pietro.

— E vai ter. Juro — prometeu ele, abraçando-a e acariciando-lhe delicadamente o rosto. Maria chorou no ombro do marido. Tinha certeza de que ele cumpriria a promessa, assim como sabia que o vencera: Pietro se transformara no homem que ela sempre havia desejado.

3

VEIO OUTRO NATAL. Maria recebeu de Roma um cartão de Giacomo. Desta vez, não fez comentários. Bastava-lhe saber que o filho estava bem. Seu coração ansiava por Gemma. Ainda não tinham conseguido localizá-la. Todas as manhãs, Pietro passava pelo posto policial e a resposta era sempre a mesma: "Nada ainda."

O senhor Gnutti, o industrial, tinha procurado os Donelli em novembro para informar-lhes que contratara um investigador. Controlando a movimentação bancária, seguira a pista do filho, primeiro até Zurique e depois até Munique, Frankfurt, Berlim, dali até Amsterdã e, agora, Paris. A essa altura, Gnutti mandara bloquear a conta.

— Até o momento, ele viveu à farta — disse. — Mas, agora que ficou sem dinheiro, certamente vai voltar com sua filha. Pessoalmente, eu preferiria que ele fosse preso. Dizem que as prisões francesas são duras.

Alessandro Gnutti retornou ao vilarejo poucas semanas depois. Andrea e seus pais souberam disso quando ouviram alguém bater à porta da casa, na véspera do Natal.

Pietro foi abrir.

O homem mais rico do lugar empurrou o filho para dentro.

— Aqui está o desgraçado que levou sua filha — disse. E acrescentou: — Ela ficou em Paris.

Andrea se lembrava bem de Alessandro. Era um tipo corpulento, de traços duros, ar insolente, olhar obtuso. Impressionava as moças só pelo seu sobrenome, pelos carros que trocava continuamente. Agora, mostrava uma expressão de cachorro espancado, barba por fazer, roupas rasgadas e sujas.

Se Pietro ainda fosse o homem que havia sido até pouco tempo antes, seguramente iria se lançar sobre o jovem, agarrá-lo pelo pescoço e acabar com ele. Mas não fez nada. Agora sabia que, se tivesse sido um pai pelo menos aceitável, Gemma nunca se ligaria a um personagem tão frágil e obtuso como Alessandro.

Em poucos segundos, enquanto observava aquele jovem destruído, Pietro recordou as violentas brincadeiras com o Gnutti pai, que fora seu companheiro de traquinagens infantis. Juntos, armados de atiradeiras e pedras, eles miravam as luminárias públicas, fazendo-as explodir, e os vidros da igreja, estilhaçando-os. Depois, os anos tinham passado. Gnutti se lançara ao trabalho com determinação, revelando uma capacidade incomum. Pietro continuara a se comportar de maneira infantil, rindo do antigo companheiro e de suas idéias de grandeza. Quando Gnutti construíra uma fortuna, ele se deixara devorar pela inveja e, com amargura, fora trabalhar nas empresas do outro. Agora, porém, os dois se encaravam num plano de igualdade. As lutas e os sucessos de um, a esbórnia e a inconseqüência do outro haviam produzido sobre os respectivos filhos um resultado idêntico: Alessandro Gnutti e Gemma Donelli eram dois infelizes.

— Por que o trouxe aqui? — perguntou Pietro, num sussurro.

— Quero que ele veja a face de dois pais desesperados.

— Por que minha Gemma não retornou com você? — interpelou Maria.

O rapaz encolheu os ombros:

— Ela disse que não queria.

— Por quê? — insistiu Maria.

O jovem Gnutti não respondeu.

— Sem dinheiro, ela não pode sobreviver. O que ficou fazendo sozinha, numa cidade tão distante? — prosseguiu a mulher. Não esperava uma resposta do jovem. Apenas exprimia em voz alta sua ansiedade.

— Este é o endereço da moça — disse Gnutti pai, entregando a Pietro um papel. E acrescentou: — O lugar onde ela mora fica perto da Gare de Lyon. Se vocês quiserem, dou um telefonema e mando trazê-la para casa até amanhã.

— Eu vou buscá-la — decidiu Pietro. — E você, tire da minha frente este desgraçado — acrescentou, virando-se para o amigo.

— Vocês não vão revê-lo por um bom tempo — afirmou Gnutti, acrescentando: — Peço perdão a você e a Maria.

Pietro lhe abriu a porta, para que ele saísse.

— A viagem até Paris é cara — observou o industrial, que queria oferecer dinheiro aos Donelli.

— Isso é problema nosso — cortou Pietro.

Eram nove da noite. Enquanto o marido fazia a mala, Maria encheu uma garrafa térmica com café bem quente, colocou uns sanduíches de queijo num saquinho e entregou ao marido suas economias.

— Acha que isto vai bastar? — perguntou a Pietro.

— Eu lhe trago até o troco — garantiu ele.

— Entre ir e voltar, você vai precisar de pelo menos três dias, talvez quatro — argumentou a mulher.

— Espere e tenha fé — disse o marido. Acariciou o rosto de Maria, passou a mão na cabeça do filho e lhe despenteou os cabelos, sorrindo.

Pietro não era mais o temível gigante que Andrea sempre conhecera. O garoto achou-o apequenado e teve pena dele.

Andrea e Maria ficaram à porta, vendo-o partir. No escuro, os faróis do veículo clareavam a estrada, onde a terra estava congelada pelo frio.

— Vamos entrar, menino — disse a mãe. — E vamos rezar juntos um terço a Nossa Senhora.

Foi uma triste vigília. Não compareceram à missa de meia-noite, não houve nenhuma ceia.

— Agora que seu pai tomou juízo, a família deve se reconstituir — afirmou Maria. — Gemma voltará, e Giacomo também. Só que localizá-lo vai ser trabalhoso.

Alguém, no vilarejo, informara tê-lo encontrado em Roma. Giacomo trabalhava numa grande loja da via del Corso, onde se vendiam televisores e equipamentos eletrônicos. Maria havia poupado algum dinheiro para ir ela mesma procurá-lo em Roma, falar-lhe, explicar que ele ainda tinha sua família. Agora, aquele dinheiro servira para Gemma. Ela recomeçaria a economizar para juntar alguma coisa.

Na manhã de Natal, Andrea acordou cedo. Acendeu a estufa, colocou no fogo a panelinha de leite e a cafeteira. Depois saiu para chamar os cães e deixou-os entrar em casa. Deu-lhes comida e botou a mesa para sua mãe.

Maria entrou na cozinha. Estava pálida, rosto fatigado. Sorriu para o filho e lhe agradeceu.

Andrea não respondeu. Estava tenso e confuso. Temia o retorno da irmã. O instinto lhe dizia que dali não viria nada de bom. Saiu para o frio e começou a correr em torno da casa, seguido por Full e Dolly. Depois entrou nas plantações e jogou pedras num ninho de melros. Um camponês o perseguiu, ameaçando-o com uma vara comprida e cobrindo-o de insultos.

— Conheço você, seu vagabundo — gritou. — Você é grandalhão, mas tem a cabeça do seu pai. Vou acabar com essa sua vontade de se fazer de doido. Se o pegar, vou enchê-lo de pancada.

Pietro sempre fora temido pela vizinhança. Mas, desde quando se acalmara, o desprezo havia substituído o medo. De qualquer modo, o camponês não conseguiu agarrar Andrea.

Durante algum tempo, o garoto correu até ficar sem fôlego pelas plantações de couve, delimitadas por fileiras de amoreiras de galhos esqueléticos sob um céu incolor. Depois parou, ofegante, e olhou ao redor. Naquela desoladora manhã de Natal, só ele estava ali. De longe, adivinhou a silhueta delgada do campanário da igreja setecentista.

Ergueu os braços para o céu e gritou: "Deus, se vós existis, ajudai-nos."

Sua voz se perdeu no horizonte ilimitado e plano. Então ele começou a saltitar entre as fileiras de couves, esmagando-as sob a sola dos sapatos ferrados só pelo gosto de sentir as folhas geladas estralejarem numa espécie de lamento. Depois voltou para casa.

Maria, sentada junto da estufa, consertava um par de meias de lã.

— São de Gemma — explicou. — Arrumei todas as coisas dela, para quando ela voltar.

Andrea pensou: "É melhor que ela não volte", mas não disse nada, até porque não conseguiria explicar a razão desse desejo. Gemma sempre o tratara afetuosamente, mas ele não saberia dizer se os dois se queriam bem. O mesmo se dava com Giacomo: eram irmãos e por acaso tinham vividos juntos, sem se escolherem. Gemma e Giacomo certamente pouco se importavam com ele, visto que haviam partido. Com seu pai, acabara a época das contradições: um dia, pancadas, e outro, ternura. Agora, havia uma espécie de vazio que ele não sabia como preencher. E com sua mãe? Andrea achou que, se ela morresse, ele sentiria dor. Mas também sofreria se Full e Dolly morressem. Isso significava que ele amava sua mãe tanto quanto os cães?

Ligou o televisor, já que não achava respostas para essas interrogações. Estavam transmitindo a missa na Basílica de São Pedro e a voz do papa Montini dava a bênção *urbi et orbi*. Maria fez o sinal-da-cruz. A vovó Stella vinha entrando. Percorrera a pé toda a estrada, desafiando o frio, para comer com eles. Trazia um panelão de *marubini**, uma galinha ensopada, mostarda de Cremona e um panetone.

Foi um almoço silencioso, interrompido pelos longos suspiros das duas mulheres.

— Deus queira que ele a encontre mesmo — dizia a vovó Stella.

— Ele me prometeu — repetia Maria obstinadamente.

— Viajar até Paris... — sussurrava a velha.

O almoço terminou e, de repente, a velha casa maltratada e vazia se encheu de gente. Vieram os irmãos de Pietro, com as mulheres e os filhos. Trouxeram presentinhos. No dia de Natal, desencadeara-se a solidariedade dos parentes com a família de Pietro. Pareciam esquecidos os tempos em que o irmão destrambelhado partia durante vários dias em seu velho veículo para se embriagar com os amigos. Desta vez, ele era um pai desesperado que saíra em busca da filha. Merecia respeito e afeto. Assim, os parentes se juntaram em torno de Maria para confortá-la.

— Paris é grande — dizia ela. — Como é que ele vai encontrar minha menina?

— Seu marido, quando quer, não é estúpido — tranqüilizaram-na.

Ninguém emitia juízos sobre o comportamento de Gemma, mas estava claro que todos a consideravam uma desmiolada como o pai. Com Giacomo, não se preocuparam. Haviam comentado: "Ele teve bom senso. Se ficasse com o pai, não teria futuro." Mas todos conheciam a personalidade realista do rapaz, tão diferente do pai. Assim

---

*Massa recheada, típica de Cremona. (*N. da T.*)

como todos sabiam da instabilidade de Gemma, e os prognósticos sobre ela não eram bons.

Andrea jogava tômbola com os primos. Percebera que eles repentinamente haviam ficado generosos e trapaceavam só para deixar que ele ganhasse. Decidiu então aproveitar tanta benevolência insólita.

Enquanto isso, os adultos conversavam baixinho, analisando a figura de Pietro. "Ele sabe ajudar os outros, na hora da necessidade", dizia um irmão. "Nunca o vi se enfurecer com quem está sofrendo", comentava uma cunhada.

Andrea jogava distraidamente e pensava que com seu pai aprendera a mentir e a se sentir culpado.

O Natal passou e seguiram-se dias de sombria solidão. Uma noite, o pároco apareceu para trazer conforto a uma família sobre cujas atribulações ouvira falar, como disse a Maria. Andrea fora se entocar no seu quarto. Começara a ler um romance escolhido entre os que Pietro mantinha numa prateleira, na garagem. Era de um escritor russo, Máximo Gorki. Intitulava-se *A mãe*. Era uma história apaixonante. Do outro lado da parede fina, que separava a cozinha do seu quarto, ele ouvia a voz lamentosa de Maria.

— Fiz tudo errado na vida. Agi mal com meus filhos. Pensei mais no meu egoísmo de mulher do que nos meus deveres de mãe — dizia ela, abrindo o coração.

Andrea a comparou à personagem de Pelageia Nilovna, vítima do ferreiro Vlasov, um marido violento e beberrão. Naquelas páginas, encontrava sentimentos e atmosferas muito semelhantes aos de sua família. Maria jamais tinha sido egoísta como sustentava. Seu erro fora o de escolher um homem diferente dos outros, querendo construir com ele uma família normal.

— Pedirei ao Senhor que tudo se resolva da melhor maneira — despediu-se o pároco, depois de ouvir a confissão da mulher.

Uma noite, Maria pôs na mesa duas tigelas de sopa engrossada com semolina. A manteiga perfumada havia desenhado delicados círculos amarelos ao longo das bordas. Ouviram o ruído de um carro. No mesmo momento, os sinos da igreja badalaram. Os toques se dilatavam para anunciar o fim do dia.

Andrea pensou que o dia moribundo se assemelha a uma vida que se apaga, e recordou as lápides brancas entre as trilhas de cascalho do cemitério.

A porta se abriu e Pietro entrou, trazendo a filha nos braços, como se ela fosse uma menina. Com eles entrou também a morte, que era uma sombra imensa, fluida como mercúrio, e meteu-se por todos os aposentos, nos cantos mais escondidos. Deslizou para a cozinha, recobriu móveis e utensílios, insinuou-se na estufa e apagou o fogo. Andrea se sentiu sufocado.

— Trouxe sua filha de volta — disse Pietro, com uma barba de muitos dias, olhos encovados que lançavam centelhas e um sorriso de dar pena.

Maria levou as mãos à boca para conter um grito.

— Já não é ela — disse finalmente, observando o vulto apatetado de Gemma, que mantinha os braços suspensos ao pescoço do pai.

— Não, já não é ela — repetiu Pietro. — Está drogada. E também fez coisa pior.

Andrea saiu para olhar os campos cobertos de neve, que pareciam azuis à luz da lua. Queria se livrar daquela terrível sensação de morte que lhe tirava o fôlego, mas não conseguiu. Então montou a bicicleta e começou a pedalar como um louco.

Irrompeu na casa da vovó Stella, que, ao vê-lo, fez o sinal-da-cruz.

— Jesus! Outra desgraça? — perguntou num sussurro.

— Papai voltou. Trouxe Gemma para casa. Mas não estão sozinhos. Com eles veio também a morte — disse Andrea finalmente.

Seu corpo todo tremia e a cabeça parecia ter se tornado um balão pesado, enorme, prestes a explodir.

— Você está queimando como uma estufa — constatou a avó.

Ele se sentia gelado.

4

PIETRO LEVARA dois dias para chegar a Paris, passando pela Suíça. Na montanha, o carro havia enguiçado porque a correia de transmissão se rompeu. Era noite, e não havia possibilidade de encontrar ajuda. Ele a consertou como pôde. Depois teve de montar as correntes de neve. Já em território francês, cochilou ao volante e bateu num *guard-rail* ao longo de uma curva fechada. Por sorte, vinha devagar. O carro ficou amassado. Ele encontrou um daqueles recuos no acostamento e dormiu duas horas. Depois recomeçou a viagem. Finalmente, a certa altura, leu numa placa de sinalização: PARIS. Tinha chegado. Ali estava sua menina. Talvez ela ficasse feliz por revê-lo. Talvez lhe segurasse a mão e dissesse: "Papai, agora vou lhe mostrar uma cidade da qual você me falou muito, mas que nunca viu."

Entrou na cidade. O céu se mostrava cinzento na luz rarefeita do anoitecer. O ar estava impregnado pela descarga dos automóveis e dos caminhões. A paisagem urbana não se assemelhava às imagens que ele construíra por meio da leitura de livros. Parecia-lhe estar na periferia de Brescia ou de Milão, só que muito maior. Não dispunha de um mapa da cidade e, a certa altura, percebeu que estava dando voltas, porque pela terceira vez se descobriu na mesma praça. Por fim, viu placas com o texto PORTE D'ITALIE e, não conhecendo o idioma, imaginou que aquilo indicava a direção da qual tinha vindo, a Itália. Atravessou-a seguindo as setas que assinalavam o centro e pouco depois leu as indicações para a GARE DE LYON. Atravessou o Sena. Foi muito difícil encontrar a rue Gilbert, onde vivia sua filha, segundo as informações de Gnutti.

Sentia-se cansado demais para se deter e examinar os prédios imponentes e severos, a imensidão das praças, as luzes cintilantes na escuridão da noite. Estava assustado, intimidado e só. Não ousava sequer pedir informações aos passantes, porque não falava a língua deles. Recordou todas as vezes em que se considerara uma espécie de super-homem e olhara os outros do alto da força proveniente da consciência de ser o mais forte. Agora, a força física não podia ajudá-lo. A ignorância o esmagava. Somente a determinação de recuperar sua menina o impelia a não desanimar. E encontrou o lugar onde estava Gemma. Um prediozinho decadente. Não havia nem portão. Ele subiu uma comprida rampa de degraus úmidos e escorregadios. Abriu uma porta envidraçada e viu-se numa espécie de vestíbulo escuro do qual partiam escadas e corredores e para o qual se abriam portas, tudo isso em meio a muita sujeira, vozes alteradas, músicas ensurdecedoras e estridentes, algum choro de mulher e de criança.

— Onde eu vim parar? — sussurrou, certo de ter errado o endereço. Acendeu um fósforo para obter luz e verificar se aquela era a casa que procurava. *Appartement 41*, estava escrito no papelzinho de Gnutti. Então viu que em cada porta havia um número. O 41 estava bem à sua frente. Ele bateu. Ninguém veio atender. Por que a filha havia preferido aquele lugar horrendo à sua casa, que, apesar de maltratada, certamente era mais confortável e limpa? Ele empurrou a porta, que estava destrancada. O mau cheiro da sujeira e da degradação lhe deu náusea. Havia gente jogada sobre camas de campanha e colchões, numa confusão de roupas, garrafas vazias de vinho e de licor, sobras de comida. A luz tênue de uma lâmpada azulada criava sombras compridas no aposento. De um equipamento estéreo vinha o som repetitivo e martelante de um *rock*.

"Estão todos bêbados", pensou angustiado.

Como Alessandro Gnutti lhe dissera que Gemma morava com uma amiga, Pietro imaginara um cantinho sob os tetos de Paris, uma casinha arrumada, charmosa, e duas moças com alegria de viver, que certamente faziam algum trabalho para se sustentar. Tinha se obstinado absurdamente em acreditar nisso, embora o aspecto do jovem Gnutti, que vivera com ela até poucos dias antes, não alimentasse tal ilusão. Pietro não era um pessimista. Quando uma situação lhe parecia muito desagradável, ele logo pensava que havia algum modo de superá-la. Mas, desta vez, não achou nada em que pudesse basear sua esperança. Olhou ao redor. Aqueles corpos exaustos, aquelas faces atordoadas de jovens eram o produto de uma civilização que caminhava para a ruína. "Extraviados, filhos de extraviados", pensou. E, àquela altura, ocorreu-lhe que também ele sempre havia sido um desorientado. Recordou as infinitas bebedeiras em companhia dos amigos, os muitos expedientes para conseguir dinheiro quando não trabalhava, as bravatas noturnas nas lojas das fábricas, das quais roubava roupas e móveis para ter o gosto de dar à sua mulher presentes impossíveis. Nunca estivera preso, mas mereceria. Que exemplo havia oferecido aos seus filhos? Como pudera se iludir achando que Gemma, tendo fugido em companhia de um maluco, depois de bater na avó para obter dinheiro, podia recuperar o juízo?

Uma moça que era só pele e ossos o olhava com expressão abobalhada.

— Estou procurando Gemma. Onde ela está? — perguntou Pietro.

Inesperadamente, a moça respondeu na mesma língua:

— E eu lá sei? Não sou babá de ninguém — replicou, estendendo um braço para fora do edredom a fim de pegar uma garrafa.

— Sabe pelo menos de quem estou falando? — insistiu Pietro, inclinando-se sobre ela.

— Sei, sim. É a namorada de Alessandro. Se não está aqui, saiu para faturar — disse ela, com ar indiferente.

A filha não estava ali. Havia três rapazes e duas moças. Todos com caras atordoadas, terríveis.

A loura achou a garrafa e bebeu um gole comprido.

— E você, quem é? — perguntou bruscamente.

— Um amigo — respondeu Pietro. — Onde ela fatura?

— Tente na Gare de Lyon, ela vai sempre lá — explicou a moça. Depois seus olhos apagados se iluminaram: — Você tem algum trocado aí? — pediu.

— Vá para o inferno — xingou ele, saindo daquele lugar nojento.

Lá fora estava muito escuro. O frio era quase insuportável. Mas o que o paralisava era o gelo na alma. Gemma, ele sabia, estava perdida para sempre. Ainda assim, devia encontrá-la e devolvê-la a Maria.

Na estação, as pessoas entravam e saíam incessantemente. Pareciam marionetes enlouquecidas. Os carros particulares e os táxis buzinavam por causa de um engarrafamento. Havia luz como se fosse dia. Girândolas luminosas, suspensas no ar, desejavam JOYEUX NOËL. Ele odiou aquela humanidade de ar azafamado e feliz. Odiou todo mundo, porque ele estava sozinho, vivendo um drama desconhecido dos outros e pelo qual se sentia profundamente culpado. Seu olhar, habituado a localizar a caça nos lugares mais difíceis, captou a presença de Gemma. Mais do que o aspecto, o instinto lhe disse que era ela a figura magrinha, descarnada, metida numa calça *jeans* em pata de elefante, coberta por uma mísera jaqueta de carneiro, os olhos destacados por uma pesada maquilagem. Gemma tentava atrair os passantes. Sua menina se prostituía para sobreviver. Pietro conteve um soluço e se aproximou dela.

— O que você quer, seu merda? — balbuciou a moça, vacilante, incapaz de oferecer resistência.

— Eu sou seu pai — sussurrou ele, segurando-a pelos ombros e puxando-a para longe da luz.

Tinha economizado durante a viagem inteira para poder se permitir um quarto de hotel. Pediu um com duas camas. Assim que entrou, a primeira coisa que fez foi botar Gemma embaixo do chuveiro. Estava convencido de que assim ela se recuperaria. Mas, como a filha não se agüentava de pé, despiu-a e viu seus pobres braços martirizados. Achou uma seringa no bolso da sua jaqueta. Colocou-a na cama e ela adormeceu logo. Ele saiu para lhe comprar um vestido e um casaco. Abasteceu-se de pão e queijo. Quando voltou ao hotel, Gemma ainda dormia. Ele se jogou na cama. Estava destruído. Adormeceu sem sequer tirar o jaquetão de lã e a boina.

Acordou de repente. Gemma desaparecera. Ele pulou de pé e escancarou a porta do banheiro. Sua filha estava ali, agachada no canto entre a pia e o chuveiro, o cinto apertado em torno do braço, o punho fechado. Na mão direita, uma seringa injetava veneno em uma veia. Pietro arrancou-a e o sangue esguichou ao redor. Ele ficou apavorado. Jamais tinha visto algo parecido.

— Não me encha o saco — disse Gemma, com voz empastada. — Me dê um cigarro — balbuciou.

Se a espancasse, ela provavelmente nem perceberia. Pietro pegou-a nos braços, recolocou-a na cama, ajeitou as cobertas.

— Como você está se sentindo? — perguntou.

— Bem — foi a resposta.

— Como se chama aquela porcaria que você injeta na veia?

— Heroína. Não é uma porcaria. É um remédio. Você depois vê tudo bonito. Fica querendo baldes de heroína. É tudo o que quero.

— Onde a escondeu?

Gemma soltou uma risadinha infantil.

— No salto da bota — respondeu, satisfeita.

Talvez, para se sentir bem, Gemma precisasse realmente consumir a droga. Até pouco tempo antes, para se sentir bem, ele bebia. E então?

Não lhe havia sido fácil compreender que atordoar-se com álcool não o ajudava a viver, nem a raciocinar, nem a se sentir mais feliz. O vinho custava pouco, ao passo que aquele troço que Gemma escondia e pelo qual se prostituía era muito caro. Pietro sabia disso e, pela primeira vez, via em sua filha os efeitos devastadores da droga. Gemma era um esqueleto.

A pele do rosto ficara cinzenta, opaca. Ela estava dormindo ou só aparvalhada? Pietro lhe acariciou os cabelos e lhe passou uma toalha úmida no rosto, para remover os últimos vestígios de maquilagem.

Depois, foi até o banheiro e o limpou cuidadosamente do sangue de sua filha.

Estava arrasado e, no entanto, cultivou uma luz de esperança. Devia levar imediatamente sua menina de volta para casa. Devia tratar dela, salvá-la. Alternava momentos de esperança com outros de desânimo. Não ousou se deitar, por medo de adormecer. Temia que a jovem se aproveitasse para escapulir. Comeu um pedacinho de pão com queijo, bebeu água mineral e depois preparou outros sanduíches para a viagem de volta.

Sua filha dormia. Parecia tranqüila.

O retorno foi alucinante, porque Gemma estava desperta e nervosa. Repetia obsessivamente que precisava "tomar um pico". A certa altura o agrediu, porque queria que Pietro parasse e a deixasse ir embora. Cobria-o de insultos e ele teve de lhe dar uns tapas e amarrá-la ao banco para continuar a dirigir. Já em território italiano, Gemma desapareceu. Tinha dito que precisava ir ao toalete. Ele havia confiado. Foi reencontrá-la no quartel de Aosta, aonde tinha ido para denunciar o desaparecimento. Gemma se escondera numa barreira policial, contando ter sido agredida por um caminhoneiro.

— Talvez seja verdade, talvez não. Uma coisa é certa: ela está completamente drogada — disseram os policiais.

De fato, ela estava deitada num banco e dormia. Acordou a poucos quilômetros do vilarejo. Estava fraquíssima. Pietro teve de pegá-la nos braços para entrar com ela em casa. Depois, quando Maria a colocou na cama, ele explicou a situação. Contou tudo.

— Vou dormir — concluiu Pietro. — Não a perca de vista, porque ela pode querer fugir de novo.

E assim foi. Aconteceu quando Andrea chegou, trazido por um tio. Sentia-se mal e chamaram um médico para vê-lo. Estavam todos no quarto do garoto e Gemma se aproveitou para escapulir.

5

FOI UM INVERNO TERRÍVEL. Nunca se vira tanta gente na casa dos Donelli. Vinham os parentes, os amigos, os curiosos, o médico, o pároco e os policiais. Tudo girava em torno de Gemma. Cada um trazia conselhos, sugestões, imagenzinhas miraculosas. Enquanto isso, iam desaparecendo as poucas coisas de valor que não tinham sido vendidas ou empenhadas: os lençóis de linho bordados à mão do enxoval de Maria, o rifle de caça de Pietro, o relógio de pulso de Andrea. Gemma, não se sabia como, conseguia enganar a estreita vigilância e desaparecia durante dias. Voltava em condições cada vez piores. Quando estava em casa, dormia. Ou então apontava a faca para o pescoço da mãe a fim de obter dinheiro. Nos jornais apareceu a notícia, complementada por uma foto, da morte de Alessandro Gnutti. O cadáver tinha sido achado no banheiro de um bar de Milão, onde ele se escondera para se injetar a última dose de droga.

O médico, chamado várias vezes, administrava poderosos sedativos, que exerciam pouco efeito sobre Gemma, e balançava a cabeça: "É um vício que não sabemos como tratar", dizia. Andrea, que durante vários dias tivera uma febre altíssima, estava internado no hospital, porque temiam que fosse meningite. Quando teve alta, recusou-se a voltar e foi morar com a avó. Tinha medo da morte que se aninhara na casa dos pais. De fato, certa manhã Pietro encontrou Full e Dolly esticados no canil. Alguns dias depois, as galinhas de Maria também morreram. A vovó Stella rezava sem parar. Às vezes, desanimada, murmurava: "Se o bom Deus me escutasse, ao menos por uma vez..." Mas, na realidade, não sabia o que pedir e concluía: "Se ao menos ele me matasse..."

Andrea, ao contrário, esperava do fundo do coração que a morte levasse Gemma, que já estava reduzida a pouco mais que um vegetal, embora, em certos momentos, tivesse forças para dar xeque-mate em todo mundo.

O médico veio vê-la de novo e balançou a cabeça com ar desconsolado.

— Vão encontrá-la morta numa latrina, como o filho do Gnutti — disse, acrescentando: — Você deve se resignar.

Mas Pietro não conseguia se resignar. Gemma ficava arriada na cama durante horas, completamente abobada. Pietro se sentava ao seu lado, colocava o disco de *La bohème*, em surdina, e cantava baixinho em sincronia com o tenor, o soprano, o barítono, acariciando-lhe os cabelos. Maria dava comida na boca da filha como se esta fosse uma recém-nascida, do contrário Gemma não se alimentaria.

A vovó Stella morreu. Andrea, que dormia na casa dela, no divã da copa, entrara no quarto de manhã para lhe levar um café, antes de sair para a escola. Ela parecia dormir.

Depois do enterro, Pietro o obrigou a voltar para casa. A mãe pediu:

— Faça isso por mim.

Gnutti disse a Pietro que soubera de uma clínica, na Suíça, onde tratavam dos doentes como Gemma.

— Não se preocupe com as despesas. Eu resolvo isso — tranqüilizou-o.

— Da minha filha trato eu, sozinho — reagiu Pietro.

— Acho que, se tivesse sabido dessa clínica antes, eu levaria meu filho para lá e ele não teria morrido — insistiu Gnutti.

— Ele iria fugir. Você sabe muito bem — precisou Pietro.

— O que sei é que, quando vou visitá-lo no cemitério, tenho uma sensação de quietude. Sinto que ele finalmente repousa em paz — confidenciou Gnutti ao amigo.

Maria e Pietro continuavam a esperar o impossível. E, finalmente, um dia o impossível aconteceu. Gemma se levantou cedo, lavou-se cuidadosamente com suas poucas forças, enxugou os cabelos ao lado da estufa, vestiu-se, penteou-se, preparou o leite e o café para Andrea e os pais.

— Encerrei com aquela merda — anunciou.

Maria a abraçou. Gemma olhou o pai e lhe sorriu, enquanto misturava o açúcar na xícara de café.

— É um milagre. É a avó Stella, que, no céu, pediu ao Senhor por nós — disse Maria.

— É a minha filha que é forte, sensata e compreendeu que quer viver — afirmou o pai.

Saiu para o trabalho cantando e à tardinha, quando voltou, o jantar estava pronto. Gemma havia feito tudo.

— Conversei com Gnutti. Assim que você se recuperar um pouco mais, ele lhe dá um trabalho na firma. Você vai ser contratada — anunciou Pietro, com orgulho.

— E vamos nos mudar desta casa — decidiu Maria. — Seus tios vão nos dar a de sua avó. Vamos precisar pintá-la e arrumá-la um pouco. O isolamento acabou. E Andrea, coitado, poderá ficar mais tempo com os colegas e terá um caminho mais curto até a cidade, para ir à escola.

Gemma parecia ter acordado de um longo sono.

— O que você está estudando? — perguntou ao irmão.

— Faço o primeiro ano de contabilidade. E sou até bom nisso — informou ele timidamente.

— Talvez eu também volte a estudar — disse Gemma.

No meio da noite, Andrea foi despertado pela irmã.

— O que você quer? — perguntou, com sono.

— Não consigo dormir. É sempre assim, quando a pessoa se desintoxica. Também me aconteceu em Paris. Uma vez, eu e Alessandro decidimos parar com a heroína. Não conseguimos dormir nem dez minutos, em três dias — sussurrou ela.

— E depois? — perguntou o irmão.

— Depois dormimos seis horas. Estávamos tão bem que recomeçamos a nos picar.

— E você vai fazer a mesma coisa, desta vez?

— Não. Parei para valer. Não quero acabar como Alessandro. Ele morreu porque se picou com um troço de má qualidade. Mais dia menos dia, isso acontece, mesmo quando você paga caro. A pessoa sabe, mas, quando quer aquilo a todo custo, não liga. Entende?

— Não. Não entendo nem quero entender. A droga não me interessa. Ou melhor, até me dá nojo, se quer saber — desabafou Andrea.

— Eu queria lhe pedir desculpas por ter roubado seu relógio — confessou Gemma, acrescentando: — Vou trabalhar. Com o primeiro salário que receber, vou lhe comprar outro, ainda mais bonito.

— Tudo bem. Agora me deixe dormir.

— Me deixe ficar junto de você. Eu não durmo, mas vou me sentir menos só — suplicou ela.

Andrea chegou para o lado a fim de abrir espaço em sua cama, mas Gemma lhe dava medo. As coisas seguiram assim por uma semana. Gemma não dormia, mas resistia. Maria, seguindo os conselhos do médico, entupia a filha de comida, de fermentos lácteos, de vitaminas e de camomila. O olhar da jovem já não estava tão enevoado, os braços saravam.

Gemma havia trabalhado o dia inteiro para limpar a garagem e depois ajudara a mãe a cozinhar.

— Na próxima semana nos mudaremos para o vilarejo — anunciou Pietro. — A partir desta noite, já começaremos a pintar as paredes. Estamos em março. A pintura vai secar logo. Comprei uns pincéis e dois latões de tinta. Quem me ajuda?

— Nós todos — disse Maria, radiante.

Assim, depois do jantar, entraram todos no Ford e seguiram para o vilarejo. A casa da avó já fora esvaziada. Muitas coisas tinham sido descartadas e outras, empilhadas e cobertas com plástico. Andrea e Gemma se debruçaram na sacada da copa, que dava para a praça. Os dois bares do lugar estavam iluminados e cheios de gente. Nos degraus do adro da igreja, havia jovens que conversavam, riam, comparavam suas motos e discorriam sobre a potência delas, como se fossem especialistas.

— Eu queria ser como eles — disse Gemma.

— Por quê? — perguntou o irmão.

— Porque teria interesse em alguma coisa. No entanto, só penso em uma. Só naquilo. É uma obsessão que não me larga — sussurrou ela.

— Vocês dois aí, parem de conversar e venham ajudar aqui dentro — impacientou-se Maria.

Todos começaram a trabalhar com Pietro.

— Gemma, pegue um balde d'água. Preciso diluir a tinta — pediu Pietro.

Gemma foi até a cozinha. E não voltou. Era como se o vento a tivesse raptado. Ninguém a viu desaparecer.

Pietro e Maria passaram a noite procurando-a. Não havia pistas da filha, nem no vilarejo nem nos campos. A esperança renascida uma semana antes voltou a se apagar numa nova dor.

Três dias depois, quando já escurecera, eles ouviram alguém arranhar a porta da casa, como faziam os cães quando queriam entrar.

Pietro foi abrir. Gemma lhe caiu entre os braços. Estava totalmente drogada.

Ninguém fez comentários. Maria a despiu, limpou-a e colocou-a na cama. Andrea se trancou no seu quarto, chorando, não pela irmã, mas por si mesmo. Não existia mais a vovó Stella para ele se refugiar. Era insuportável permanecer ali, entre aquelas paredes, onde sentia calafrios de medo.

Pietro deu um tranqüilizante a Maria e a obrigou a se deitar.

— Eu fico junto da minha menina — disse à mulher.

Andrea escutou por muito tempo os pesados passos do pai, que se movia entre a cozinha e o quarto de Gemma. Ouviu quando ele saiu.

Levantou-se e olhou o escuro lá fora, através da vidraça. Viu aquele homem enorme ajoelhado no chão, dobrado sobre si mesmo.

Abriu a janela e escutou os soluços do pai. Refugiou-se na cama, tremendo.

Pietro entrou de volta. Foi até o quarto de Gemma e ligou o toca-discos, em surdina. De novo *La bohème*, de novo sua voz a repetir num sussurro as letras da ópera.

Andrea sentiu a garganta seca. Saiu do quarto para ir beber água na cozinha. A porta do quarto de Gemma estava aberta. Ele viu Pietro de costas, inclinado sobre a filha, que dormia profundamente. Acariciava-lhe os cabelos e lhe falava docemente, enquanto o soprano cantava: *Mi piacciono quelle cose...*

— Você está sofrendo demais, minha menina — sussurrava Pietro —, não merece uma agonia tão terrível. Você é como um passarinho ferido. Achei que você havia recomeçado a voar. Mas não conseguiu. Mais uma vez, saiu por aí procurando aquela gente horrível que não conhece o anjo que existe em você. Eu lhe quero bem, Gemma.

Ergueu-a pelos ombros e apertou-a contra si, fortemente, cada vez mais fortemente, ninando-a.

"Meu Deus, ele vai triturá-la", pensou Andrea. Sentiu piedade pelo desespero do pai e horror pela sombra escura da morte que deslizava em direção àqueles dois como uma onda gigantesca e os envolvia, arrastando-os consigo. Teve medo de entrar naquele quarto, de se aproximar do pai e da irmã. Refugiou-se na cozinha. Colocou a boca embaixo da torneira e bebeu água.

— Sabe que dia é hoje? — perguntou Pietro, sorridente, da porta da cozinha.

Incapaz de falar, Andrea limitou-se a balançar a cabeça, como um autômato.

— Vinte e um de março. Primeiro dia da primavera. Depois do longo sono do inverno, a vida renasce — disse o pai. — Agora vou trabalhar. Diga à sua mãe, quando ela acordar, que sua irmã finalmente descansou.

Saiu. Andrea o viu entrar no Ford e o observou afastar-se pela estrada, entre as plantações. Lá fora desabrochara a primavera.

Pietro não voltou mais. Naquela manhã, quando se abriu o forno no qual ele trabalhava, acharam-no dentro da fundição de aço.

Um toque delicado...

1

ANDREA SENTIU no ombro um toque delicado e escutou uma voz doce:

— Você está chorando. A situação da vovó é tão grave assim?

Ele estendeu um braço e enlaçou a delgada cintura de Lucia.

— Sou um pai de sorte, porque tenho você — sussurrou. Pensou em como sua filha se parecia pouco com aquela tia infeliz, morta quase trinta anos antes. Nunca lhe falara de Gemma, até porque havia cancelado a recordação dela. Gemma era uma imagem de contornos nebulosos, ao passo que o pai, ele o mitificara, transformando-o numa espécie de herói. "Lembra quando ele trouxe do bosque o abeto de Natal?", dizia Maria. "Era um caçador fantástico. Não errava um só tiro." "A Callas e Di Stefano eram amigos dele e uma vez o convidaram para almoçar." "Sabia de cor todas as óperas. *La bohème* era a sua preferida. Puccini, o seu deus. Ele realmente entendia de música." Maria e Andrea haviam inventado um personagem picaresco, divertido, impávido e generoso. Tinham sido necessárias a fuga de Penelope e a crise daí decorrente para trazer à tona, em toda a sua tragicidade, a verdadeira história de uma família desesperada e de um pai que, à falta de outras qualidades, fizera da força física um estandarte. De resto, Pietro era um medroso, um inseguro, um homem apavorado com a vida. Eram esses os valores que ele transmitira a Andrea, que, agora, devia acertar as contas com todas essas fraquezas.

— E então, como vai a vovó? — insistiu Lucia.

— Como você pode ver. Por sorte, está dormindo. Mas você devia ficar em casa, para cuidar dos seus irmãos — disse Andrea.

— Já estou fazendo isso. Roberto me trouxe até aqui e depois iremos juntos buscar Luca no jardim de infância. E esta noite ele me leva à prova de *flamenco* — explicou Lucia.

— Seu namorado é um tesouro — constatou Andrea, aliviado.

— Roberto é perfeito. Como eu, aliás — brincou a jovem. — Mas o problema agora é a pobre da vovozinha. Quem vai ficar com ela? Quero dizer, você não pode acompanhá-la o tempo todo, dia e noite.

Lucia raciocinava como Penelope, exibindo o mesmo bom senso. Até poucos dias antes, criticava qualquer palavra da mãe, e agora se comportava do mesmo jeito, inclusive diante de Andrea.

— Já pedi uma enfermeira particular para esta noite. Quando ela chegar, volto para casa. Agora vá — disse ele.

Lucia beijou a avó e depois afagou, com um gesto maternal, a face do pai.

— Sei que você está sofrendo por ela. E também pela mamãe. Tudo vai se resolver, você verá — tranqüilizou-o.

Andrea quase perguntou se ela havia comido. Depois lembrou-se das admoestações de Penelope e se conteve. Até porque Roberto, o namorado, já a vigiava nesse sentido.

Nas horas que se seguiram, Maria foi transferida para o setor de cardiologia. Andrea estava prostrado e confuso. Afloradas com clareza à consciência, todas as lembranças de uma infância e de uma adolescência difíceis o tinham transtornado. Ele olhava a mãe, que ia se apagando, e pensava na força, na determinação, na generosidade, na capacidade de suportar a dor que ela sempre revelara. Dos três filhos, uma se perdera. Giacomo, o mais velho, se armara de um cinismo, que ele talvez não possuísse, para fugir da violência e da miséria.

Maria, fazendo das tripas coração, continuara a cultivar seu sonho de normalidade. Depois da morte de Gemma e do marido, abraçara o filho ainda adolescente.

— Vou tirar você daqui — prometeu.

Gnutti, o industrial que mantinha relações importantes, conseguiu para ela um emprego de faxineira numa escola particular, onde Andrea continuou o curso de contabilidade. Com a pensão do marido e com seu salário, Maria iniciou com o filho uma nova existência em Milão, onde não conheciam ninguém e ninguém os conhecia.

Como acontece em todos os locais de trabalho, Maria encontrou alguém que a tiranizava só pelo prazer sádico de humilhá-la. Era a professora Cazzaniga.

— Preciso usar o banheiro. Maria, vá fazer a faxina lá — ordenava. Maria, obediente, lavava novamente o vaso e o bidê, que já estavam limpos. Depois de usar o local, a Cazzaniga o deixava em condições lastimáveis, para que os outros professores pudessem reclamar da faxineira ineficiente.

— Este menino se sujou. Vá lavá-lo e trocá-lo — ordenava a sádica. — Aproveite e também tome banho, porque seus cabelos estão grudentos.

Já com 40 anos, Maria se matriculou no curso noturno com a esperança de se formar como professora. Essa aspiração legítima desencadeou sabe-se lá quais demônios na psicologia retorcida daquela solteirona maligna, que aspirava a se tornar diretora didática mas vira naufragarem suas numerosas tentativas. Bem no meio das aulas, saía da sala e ia atrás de Maria para verificar se ela não estava estudando durante o horário de trabalho. Uma vez, flagrou a coitada na hora em que esta fazia um exercício de gramática. O livro voou para fora da janela.

— Eu poderia denunciar você por ineficiência, sabia?

Com essa chantagem, a professora Cazzaniga a mantinha sob controle e a perseguia com tiradas ferinas, chamando-a de "nossa faxineira sabichona", "nossa aspirante a Maria Montessori", "futuro prêmio Nobel de didática".

Maria se calava. Havia superado provações piores em sua vida. À noite, desabafava com Andrea.

— Não ligue, mamãe — dizia ele. Mas se roía por dentro e desejava à Cazzaniga uma morte lenta e dolorosa, por todo o mal que fazia à sua mãe.

A professora tiranizou Maria durante dois longuíssimos anos. Depois, foi atacada por um mal que não perdoa. Andrea se afligiu por ter-lhe desejado aquele fim. Sua mãe, que jamais formulara semelhantes pensamentos, disse:

— A justiça divina tarda mas não falha.

Mesmo assim, foi várias vezes visitar a Cazzaniga no hospital, levando-lhe sempre alguma lembrancinha que, no sofrimento, a professora aceitava agradecida.

Chegou a enfermeira contratada para passar a noite.

— Se minha mãe piorar, me telefone a qualquer hora — recomendou Andrea.

Deixou aquele lugar de dor com uma sensação de alívio. No saguão, encontrou Stefania, sua amante mais recente.

— Por que está aqui? — perguntou.

— Acabo de ver minha irmã. Ela foi operada às pressas de uma úlcera perfurada — explicou a colega.

— E agora está tudo bem? — quis saber Andrea, dando-lhe o braço. Desta vez, não havia subentendidos nesse gesto afetuoso.

— Acho que sim, felizmente — respondeu ela. Os sinais da tensão emocional se revelavam no nervosismo dos gestos. — Eu soube que Pepe largou você — acrescentou.

— Notícia ruim se espalha logo.

— Eu me sinto muito culpada — lamentou-se a jornalista.

— Pepe não foi embora por sua causa. O desgraçado sou eu. Você é uma moça correta e sei que continuaremos amigos — disse ele, dando-lhe um tapinha afetuoso no ombro.

— E você, por que veio ao hospital? — perguntou Stefania. Estavam agora na rua, perto do estacionamento.

— É a clássica cerejinha em cima da torta. Minha mãe está mal — informou ele.

— Sabe de uma coisa, Andrea? Os momentos ruins passam. Os bons sentimentos permanecem. Sou sua amiga, sinceramente — afirmou a moça, abraçando-o.

— Também sou seu amigo — disse Andrea, espantando-se por não sentir nenhuma emoção diante da bela colega que lhe suscitara tantos desejos.

— Boa sorte para sua mãe — despediu-se ela.

— Para sua irmã também — replicou ele.

Enquanto voltava para casa, cansado e abatido, Andrea se lembrou de um nome: Mortimer. O que Penelope tivera a partilhar com um homem que usava um apelido tão odioso? Ele recordou a curta mensagem no cartão de visita, que começava com "Gentil Pepe". Torceu os lábios, numa careta de repulsa, e sussurrou: "Decididamente idiota." Pensou no pacote de cartas, atadas com uma fitinha branca, na gaveta da escrivaninha. Jamais teria coragem para desatar aquela fita, abrir os envelopes e ler o conteúdo. Tinha medo de deparar com uma realidade desagradável. Já havia complicações demais em sua vida.

Entrou em casa e viu Priscilla falando ao telefone, sentada no sofá da sala. Expressava-se num inglês ruim e dizia ao interlocutor palavras incandescentes. Chamava-o de bastardo e o ameaçava de retaliações. Além disso, explicava que ainda era suficientemente *sexy* para achar um companheiro melhor do que ele. Estava tão afogueada ao enumerar suas razões que não percebeu a chegada de Andrea.

Ele foi tomar um banho e vestiu uma camisa limpa. Estava cansado e com fome. Na cozinha, por sorte, encontrou o jantar sobre a mesa: era uma espécie de picadinho. Cheirou-o. Tinha um aroma adocicado.

— Priscilla! — chamou.

A filipina chegou, irritada por ter de encerrar repentinamente a briga com o namorado.

— Que troço é este? — perguntou Andrea, que havia esperado um belo prato de massa.

— Porco. Fritei no mel. Está muito gostoso. O senhor vai ficar muito forte.

Andrea experimentou um pedacinho. Estava péssimo. Ele afastou o prato.

— É todo mundo doido, nesta família — resmungou Priscilla. — O único que gostou foi Luca. Os outros também não quiseram.

— Quero um prato de espaguete — ordenou Andrea, enquanto jogava no lixo aquela comida desagradável.

— Então, faça o senhor. Já encerrei meu horário de trabalho — retrucou ela, agressiva.

— Você é uma cretina! — explodiu ele. — Aliás, também está encerrado o uso do telefone. Já para o seu quarto!

Priscilla saiu empertigada da cozinha, mas logo reapareceu.

— O senhor tem que me dar um aumento, porque estou trabalhando muitíssimo e me sinto cansada. Hoje não foi como quando a patroa está. Tudo nas minhas costas. Estou muito cansada — repetiu.

Andrea a encarou, lívido.

— *I am very tired. Do you understand?* — reiterou ela em inglês, com uma cara cínica. Era pura e simples chantagem. Se Penelope estivesse ali, saberia como colocá-la na linha. Mas ele, o que podia fazer? Aceitar a chantagem e a insubordinação, ou então botá-la para fora. Escolheu a última solução.

— Você está demitida — anunciou, tranqüilamente. Depois, abriu a geladeira em busca de algo comestível.

Priscilla olhou para ele, abrindo a boca ainda inchada pelas pancadas do egípcio.

— *I am weary of you. Do you understand?* — caricaturou-a Andrea.

— A patroa tem razão. Os homens são todos iguais — resmungou a filipina. Depois sorriu: — Faço uma salada *caprese* para o senhor. Tudo bem?

— Você tem cinco minutos para prepará-la — avisou ele. Vencera mais uma pequena batalha.

Foi ver os filhos. Luca dormia junto de Sansone. Daniele, sentado à escrivaninha, estava estudando. Sem todas aquelas argolas que o tornavam grotesco, era realmente um belo rapazinho.

— Não acha um pouco tarde para estudar? — perguntou Andrea baixinho, para não acordar o caçula.

— Papai, amanhã tenho a última prova oral de história. Se não tirar pelo menos oito, fico sem média e eles me fodem nessa matéria também — explicou Daniele.

— Eles me castigam — corrigiu-o Andrea.

— Como está a vovó? — perguntou Daniele, mudando de assunto.

— Na mesma. Quem desceu com o cachorro?

— Roberto Tradati, o grande amor da minha irmã. O homem perfeito, que sabe a data de todas as guerras e resolve os problemas de matemática como se fossem palavras cruzadas.

— Está com ciúme?

— Um pouco. Principalmente, me irrita aquela cara de certinho.

— Bom, vá estudar. Cadê Lucia?

— Chute uma hipótese — desafiou-o Daniele.

— No banheiro — adivinhou Andrea.

Lucia, sentada num banquinho, tinha os pés dentro de uma bacia com água e sal e ao mesmo tempo fazia um exercício de grego. Já vestira a camisola e prendera os cabelos com rolinhos. Andrea a olhou e sorriu. Ainda ontem, ela engatinhava pela casa, e agora já assumia as atitudes de uma mulher. Era desconcertantemente ativa, e nisso se parecia com Penelope.

— Por que esses pés de molho? — perguntou o pai.

— É o único jeito de aliviar minhas pobres extremidades depois de duas horas de dança — explicou ela, acrescentando: — Como está a vovó?

— Sem novidades. Vamos esperar pelo melhor. E você?

— Já são quatro anos que danço *flamenco* e você ainda não sabe o quanto isso acaba com os pés. Uma hora de aquecimento, no mínimo. Então fazemos o *golpe*, forçando *planta e tacón*, e depois começam as *sevillanas*, e você tem de coordenar o ritmo dos pés com a *vuelta,* a *vuelta a tras*, o *paseito* e a *pasada*. Estou destruída.

Aos 13 anos, Lucia tinha sido operada por causa de um pé valgo, uma malformação congênita que exigira a implantação de dois pinos de titânio entre a tíbia e o calcanhar. Agora, seus pés eram perfeitos. Mas aqueles pinos resistiriam às solicitações de uma dança baseada sobretudo na força dos pés? Andrea manteve a dúvida para si, já que Penelope jamais fizera comentários a respeito.

— Vou comer uma *caprese* — anunciou. — Estou em jejum desde hoje de manhã.

— Também vou querer um pouco. Ainda tenho umas duas horas de estudo pela frente — decidiu Lucia.

Ante a firmeza de Andrea, Priscilla havia posto mãos à obra e agora estava parada num canto da cozinha, aguardando ordens.

— Pode ir para o seu quarto — disse Andrea. — Quando telefonar para os seus amigos, anote as ligações para que no fim do mês eu desconte do salário — acrescentou tranqüilamente. Não permitiria que, na ausência de sua mulher, a filipina virasse patroa.

— Sim senhor, tudo bem — anuiu Priscilla, desaparecendo em seguida.

Lucia comeu mais do que o habitual. Seu pai não fez comentários.

Já ela, sim.

— Está me acontecendo uma coisa estranha. Ando sentindo fome. Na verdade, fome eu sempre tive, mas já não me sinto culpada se comer. O que acha?

— Eu cresci na miséria e esperava a chegada da minha avó, que trazia o almoço ou o jantar, e era como se caísse um maná do céu. Há dois anos, estamos dando dinheiro demais ao psicólogo. Se tem problemas comigo, eu queria que me falasse deles. Se os tem com sua mãe, deveria enfrentá-la e dizer abertamente o que sente e pensa, em vez de ficar estrilando como uma galinha depenada. Sua mãe deve ter lá as culpas dela em relação a você. E quem não tem? Mas e você, o que quer da vida? É bonita, ou melhor, lindíssima, cheia de interesses, tem um namorado que a adora. Se está buscando a lua, saiba que não a alcançará nunca — disse Andrea, limpando o prato com um pedaço de pão.

— Talvez eu esteja buscando um pouco da clareza que nunca existiu nesta família — disparou Lucia, à queima-roupa.

— Explique-se melhor.

— Se você quis entender, já entendeu. Se não entendeu, pense a respeito — replicou a jovem. Depois engoliu o último bocado. — Agora me dê licença, vou voltar a estudar.

— Antes, coloque os pratos na lava-louças — ordenou Andrea.

— Você não poderia fazer isso? — pediu ela, com um sorriso.

— Estou mandando, Lucia — retrucou Andrea.

A jovem olhou para o pai e compreendeu que ele não estava brincando.

— Sem dúvida, você está mudado. Ainda não sei se gostava mais de você antes ou se gosto mais agora.

O telefone tocou.

— Eu atendo. Pode ser a enfermeira de vovó — disse Lucia.

Andrea desejou que fosse Penelope. Mas a ligação era mesmo do hospital.

— Acho que podemos dormir tranqüilos. O estado de vovó é estável — anunciou a filha, tirando a mesa.

Andrea se esgueirou silenciosamente até o seu quarto. Estava exausto. Despiu-se jogando as roupas aqui e ali. Depois, lembrou que sua mulher não estava por perto para recolhê-las e então ele mesmo o fez. Dobrou cuidadosamente a calça, desfez o nó da gravata, pendurou o paletó no cabide, jogou no cesto de roupa suja a camisa e as peças íntimas.

Estirou-se na cama, mas não conseguia pegar no sono. Deveria estar ansioso por causa da mãe. Seu pensamento dominante, porém, era Penelope. Não queria perdê-la de jeito nenhum, mas não sabia como reconquistá-la. Ela o acusara de falsidade, de narcisismo, de generosidade fingida. Tudo verdade.

Seu narcisismo o levara a traí-la pelo prazer de se sentir irresistível. Sua generosidade sempre tivera duplo fim: obter perdão para alguma coisa. Mas haviam bastado poucos dias de estreita convivência com os filhos para modificar aquele papel de pai permissivo. Durante muito tempo sua mulher fora vítima de cenas das quais ele agora se envergonhava profundamente. Essas reflexões o impediam de pegar no sono. E havia um fantasma que o inquietava: Mortimer. Quem era? Mas, sobretudo, o que significava para sua mulher esse indivíduo ao qual ele não podia atribuir um rosto, uma voz, um papel?

Pulou da cama, abriu a gaveta da escrivaninha e pegou o pacote das cartas. Estava cometendo uma ação torpe, sabia disso. Não tinha o menor direito de se intrometer nos segredos de Penelope. Dividido entre a curiosidade e o medo de saber, sopesou o pacote. Foi quando ouviu um choro baixinho vindo do quarto dos meninos. Guardou as cartas e fechou a gaveta. Abriu a porta do quarto deles. Daniele dormia profundamente, mas Luca chorava, enquanto Sansone balançava a cauda e lhe lambia a mão. Andrea acendeu a luz da mesinha-de-cabeceira. O garotinho tinha o rosto vermelho e ardia de febre.

— O que você tem, meu filho? — perguntou, assustado. Desde quando sua mulher fora embora, surgiam complicações a cada instante.

Expulsou o cachorro da cama, pegou Luca nos braços e o levou para o quarto.

— Você está queimando como uma estufa — disse, recordando as palavras da avó Stella. Sabia como uma criança se sente mal naquela idade, porque ele também fora um menino sujeito a excessos de febre.

Luca havia parado de chorar e reclamava baixinho, como era seu estilo.

— Estou com *ânsia de gômito* — sussurrou o pequeno. E, mal pronunciou essas palavras, que faziam parte do léxico familiar, liberou o estômago, inundando travesseiro, lençóis e coberta. Andrea ficou aterrorizado.

— Lucia, Daniele! — gritou, pedindo ajuda.

Os dois surgiram correndo.

— Pegue a bolsa de gelo, papai — mandou Lucia, que logo compreendera a situação. — Daniele, vá buscar roupa limpa no guarda-roupa — disse ao irmão. — E você, bicho nojento, saia já daí — ordenou ao cão, que começara a lamber aquela sujeira.

Sansone se acomodou no tapete.

Quando Andrea voltou com a bolsa de gelo, os lençóis já tinham sido trocados e Luca também já vestia um pijaminha limpo.

— Ele precisa tomar líquidos, porque a febre e o vômito o desidrataram — sugeriu Daniele, enquanto ajeitava delicadamente o irmãozinho na cama. Lucia pôs o gelo na testa de Luca, que havia parado de choramingar.

— Não seria melhor telefonar ao médico? — perguntou Andrea.

— Não precisa, papai. Luca simplesmente teve uma indigestão de porco frito. Agora vou preparar água com açúcar para ele — disse Lucia.

À uma da manhã, a febre havia baixado e o menino repousava sossegado. Andrea se meteu na cama, junto dele. Sansone não ousara mais se mexer do canto onde Lucia o havia confinado.

— Também vou ficar aqui. Nunca se sabe — decidiu Daniele, insinuando-se sob o lençol. Andrea apagou a luz. Viu Lucia voltar ao quarto, na ponta dos pés, e percebeu quando ela se deitou junto com os outros. Sentiu uma onda de felicidade. Seus três filhos estavam ao seu lado, porque precisavam do pai, assim como ele precisava dos filhos. Antes, não sabia disso. Se Penelope não tivesse ido embora, ele continuaria a ignorar essa maravilhosa realidade.

"Mas quem será o tal Mortimer?", perguntou-se ainda, antes de adormecer.

2

IRENE COLOCOU duas colherinhas de açúcar na xicarazinha de café, mexeu-o e o ofereceu ao marido. Para ela, derramou água fervente numa xícara maior que continha cevada solúvel. Tinham acabado de almoçar e passado para a sala de estar. Irene mostrava-se mais silenciosa do que habitualmente.

— Está preocupada com nossa filha? — perguntou o marido.

Ela balançou a cabeça negativamente.

— Mas devia — acrescentou Mimì.

— Por quê?

— Porque Pepe tem problemas sérios. Se não fosse assim, não teria deixado marido e filhos — completou ele.

— Mas nós não podemos fazer nada. Cada um tem suas próprias complicações e deve resolvê-las sozinho — cortou Irene.

— Pois é. Acontece que ela é nossa filha e estou preocupado. E sei que você também, porque seu humor mudou desde que ela foi embora — insistiu o marido.

— Pode ser. Mas não quero falar disso — afirmou Irene.

— E nem foi ver as crianças — observou Mimì.

— Vá você — respondeu ela secamente. Depois saiu da sala.

Entrou no quarto, livrou-se dos mocassins e da saia e se deitou sobre a colcha de seda *bois de rose*, que fora de sua mãe. Muitas vezes quisera presenteá-la a Penelope, mas a filha sempre a recusara, considerando-a "uma velharia de péssimo gosto". Por mais que amasse a filha, Irene jamais conseguira entrar em sintonia com ela. A vida inteira as duas se perscrutavam com olhar crítico, ambas prontas a lançar defeitos, fraquezas e culpas na cara da outra.

Com o passar dos anos, Irene compreendeu que essa relação era tão conflituosa porque, na realidade, jamais quisera ter filhos. Penelope fora concebida involuntariamente e ela a aceitou como um problema a resolver, mais do que como um presente de amor. Apressou o casamento para evitar o escândalo de um nascimento ilegítimo. A gravidez foi acompanhada por pesadelos noturnos, e não pelos sonhos róseos de uma espera tão importante. Fosse como fosse, Penelope certamente havia captado essa rejeição materna. Desde os primeiros anos de vida, preferia o pai. A cumplicidade entre os dois se consolidou no período de crescimento, deixando Irene despeitada porque se sentia excluída. Penelope fizera certas escolhas na vida das quais jamais compartilhara. Quando descobriu a história secreta de Penelope com Raimondo Teodoli, Irene esperou que a filha se divorciasse de Andrea. Mais uma vez, porém, suas expectativas foram frustradas. Agora, sentia que nada de bom resultaria da enésima cabeçada de Penelope: largar marido e filhos para ir se refugiar em Cesenatico. Por que sua filha não lhe falara do assunto? Por que a excluíra dessa decisão? E pensar que ela mesma teria algo de muito importante a confidenciar...

Deitou-se na cama, escondeu a cabeça sob o travesseiro e pensou que, se conseguisse chorar, talvez se sentisse melhor. Mas as lágrimas não vinham. Em vez disso, cresciam a inquietação e a irritação.

A certa altura, sentiu uma mão lhe acariciando as costas. Era o marido, que lhe falou com doçura.

— Como você é bonita! — sussurrou ele. — Tive muita sorte em tê-la como companheira da minha vida.

— Por que você é tão insuportavelmente afetuoso? — replicou Irene, tentando se subtrair àquela ternura.

— Desculpe — retraiu-se ele. — Sinto que você está inquieta e não consigo ajudá-la. É uma pena. Se ao menos eu soubesse o que a incomoda — balbuciou, com ar perdido. Então saiu do quarto, deixando-a sozinha.

Irene se levantou da cama e se olhou no espelho, pendurado acima da cômoda em estilo siciliano do século XVIII.

— Vai acabar sabendo — murmurou, abatida.

Agora que sua filha havia deixado Andrea, talvez ela também achasse coragem para encerrar seu casamento com Mimì. Desde muitos anos antes, adiava uma decisão que deveria ter tomado na época em que Penelope era ainda adolescente. Mas como se faz para dizer a um marido irrepreensível, terno, enamorado, honesto, pródigo em atenções: "Eu não o amo mais. Quero viver com outro?" O outro era Romeo Oggioni. A certa altura da vida, ele se casara, facilitando um pouco a vida dela. Mas depois enviuvara. Oito anos antes, os dois haviam recomeçado a se encontrar e tinham se tornado amantes. Isso aconteceu no período em que Penelope se apaixonou por Mortimer. Irene havia completado cinqüenta anos e a vida começava a lhe fugir das mãos. Decidiu então agarrar aquele quinhão de felicidade que lhe cabia de direito. Seu marido não tinha culpa alguma em tudo isso. Ela tampouco. Aos 18 anos se apaixonara por Mimì e algum tempo depois, tendo conhecido Romeo, percebera que era este o homem da sua vida. Atormentara-se longamente, sabendo que causaria uma grande dor ao marido, se o deixasse. Alguns dias antes, Romeo Oggioni a encostara à parede.

— Agora ou nunca mais — dissera.

Irene estava a ponto de falar com Mimì quando Penelope fugiu, mandando para o espaço o seu projeto.

O espelho lhe devolveu a imagem de uma beleza quase intacta, que não parecia conhecer idade. Só ela sabia o quanto lhe custava tanta perfeição e o quanto a apavorava a idéia da ruína, inevitável com o passar do tempo. Para Irene, velhice era sinônimo de decadência.

Tinha sofrido a menopausa como um insulto do destino e caíra em profunda depressão. O ginecologista sugeriu o uso de adesivos para suprir os hormônios que seu patrimônio genético não produzia mais.

Uma noite, ao entrar no quarto, seu marido a surpreendeu em lágrimas.

— O que foi? — perguntou.

— Nada.

— Ninguém chora sem motivo — insistiu Mimì.

— Prefiro morrer a envelhecer — confessou ela.

Mimì a abraçou num ímpeto.

— *Picciridda*, pequenina — sussurrou, no dialeto de sua ilha —, você não envelhecerá nunca. Mesmo aos 80 anos, será sempre a belíssima jovem que conheci numa tarde de verão e que me roubou o coração. — Estava sendo sincero, mas Irene o achou irritante.

— Quando é que você vai se decidir a usar óculos? De uns tempos para cá, ficou com a vista cansada e não distingue uma lagosta de um brioche — agrediu-o. O problema e a força de Irene sempre haviam sido sua incurável infantilidade, a incapacidade de se tornar adulta. Seu marido a coadjuvou nisso. Desde que se aposentara, Mimì Pennisi se dedicara ao estudo da Revolução Francesa, um empreendimento que o absorvia quase totalmente e exigia uma assídua freqüência a bibliotecas. De Milão a Paris, de Palermo a Londres, o homem conduzia a pesquisa com método e determinação, cultivando a esperança de encontrar documentos inéditos que incrementassem o valor do seu esforço. Desde alguns meses antes, vinha aprofundando a guerra na Vendéia, buscando uma prova direta que confirmasse as versões a respeito do financiamento inglês aos vendeanos.

Quando Mimì saía para ir à biblioteca, Irene fechava atrás de si a porta de casa para ir ver Romeo.

Aos 60 anos, Oggioni era um viúvo cortejado por muitas senhoras, não só por ser ainda um homem forte e agradável mas também por causa do sucesso profissional que fizera dele o "rei dos botões", como o definira uma pesquisa televisiva sobre os chamados *self made men* que se tornaram famosos na Itália e no exterior. Trabalhador incansável, havia transformado a pequena oficina artesanal, herdada do pai, numa empresa de grandes dimensões. A inteligência, o fascínio pessoal e um talento inato para negócios lhe haviam permitido obter importantes contratos de fornecimento. Os uniformes dos exércitos de meio mundo exibiam os botões Oggioni. Também as fivelas, os zíperes, os colchetes e todos os outros tipos de fecho traziam sua marca. Ao longo dos anos, ele diferenciara sua produção. Na casa de Forlimpopoli, que fora de Diomira Gualtieri e agora pertencia a Irene, ficava o setor artesanal, que abastecia a alta-costura. Na periferia de Milão funcionava o estabelecimento industrial para a produção em série.

Irene, inicialmente atraída pelo fascínio do homem de sucesso, se enamorara dele por aquelas razões insondáveis que estão na base de qualquer paixão. Ele sempre retribuíra esse sentimento, mas havia sido um bom marido. Agora era um viúvo feliz, porque alimentava a esperança de uma velhice longa e serena, ao lado da mulher dos seus sonhos.

Quando saía para encontrá-lo na enorme casa da via Bagutta, Irene se sentia como Madame Bovary, pela qual jamais experimentara ímpetos de simpatia, considerando-a uma neurótica da pior espécie, que traía um marido bom, doce e honesto. Desprezava a heroína de Flaubert e desprezava a si mesma. Mas estava certa de ter direito à felicidade. E Romeo era o homem feito sob medida para ela.

Naquele dia, saiu de casa, pegou o metrô, desceu na *piazza* San Babila, chegou à via Bagutta e entrou no prédio onde morava seu amante.

Ele a esperava.

— Agora, ou nunca mais — disse ela, repetindo as palavras de Romeo.

— Seu marido já sabe? — perguntou ele.

— Saberá quando não me vir retornar. Se eu tivesse falado com ele, provavelmente não estaria aqui. Vamos partir imediatamente, antes que eu mude de idéia.

3

NA CASA DE PRAIA, os operários continuavam trabalhando. Além dos bombeiros e dos eletricistas, havia os pedreiros, que arrebentavam paredes para trocar os velhos canos de chumbo pelos de plástico e embutir os novos dutos de água. Os carpinteiros substituíam, no sótão, velhas traves já periclitantes, e os serventes removiam o entulho pelas janelas e o acumulavam no caminhão. Quase todos os móveis tinham sido embalados e amontoados na varanda. Os restantes, inclusive a sala da vovó Diomira, haviam sido enviados a um marceneiro em Sant'Arcangelo, para restauração.

Penelope acabara decidindo consertar toda a casa de sua mãe porque sabia que esta jamais o faria, ao passo que ela era afeiçoada àquele lugar que encerrava tantas recordações. Além disso, cuidar de questões práticas a distraía da solidão. Era gostoso ir a Cesena em busca de papel de parede, azulejos, louças para banheiro. Ela não queria eliminar a marca Liberty da casa e descobrira a existência de oficinas artesanais que restauravam equipamentos sanitários em ferro-gusa, assim como os velhos e monumentais caloríferos, dotados de estufa para manter aquecidos os alimentos, com tubos decorados em motivos florais. Também localizara, em Forlimpopoli, uma fábrica que produzia azulejos com desenhos *belle époque*. A casa do bisavô capitão voltaria a ser do jeito como ele a fizera, na transição entre os dois séculos. Ela continuava a dormir no Grand Hotel e passava o dia caminhando pela praia, fazendo compras no interior, supervisionando os trabalhos e conversando com o professor Briganti, com quem dividia as refeições que mandava trazer da cozinha do Hotel Pino. O professor comia pouquíssimo, mas insistia em pagar sua própria parte.

— Sua companhia me veio como um presente do céu — dizia ele, sorridente, enquanto, com a lentidão dos velhos que consideram o alimento um dever, mais do que um prazer, comia uma maçã cozida ou o creme de legumes.

Penelope servia o almoço e o jantar na mesa redonda de pedra sob uma pérgula de ranúnculos selvagens de cinco pétalas, de um delicado branco-marfim, que brotavam em cachos e se reproduziam generosamente de abril a novembro. Nem precisava lavar os pratos, porque o garçom do hotel os retirava quando trazia o café.

A jovem senhora e seu amigo ancião fruíam o prazer da companhia recíproca sem terem de se preocupar em manter viva a conversa. Havia longos silêncios entre os dois. Depois, bastava um nada para desencadear uma série de lembranças e de pacatas observações. Os dois traziam alegrias e amarguras no coração e, às vezes, confidenciavam-se pensamentos ciumentamente guardados, sabendo que encontrariam no interlocutor uma atenção participante e sincera, um juízo sereno, um conselho amigável.

A tartaruga Piccarda ouvia o ruído dos utensílios e, de qualquer lugar do jardim onde estivesse, vinha ao encontro deles com uma agilidade insuspeitada. Entocava-se embaixo da mesa e esperava a mão do dono, que, infalivelmente, se estendia para ela a fim de lhe oferecer um pedacinho de maçã ou uma folha de salada.

— Hoje o meu menorzinho completa seis anos — disse Penelope. — Parece que só faz um dia que ele nasceu — suspirou. Jamais havia pronunciado uma frase tão banal com tão dolorida convicção.

— Vai-se o tempo e o homem não se apercebe disso — citou o professor. — *Purgatório*, canto quatro. Lembra?

— Lamento. Sempre fui uma aluna distraída — justificou-se Penelope, tentando brincar. Mas sentia um aperto no coração, e lágrimas brotaram nos seus grandes olhos escuros. — Hoje de manhã eu telefonei, antes de ele sair para o jardim de infância — acrescentou, recordando a voz grave do caçula, que lhe dissera um "oi" gelado.

"Liguei para saber como você está e para lhe desejar um feliz aniversário", sussurrara ela, comovida.

"Obrigado", respondera Luca.

"O que está fazendo?"

Era enorme a vontade de senti-lo próximo, de tocá-lo, beijá-lo, apertá-lo contra si.

"Olhando as nuvens", foi a resposta.

"Que nuvens? Aqui em Cesenatico tem sol e está quente", disse ela, enquanto tentava compreender se Luca se referia a nuvens de verdade ou expressava seu estado de espírito. "Quero muito bem a você", acrescentou. Naquele momento, ouviu a voz de Lucia perguntando lá do fundo do aposento: 'Quem é?' Como única resposta, Luca disse:

"Você é má" — e desligou.

Por um instante, Penelope esperou que aquele "má" se endereçasse à irmã. Mas depois se deu conta de que a "má" era ela. Três palavrinhas para criticá-la, para dizer que não se pode abandonar assim os próprios filhos, que ele também a amava e sofria com sua ausência.

A capacidade de síntese das crianças é estonteante. Com uma só palavra, elas conseguem expressar os mais complexos conceitos. Penelope explodiu num pranto desesperado, ainda segurando o fone. Tinha certeza de que Luca não contaria a Lucia que havia falado com ela. Ele era um menino introvertido e já aprendera a guardar consigo os próprios desprazeres.

Depois disso, Penelope pegara no frigobar do quarto do hotel uma latinha de Coca-Cola, bebida de que não gostava mas que era a preferida de Luca. Abrira a lata e tomara um gole comprido, murmurando em seguida: "Feliz aniversário, meu filhinho distante, são os votos desta mãe má que o ama infinitamente."

O professor estendeu timidamente a mão para acariciar a dela.

— Luca recebeu sua mensagem. Tenho certeza de que isso fez bem a ele — animou-a.

— O senhor me viu crescer, professor. Como era eu, quando criança? — perguntou.

— Como seus filhos. Silenciosa, reflexiva, obstinada, rebelde. Lembro-me de você assim. Às vezes, tinha ímpetos de grande alegria. Eu a ouvia cantar a plenos pulmões, lá do seu jardim. Também era cheia de curiosidade. Mas não era uma menina feliz. Uma vez, lhe dei um caderno para escrever seus pensamentos. Esperava que me mostrasse seus textos, para entender o que você sentia — disse o homem.

— Eu me lembro. Achei-o um dia destes. Estava no armário da vovó junto com outras coisas, entre as quais a certidão de casamento da minha mãe — respondeu ela a meia-voz.

O professor não fez comentários.

— E minha mãe, como era? — prosseguiu Penelope.

— Irene teve uma grande desvantagem em sua formação. Hoje, diríamos um *handicap*. Nem sempre é verdade que a beleza ajuda. Às vezes, cria dificuldades enormes. Todos a elogiavam e ela acabou por considerar a beleza como o único valor no qual apostar. Não seja tão severa com ela. E tampouco consigo mesma — advertiu-a o velho.

— Eu culpo minha mãe pelas muitas bobagens que cometi. Meus filhos, embora não o digam, me culpam pela infelicidade deles. É uma história tão antiga quanto o mundo, imagino. Mas sei que minha vida de hoje é exatamente a mesma de quando eu era menina: lampejos de felicidade e muita melancolia. Acho que vai ser sempre assim. Minha mãe sempre foi muito mais feliz do que eu.

— Como é que você sabe?

— Ela se concentra em si mesma. O resto não importa. É avarenta de si. Sua participação na vida dos outros se esgota no mexerico, sem envolvimentos emocionais — declarou Penelope, expressando seu pensamento com sinceridade.

— Talvez seja apenas uma forma de autodefesa. Afinal, só ela pode saber o que realmente sente — argumentou o velho.

— Uma vez, quando eu era adolescente, ela chorou dizendo que eu não a amava. Eu fui má nessa ocasião, porque na realidade a amava e admirava. Ela sempre foi um modelo inatingível. Nunca teve uma doméstica. No entanto, conseguia fazer tudo mantendo o ar da grande senhora que não se preocupa com os aspectos mais corriqueiros do cotidiano. Jamais consegui ser desse jeito. Sou trapalhona, resmungona, vitimista, irascível. Acho que me pareço muito com a vovó Diomira — desabafou Penelope.

O professor sorriu. O garçom do hotel chegou. Pousou a cafeteira fervente, as xicarazinhas e o açucareiro. Depois tirou a mesa. Também os operários haviam recomeçado a fazer ruído no jardim de Penelope.

— Voltando ao pequeno Luca — prosseguiu o professor —, eu também às vezes parecia mau com os alunos dos quais gostava mais. Porque era mais exigente com eles. Depois chegou o dia em que eles me agradeceram por isso — explicou, na tentativa de consolá-la.

— É o que eu também espero para os meus filhos. E até para Andrea. Sei que não fui uma companheira fácil. Mas ele me decepcionou muito — confessou Penelope.

— Vocês são muito jovens — disse o velho —, e ainda têm muito tempo para descobrir se realmente foram feitos para ficar juntos. Mas nunca esqueça de que, enquanto isso, seus filhos têm direito ao respeito pelos sentimentos deles. Tive muitos filhos emprestados: meus alunos. Cada um com sua própria história, cada um com seu próprio caráter. Tinham apenas uma coisa em comum: a necessidade de se sentirem respeitados. Eu sempre fiz isso, o que me deu muita alegria. No entanto, era só o professor deles, e não um pai. Minha tarefa era muito mais fácil do que a sua e a do seu marido.

— Deixei Andrea sozinho justamente por esperar que ele comece a se tornar pai — observou Penelope.

— E o fará, tenha certeza. Quem é doido de querer perder três filhos maravilhosos e uma mulher deliciosa como você?

Penelope não respondeu diretamente. Em vez disso, revelou:

— Oito anos atrás, tive um amante. Pulei a cerca mais uma vez. Foi muito bonito e terrível.

— Quer conversar sobre isso? — perguntou o professor.

— Acho que estou precisando mesmo — admitiu ela.

História de Mortimer

1

ESTAVA PARA COMEÇAR, em Sanremo, o festival da canção que, como todos os anos, Andrea Donelli cobria para o jornal. Durante duas semanas, suas relações com a família se limitavam a alguns telefonemas.

De manhã, ele ligou da redação para Penelope.

— Pepe, eu viajo à uma hora. Prepare minha mala — disse.

— Já está pronta — respondeu ela.

Sempre que Andrea ia viajar, Penelope enchia uma bolsa com roupa de baixo, camisas, calças e pelo menos um paletó de reserva. Quando era o caso, acrescentava suéteres ou o *smoking*. Era competentíssima em dobrar as peças com um suporte de papel velino que limitava os vincos e os amassados. No entanto, por mais escrupulosa que fosse ao lembrar tudo aquilo de que ele precisava para os vários deslocamentos, mais de uma vez lhe acontecera esquecer alguma coisa. Nesses casos, recebia de Andrea um telefonema de reprovação e, em vez de mandá-lo para o inferno, mergulhava em desculpas, sentindo-se encabulada pelo esquecimento e por tê-lo enfurecido. Acontecia de Andrea, ainda em trânsito e antes de conferir o conteúdo da bolsa, telefonar de uma loja de conveniência, do aeroporto ou de uma estação ferroviária para perguntar: "Você colocou na mala o gravador pequeno?", ou então: "Será que, como sempre, você deixou de fora a faixa do *smoking*?". Nesses casos, Penelope espumava de raiva, inclusive porque, se tivesse esquecido alguma coisa, não tinha a menor possibilidade de reparar a falha. Queria lembrar ao marido que não era nem secretária nem camareira, ressaltar que estava cheia de cuidar da bagagem dele, mandar que ele mesmo arrumasse sua maldita mala. Mas sabia que Andrea começaria a gritar mais do que ela. Assim, por amor à paz, respondia pacientemente às perguntas.

Uma vez o marido partira de carro para ir a Basiléia. Da fronteira, havia telefonado porque esquecera a carteira de identidade. Ela precisara correr até Chiasso para levá-la. Como único agradecimento, ouvira uma avalanche de reclamações.

No início do casamento, quando fazia amorosamente a mala dele, Penelope metia aqui e ali, entre as roupas, uns papeizinhos com breves mensagens de amor. Tinha parado de fazer isso ao perceber que, com seu servilismo, ela mesma havia criado alguns dos péssimos hábitos do marido. Era ela que lhe comprava sapatos e meias, participava das reuniões de condomínio, filtrava os telefonemas porque Andrea não queria aborrecimentos quando estava em casa, cuidava do pagamento de boletos, compilava as despesas a ser apresentadas ao jornal no fim de cada viagem, sem jamais conseguir fazer as contas baterem, porque Andrea perdia as notas fiscais.

Com o passar do tempo, aquilo que, quando não tinham filhos, ela havia considerado uma tarefa agradável se tornara uma escravidão da qual gostaria de se libertar. Mas temia as reações do marido. Sabia que disso resultaria uma briga e, então, para não complicar ulteriormente a existência, continuava assumindo tarefas que não lhe cabiam. Afinal, Andrea não era o pior dos companheiros. Ela conhecia homens que se embriagavam, outros que perdiam o emprego com muita freqüência e outros, ainda, que espancavam mulher e filhos. Naturalmente, não se atrevia a fazer comparações com modelos melhores.

Também naquela manhã havia arrumado a bolsa com todas as coisas necessárias para as duas semanas que ele passaria em Sanremo.

— Não esqueça as pilhas de reserva para o gravador. Moscati também vai comigo — anunciou Andrea por telefone, em tom arrogante. Moscati era o diretor do jornal. — Prepare alguma coisa rápida para eu almoçar. Vou deixar o carro na rua. Você o guarda na garagem?

— Claro, patrão — replicou ela, na tentativa de levar na brincadeira a prepotência do marido.

Naquela manhã, Daniele não tinha ido à escola. Estava com febre alta. Penelope entrou em contato com a pediatra, que prometeu passar para ver o garoto por volta do meio-dia. Agora, devia fazer um almoço rápido para o marido, que, embora estivesse com pressa, não se contentaria com um sanduíche de presunto. Foi para o fogão se perguntando quem chegaria primeiro: Andrea ou a médica?

Daniele adormecera. Por sorte, havia no congelador uma posta de peixe-espada. Penelope também dispunha em casa de valeriana fresca, *radicchio* trevisano e laranjas à vontade. Botou numa frigideira a polpa de tomate, engrossou-a rapidamente em fogo alto, jogou ali o peixe-espada ainda congelado e baixou a chama. Depois acrescentaria sal, azeite, orégano e outras ervas aromáticas, mas por enquanto tampou a frigideira e colocou no gás a panela cheia de água para cozinhar o espaguete. Em seguida lavou as verduras, ralou o parmesão e arrumou rapidamente a mesa. Enquanto esperava que a água fervesse, fez um suco de laranja para Daniele, sabendo que, ao acordar, ele teria sede.

Tocaram a campainha. Era a pediatra, que chegara antes da hora.

Penelope a acompanhou até o quarto do menino, que, incomodado pela presença da médica, começou a choramingar. Ela respondeu às perguntas da doutora e depois correu até a cozinha para buscar uma colher, a fim de que a outra visse a garganta do garoto. Segurou Daniele, que não queria ser examinado, e por fim escutou a sentença: catapora.

— Acontece muito, nesta época. Você deve mantê-lo na cama, bem aquecido, dar alimentos líquidos, ricos em vitaminas, fazê-lo beber muita água e evitar que se coce. A doença evoluirá naturalmente. Não há necessidade de medicamentos. Se a febre subir mais, dê duas aspirinazinhas para ele mastigar — ordenou a pediatra, enquanto Penelope a ajudava a vestir o casaco. Já de saída, a médica perguntou: — Há outras crianças na casa?

— A minha mais velha. Agora está na escola — explicou Penelope.

— Bem. Se ela ainda não teve catapora, vai pegar do irmão — anunciou a outra, com ar seráfico.

Penelope fechou a porta da casa e sentiu um cheiro forte vindo da cozinha. Achou-a cheia de fumaça. O peixe-espada *alla pizzaiola* estava carbonizado. Nesse momento chegou Andrea, nervoso e ofegante, como sempre ficava na hora de uma partida.

Em vez de ajudar Penelope a renovar o ar e a limpar a frigideira esturricada, começou a reclamar.

— Você sempre quer fazer coisas demais. Eu disse um almoço rápido, e não um cardápio de Gualtiero Marchesi. Bastava um sanduíche e uma maçã.

— Não é verdade! — protestou ela, com raiva. — Você sempre detestou sanduíche. Queria um almoço em regra e tentei satisfazê-lo. Este foi o resultado — explodiu, acrescentando: — A pediatra de Daniele chegou e esqueci completamente o resto.

— Mas como, o menino está mal e você não me diz? — alarmou-se Andrea.

— Calma. É só catapora.

— Você é uma tonta mesmo! O menino está doente e você se mete a cozinhar — berrou ele, deixando-a plantada para correr ao quarto do filho.

Penelope apertou os punhos, esforçando-se por dominar a raiva. Escutou Andrea falando com voz doce de pai dedicado. Ao passo que ela, que se desdobrara em limpar a casa, em tentar inutilmente preparar-lhe um almoço, em falar com a médica, era considerada uma incapaz, uma trapalhona com mania de exagero.

Nesse momento Lucia chegou. Estava pálida. Jogou a mochila dos livros numa cadeira e balbuciou:

— Mamãe, estou me sentindo mal.

— Eu sabia — disse Penelope, abraçando-a.

Mais uma vez, o pai terno e dedicado partiria, enquanto ela, a mãe tonta, deveria cuidar dos dois filhos doentes. De fato, dali a pouco Andrea pegou a bolsa de viagem e saiu sem comer.

Penelope ajudou a menina a se despir, a botar o pijama e meteu-a na cama, puxando as cobertas e prometendo-lhe um belo copo de suco de fruta com gelo. Apesar da janela escancarada, o odor de queimado persistia. Penelope detestava maus cheiros e, enquanto enchia o copo com cubos de gelo, tentou lembrar onde havia guardado a essência de sândalo em gotas, a fim de neutralizar o persistente fedor do peixe carbonizado. Nisso, o telefone tocou.

— Aqui é Adele, a vizinha da sua sogra — anunciou uma voz que ela conhecia bem.

— Ai, meu Deus! Não me diga que Maria também está doente! — reagiu.

Mas era isso mesmo. Sua sogra tinha febre e reclamava sua assistência.

— Diga a ela que não posso de jeito nenhum ir para aí. As crianças estão de cama, com catapora.

— Mas a pobre mulher está sozinha. Tenho de voltar para o trabalho daqui a pouco. Quem vai cuidar dela? — insistiu a vizinha.

— Entendo — disse Penelope, com um sorriso resignado. — Então você a coloca num táxi e a acompanha até aqui, por favor.

Enquanto Andrea viajava para Sanremo, plenamente satisfeito por desempenhar o papel do homem que, com seu trabalho, provê ao sustento da família, Penelope se viu acudindo os dois filhos e a sogra. Nesse dia, e também no seguinte, Lucia e Daniele, extenuados pela febre, alternavam raros momentos de vigília choraminguenta com longas horas de sono, e ela se dedicou a Maria. Instalou-a no sofá-cama da sala e chamou o médico, que diagnosticou uma gripe complicada pela bronquite crônica, pelo que considerava necessário um tratamento com antibióticos.

— Cuidado para a senhora não adoecer também — recomendou ele, ao sair. A banalidade do clínico desconcertou Penelope.

— E o que o senhor me sugere? Construo umas barricadas? Convoco sentinelas? Ou bastam uns cães policiais rosnando bastante? — ironizou.

Para as compras de supermercado e farmácia, recorreu à ajuda do porteiro. Passou o tempo arrumando a casa, lavando e passando pijamas e lençóis, preparando semolinas e sucos de laranja. No terceiro dia, os filhos estavam sem febre e cheios de pústulas no corpo todo. Tirando o incômodo da coceira, que ela aliviava com talco mentolado, as crianças estavam muito bem. A sogra, no entanto, reclamava sem parar. Penelope se sentia aviltada por se ver prisioneira daquela situação, ainda mais que não podia contar com ninguém. Tinha pedido ajuda à sua mãe. Irene a deixara falar e depois dissera:

— Sinto muito, mas não tenho a mínima intenção de ser contaminada pela sua sogra.

Recebeu um único telefonema de Andrea, que estava hospedado no Hotel des Anglais. Depois, silêncio.

Por comodidade, instalou os filhos na cama de casal e dormia com eles. Assim, Maria pôde se transferir para o quarto das crianças.

Estas se mostravam contentíssimas por aquelas férias caídas do céu. Agora que se sentiam bem, brigavam constantemente e de bom grado pela posse do controle remoto. Enquanto Lucia queria ver *La ruota della fortuna*, Daniele exigia seus desenhos animados japoneses. Também disputavam o telefone. A menina queria conversar com as amiguinhas e Daniele cronometrava os minutos porque, por sua vez, queria falar com os colegas. Penelope ia para lá e para cá, entre os quartos e a cozinha, preparando massas e bifes à milanesa.

Enquanto isso, acalmava as brigas com berros cada vez mais fortes. Quando conseguia se apoderar do telefone, ligava para os professores para saber das lições e dos deveres, a fim de que, embora confinados em casa, seus filhos não se atrasassem em relação ao programa escolar. Subtraí-los à televisão e induzi-los a estudar era uma tarefa enervante. Às vezes Penelope escondia o controle remoto e logo surgiam as revistinhas, que ela tentava neutralizar deitando-se entre os dois e lendo em voz alta algo mais educativo. Tinha escolhido *As aventuras de Huckleberry Finn*. Sempre gostara de Mark Twain. As crianças, porém, achavam-no tedioso e bocejavam tanto que adormeciam, exaustas, depois de tentarem inutilmente interromper a leitura com arremessos de travesseiro.

A essa altura, Penelope vestia o casaco e descia com Piripicchio, o velho *setter* irlandês, de pêlo comprido e inteligência curta, que Andrea lhe impusera 11 anos antes, mesmo sabendo como seria difícil a convivência dele com a gatinha Frisby, que pertencia a Penelope e se considerava a dona da casa.

Dava uma volta rápida em torno do prédio e logo retornava, não sem ter deixado com o porteiro a lista de compras. Uma noite, deu-se conta de que, desde muitos dias antes, usava sempre a mesma saia e o mesmo suéter. Andrea não se manifestara mais. Quanto a Irene, sequer se preocupara em telefonar para a filha.

Mas Sofia, sim.

— Como vai você? — perguntou.

— Mais ou menos — respondeu Penelope, evasiva.

— Mais ou menos, como? — insistiu a amiga.

— Eu vou bem — replicou ela, em tom cansado.

— Já entendi. Você está péssima — disse Sofia.

— Se entendeu, por que pergunta, droga? — explodiu Penelope, sem conseguir sufocar um soluço.

— Estou indo já para aí — decidiu a amiga, sem lhe dar tempo de responder.

Quando Penelope abriu a porta, Sofia surgiu à sua frente, fresca, elegante, bem maquilada e perfumada. O retrato da mulher saudável, serena, segura de si.

— Meu Deus, que desastre — disse, olhando-a, enquanto se livrava da peliça de zibelina, leve como um sopro de ar. Maria, de sua cama, chamava a nora com voz lamentosa. As crianças gritavam, engalfinhando-se.

— Se veio para constatar o desastre, pode ir saindo imediatamente — afirmou Penelope.

Sofia não desanimou. Sorriu para ela e lhe deu um abraço.

— Minha querida trapalhona — sussurrou, fazendo uma careta graciosa. E prosseguiu: — Você está com o cheiro da sua gatinha. Péssimo sinal. Deixe que eu cuido dos seus malandrinhos, da sua sogra e da casa. Entre imediatamente no banheiro, tome uma chuveirada, vista-se como gente e corra para o salão de beleza. Não há nada melhor, para levantar o moral.

Penelope executou as ordens como uma autômata. Vestiu o casaco e saiu. O porteiro chamou um táxi e ela mandou que este a levasse à via Montenapoleone, para o salão Miranda. Não tinha hora marcada, mas pediu tudo, e bem rápido.

— Tudo, como? — perguntou a cabeleireira, examinando-a com olho profissional e constatando que precisaria se empenhar muito para dar um jeito em sua cliente.

— Manicure, pedicure, limpeza de pele, xampu, *mise-en-plis* e maquilagem — enumerou Penelope.

Três horas depois, saiu para a rua e se olhou numa vitrine. Sentiu-se quase passada a limpo. Abençoou o coração de ouro de Sofia e, para aumentar o prazer de se sentir ainda jovem e atraente, entrou numa butique.

Era época de liqüidações. Ela descobriu um *tailleur* cor de glicínia. Entrou numa cabine para experimentá-lo. A roupa lhe caía superbem. Já decidida a torrar suas reservas, comprou também um casaquinho de *cashmere* azul.

— Tire as etiquetas. Vou usar tudo agora — disse à vendedora, feliz por se livrar das velhas roupas.

Estava longe de casa havia quatro horas e não tinha pensado, nem de relance, nos filhos, na sogra ou no marido. Encostou-se ao balcão, esperando que fizessem o pacote.

Foi então que o viu.

2

PENELOPE SEMPRE gostara de homens bonitos. Mas aquele que a olhava agora superava qualquer imaginação. Parecia-se com o Kevin Costner de *Fandango*. Ou melhor, era ainda mais bonito do que ele, pois tinha um rosto mais expressivo.

O homem estava observando, com ar absorto, uma série de xales de seda e *cashmere* que a vendedora havia colocado sobre o tampo de vidro do balcão. Dispostos em leque, eram uma festa de cores: do azul-pálido ao azul-forte, do rosa-claro ao vermelho-vivo, do creme ao amarelo-aceso. O belíssimo homem os examinava com expressão incerta.

— São todos tão bonitos... Não sei qual devo escolher — disse finalmente, com uma voz que derreteu o coração de Penelope.

— Posso saber o tipo de pessoa a quem se destina o presente? — perguntou a vendedora, tentando ajudá-lo.

Ele ergueu o olhar, viu Penelope que o fitava e esboçou um sorriso.

— Não é jovem como esta senhorita — explicou —, mas é o mesmo tipo de mulher. — E logo depois, continuando a olhá-la, especificou, indicando o *tailleur* que Penelope acabava de vestir: — Acho que esse tom de lilás clarinho vai ficar bem.

— Esta cor é glicínia — corrigiu Penelope. Aproximou-se e escolheu, no meio de tantos xales, um daquele tom.

— Obrigado — disse ele com simplicidade .

Penelope pagou sua conta e saiu. Sentiu-se leve, quase etérea. Achou que, se tomasse um impulso, certamente conseguiria voar. Já completara 30 anos, era mãe de duas pestinhas bagunceiras e, ainda assim, tinha sido considerada uma "senhorita".

Quatro horas antes, chorava no ombro de Sofia, que a repreendia por sua falta de cuidados com a aparência. Observou-se de novo numa vitrine e quase não se reconheceu.

À medida que caía a tarde, o frio ia ficando mais agudo. Por sorte, seu casaquinho supermacio de *cashmere* a envolvia como uma carícia.

Entrou no café Cova. Aquele era o dia das transgressões. Iria se permitir um *cappuccino* quente, borrifado com chocolate. Afastou-se um pouco do balcão, depois de haver degustado com prazer a espuma vaporosa.

E o reviu.

Ele a reconheceu e lhe sorriu. Estava tomando um café.

— Oi — disse Penelope, depois de limpar os lábios com um guardanapo de papel.

— Oi — respondeu ele, sorrindo de novo.

— Desejo-lhe uma boa noitada — sussurrou ela, encaminhando-sc para a saída do bar.

Ele lhe abriu a porta e a deixou passar. Então lhe estendeu a mão.

— Sua sugestão foi preciosa. Minha mãe vai gostar muito do xale. Mais uma vez, obrigado.

— De nada — esquivou-se ela, apertando a mão dele.

— Meu nome é Raimondo Teodoli. Os amigos me chamam de Mortimer. É uma desonra que carrego desde quando era rapazinho — brincou ele.

— E eu, Penelope Pennisi. Os amigos me chamam de Pepe.

— Então... tchau, Pepe — disse ele.

— Tchau, Mortimer — retrucou ela. Afastou-se logo, com passo apressado, um pouco perturbada. A certa altura, não resistiu à tentação de parar e olhar para trás. Ele ainda estava ali, na soleira do Cova, observando-a com curiosidade. Penelope ergueu um braço, para lhe acenar pela última vez. Ele então foi ao seu encontro.

— Posso acompanhá-la até sua casa? — perguntou, sem conseguir disfarçar uma certa timidez.

A essa altura, Penelope pareceu realmente voar. Sentia-se uma borboleta.

— Eu ia pegar um táxi — explicou.

Com um aceno, Mortimer parou um que ia passando. Abriu a porta, ajudou-a a entrar e se sentou ao seu lado. Ela deu o endereço. Depois tirou as luvas e pegou na bolsa um lencinho para assoar o nariz. Agora que estavam tão próximos, Penelope sentiu o perfume dele. Pensou: "Tenho certeza de que é perfume inglês, como o meu. Já Andrea usa aquele horrendo perfume francês."

A comparação a trouxe de volta aos trilhos da realidade.

— Meus filhos estão de cama, com catapora — sussurrou. Havia perdido a leveza de borboleta e retornara ao seu próprio corpo.

Depois de um instante de surpresa, Mortimer se refez.

— "E eu que a levei ao rio supondo fosse donzela, quando já tinha marido" — recitou, com voz brincalhona.

Penelope amava Lorca e aquele poema. Gostou de saber que ele o conhecia.

— Pois é, eu sou muito casada — retrucou, sublinhando o "muito".

— Seu marido é um homem de sorte — afirmou Mortimer.

Ela conteve um comentário venenoso e o presenteou com um sorriso.

— Você se parece com minha mãe, quando jovem — prosseguiu ele.

Penelope se perguntou o que a mãe de Mortimer tinha mais do que ela, para merecer um filho tão afetuoso. Ou talvez ele fosse o tipo do eterno rapaz apaixonado pela mamãe.

O táxi parou diante do portão do prédio. Mortimer se apressou em descer, apoderou-se da sacola com as velhas roupas dela e a acompanhou até lá. Então se inclinou de leve.

— Foi um prazer conhecê-la — disse, com naturalidade.

— O mesmo digo eu — respondeu Penelope, desaparecendo no saguão.

Quando abriu a porta do apartamento, foi recebida por um silêncio insólito. Até Piripicchio, que habitualmente fazia um pavoroso estardalhaço quando ela voltava para casa, foi se aproximando mudo e balançando a cauda. Na sala, sua sogra e Sofia, sentadas à mesa, jogavam cartas.

— É você mesma? — cumprimentou-a Maria, com ar espantado, observando-a por cima dos óculos.

— Parabéns, querida. Você recuperou o aspecto de um ser humano — comentou Sofia, com a expressão satisfeita de quem se sente artífice de um pequeno milagre.

Penelope havia conhecido um homem maravilhoso. Mas não podia contar. Então se limitou a sorrir, com ar um tanto abobalhado.

— Cadê as crianças? — perguntou.

— Estão na cozinha. Já lancharam. Agora estão fazendo os deveres — respondeu a amiga.

— Por um segundo, achei que você as tinha amarrado e amordaçado — comentou Penelope, dirigindo-se à cozinha. — Não acredito. Nunca as vi tão bem-comportadas — acrescentou, depois de tirar o casaco e voltar à sala. — Maria, você não deve se cansar — observou. Tinha deixado a sogra em estado de prostração total, e agora se espantava por encontrá-la tão animada.

— A bronquite dela não vai sarar nunca, se você a mantiver sempre na cama — comentou Sofia.

Penelope teve um breve movimento de irritação. Por que Sofia sempre fazia as coisas certas e ela não?

— Você precisa ser mais calma — recomendou a amiga, como se lhe adivinhasse os pensamentos.

— Vou ser — garantiu Penelope. — Esta saída me levantou o moral.

— E não só isso. Você fez ótimas compras. Essa cor lhe cai muito bem — elogiou Sofia. Depois olhou o relógio: — Meu Deus, como é tarde! Silvio deve estar chegando. Já vou indo. Mas não demoro a voltar — gorjeou, enquanto Penelope a ajudava a vestir a peliça.

Silvio Varini era o marido de Sofia. Tinha vinte anos mais do que ela. Era professor de literatura italiana na universidade. Penelope sempre o definira, com seus botões: "Um homenzinho feioso, insignificante, com um olhar ambíguo", mas jamais ousara externar essa opinião ferina, sabendo o quanto Sofia era apaixonada por ele.

— Obrigada por tudo — disse, abraçando-a.

Ficou na soleira, olhando a amiga se dirigir para a escada. Sofia jamais pegava o elevador. Sua zibelina ondulava com elegância.

Depois a amiga desapareceu e ela ficou ali, fitando o vazio, com ar ausente.

Ouviu tocar o telefone. Fechou a porta e correu para atender. Era seu marido, que a chamava de Sanremo, após quatro dias de silêncio.

Conversou distraidamente, respondendo com monossílabos às perguntas dele. Ainda escutava a voz de Mortimer, recitando: "E eu que a levei ao rio..."

— Pepe, está tudo bem?

A voz irritada de Andrea rompeu o fio tênue daquela lembrança agradável com a qual ela se entretinha.

3

NA QUIETUDE DA NOITE, enquanto os filhos dormiam ao seu lado na grande cama de casal, Penelope escutava o silêncio pontuado pelos leves estalidos dos móveis e pelo gotejar de uma chuvinha fina que ricocheteava no peitoril da janela. Sentia-se em paz consigo mesma e com o resto do mundo, tendo relegado Andrea ao cantinho dos pensamentos desagradáveis. O distraído telefonema do marido, sua conversa sobre banalidades, o interesse superficial por ela, pelos filhos e pela mãe não a tinham irritado. Na tepidez das cobertas, tranqüilizada pela proximidade dos filhos, Penelope recapitulava com prazer o singular e fugaz encontro com Mortimer.

Fechou os olhos e adormeceu, confortada por aquele inesperado parêntese cor-de-rosa que abrira uma brecha no seu cinzento cotidiano.

O fio tênue daquela lembrança se consolidou na manhã seguinte, quando saiu de casa para o habitual passeio com o cachorro. A chuva noturna havia lavado o ar e o céu se tingira de anil. Ela atravessou o jardim e parou na banca para comprar os jornais.

Na volta, o porteiro lhe entregou um elegante saquinho de papel plastificado, fechado por uma fita de seda azul.

— Deixaram aqui agora há pouco para a senhora.

Arrastada pelo cão, que queria se meter de qualquer jeito no elevador, Penelope nem teve tempo de perguntar quem o trouxera. Entrou no apartamento, soltou Piripicchio e examinou o pacote. Leu o endereço e o texto: "Para a senhora Pepe Pennisi".

Desfez o laço de seda e foi invadida por um delicadíssimo perfume de flores. Tirou uma tigelinha oval de porcelana que continha uma verdadeira almofada de miosótis azuis. No fundo da sacolinha estavam suas luvas de couro preto de cabrito. Um pequeno envelope branco trazia uma mensagem: *Gentil Pepe, aqui estão as luvas que você esqueceu no táxi. Boa sorte, Mortimer*. No verso do cartão de visita, cortado por um traço de caneta, estava impresso o nome: *Raimondo Maria Teodoli di San Vitale*.

Ela nem havia percebido que perdera as luvas, na véspera. Segurou a tigelinha e afundou o rosto no montinho compacto das minúsculas flores. Depois examinou a porcelana. Era uma peça antiga, decorada com delicadas guirlandas de cores suaves. No fundo, apareciam o selo da manufatura de Sèvres e uma data, 1775. Penelope se sentou no sofazinho do vestíbulo, emocionada e feliz como uma mocinha no primeiro encontro amoroso.

Perguntou-se onde deveria colocar aquele precioso presente. Levantou-se e foi até o quarto.

As persianas estavam descidas. As crianças ainda dormiam. Ela habituou o olhar à penumbra, localizou sua escrivaninha e ali depositou a tigela. Pensou em pegar uma florzinha para guardá-la consigo, mas se envergonhou dessa atitude infantil. De repente, resolveu telefonar ao marido. Precisava ouvir a voz de Andrea para retomar o contato com a realidade. Saiu na ponta dos pés e foi para a sala.

Sua sogra não se encontrava ali. Penelope escutou-a circular na cozinha. Maria estava decididamente melhor e isso a confortou. Procurou na caderneta da casa o número do telefone do hotel de Sanremo. Ligou e pediu o quarto do marido. Eram nove da manhã.

Atendeu uma voz sonolenta de mulher, que pronunciou um *hello* tipicamente inglês. Evidentemente, a telefonista havia errado e transferido a ligação para outro quarto. Penelope se desculpou, desligou e ligou outra vez. De novo, a mesma voz. Então ela disse:

— O senhor Donelli, por favor.

— Quem quer falar? — perguntou a estrangeira.

— A assessoria de imprensa do Festival — mentiu Penelope.

Ouviu um cochicho e por fim a voz do marido. Então desligou. Já não se surpreendia com esse tipo de coisa. Sabia há muito tempo que Andrea passava com outras mulheres as noites de suas viagens de trabalho. Nas primeiras vezes, tivera reações desesperadas. Depois, a irritação prevalecera. Agora, esboçou um sorriso de compadecimento. Pensou em sua estupidez. Seu marido gostava de colecionar mulheres como outros colecionam selos.

Ainda segurava o bilhete de Mortimer. Releu-o examinando a grafia clara, linear, forte. Colocou-o no bolso da saia e foi para a cozinha.

Sua sogra a cumprimentou com um sorriso, enquanto tirava do fogo a cafeteira. Já preparara a mesa para o desjejum e dera comida ao cachorro. Em cima do aparador, a gatinha Frisby balançava nervosamente a cauda.

— Quer uma xícara de café? — perguntou Maria.

Penelope anuiu, sentando-se à mesa.

— Quer experimentar adoçá-lo com isto? — perguntou ainda a sogra, estendendo-lhe um potinho de mel de acácia.

— Gostoso — disse Penelope, deixando o olhar vagar sobre os objetos e utensílios que a circundavam.

Tinha decorado com capricho aquele pequeno apartamento, com a ajuda distraída de Andrea. A cozinha, em particular, era o aposento onde encontrava sua própria imagem de jovem esposa. Ela mesma havia bordado as cortininhas brancas em bisso de linho, orladas de ponto *à jour*. Do suporte de madeira laqueado num belo tom verde-água pendia uma rica bateria de panelas em cobre, de cor quente e luzidia. No guarda-louças, com três prateleiras, pratos e xícaras em porcelana de Copenhague faziam uma bela figura. A coleção de pequenas estampas florais franceses do século XIX emoldurava a porta que dava para a sacada. Aqueles objetos refletiam sua visão cor-de-rosa da vida conjugal.

Agora, olhava-os e eles pareciam não lhe pertencer mais.

— Não está se sentindo bem? — perguntou Maria, sentada na outra ponta da mesa e sorvendo seu café, com ar tranqüilo.

Até a sogra, à qual se afeiçoara desde o primeiro encontro, parecia agora uma estranha. Penelope via uma velhinha de ar melancólico, que pousava sobre ela um olhar afetuoso. Jamais haviam conversado demoradamente e, sobretudo, Maria nunca lhe contara muita coisa sobre si nem sobre os outros filhos. Às vezes falava da dor, velha de mais de trinta anos, pela morte de sua belíssima filha, Gemma. Depois aludia à mágoa pelo abandono do filho mais velho, Giacomo, que só se lembrava dela com um cartão na Páscoa e outro no Natal. "Mas a culpa não é dele. É daquela víbora de sua mulher", desculpava-o. Sobre Andrea, contara que, aos três anos de idade, ele não queria fazer xixi. Então a vovó Stella o colocou nu, de pé, dentro de uma bacia de água fria e lhe derramou em cima umas cuias de água gelada, obtendo um efeito imediato. O médico do vilarejo se enfureceu quando soube, dizendo que aquilo era remédio de ignorantes e que o menino poderia ter adoecido gravemente. "Mas eu não o escutei. Toda vez em que Andrea tinha esse problema, eu usava bacia e água gelada. Funcionou sempre." Às vezes falava do pai de Andrea, um homem belíssimo, de força desmesurada e temperamento imprevisível, morto tragicamente no trabalho.

O cão saiu da cozinha e Frisby, com um salto, aterrissou sobre a mesa. Penelope a tomou nos joelhos e a acariciou. A gatinha começou a ronronar.

— Alguma vez seu marido a traiu? — perguntou à queima-roupa. Maria esboçou um sorriso.

— Não sei. Se traiu, nunca percebi — respondeu, prosseguindo: — E você? Sempre foi fiel ao seu? — perguntou baixinho.

Penelope não disse nada.

Andrea não gostava de falar de sua família e ela nunca insistia nas perguntas, porque percebia nele uma espécie de mal-estar ao enfrentar esse assunto.

Durante o noivado, pouco antes do casamento estivera em Roma com Andrea. O irmão dele, Giacomo, convidara os dois para jantar. Morava com a mulher, Rosita, num elegante apartamento da via Maria Adelaide. Penelope não gostou de Rosita. Era só uma sensação epidérmica, porque sabia muito pouco sobre ela. Rosita era uma mulher em torno dos 30, expressão carrancuda que a competente maquilagem não conseguia suavizar, pulsos e dedos carregados de ouro, jeito de dominadora. Andrea disse que Giacomo a desposara talvez por amor, mas certamente também por interesse. Ela era a filha única e mimada de um comerciante de computadores que possuía lojas em todo o centro-sul. Tendo chegado a Roma, Giacomo conseguira ser contratado como vendedor e, com inteligência e vontade de subir, chegara a diretor comercial. Conhecera Rosita, que se apaixonara por ele, e os dois tinham se casado. Agora, ela bancava a esposa-patroa e não lhe consentia qualquer tipo de autonomia. Durante o jantar, tomou o cuidado de deixar claro para Andrea que o irmão não desejava ter relações com os membros da família Donelli. A certa altura, as duas mulheres se viram sozinhas na cozinha.

— Tem certeza mesmo de que quer se casar com um Donelli? — perguntou Rosita, com ar intrigado.

— Por que essa pergunta? Você também se casou com um — observou Penelope, com um sorriso encabulado.

— Giacomo é o menos pior da família — respondeu Rosita, em tom provocador.

— Posso lhe garantir que Andrea não é nada ruim — assegurou Penelope.

— E minha sogra? Você já a conheceu? — insistiu a outra.

— Se tem algo a dizer, se acha que existe alguma coisa que eu deva saber, explique-se melhor — cortou Penelope, irritada.

Então Rosita baixou a voz, verificou se a porta da cozinha estava bem fechada e falou:

— Maria é uma mulher estranha. Dizem que arruinou a si mesma, o marido e os filhos. Por exemplo, Andrea já lhe falou da irmã, Gemma? — cochichou Rosita.

— Sim. Morreu quando ele ainda era rapazinho — replicou Penelope.

— Contou por que ela morreu? Não, naturalmente. Giacomo também jamais mencionou o assunto. Aliás, acho que ele não sabe muito sobre isso. Estava em Roma quando tudo aconteceu. Fazia muitos meses que havia abandonado aquela família de loucos. Mas você talvez não saiba que Gemma fazia a vida em Paris.

— Era prostituta? — perguntou Penelope, alterada. Era incapaz de se prender a mexericos. Gostava de perguntas e respostas diretas.

— Acho que havia também algo mais. Você sabe, fomos ao vilarejo para os enterros e, nesses lugares, as pessoas murmuram. De resto, o bom sangue não mente. Maria nunca foi nenhuma relíquia de santo.

— Que enterros? — perguntou Penelope.

— De Gemma e do pai. Morreram no mesmo dia. Foi uma coisa muito misteriosa.

— Não sei de nada disso, e talvez não queira saber mais — cortou Penelope.

— Faz bem. Mas pense, antes de se ligar a um Donelli. Eles carregam uma espécie de maldição — afirmou a futura cunhada.

Agora, 11 anos depois dessa conversa, Penelope observava a frágil velhinha, sentada à sua frente, que queria saber se ela já havia traído Andrea. Desejava que sua sogra lhe dissesse que uma esposa e mãe não embarca em aventuras extraconjugais. Precisava dessas palavras, porque estava a ponto de trair seu infidelíssimo marido, mas não tinha certeza de que desejava fazer isso.

Sentia-se como uma borboleta capturada pela luz de uma lâmpada. Girava em torno daquela fonte luminosa e quente, percebendo que acabaria queimando as asas se não fugisse imediatamente da tentação.

Assim, em vez de responder, perguntou:

— E você? Sempre foi fiel ao seu marido?

— Morávamos no vilarejo, na casa da minha sogra, Stella, com meus cunhados, as mulheres deles e seus filhos. Tínhamos um quartinho para nós dois, no primeiro andar. Nos primeiros tempos do nosso casamento, à noite ele me trancava no quarto, a chave. Depois saía sem me dizer aonde ia nem quando voltaria — explicou a outra, sem responder à pergunta.

— Ele tinha ciúme? — indagou Penelope.

— Eu nunca soube. Posso lhe dizer é que não aceitei por muito tempo o papel de reclusa, porque sim, tinha ciúme. Uma noite, pulei a janela, deslizei pelo cano, montei a bicicleta e fui dançar — disse Maria.

— Então o traiu. Não foi? — insistiu Penelope.

— A cada vez que ele me deixava sozinha, eu fugia. Uma noite, fui parar num lugar onde ele também se encontrava. Eu estava dançando com uma flor de rapaz que tremia, me apertando em seus braços. Meu marido estava numa mesa só de homens. Bebiam e riam. Ele me viu, também o vi. Fazia tempo que esperava aquela ocasião. Eu tinha 20 anos, queria muito bem a ele e achava que conseguiria transformá-lo num homem, porque ele tinha uma cabeça de rapazinho, embora fosse dez anos mais velho do que eu. Sabe o que ele fez, enquanto meu parceiro me beijava no pescoço? Nada! Fingiu que não era nada. Só que, desde aquela vez, parou de me trancar no quarto. Mas continuou a me deixar sozinha. Antigamente, era assim: o homem tinha o direito de se divertir, ao passo que a mulher devia cuidar da casa e dos filhos. Eu não era bonita. Mas sempre havia uns homens me rondando. No entanto, não havia jeito de fazê-lo ter ciúme, de chamá-lo às responsabilidades. Ele não era mau. Era um descontente. Com ele, não se podia ter certeza de nada. Andrea é bonito como o pai e igualmente insatisfeito. Quer a lua e não percebe que já a possui. Você é sua lua, que ele não vê — concluiu Maria.

Penelope se deu conta de que a sogra não respondera às suas perguntas. Sorriu para ela, achando que Maria teria merecido algum momento de alegria, traindo o marido.

— Andrea me enche de chifres — confessou, embora lhe custasse admitir.

— Há maneiras e maneiras de trair — replicou a sogra, com uma banalidade irritante.

— Você o defende porque é seu filho — reagiu Penelope, aborrecida.

— Andrea é um estúpido. Mas lhe quer muito bem. Não percebe que uma mulher se sente humilhada quando o marido age errado com ela.

— Bela maneira de querer bem — observou Penelope. Pensou no seu pai, que nunca havia traído sua mãe, disso tinha certeza. Ele de fato queria bem à esposa. Era capaz de se colocar contra todos para defendê-la, mesmo que ela não tivesse razão.

— Andrea não se decide a virar adulto. Mas se uma mulher, qualquer mulher, ainda que fosse a rainha da Inglaterra, lhe dissesse: "Vamos fugir juntos", ele escapuliria às pressas e correria para você.

— Eu me sinto só, infeliz, e não consigo dar um sentido à minha vida. Meus filhos não bastam para fazer de mim uma mulher completa. Às vezes me acho mais velha do que você. Tenho apenas 30 anos e muita vontade de ser feliz. Mas estou quase sempre emburrada. Sou escrava de um marido infiel, de dois filhos que reclamam constantemente os meus cuidados, desta casa que tenho de limpar e arrumar todo dia. Sempre os mesmos gestos, as mesmas fadigas, o mesmo aviltamento. Não era isso que eu esperava do casamento. E no entanto, se é assim que deve ser, eu gostaria que as tarefas fossem divididas igualmente com o homem que desposei. Mas é impossível esperar alguma coisa do seu filho. Sabe o que ele fez, no dia em que nos casamos? Estávamos de saída para a lua-de-mel. Ele me entregou as passagens e disse: "Me conduza, como se você fosse minha mãe e eu, seu filho." Eu sorri, cheia de orgulho, porque ele estava botando sua vida nas minhas mãos. Não sabia que estava cavando meu próprio buraco.

Falava com a sogra como se falasse consigo mesma. Precisava externar a própria amargura.

Maria balançou a cabeça e não replicou. Em vez disso, observou o papel que Penelope havia tirado do bolso do avental.

— E isso, o que é? — perguntou.

— É para me lembrar que preciso dar um telefonema de agradecimento — explicou Penelope. Levantou-se da mesa, inclinou-se sobre a sogra e beijou-a na testa.

— Obrigada. Gostei muito do café adoçado com mel.

As crianças irromperam na cozinha, exigindo o desjejum.

— Hoje estou bem. Pode deixar que cuido deles — disse a sogra. E acrescentou: — Faça suas coisas com tranqüilidade.

Tomada por uma infinita apreensão, Penelope andou de um aposento a outro, arrumando distraidamente os objetos e postergando assim o momento de um telefonema que, ela sabia, teria conseqüências. De vez em quando se olhava num espelho. Via seus cabelos eriçados, apesar do corte perfeito e da cuidadosa *mise-en-plis* do dia anterior. No rosto jovem e belo, destacavam-se um olhar desiludido e um vinco amargo nos cantos da boca.

Pensou no marido, caprichoso, intolerante, mentiroso, frívolo e egoísta. Desde algum tempo antes, ela talvez não o desejasse mais, e não achava coragem para admitir isso.

Pensou no homem que conhecera na véspera, sobre o qual não sabia nada. Parecera-lhe adivinhar, no olhar e nas maneiras dele, uma determinação pacata, uma segurança que inspirava confiança.

Por fim, procurou o número do telefone dele no catálogo. Achou dois: um de casa, na via San Barnaba, e outro do trabalho, na via San Damiano. Ligou para este último. Atendeu uma secretária eletrônica. Dizia que o doutor só estaria ali à tarde e pedia que a pessoa ligasse nesse horário para marcar a consulta.

— Então ele é médico — sussurrou Penelope, desligando sem deixar recado.

Chamou o número residencial. Atendeu um doméstico de voz gentil e acentuado sotaque estrangeiro.

— O doutor está no hospital — disse. E acrescentou: — Se a senhora deixar seu nome e seu número, posso pedir que ele lhe telefone.

Mortimer retornou a ligação dali a menos de meia hora.

— Eu queria lhe agradecer pela devolução das luvas — começou Penelope. E prosseguiu: — Quanto ao presente, só posso dizer que é magnífico. Por que uma coisa tão importante?

— Achei que se parecia com você — explicou ele.

— Eu não lhe disse que sou casada? — sublinhou ela.

— Não esqueci. Mas gostaria de revê-la.

Penelope enrolava e desenrolava mecanicamente o cartãozinho de visita e observava uma paisagem inglesa, muito romântica, pendurada numa parede à sua frente. O quadro mostrava a margem de um rio, um salgueiro cujos ramos afloravam a corrente cor de anil, um gazebo branco, coberto de trepadeiras, e, ao fundo, uma pontezinha onde um homem e uma mulher, em trajes oitocentistas, se debruçavam ao parapeito para observar uma canoa que navegava. Ela desejou que sua vida entrasse naquele quadro de atmosfera doce, e via a si mesma e seu maravilhoso interlocutor debruçados na ponte. "Mas que maluquice estou inventando?", pensou.

— Você conhece aquele restaurantezinho na via Sant'Andrea? — perguntou ele.

— O Saint Andrews. Conheço — respondeu, às pressas. Já estivera lá umas duas vezes com Danko, o velho musicista amigo de muitos anos.

— Então a espero lá, por volta das duas, para almoçarmos juntos — cortou ele.

Penelope teve certeza de haver embarcado num trem cuja destinação ela não conhecia.

4

A PARTIR DAQUELE momento, Penelope se dedicou freneticamente à casa, aos filhos, à sogra, para se impedir de pensar. Por fim, fez um creme de legumes, salpicando-o com parmesão e azeite, empanou uns bifes de vitela enquanto as batatas douravam no forno, bateu maçãs e bananas no liquidificador, fazendo uma vitamina que aromatizou com o suco de um limão. Instalou as crianças e a sogra à mesa. Enquanto eles comiam, tomou banho, maquilou-se e se vestiu com muito capricho. Quando lhe pareceu estar apresentável, chamou um táxi. Depois anunciou:

— Vou estar fora por umas duas horas. Vejam lá, não incomodem sua avó, não se pendurem no telefone, não briguem, não destruam a casa. — E saiu.

Entrou no restaurante e foi recebida por um garçom que a conduziu a uma mesa de canto, desalinhada em relação ao resto da sala, onde Mortimer a esperava. Achou-o ainda mais fascinante do que na véspera. Ele usava um terno cinza, uma impecável camisa azul e uma gravata discreta, de risquinhos azuis e bordô. Tinha cabelos castanhos, com reflexos acobreados, e grandes olhos cinza-dourados. Ele tomou entre as suas, grandes, secas, quentes, a mão que Penelope lhe estendia. Depois esperou que ela se instalasse à mesa, antes de sentar-se à sua frente.

— O que você prefere? Carne ou peixe? — perguntou.

— Massa — respondeu ela, acrescentando: — Quando estou nervosa, e agora estou muitíssimo, os carboidratos são uma fonte de segurança.

— Então, espaguete para dois — ordenou ele ao garçom. Depois olhou-a nos olhos e perguntou: — Como está você?

— Feliz, embora não devesse estar aqui — replicou ela com sinceridade.

— Eu também sou casado — confessou Mortimer. — E separado — acrescentou imediatamente.

Sua mulher se chamava Katherine Alguma Coisa, era americana e morava em Boston, onde ele havia trabalhado durante dois anos depois de se formar em medicina.

Haviam se casado na Itália e vivido juntos o suficiente para compreender que não tinham sido feitos um para o outro. Assim, Katherine Alguma Coisa retornara aos Estados Unidos. Fazia três anos que estavam separados, e ela havia acionado as providências para o divórcio.

— Imagino que seja uma experiência dolorosa — comentou Penelope, que era muito sensível às palavras "separação" e "divórcio", como se indicassem uma feia doença. Sempre lhe haviam dito que uma união infeliz é ainda assim preferível a uma drástica divisão.

— Seguramente, menos dolorosa do que as operações que faço quase diariamente — especificou ele. — Até porque não estou mais apaixonado por Katherine, nem ela por mim.

Mortimer, portanto, era cirurgião. Ela estava curiosa por saber, mas não queria precipitar as coisas. Nem queria interromper a maneira pacata de contar daquele interlocutor que a fitava nos olhos como se ela fosse a única pessoa digna de atenção no mundo. Uma sensação que ela já esquecera. Somente seu pai a olhava algumas vezes e lhe falava daquele jeito.

Penelope pensou na singularidade do acaso, que se divertia jogando com o destino dos homens. Até ontem, ela não sabia quem era Raimondo Teodoli. Agora, sentavam-se os dois à mesma mesa, comiam massa e se sentiam perfeitamente à vontade, como se já se conhecessem desde sempre. Pela primeira vez, desde quando se casara, Penelope fruía a proximidade de um homem que não era seu marido.

— Você tem outra companheira? — perguntou timidamente.

— Mais de uma, e nunca por muito tempo — respondeu ele com desenvoltura. — Ou seja, não tenho nenhuma — concluiu.

— Eu nunca traí Andrea — sussurrou ela, enrubescendo.

— Uma pessoa madura não trai. Encerra uma relação que não funciona e inicia outra — observou Mortimer.

— Você as inicia e encerra continuamente — comentou ela, com uma ponta de ciúme.

— Não são relações, mas apenas encontros — frisou ele.

— Como o nosso — rebateu Penelope, e de repente se arrependeu. Essa resposta não lhe agradava.

— O nosso é diferente. Estou tentando descobrir por que gostei logo de você, assim que a vi. As mulheres com as quais costumo estar não me interessam. Talvez eu tampouco seja importante para elas. Queria ser para você.

Penelope não respondeu. Estava lisonjeada, confusa e irresistivelmente atraída por ele.

— Ora, se não é Pepe! — exclamou uma voz masculina, de repente.

Ela se sobressaltou como se tivesse recebido uma chicotada. Ergueu o olhar e viu Danko. Tinham se passado alguns anos desde a última vez em que os dois se haviam encontrado casualmente. Os cabelos dele estavam mais brancos, o grande nariz mais vermelho, a pele mais estragada, mas sua voz rouca e o sorriso que irradiava alegria não tinham mudado.

Penelope fez as apresentações.

— Doutor Teodoli, Danko, um velho amigo — especificou.

Os dois homens se apertaram as mãos. O velho musicista não tinha a menor intenção de atrapalhar.

— Estou com pressa. Mas queria conversar com você sobre trabalho. Depois eu a procuro — disse.

— Quando quiser. Inclusive amanhã — propôs Penelope.

— Então, até amanhã. Passo em sua casa à tarde — garantiu ele.

Quando o homem se afastou, Mortimer a encarou, curioso.

— É o passado que retorna? — perguntou.

Penelope contou a ele sobre sua paixão pela música popular, sobre o prazer de brincar com as rimas, sobre algumas letras que Danko havia musicado, sobre a renúncia a um ofício no qual, no fundo, ela não acreditava, talvez por causa das muitas dúvidas sobre seu próprio talento.

— Em suma, ainda não me libertei da paixão pelas canções. Mas meu senso crítico aumenta com o passar do tempo, e jogo fora quase tudo o que escrevo. Raramente conservo minhas rimas. Tenho consciência de que não sou uma artista. Veja, Mortimer, a música, a verdadeira, é um planeta para poucos. Sei apreciar uma frase musical, mas não vou além das melodias clássicas, aquelas que desenvolvem um ritmo fácil de memorizar, espontâneo. Minha mãe, minha avó e eu mesma escutávamos Puccini, Lehár, Strauss, Gardel, Piazzolla, e essa música entendíamos. As letras, quando existiam, nos comoviam. Minha avó sabia de cor todas as romanças das óperas e as canções lacrimogêneas do tempo dela. Eu gostava de ouvi-la cantar a *Storia di una capinera*, *Profumi e balocchi*, *Signorinella*. Assim nasceu minha paixão pelas canções. No topo estão Brahms,

Beethoven, Mozart, e na planície você encontra os roqueiros que lhe arrebentam os tímpanos. Estou no meio do caminho. Gosto de escutar Edith Piaf, Jacques Brel, Yves Montand, Fabrizio de André, Frank Sinatra. Os textos que escrevo são razoáveis, mas não excelentes. Eu sei, tenho consciência disso. Na minha cabeça há torrentes de imagens que jamais conseguirei traduzir em palavras como gostaria — explicou Penelope, num rompante.

Enquanto ela falava, Mortimer havia tomado sua mão. Penelope recordou uns versos de uma antiga balada que Montand interpretava com sua voz inconfundível: "Querida, se quiseres, dormiremos juntos, num grande leito quadrado, coberto por um dossel branco." Sim, ela queria jazer com Mortimer naquele grande leito branco.

O acaso a fizera encontrar um homem pelo qual se apaixonara imediatamente. Só que ele chegava com dez anos de atraso. O destino havia esperado que ela tivesse um marido e dois filhos para lhe oferecer um presente que ela não podia aceitar. Pensou nas crianças e sentiu um baque no coração. Tinha deixado os dois sozinhos, com uma avó que precisava de cuidados. Podia acontecer de tudo. E se Maria se sentisse mal? Se Daniele acendesse o fogão? Se Lucia, que se encarapitava nos móveis para agarrar Frisby, caísse e se machucasse?

— Preciso voltar para casa. Agora mesmo — disse, levantando-se da mesa.

O encantamento se desfizera.

— Entendo — concordou ele, olhando-a com ternura.

Certamente entendia, pensou Penelope. Mas não podia avaliar profundamente a ansiedade que a dominava, os sombrios pressentimentos inventados pelo seu sentimento de culpa.

— Vou acompanhá-la — ofereceu-se Mortimer, dando-lhe o braço.

— Não. Devo ir sozinha. Vou pegar um táxi — respondeu ela, decidida.

E o deixou assim, sem um cumprimento, envergonhada da própria insegurança. Rever aquele homem que a induzia a sonhar tinha sido uma grande tolice. Ela era uma mulher casada e não devia se abandonar aos sonhos. Não o encontraria nunca mais.

5

EM CASA NÃO ACONTECERA nenhuma catástrofe. Na sala, Maria conversava amavelmente com Donata. Lucia e Daniele, agachados no chão, estavam montando um grande quebra-cabeça de *Guerra nas estrelas* com Giulietta e Lavinia, as gemeazinhas de Donata, e mal perceberam sua chegada. Maria, como sempre, sorriu para ela. Donata, ao contrário, agrediu-a, fortalecida pela amizade que as unia desde os tempos do primário.

— Agora é que você chega? Esqueceu que nos convidou para almoçar? Chegamos à uma e meia, conforme o combinado, e você havia sumido. Estava tudo planejado, lembra?

— Não entendo o que está dizendo — espantou-se Penelope.

— Você é mesmo uma desmiolada. Eu lhe disse que ia trazer as gêmeas, esperando que seus filhos transmitissem catapora a elas — retrucou a amiga.

— Puxa vida! Tem razão. Eu tinha esquecido. Por favor, desculpe — respondeu Penelope, desolada. Voltou ao vestíbulo, tirou o casaco e assoou ruidosamente o nariz.

— Por sorte, eu trouxe um picadinho e uma torta de maçã. Se não, nós três teríamos ficado sem comer, porque sua sogra e seus filhos já tinham almoçado — reclamou Donata, com voz irritada, prosseguindo: — Ontem à noite, Sofia me telefonou e me encheu a cabeça com a história da "coitada da Pepe", confinada em casa por dois filhos e uma sogra doentes. No entanto, vejo que você sai tranqüilamente para espairecer, volta com o fôlego curto de quem se sente culpada, usa o *tailleur* das grandes ocasiões e até se maquilou. E tem a cara-de-pau de me dizer que se esqueceu! — sibilou, baixando o tom de voz e grudando corredor afora nos calcanhares de Penelope, até o quarto de vestir.

— Já lhe pedi desculpas.

— Não estou interessada em desculpas. Quero saber o que devo pensar a seu respeito.

— A cartomante é você. O que diz o horóscopo de hoje para os nascidos em Câncer com ascendente em Capricórnio? — provocou Penelope, sabendo o quanto Donata se irritava ao se ver definida daquele jeito. Ela se considerava uma astróloga e sustentava não ter nada em comum com adivinhas e cartomantes.

— Quando se sente culpada, você consegue dar o melhor de si — replicou Donata, com aspereza.

Penelope repôs cuidadosamente o *tailleur* no armário e vestiu *jeans* e suéter, fingindo desenvoltura. Depois entrou no banheiro para remover a maquilagem. Donata a seguiu com cara de policial que não pode perder de vista a presa.

— Vai me contar o que está acontecendo? — pediu, enquanto a amiga limpava meticulosamente o rosto com um creme apropriado, sem se preocupar em responder.

— Vou à cozinha para fazer o chá — anunciou finalmente Penelope.

Enquanto ela se movimentava em torno do fogão, Donata se sentou à mesa. Apoiando o rosto nas mãos, observava-a como se quisesse fotografá-la.

— Veja lá, Pepe, não venha bancar a esperta comigo — explodiu.

Penelope não tinha a menor intenção de falar de Mortimer com ela, mas tampouco queria mentir à amiga do peito.

— Não acha que engordei um pouco? — divagou, enfiando o polegar no cós dos *jeans*.

— Responda — intimou-a Donata.

— Reencontrei Danko. Acho que vou fazer uma dieta — replicou Penelope.

— Qual Danko? O musicista?

— Você conhece mais alguém com esse nome? Bastariam cinco quilos a menos. Não parece nada, mas perdê-los dá um trabalhão. A vida inteira eu incho e desincho como uma sanfona — continuou ela, imperturbável.

— Pepe, me explique. Faz dez anos que você abandonou as cançonetas. Hoje, de repente, decide recomeçar. Sabe de uma coisa? Você está me tapeando — acusou Donata.

— Sabe o que vou lhe responder? Vá cuidar da sua vida — impacientou-se Penelope.

Donata adorava se meter nos problemas dos outros e distribuir conselhos à farta. Se alguém tentasse lhe fugir, ela então desembainhava todo um repertório de invectivas e ameaças.

Considerava-se depositária dos segredos dos astros e tinha íntima convicção de que, sabendo interpretá-los, era possível resolver quaisquer dificuldades. Consultava os astros diariamente e sua vida era tão regular e serena que suscitava inveja.

Mantinha um consultório de astrologia com pulso gerencial. A quem a procurava, perguntava local, data e hora de nascimento; depois executava uma série complexa de cálculos e, por fim, expunha vida, morte e milagres do cliente, prodigalizando conselhos para ele e seus parentes, sugerindo estratégias a adotar e coisas a evitar. Depois, administrava-lhe os "florais de Bach" e o liberava. Explicava a Penelope:

— Ninguém nasce sob má estrela, porque as más estrelas não existem. Existem, sim, nossas resistências a satisfazer os desígnios celestes. Ninguém deve decidir se casar, ter filhos, comprar uma casa, escolher uma profissão, investir na Bolsa, sem consultar os astros.

Penelope jamais acreditara no poder da astrologia. No entanto, de fato Donata sempre tivera a sorte do seu lado. Como Picasso, passava por períodos azuis, róseos ou amarelos, para os quais escolhia as cores das roupas a vestir, segundo as influências astrais. E dava conselhos semelhantes à amiga. Havia muito tempo, sugeria-lhe usar nas orelhas uma pérola branca e uma negra, com diâmetro de doze milímetros, e que fossem verdadeiras, não-cultivadas. Afirmava que elas teriam um influxo benéfico sobre os biorritmos de Penelope. A cada vez, esta se enfurecia.

— Você me dá os milhões para comprar duas pérolas verdadeiras? — protestava.

Donata reforçava a dose:

— Não tenho culpa se lhe mandam do céu essas indicações. Por exemplo, seu metal é a platina. A esmeralda é sua pedra.

— Você é pérfida e está de má-fé — dizia Penelope, agressiva. — Para si mesma escolheu metais e pedras menos caros: prata e ametista. Pois bem, encontre alguma coisa acessível também para mim.

— Quando a aconselhei a não se casar com Andrea, você não me escutou. No entanto, nesse caso não se tratava de investir centenas de milhões. Aliás, fique sabendo: suas estrelas dizem que você sequer devia ter se casado, porque tem espírito de solteira. Somente vivendo na solidão é que poderia concentrar sobre si mesma as energias cósmicas e se beneficiar delas.

Essas e outras coisas dizia Donata nos períodos em que Penelope lhe confessava as próprias aflições. Havia momentos nos quais Penelope se afastava da amiga, porque se cansava dos conselhos desta e os percebia como uma intrusão em sua vida privada. Chegava ao ponto de dizer, quando Donata lhe telefonava, que estava ocupadíssima e não podia ouvi-la. Então a astróloga deixava mensagens iracundas na secretária eletrônica, para reforçar que Penelope era um fracasso, que para ela não havia esperança, pois ela mesma era a causa primeira de seus próprios problemas.

Esse minueto vinha desde os tempos em que as duas freqüentavam a mesma escola primária. Já então Donata fazia terrorismo, tendo intuído as inseguranças de Penelope. Num dia de chuva, cochichou-lhe que a água alagaria a sala, a não ser que Pepe lhe desse seu docinho de cereja. De outra vez, garantiu que cresceriam bigodes na amiga, se esta não aprendesse a dar cambalhotas. Durante uma crise de otite que a prendeu em casa, telefonou para dizer que uma corcunda iria aparecer nas costas de Penelope, se esta não fosse brincar com ela.

Mas, se Penelope caísse e machucasse um joelho, Donata a socorria carinhosamente. Aliava-se a ela contra as colegas com quem Pepe brigava, emprestava-lhe de bom grado suas bijuterias de plástico e lhe dava as duplicatas das figurinhas de cantores famosos.

As mães das duas eram amigas. Irene, a mãe de Penelope, muitas vezes soltava venenosas alfinetadas contra Donata, porque esta crescia depressa, tinha cabelos brilhantes e cheios, dentes perfeitos, cadernos organizados, roupinhas sempre limpas e, além disso, nunca errava a tabuada. Agora, Donata era uma bela mulher de 30 anos, com uma juba negra cheia de ondas e cachos, carnação branca como leite, olhos verdes de cigana e corpo de modelo. Era o retrato da saúde. Jamais pegava um resfriado ou uma gripe. Jamais sofria por uma cárie. Observava escrupulosamente uma dieta vegetariana. Tivera as gêmeas em casa, assistida pelo marido e por uma obstetra.

O marido, Giovanni Solci, era definido como "uma pérola de homem". Totalmente dedicado à casa, à família e à agência de publicidade. Era ele quem levava diariamente as gêmeas para a escolinha e ia buscá-las. Fazia o supermercado, comprando somente "as coisas certas". Na rua, não se virava para olhar as moças bonitas. Nunca discutia as escolhas de Donata. Quanto a Lavinia e Giulietta, as gêmeas, eram os clones dos pais. Viviam numa atmosfera acolchoada, com um papai e uma mamãe que se amavam como os noivinhos de Peynet. Aos 5 anos, já haviam tido todas as doenças exantemáticas, exceto catapora, mas Donata esperava que elas a pegassem dos filhos de Penelope. Assim, não adoeceriam mais, quando começassem a freqüentar a escola. Em suma, Donata era como Penelope gostaria de ser e possuía tudo o que ela gostaria de ter: graça, beleza, segurança econômica, idéias claras, solidez afetiva. Donata jamais era aflorada pela dúvida, nem mesmo quando ia votar.

No entanto, Penelope não a invejava, porque a amava sinceramente. Mas se aborrecia quando a amiga forçava a mão e queria obrigá-la a fazer escolhas que não lhe cabiam.

— Já sou ótima em errar sozinha. Não preciso dos seus conselhos — dizia.

Agora, enquanto fazia o chá, decidiu que não lhe contaria sua breve aventura.

Já sabia que, mesmo antes de expressar uma opinião, Donata pediria alguns dados sobre o homem. Depois, elaboraria um horóscopo para anunciar uma catástrofe. Além disso, lembraria a sacralidade da família, como se a própria Penelope não tivesse consciência de certos valores e, para concluir, faria uma análise impiedosa sobre a necessidade de Penelope de se vingar das infidelidades sofridas.

— Em suma — insistiu Donata —, não acredito que, de uma hora para outra, você tenha decidido voltar a trabalhar.

— Acha mesmo que é uma decisão extravagante? Logo você, que consegue ganhar dinheiro vendendo ilusões, acha estranho que eu decida recomeçar a escrever cançonetas? — agrediu-a Penelope.

— Você não pode se permitir trabalhar — respondeu tranqüilamente Donata, enquanto a ajudava a arrumar pratos e xícaras no carrinho de chá.

— Explique-se melhor.

— Não é suficientemente equilibrada para se desincumbir de duas tarefas: dona-de-casa e artista. Você não tem concentração, não sabe programar seu dia. É uma trapalhona, sempre com os nervos tensos, como se a sorte do mundo estivesse em suas mãos. Eu me esforço por lhe dar bons conselhos, mas você não me escuta. E, sobretudo, mente. Diz que se embelezou só para encontrar Danko. A quem pretende tapear?

Era a costumeira cena de ciúme, que ela fazia nas ocasiões em que Penelope a excluía de suas confidências.

— Agora chega. Você passou dos limites — explodiu Penelope, olhando-a com ódio.

— Você também — replicou a amiga, nem um pouco intimidada. — Portanto, vou indo e levo as gêmeas. Deixo para você as sobras do picadinho e da torta — concluiu, pisando firme em direção à sala para pegar as filhas.

— Vou jogar tudo no lixo! — berrou Penelope.

— Devolva as vasilhas limpas! — gritou Donata.

Ambas sabiam que estava iniciado o período das hostilidades. Enquanto Donata não se desse conta de que havia exagerado e a raiva de Penelope não esfriasse, elas não se reveriam nem se falariam ao telefone.

Lucia e Daniele, que até aquele momento se comportavam como pequenos fidalgos, cumprindo o papel de "grandes" em relação às gêmeas, assim que ficaram sozinhos se soltaram e começaram a se engalfinhar. A avó suplicou para que parassem de fazer bagunça, porque estava com dor de cabeça. Não lhe deram ouvidos.

— Quero voltar para a minha casa — anunciou Maria, aproximando-se do telefone para chamar um táxi.

— Você ainda está debilitada. Espere até amanhã. Andrea vai voltar de Sanremo e pode acompanhá-la — sugeriu Penelope.

— Estou velha demais para agüentar estes dois terremotos — afirmou Maria, tapando os ouvidos para não escutar os gritos agudos das crianças.

Meia hora depois, voltou o sossego. A sogra tinha ido para casa. Penelope resolvera a disputa entre os contendores com quatro tabefes, uma xícara de chá e uma grande fatia de torta de maçã. Depois, obrigou os dois a fazer os deveres.

— E não quero escutar nem vôo de mosca — ameaçou-os, antes de correr para o quarto e desabar exausta na cama. Havia colocado no estéreo um concerto de Mahler. Abandonou-se à onda da música. Sabia que, se chorasse, a tensão se reduziria. Mas as lágrimas não vinham. Em vez disso, na penumbra do quarto, emergia a imagem de Raimondo Teodoli, à qual se sobrepunha a do marido. Andrea se impunha com a prepotência de quem personifica um papel a pleno título. Parecia lhe dizer: "É uma mulher indigna, aquela que trai o pai dos próprios filhos." "E o marido que trai a esposa, é o quê?", perguntou-se Penelope, sabendo que existem verdades de mão única, todas desfavoráveis às mulheres. No entanto, considerou que Andrea não tinha nada a ver com aquela paixão adolescente por Mortimer: ela o desejaria mesmo que Andrea tivesse sido o melhor dos companheiros. Os desejos, porém, não necessariamente devem ser satisfeitos. Não podia e não devia se permitir isso. Os modelos de comportamento, que estavam na base da sua educação, sugeriam uma freada brusca e uma inversão de marcha.

— Mas por quê? — interrogou-se, liberando finalmente as lágrimas. — Por que devo me negar um homem que me agrada infinitamente?

O telefone tocou e ela atendeu com voz embargada de pranto.

— O que não está indo bem? — percebeu Mortimer.

— Eu. Meu motor empacou — respondeu Penelope, sufocando um soluço.

— Talvez você o tenha forçado um pouco além das possibilidades — disse ele, tentando brincar.

— Isto mesmo. Então, desisto. Foi bom conhecer você.

— Vai ser melhor ainda quando nos revirmos — garantiu o homem.

— Só que não nos veremos nunca mais — disse ela, enxugando as lágrimas.

6

CONSIDEROU FECHADO aquele brevíssimo parêntese romântico. Donata, sem perceber, tinha sido de grande ajuda. Quando dissera: "Você é uma trapalhona, sempre com os nervos tensos, como se a sorte do mundo estivesse em suas mãos", abrira uma brecha nos seus pensamentos. Penelope se sabia realmente uma grande trapalhona e seu nervosismo só podia se refletir negativamente sobre os filhos. Se realmente os amava, devia ocupar-se deles com serenidade.

Depois do jantar, sentou-se com eles no sofá e assistiram juntos a um velho filme de desenho animado com Obelix e Asterix. Lucia e Daniele se divertiram, e ela, que havia desligado o interruptor das insatisfações pessoais, apreciou a originalidade e a argúcia tão francesas daquela história de legionários romanos conquistando a Gália.

Depois levou-os para a cama. Lucia adormeceu imediatamente. Daniele segurou-lhe a mão, acenando para que ela se sentasse ao seu lado.

Precisava de mimos suplementares. Penelope começou a lhe acariciar os cabelos.

— Mamãe, se Deus existe, por que não se mostra? — perguntou o garoto à queima-roupa.

Na família, raramente se falava de religião. Quando isso acontecia, Andrea cortava logo o assunto. "Tudo isso são histórias inventadas pelos padres para nos deixar bonzinhos", sentenciava, achando ser essa uma explicação suficiente. Mas talvez não fosse assim, a julgar pela pergunta de Daniele. Naquele período, seus coleguinhas se preparavam para a primeira-comunhão. Somente ele, entre todos, estava excluído desse evento. Não tinha sido sequer batizado, em observância a princípios não muito bem definidos, mas, para o marido, intocáveis. Penelope aceitara, sem discutir, tanto esta quanto outras imposições. Agora, porém, seu filho lhe apresentava uma questão importante.

— Você não pode ver Deus porque ele está dentro de você — respondeu.

— Meu amigo Lele disse que Deus está no céu, na terra e em todo lugar — insistiu o menino.

— Deus está onde você está, onde eu estou, onde está cada um de nós. Você pode ver seu fígado, seus pulmões, seu coração? Da mesma forma, não pode ver Deus — tentou explicar Penelope.

— Mas se fizerem uma radiografia sua, as coisas que você tem dentro eu posso ver todas. Ele, não. Será porque ele se esconde?

— Deus está dentro de você e é invisível, porque é um pensamento. Mas, quando menos se espera, ele se manifesta. Agora se manifestou, induzindo você a pensar nele. Entendeu como funciona a coisa?

— Não. Amanhã eu tento entender — balbuciou Daniele. Fechou os olhos e adormeceu.

Penelope sorriu, pensando que aquele pequenino tinha mais cérebro do que parecia e estava começando a usá-lo. Ela deveria estimulá-lo, em vez de passar o tempo se comprazendo nos seus pequenos egoísmos. Seus filhos tinham prioridade absoluta sobre qualquer coisa, e ela não podia se arriscar a se distanciar deles para perseguir sonhos impossíveis.

Enquanto as crianças dormiam, conseguiu trabalhar, redescobrindo depois de tanto tempo o prazer de escrever. No dia seguinte, quando Danko viesse encontrá-la, teria algum material para ele. Queria lhe oferecer uma amostra dos seus progressos. A dolorida melancolia por uma história de amor recém-iniciada e já concluída favorecia sua criatividade. Escrevia velozmente, enchendo seu caderno de anotações, sentada à pequena escrivaninha, no quarto, tendo diante de si a tigelinha cheia de miosótis que Mortimer lhe presenteara. As minúsculas flores azuis estavam murchando. Antes de se deitar, iria jogá-las fora.

Andrea se manifestou no dia seguinte, por telefone.

— Oi, Pepe. Tudo bem? Vou estar em casa na hora do jantar. E as crianças, como vão? Estou com muita saudade delas — disse ele, com a alegria típica dos momentos em que escondia algo a ser perdoado.

Penelope fingiu não saber que, entre uma entrevista e uma matéria, Andrea se proporcionara certos entretenimentos. Desta vez, com uma estrangeira, a julgar pelo sotaque da mulher que atendera ao telefone. Devia aprender a não remoer a mágoa e a manter a calma. Não devia fingir que entre ela e o marido havia harmonia, até porque todas as crianças ficam perdidas diante de fingimentos. Mas também não podia se deixar levar pela ira, desencadeando assim as costumeiras e furibundas brigas, que produziam efeitos devastadores sobre os filhos.

Com essa determinação, recebeu o amigo musicista, enquanto Daniele e Lucia, absolutamente desinteressados daquela visita, brincavam no quarto.

Penelope lia e Danko aprovava, ou então balançava negativamente a cabeça. Ela acompanhava com apreensão as reações dele. De vez em quando interrompia a leitura.

— Acha que não ficou bom? Não gostou desse conceito? — interrogava.

A gatinha Frisby logo se acomodara nos joelhos de Danko para ser acariciada.

— Fique tranqüila, Pepe, e continue lendo em paz — ordenou ele, a certa altura.

— Mas estou realmente tranqüila — mentiu ela.

— Você está uma pilha de nervos, de contradições, de sentimentos de culpa. Demonstra tudo isso nas letras que escreveu. Alguns versos são muito bonitos e tristes. Expressam todo o seu desconforto. Mas tudo bem. Acho que, desta vez, você está pronta para trabalhar a sério — afirmou ele. Não fez qualquer menção ao encontro da véspera, quando a surpreendera em companhia de Mortimer.

— Recomeçar a trabalhar? Está falando sério? — perguntou Penelope.

— Seriíssimo. Estou preparando uma comédia musical. Quero que seja uma coisa muito alegre, com uma pitada de romantismo, que nunca atrapalha, e um toque de melancolia. A história é a de sempre: ela, ele, o outro — explicou o musicista.

Penelope enrubesceu quando Danko disse "o outro". Ele fingiu ignorar aquele rubor, que dizia muito sobre a situação de sua jovem amiga. Em vez disso, prosseguiu:

— Você precisa ler a comédia, entrar nos personagens e exprimir as emoções deles. Em suma, por trás do aparente jogo de equívocos, há o drama verdadeiro de uma mulher casada com um sujeito inconsciente, que se diverte bancando o galanteador com todas. A certa altura, a mulher se apaixona por outro. Daí nasce o conflito: ela deve deixar o marido e os filhos para seguir seu amor, ou deve se resignar a uma vida infeliz para salvar os valores da família?

— Está contando a minha história? — reagiu Penelope.

— Nunca me ocupei com coisas que não são da minha conta. Mas é bom você saber que não é a única Penelope da história do mundo. Houve milhões delas, desde os tempos de Homero. Nunca se conta nada que já não tenha acontecido.

Penelope pensou no marido, que, dali a poucas horas, estaria de volta ostentando o habitual sorriso de Judas, trazendo presentes para as crianças e, como de costume, um buquê de rosas vermelhas para ela.

— Por que você resolveu me confiar um trabalho tão importante? — perguntou.

— Porque quero conceitos novos. Quero frescor, coração e cérebro. Você, minha pequena Penelope, tem isso tudo. E até mais. Eu a conheço desde quando era mocinha. Nunca entendi por que, ao se casar, abandonou um ofício que traz no sangue.

— Escrever letras me divertia, mas eu tinha coisa mais importante a fazer. Queria ser uma esposa e mãe em tempo integral. No entanto, gostaria de lembrar que você não moveu um dedo para me dissuadir — observou ela.

— Se eu tivesse feito isso, você me escutaria?

— Não sei. Mas você devia ter tentado. Devia ter feito isso, Danko.

— Com o homem dos seus sonhos remando contra a corrente? — interrogou ele, com um sorriso resignado.

Como sempre, o amigo sábio tinha razão. Depois do entusiasmo inicial, e embora aquele trabalho tivesse começado a dar a ela algumas pequenas satisfações, Andrea fizera tudo para desencorajá-la, afirmando que com seu salário podia manter uma esposa e os filhos que viessem. Agora, Danko a confrontava com uma tarefa difícil e absorvente. Penelope não sabia se conseguiria conciliá-la com as exigências da família. E não sabia sequer se estaria à altura das expectativas do velho amigo. Como podia escrever canções que contassem todas as suas dúvidas, suas amarguras, a tentação de transgredir, se tudo isso não estava claro nem mesmo para ela?

Do aposento ao lado chegaram as vozes de uma briga entre Lucia e Daniele. Penelope correu até lá e conseguiu acalmá-los, prometendo-lhes pudim de chocolate para mais tarde. Depois voltou para o amigo, na sala.

— Viu o meu drama? Sou escrava dos meus filhos e de uma situação que não consigo controlar. Não acredito que vá conseguir retomar o trabalho.

— Você só é escrava de si mesma — sublinhou Danko, em tom rude. Estava com raiva. Naquele momento, Penelope sentiu que, se fosse filha dele, Danko lhe daria uns tapas.

— Não se meta a sabichão — reagiu, colocando-se na defensiva.

— Quem você pensa que é? Você se acha indispensável ao seu marido e aos seus filhos, e é, mas vive de maneira errada. Se não, ontem eu não a teria surpreendido fazendo caras e bocas para aquele belo rapaz que a olhava como se você fosse a única mulher no mundo — explodiu ele.

Finalmente, dissera o que pensava. Depois, com seu passo lento e pesado, atravessou a sala e se dirigiu para a saída.

— Espere um momento, Danko. Tente entender os meus medos — suplicou Penelope. — Deixei passar tempo demais. Existem ótimos letristas na praça.

— Então vou encenar minha comédia sem você — anunciou ele.

— Mas eu sou a melhor. Juntos, vamos brilhar — gritou Penelope.

— Agora a reconheço! — exclamou ele, esboçando um sorriso. Encaminhou-se para o elevador. Penelope o alcançou quando ele entrava e o abraçou.

— Seja bem-vinda, mocinha — sussurrou o velho.

Penelope fechou a porta do apartamento e seguiu para a cozinha. Havia prometido pudim de chocolate aos filhos e eles o teriam. E teriam também uma mãe em nova edição, revista e repaginada. Uma mãe que recomeçaria a trabalhar e a viver a sério.

Surpreendeu-se cantarolando, enquanto misturava o leite com o chocolate e o açúcar.

7

ANDREA CHEGOU, como havia prometido, na hora do jantar. Piripicchio exibiu toda a sua habilidade de campeão olímpico de salto em altura, chegando a pousar as patas nos ombros do dono. Lambeu meticulosamente o rosto e as orelhas dele, enquanto emitia agudos ganidos de alegria e fustigava o ar com sua cauda franjada. As crianças também receberam o pai com um comportamento festivo. Mas Penelope e a gata permaneceram obstinadamente ancoradas nos respectivos postos: uma na cozinha, fazendo o jantar, e a outra no banheiro, dentro da cesta de roupa suja.

— Isto é para vocês — disse Andrea às crianças, entregando aos filhos dois pacotes de CDs autografados pelos cantores que haviam se apresentado no festival. Depois, com passo decidido, foi até a cozinha.

— E isto é para minha queridíssima Pepe — anunciou, estendendo a ela um enorme buquê de rosas escarlates.

Penelope odiou aquele ritual demagógico. Queria insultar o marido e lhe dar umas bofetadas. Em vez disso, para se esquivar do abraço, fingiu estar ocupadíssima girando o batedor na tigela de maionese. Teria mais de um motivo para agarrar aquelas rosas e arremessá-las em cima dele. Resmungou um "obrigada" arrastado e ficou ainda mais irritada ao constatar a alegria afetuosa com que os filhos haviam acolhido o retorno do pai. Tantas efusões a deixaram enciumada. Com ela, eles nunca eram tão expansivos.

— Mas que lindas crostinhas vocês têm — constatou Andrea, que, quase certamente, só naquele momento se lembrou da doença dos filhos. Penelope o observou de soslaio e o rosto sorridente do marido lhe lembrou a cara maldosa e enganadora do lobo deitado na cama da vovó de Chapeuzinho Vermelho. Por um instante, achou que ele poderia devorar seus pequeninos, como na fábula. A voz risonha de Andrea dissipou o pesadelo:

— Significa que estão sarando. Meu Deus, como me sinto feliz por reencontrar minha família. Vocês não deram muito trabalho à mamãe, não é?

Ali estava ele, o impostor, pronto a buscar a cumplicidade dos inocentes, pensou Penelope, cuja expressão carregada refletia seu furor. Mas Andrea, espertamente, fingiu não perceber.

Penelope desengordurou o molho da vitela cozida, enquanto sua raiva subia como um rio na cheia. As crianças trotaram atrás do pai, que se dirigia ao banheiro para lavar as mãos.

Ela arrumou cuidadosamente a mesa, amaldiçoando a educação recebida, que lhe sugeria manter a boca fechada, embora tivesse vontade de berrar sua dignidade ofendida e de botar na rua aquele marido infiel.

— Está na mesa — anunciou, enquanto observava com olho crítico se cada coisa se encontrava no lugar certo.

As crianças acorreram, penduradas no braço do pai, que exibia o sorriso das grandes ocasiões.

— E você? Não vai se sentar conosco? — interrogou-a, aproximando-se para lhe dar um beijo. Penelope notou alguns fios prateados entre os negros cabelos dele. O primeiro sinal da idade que avançava. E se perguntou se, quando estivessem ambos velhos, ela ainda conseguiria tolerar tudo, calando-se.

— Podem começar, se não o risoto esfria. Volto já — disse.

Foi até o banheiro e se observou no espelho. O que havia naquele rosto, naquele corpo, que induzira pela primeira vez seu tão amado marido a traí-la? Porque é sempre a primeira vez que conta. As escapadas posteriores são uma conseqüência natural.

— Eu devo ter alguma coisa torta — balbuciou para a própria imagem refletida. No entanto, aquele rosto e aquele corpo cheio e harmonioso haviam chamado a atenção de um homem extraordinário como Raimondo Teodoli, assim como, tantos anos antes, haviam fascinado Andrea. Talvez a proximidade não a favorecesse. Depois do primeiro impacto, seu marido se decepcionara. Provavelmente também Mortimer, se eles aprofundassem a relação, também sentiria isso.

Abriu o armariozinho de remédios e tomou um tranqüilizante. Aquilo a ajudaria a recuperar um mínimo de calma e a aplacar a vontade de explodir. Foi até a entrada do banheiro, onde Andrea havia deixado a mala. Estava aberta, e via-se a costumeira confusão de roupa suja, misturada com a limpa, com o material de imprensa, com os cadernos de anotações. Arrumar aquela bagunça sempre cabia a ela.

Com gestos rápidos, reforçados por anos de prática, começou a separar as peças limpas das que deviam ser lavadas, recolheu as anotações e o material de imprensa e topou com uma cartela de fósforos Minerva, daquelas gigantes, que são dadas em certos restaurantes e que trazem na tampa uma fotografia tirada com polaróide. A imagem era a de Andrea, abraçado a uma loura metaleira, mais nua do que vestida. O rosto da mulher estava de perfil, lábios estendidos para beijar o lóbulo da orelha dele, que ostentava um sorriso de dezoito quilates. Penelope levantou a tampa e leu uma dedicatória escrita com hidrográfica: *With love, Sally*. Seguiam-se três linhas de cruzinhas, para indicar beijos, beijos e mais beijos. Ela se lembrou da voz de mulher que atendera ao telefone no quarto de Andrea.

Se o marido tivesse apenas uma leve idéia de como se sentiria sua mulher, ao encontrar aquela cartela de Minerva, certamente daria um jeito de jogá-la fora ou, pelo menos, de escondê-la. Mas ele jamais compreendera até que ponto Penelope sofria por essas coisas. "Que idiota!", sussurrou ela. Essa avaliação não se destinava ao marido, mas a si mesma, que continuava a tolerar. Escrava dos hábitos, das convenções, de princípios que não eram discutidos, mas somente aceitos, tinha sido estúpida a ponto de encerrar, no nascimento, uma história que poderia tê-la gratificado. "Eu sou mesmo uma idiota", repetiu. Meteu a caixa de fósforos no bolso do suéter e voltou à cozinha, esperando que o tranqüilizante fizesse efeito.

As crianças e o marido lhe dirigiram sorrisos e olhares amorosos. Penelope viu sobre a mesa, diante do seu prato, um pacotinho todo enfeitado, com todo o jeito de ser uma surpresa. Pegou-o, girou-o entre as mãos, desatou a fita, abriu o invólucro dourado. Apareceu uma caixinha de veludo azul, e ela a abriu. A caixa continha um chaveiro de ouro com um pingente em forma de trevo de quatro folhas, no qual estava gravada uma dedicatória: *Para a mãe mais bonita do mundo*.

Seu primeiro pensamento foi o de que não gostava de chaveiros. Andrea, que deveria saber disso, jamais conseguia lhe dar um presente segundo o gosto dela. Penelope sopesou o objeto com expressão impassível. Seu segundo pensamento foi o de que, com o dinheiro gasto naquela futilidade, ela poderia mandar pintar o apartamento e trocar as cortinas da sala. Por fim, constatou que, com aquele gesto, seu marido pretendia se fazer perdoar por uma nova infidelidade. Isso não a consolou. Pelo contrário, aumentou o desapontamento.

— Ganhei dinheiro no cassino — disse Andrea, enquanto ela balançava, entre o polegar e o indicador, a correntinha que prendia o trevo.

Penelope sabia que seus filhos esperavam gritinhos de alegria e beijos, mas, naquele momento, detestava demasiadamente o marido para satisfazê-los.

— Seu porco — sibilou, entre dentes.

Ele captou a mensagem e seu sorriso se desfez. Lucia e Daniele também escutaram, mas, como viviam a ficção de uma família feliz, Penelope não quis decepcioná-los. Enquanto Andrea baixava o olhar para o prato, ela disse:

— Porco, Judas! Realmente é um belo presente.

— Sabem, crianças? Acho que me enganei. A mamãe não gostou deste chaveiro — admitiu ele com ar triste, buscando a compreensão dos filhos, que estavam totalmente do seu lado.

Finalmente Penelope se sentou à mesa. Recusou o risoto e colocou no prato apenas legumes cozidos e uma fatiazinha de vitela.

— Mesmo assim, estou muito lisonjeada por ser considerada a mãe mais bonita do mundo — disse sorridente a Lucia e Daniele. Depois, acariciou o bolso do suéter e olhou Andrea com severidade. — Como vai a tal "*Sally with love*"? — perguntou à queima-roupa. E sentiu uma alegria imensa ao ver o rosto do marido empalidecer.

— Ah, você se refere àquela baterista da banda escocesa de *rock*? — balbuciou ele.

— Perguntei como ela vai — insistiu Penelope.

As crianças eram inteiramente olhos e ouvidos. Tinham percebido uma nota desafinada, mas não compreendiam o que estava acontecendo.

— Suponho que vai bem — sussurrou Andrea. — Mas, francamente, isso não me interessa — acrescentou, levantando-se da mesa. — Está tarde. Tenho de ir para o jornal — concluiu.

Penelope abandonou a cozinha, por sua vez.

— Terminem de jantar — disse, virando-se para os filhos. — Vou acompanhar o papai até a porta. — Já no vestíbulo, continuou: — Você deixou estes fósforos bem à vista. Se as crianças tivessem visto, o que pensariam do pai?

— Nada. Elas não acham nada, se você não lhes fizer a cabeça — replicou o marido, pegando a cartela e despedaçando-a.

— E eu? Também não acho nada? — impacientou-se ela com voz raivosa, esforçando-se para não gritar.

— Ora, Pepe, você sabe muito bem que isso é uma tolice. Que importância pode ter uma fotografia tirada num restaurante onde havia outras duzentas pessoas?

— Essas pessoas também estavam no seu quarto, no Hotel des Anglais? Ou só havia esta "*Sally with love*"? Porque, quando lhe telefonei, foi ela quem atendeu, duas vezes — martelou Penelope, observando impávida o rosto do marido, que assumia a expressão perdida de quem é encostado à parede.

— Você é doida. Uma doida visionária, e não tenho tempo para perder com essas tolices.

— Você é tão covarde que não tem coragem nem para admitir suas ações — alfinetou ela.

— E você é uma idiota. Incapaz de cuidar dos seus assuntos. Gosta de remexer em águas turvas. Leio isso na sua cara: você tem um orgasmo a cada vez que imagina me flagrar. Se tivesse esses orgasmos na cama, nossa relação funcionaria um pouco melhor — replicou ele.

Penelope achou que o tranqüilizante, tomado pouco antes, não estava fazendo o menor efeito, porque, naquele momento, só com muita dificuldade conseguiu conter o impulso de esbofetear o pai dos seus filhos.

— Você é um calhorda — sibilou.

— E você uma babaca! — berrou ele. Agarrou o vaso de porcelana, presente de casamento da prima Pennisi e que fazia bela figura sobre a cantoneira do vestíbulo, e arremessou-o ao chão, despedaçando-o.

Penelope não se alterou.

— Aliás, fique sabendo que esta noite não volto para cá — informou Andrea. — Vou para a casa da minha mãe. Ela, pelo menos, não me submete a interrogatórios — concluiu. E saiu, batendo fragorosamente a porta.

Lucia e Daniele espiavam da porta entreaberta da cozinha. Tinham visto e ouvido tudo.

— Lucia, pegue a vassoura e a pá — pediu Penelope com calma. — Temos de recolher os cacos.

8

CENAS DESSE TIPO se repetiam havia anos. A cada vez, Penelope e as crianças fingiam que não tinha acontecido nada. As brigas com o marido sempre se concluíam como se a razão fosse toda dele. A ela restava a tarefa de recolher os cacos. Enquanto isso, esperava pacientemente o retorno do guerreiro arrependido. Às vezes, isso demorava um dia, outras vezes uma semana. Depois, Andrea reaparecia com um buquê de flores, um convite para a pizzaria ou o cinema, e, dos motivos da briga, não se falava mais. A vida recomeçava como se nada tivesse acontecido. Ela acumulava rancores, escondendo-os por trás de sorrisos fingidos. Gostaria muito de inverter os papéis, de ser ela quem batesse a porta da rua, deixando-o sozinho com as crianças. Mas pode uma mãe abandonar seus filhotinhos? Além disso, não tinha um trabalho. De que iria viver? E, por fim, como cresceriam aquelas pobres crianças, com um pai mentiroso e covarde? Assim, ruminava em silêncio sua raiva, ostentava uma serenidade que não era sua e seguia adiante.

Desta vez, porém, reagiu diferentemente. Fez o possível para acalmar as crianças, explicando, sem dar muita importância ao assunto, que entre ela e o papai havia acontecido uma briga e que agora ele estava refugiado com a vovó Maria. Eles deviam saber que, mesmo assim, o papai os amava. Estava furioso somente com ela. Omitiu o fato de que, naquela mesma noite, ela recomeçaria a trabalhar e, se o seu trabalho valesse alguma coisa, ganharia dinheiro suficiente para não mais precisar da ajuda de Andrea. Aquela era a melhor maneira de se livrar de uma escravidão.

Quando os filhos adormeceram, trancou-se na sala. Frisby se aninhou em seus joelhos, ronronando. Piripicchio dormia no tapete, a seus pés.

Começou a folhear o texto da comédia que Danko lhe deixara. Enquanto lia, refletia sobre as características dos personagens. Estava gostando da história. Na protagonista e nos dois homens que a disputavam, imaginou reconhecer a si mesma, Andrea e Mortimer. A essa altura, as palavras vieram sozinhas. Seu cérebro e seu coração, trabalhando em perfeita sincronia, ajudavam-na a elaborar conceitos com a velocidade de um computador. Gostou de colocar em versos as doloridas melancolias, os desejos insatisfeitos, as iras furibundas contra o marido, que davam à protagonista a coragem de se afastar dele cada vez mais, para encontrar a felicidade nos braços acolhedores do outro, o qual, por acaso, era mais bonito, mais inteligente, mais doce, infinitamente mais rico do que o marido e, sobretudo, sabia dizer: "Eu amo você." Há quanto tempo Andrea já não lhe dizia isso?

Via a si mesma, à mesa da cozinha, preparando almoços e jantares dia após dia, ano após ano, para um marido sempre ausente, até mesmo quando estava ali ao lado.

Continuou escrevendo por muitas horas e, quando estava a ponto de desabar de cansaço, foi se deitar e adormeceu quase de imediato. Não lhe importava que Andrea não voltasse; pelo contrário, apreciou o prazer de ter a grande cama de casal só para si.

Nos dias que se seguiram, encontrou-se com Danko e os dois trabalharam juntos encarniçada e prazerosamente. Nas mãos de Penelope, a personagem de Linda, como se chamava a protagonista da comédia, assumiu contornos mais precisos e definidos. O musicista estava empolgado.

— Eu sabia, eu sentia que você ia conseguir — comentava, com vivacidade.

— Espere, Danko. Estou apenas no começo. Além disso, a figura do amante ainda está um pouco nebulosa — protestava ela.

— Pense naquele belo tipo com quem a vi no restaurante. Faça-o viver, falar, deixe que ele se expresse — sugeriu o amigo.

— Eu o faço viver muito mais do que você e ele mesmo possam imaginar — declarou Penelope com amargura.

Havia afastado aquele homem de sua vida, mas não conseguia expulsá-lo da mente. Mortimer estava sempre presente. Pensando nele, a jovem dona-de-casa da comédia remendava meias e cozinhava.

— É exatamente isso o que o público quer: o sorriso fendido pelo pranto, a frase engraçada interrompida por um soluço contido, porque Linda se debate entre a razão, representada por sua condição de mulher casada, e a transgressão, representada pelo sentimento que ela experimenta pelo outro — prosseguiu Danko.

— Enquanto isso, ela se consola comendo meio quilo de *baci di dama**. E, claro, engorda. Porque Linda é assim: a ansiedade lhe dá vontade de se encher de doces — precisou Penelope.

— E assim atualizamos uma velha história como a de Emma Bovary ou a de Anna Karenina. Está claro o conceito? — quis saber o amigo.

— Mas essas duas pobres pecadoras morrem. Acho isso absolutamente injusto — protestou ela.

— Se fossem mais espertas, elas se empanturrariam de *baci di dama* e deixariam que os dois homens de suas vidas se esganassem. E que ven-

*"Beijo-de-dama", docinho típico italiano. (*N. da T.*)

cesse o melhor. Afinal, isso é o que deseja uma mulher que não sabe escolher — disse Danko.

— Tem certeza? Veja bem, Linda não é uma insatisfeita como Emma, nem uma deprimida como Anna — esclareceu Penelope.

— Linda é como você. Foi por isso que deixei o final em suspenso. Você é quem vai escrevê-lo — ordenou Danko.

— Bem, Linda não se mata. Isso eu lhe garanto. Em geral, uma mulher não se suicida quando dois homens a disputam. Acho que ela poderia deixar os dois e se envolver com um terceiro — disse Penelope, refletindo em voz alta.

— O terceiro não é contemplado na comédia — observou Danko.

— Podemos inventá-lo.

— E quem poderia ser?

— Um confeiteiro. Ou, melhor ainda, um industrial de doces que produz *baci di dama* — brincou Penelope.

— Pronto, já temos o título da comédia: *Baci di dama*. Muito bem, Pepe. A história vai funcionar assim mesmo — concluiu Danko, divertido.

— Não, Danko. Linda deverá escolher entre os dois homens da sua vida. Lutando para tê-la, ambos se tornaram melhores. E ela também cresceu. Esse é o final.

— Sim, e os três viveram felizes e contentes. O que é isso, Pepe? Você bem sabe que não pode ser assim. Está lembrada daquele belo poema de Edgar Lee Master?

— Aquele que diz: "Porque esta é a dor da vida, que só se pode ser feliz a dois"? Claro que me lembro. Mas e daí? Estamos escrevendo uma comédia. Então, convém deixar de lado as dores da vida e nos consolarmos com os *baci di dama* — replicou ela, alegremente. Sabia, tanto quanto Danko, que, continuando a trabalhar no texto, o final viria sozinho.

Enquanto isso, Penelope já recebera um bom adiantamento sobre o trabalho e abrira uma conta bancária só dela.

Andrea voltou para casa depois de dois dias passados com a mãe.

Abraçou a mulher e os filhos com alegria, como se não tivesse acontecido nada. Também desta vez, Penelope liquidou a amargura com um suspiro de resignação. O trabalho, agora, era para ela um grande consolo.

— Estou muito contente por você ter recomeçado a escrever — disse o marido.

— Não posso acreditar. Dez anos atrás, você usou toda a sua capacidade de persuasão para me fazer desistir — observou ela.

— Eu apenas lhe dei o melhor conselho. Você teve todos esses anos para amadurecer. Acho realmente que agora está pronta para retornar à luta — declarou Andrea, com ar satisfeito.

Penelope sabia que aquele entusiasmo todo era ditado por motivos específicos. As despesas familiares vinham aumentando e o dinheiro que ela iria ganhar seria uma salvação. Além disso, ocupada como estava com sua comédia, ela teria menos tempo para indagar sobre as aventuras sentimentais do marido.

Aquele foi um belo período. Andrea continuava vivendo à sua maneira, sem se sentir culpado. Penelope derramava as próprias amarguras nos textos que escrevia e, em certo sentido, se libertava delas. As crianças estavam mais serenas. Como sempre acontece, aliás, quando a mamãe e o papai estão de bem.

De manhã, Penelope era a primeira a se levantar. Andrea dormia até as dez ou mesmo até mais tarde, quando passava a noite na redação. Ela descia logo com o cachorro e, na volta, preparava o desjejum para os filhos, a quem acordava associando um pouco de dengo e algumas sacudidelas. Mandava-os tomar banho, ajudava-os a se vestir e os penteava.

Dispunha de duas horas de tempo para acompanhá-los à escola, passar pelo correio ou pelo banco para pagar as contas dos vários serviços, fazer compras no supermercado ou em outras lojas. Às dez e meia, o carro já devia estar na frente do prédio, a fim de que, ao sair, Andrea já o encontrasse e pudesse seguir logo para o jornal. Nada disso a cansava.

Mas gostaria de ter um carrinho só para ela. Agora que recomeçara a trabalhar, examinou a possibilidade de arcar com essa despesa. Mas havia outra, mais urgente e mais pesada: ampliar o apartamento. Este era realmente pequeno demais, as crianças cresciam e cada uma precisava ter seu próprio quarto. Também era indispensável um quarto de hóspedes, já que a sogra gostava de passar temporadas ali. A vizinha de andar, uma aeromoça da Alitalia, contou a Penelope que ia se casar com um financista que conhecera durante um vôo Milão-Tóquio e queria se desfazer do apartamento onde morava.

— Eu tenho dinheiro para comprá-lo. Imagine, Andrea, nem precisaremos nos mudar. Bastará abrir uma porta na parede do vestíbulo e nossa casa será duplicada — anunciou Penelope ao marido.

— De fato, é uma sorte extraordinária — entusiasmou-se ele. E logo depois anunciou aos amigos e parentes, em tom triunfante: "Compramos o apartamento contíguo ao nosso." A Penelope, disse: "Veja lá, vamos fazer uma bela reforma."

Aquele "compramos" e aquele "vamos" caíram sobre os ombros de Penelope, que enfrentou com alegria e absoluta incompetência a tarefa de acompanhar as obras de ampliação. Diariamente, discutia e criticava o trabalho de pedreiros, bombeiros, eletricistas, ladrilheiros e marceneiros. Daniele e Lucia, quando não estavam na escola, nem nas aulas de natação, de dança ou de violão, participavam daquela espécie de nova brincadeira que se desenvolvia entre as paredes do lar. Encantavam-se observando a destreza com que os operários pintavam as paredes cruas, a habilidade com que o eletricista inseria uma série de longuíssimos fios coloridos dentro de condutos de plástico que depois eram cimentados nas paredes e desapareciam, perseguiam-se no meio do entulho, tomavam o partido da mamãe quando ela se enfurecia com os operários por um trabalho malfeito.

— Se eu escrever uma letra ruim, tenho de reescrevê-la. Se vocês instalarem mal os azulejos, têm de desmanchar e refazer tudo. E não vou pagar um centavo a mais pelas horas extras — dizia Penelope.

Andrea, porém, sempre que voltava para casa, reclamava:

— Até quando vai durar esta confusão?

Penelope não falava do seu cansaço e não respondia.

Finalmente, os trabalhos acabaram e a família Donelli passou a dispor de três banheiros, um quarto de vestir, quatro quartos de dormir e uma sala dupla, em relação à residência anterior.

A ampliação havia esgotado o adiantamento sobre os direitos autorais de Penelope. Como estava habituada a economizar, ela não se alarmou, considerando que, assim que a comédia estivesse pronta, receberia um saldo significativo. Preocupou-se, porém, porque lhe reaparecera uma dor persistente nas costas. Isso, ela sabia, era um sinal de alarme. Mais uma vez, um dos seus ovários produzira um cisto disfuncional.

9

— MARQUEI CONSULTA com a doutora Carini — anunciou ao marido.

A doutora Carini era a ginecologista que a acompanhava desde sempre e a assistira durante as duas gestações.

Andrea se alarmou:

— O que você tem?

— Acho que é o cisto habitual — minimizou ela, sabendo que deveria se submeter a uma série de exames. — Tive um período muito cansativo e órgãos femininos se rebelam, protestam, fazem birra. Mas deve estar tudo bem, como sempre — concluiu.

— Seus órgãos femininos fazem birra com muita freqüência. Desta vez, o problema tem de ser enfrentado seriamente — declarou o marido, acrescentando: — Marque uma consulta com o professor Marco Viviani.

— Posso saber quem é?

— O titular de ginecologia da Policlínica. É muito competente.

— A consulta é grátis? — perguntou Penelope.

— Mas o que lhe deu na cabeça? Ele é um especialista.

— A doutora Carini também é uma especialista. Trabalha na Unidade Sociossanitária local e o custo da consulta é o do tíquete — protestou ela.

— Você vem arrastando há anos esse problema. Acho justo que ouça uma opinião mais abalizada. Viviani é o ginecologista da mulher de Moscati e de muitas outras senhoras importantes — replicou Andrea.

— Isso é uma garantia, em sua opinião?

— É uma certeza. Viviani tem de ser o seu ginecologista.

— Prefiro médica mulher. Fico mais à vontade — protestou ela debilmente, sabendo que já perdera a partida.

Gostaria de explicar ao marido o quanto é delicada uma consulta ginecológica, sobretudo se o profissional for um homem. Já passara por isso umas duas vezes, quando a doutora Carini estava indisponível, e se sentira muito mal. Mas evitou falar disso com Andrea, até porque ele não compreenderia.

Por amor à paz, marcou uma consulta com o professor Viviani.

Às 11 da manhã, apresentou-se na sala de espera do consultório, na Policlínica. Uma hora antes, fizera a mamografia e uma enfermeira lhe entregara as radiografias, dizendo:

— Mostre ao professor. Ele saberá ler isto da maneira correta.

— Por quê? Eu tenho alguma coisa? — perguntou ela, ansiosa.

A resposta, em vez de tranqüilizá-la, deixou-a mais irritada ainda.

— Não se preocupe. O professor vai ver e lhe explicará — disse a enfermeira. Pronunciava a palavra professor com P maiúsculo.

Penelope havia levado de casa um livro para passar o tempo. Nunca folheava as revistas das salas de espera, porque as considerava contaminadas por muitas mãos. Andrea, às vezes, zombava dessa sua mania, que ele considerava uma forma de fanatismo pela higiene.

O livro que segurava era um romance de Bohumil Hrabal: *Eu servi ao rei da Inglaterra*. Uma história divertida, que irradiava alegria de viver e a fazia sorrir. Tirou o marcador da última página lida e tentou continuar. Os olhos seguiam as palavras, mas a mente estava longe. O que teria desejado dizer aquela retardada vestida de enfermeira, com: "O professor vai ver e lhe explicará?" Na saleta havia mais duas senhoras, igualmente inquietas. Mas o titular não estava. Passada mais de meia hora de espera, entrou outra enfermeira.

— O professor pede desculpas. Está operando um caso urgente — anunciou. A ansiedade cresceu. Por que ela devia fazer sempre o que Andrea decidia? Tinha sua excelente ginecologista, que atendia às oito da manhã, que era pontual e atenciosa. No entanto, Penelope não pudera consultá-la porque o marido achava necessário o exame pelo insigne catedrático. Eram quinze para o meio-dia. Dali a uma hora, as crianças sairiam da escola e ela não podia deixar de ir buscá-las. Além disso, ainda não havia feito o almoço. Àquela altura, tinha duas possibilidades: esquecer as crianças e a massa que comeriam, esperando com resignação, como estavam fazendo as duas senhoras ali ao lado, ou então aproveitar o pretexto para escapulir imediatamente. Esta última possibilidade lhe pareceu muito aliciante.

Saiu da sala de espera e, depois de alguns passos ao longo do corredor, viu um telefone público. Então teve uma idéia luminosa: telefonar a Andrea, que estava dormindo após uma noite inteira passada no jornal, e dizer como estavam as coisas. Foi o que fez.

Ouviu a voz do marido, vinda das profundezas do sono. Então, exibiu-se na perfeita imitação da mulherzinha doce e meiga.

— Querido, lamento ter acordado você, mas estou com um problema. O médico ainda não chegou. Disseram que está operando. Ele pode demorar uma hora, duas, talvez três. Você não acha que eu devia desistir da consulta? Preciso ir buscar as crianças na escola...

Andrea não a deixou terminar. Fazia questão absoluta de contar aos amigos que Viviani era o ginecologista de sua mulher. Então, recuperou imediatamente a lucidez.

— Fique aí e espere o tempo que for necessário. As crianças eu resolvo — replicou.

— Tem certeza? — perguntou Penelope, feliz por tê-lo acordado e por obrigá-lo, pelo menos uma vez, a se ocupar dos filhos.

— Sem problema, Pepe. Fique tranqüila. Eu cuido de tudo — garantiu Andrea.

Penelope desligou. Virou-se rapidamente e se viu diante de um homem de jaleco branco. Mal teve tempo de sentir o leve aroma de um perfume inglês e dois braços a estreitaram. Mortimer lhe sorria.

10

— POR QUE VOCÊ está aqui? — perguntou Mortimer.

Penelope se sentiu atravessada por um raio de felicidade. Havia meses, tinha o pressentimento de que o reveria. Uma repentina aceleração de seus batimentos cardíacos sublinhou a emoção daquele novo encontro.

— Eu poderia lhe fazer a mesma pergunta — replicou, confusa.

— Trabalho aqui — disse Mortimer.

— Tenho consulta com o professor Viviani — explicou ela, por sua vez.

— Hoje não será possível. Estou vindo da sala de cirurgia. Tivemos uma manhã massacrante. Houve um caso urgente e bem complexo, que, por sorte, se resolveu bem. Mas estamos todos exaustos. Viviani não dará mais consultas hoje. Está indo para casa. E eu também — revelou ele, tomando-a pelo braço e conduzindo-a pela escada até o térreo.

— Quer dizer que você é ginecologista — constatou Penelope, com surpresa.

Mais uma vez, o acaso guiava seu destino. E, para isso, servia-se de Andrea.

De jaleco branco, Raimondo Teodoli lhe pareceu ainda mais fascinante.

— Você não imagina minha alegria por reencontrá-la — afirmou ele, em tom sincero.

— Você não sabe a minha — sussurrou ela, enrubescendo.

— Hoje também está ansiosa pelos seus filhos? — perguntou Mortimer, aludindo ao último encontro.

— Por sorte, as crianças estão em segurança — garantiu Penelope.

— Então, podemos ficar sossegados — decidiu o médico, guiando-a por um corredor para o qual davam os consultórios. — Preciso me trocar — disse. Usava uma camiseta branca, por baixo do jaleco, e ainda calçava o protetor de sapatos da sala de cirurgia. — Promete não desaparecer? — perguntou, fitando-a nos olhos e indicando, com um gesto, uma poltroninha para ela se sentar enquanto esperava.

— Está prometido — assegurou Penelope.

Não fugiria dali, por nada no mundo. Bastara revê-lo para que as resoluções de um gélido fevereiro, já distante, se derretessem como neve ao sol.

Saíram da Policlínica e seguiram para os jardins da Guastalla. Havia mães empurrando carrinhos de bebê, velhos sentados nos bancos, lendo o jornal, garotos brincando. Havia o sol de junho, que brilhava sobre as folhas das árvores e sobre os balaústres de pedra. Mortimer segurava a mão de Penelope, entrelaçando seus dedos com os dela. Caminhavam lentamente, naquele dia esplêndido de junho.

— Pensei muito em você — afirmou ele, apertando-lhe a mão.

— Eu também, em você. E não devia — cochichou ela.

— Não se foge do destino — argumentou Mortimer e prosseguiu: — Desculpe a banalidade. Estou me comportando como um tolo, mas não consigo expressar plenamente o que sinto por você. Não vou deixá-la ir embora outra vez.

— Ouvi-lo dizer isso me faz bem — sorriu Penelope.

Sentaram-se num banco e ficaram ali alguns instantes, em silêncio, felizes por estarem juntos.

Para Penelope, não eram sensações novas. Já as vivera com Andrea, num tempo agora distante. Lembrou-se de uma tarde de outono, às margens do Ticino. Entre as árvores e as touceiras matizadas de vermelho e amarelo, fizera amor com ele pela primeira vez. Foi uma descoberta emocionante, maravilhosa. Depois de tantos anos, ela recomeçava a sonhar.

— Não me importa que você seja casada. Eu queria que fosse minha namorada. Entende, Pepe? — disse Mortimer, olhando-a nos olhos, comovido.

— Sim, eu sei — respondeu ela, baixinho.

— Aonde você quer ir agora? — perguntou ele, sorrindo.

Penelope usava um conjuntinho com jaqueta de seda branca e cinza. Uma lufada de ar levantou sua saia de pregas. Ele lhe cobriu os joelhos.

— Resolva você. Não imagina o quanto me agrada dizer isso — respondeu ela, sem sombra de coqueteria.

— Então, vou levá-la para a minha casa. Quer?

Penelope anuiu. Estava disposta a segui-lo até o fim do mundo. Fazia muito tempo que desejava sentir de novo sobre si o olhar de um homem apaixonado.

Entraram num prédio construído nos anos 1950. O apartamento de Mortimer era de cobertura. Recebeu-os um doméstico espanhol a quem o médico sussurrou alguma coisa, antes de conduzir Penelope a uma sala ampla, onde quatro janelas francesas se escancaravam para um terraço sombreado por uma videira-virgem.

Penelope olhou ao redor. Dois grandes Campigli e dois Fontana se defrontavam em paredes opostas, entre prateleiras cheias de livros. Os sofás eram sobriamente forrados de cânhamo branco. Sobre uma elegante *secrétaire* setecentista de tampo móvel, destacava-se uma série de fotografias emolduradas.

— Sente-se — convidou ele. Penelope colocou sobre uma mesinha a bolsa a tiracolo de napa preta e o envelope com as mamografias. Depois se instalou numa poltroninha.

— Mandei que nos preparassem o almoço. É uma hora, e estou com fome — explicou ele.

— Por que você escolheu ginecologia? — perguntou ela. Sentia-se à vontade e estava curiosa por saber.

— Meu pai e, antes dele, meu avô eram ginecologistas. Meu irmão seguiu outro rumo: especializou-se em urologia.

— Mas ficou na mesma área — brincou ela.

Mortimer sorriu e lhe contou que os Teodoli, do Lácio, tinham se transferido para Bérgamo no início do século XIX.

O casamento de um trisavô com uma descendente do *condottiere* Bartolomeo Colleoni enriquecera a família, que se instalara numa mansão rural antes de adquirir um palacete na via Porta Dipinta, na parte alta de Bérgamo, onde ele e o irmão tinham vivido até o fim do secundário. Depois seguiram para Milão, a fim de cursar a faculdade de medicina. E ali permaneceram. O irmão se chamava Riccardo. Era casado, feliz, pai de três filhos.

Penelope se deixava embalar pelo som da voz dele. Lembrou-se de quando era garota e, da torrinha da casa de Cesenatico, invocava Romeo com paixão. Seria Mortimer o enamorado com quem sonhava?

— Está me escutando? — perguntou ele.

— Claro — respondeu ela, sorrindo. — Mas também estava pensando que sei muito pouco a seu respeito, e no entanto é como se o conhecesse desde sempre.

De aposentos afastados veio o vagido de um bebê.

— É o filho de Fernando e Pilar. Moram comigo. O menino se chama Juan. Eu o ajudei a nascer. Espero que eles tenham outros. Adoro crianças.

— Não tem filhos?

— Katherine não quis. Assim, me contento com os alheios.

Fernando apareceu na soleira.

— O almoço está pronto — anunciou.

A sala de refeições era pequena, retangular, com paredes em estuque cor de sálvia. A mesa estava arrumada para dois. O mordomo serviu espaguete ao molho de tomate.

— Imaginei que você estivesse nervosa e quisesse um prato de massa — explicou Mortimer, assim que o rapaz os deixou sozinhos.

Penelope apreciou a delicadeza dele. Bastava olhá-lo nos olhos, sentir-se tocada pela sua mão, para ter uma sensação de bem-estar.

— Estou relaxada. Você percebeu? — perguntou.

— Já esperava — respondeu ele, com sinceridade.

— Você me parece um bom médico. Tem aquilo que definem como "o poder taumatúrgico". Se eu fosse sua paciente, confiaria cegamente em você — explicou Penelope. — Sua casa reflete sua serenidade — acrescentou, olhando ao redor. E, nesse momento, percebeu o que a atraíra tão irresistivelmente quando ela encontrara Mortimer na butique onde fazia compras: ele lhe lembrava seu pai, Mimì Pennisi, homem fascinante, cuja beleza não era feita somente de exterioridade. Ao passo que Andrea se assemelhava muito a Irene, sua mãe, que atribuía à aparência um valor ilimitado. Penelope sempre considerara o pai um homem perfeito, e agora se dava conta de que desejava um companheiro parecido com ele. Dessa analogia se originava a sensação de segurança, de confiança total que Mortimer conseguia lhe transmitir. Andrea, ao contrário, sempre lhe comunicara ansiedade, incerteza, instabilidade emocional.

— Viviani é o seu ginecologista? — perguntou Mortimer, interrompendo-lhe os pensamentos.

— Dá vontade de dizer que ele é ginecologista do meu marido... Não o conheço, mas Andrea insistiu muito em que eu me consultasse com ele — respondeu.

Tinham terminado o almoço e voltado à sala de estar.

— É uma ótima escolha, se você tiver algum problema. Viviani é meu chefe, portanto é o melhor. Vou dar um jeito para que ele a receba amanhã de manhã — prometeu Mortimer, sem fazer perguntas.

— Fiz uma mamografia. Quer ver? — perguntou ela, estendendo-lhe o grande envelope que a enfermeira lhe entregara.

Mortimer examinou atentamente as chapas, observando-as contra a luz.

— Seus seios estão perfeitos — afirmou, guardando tudo de volta no envelope.

— Obrigada — respondeu ela, tranqüilizada. E acrescentou: — Acho que chegou a hora de nos deixarmos. — Pegou a bolsa, colocou-a a tiracolo e olhou-o meio encabulada.

— Eu sei. E sei também que você não quer ser acompanhada. Portanto, vou chamar um táxi e levá-la até o portão.

A entrada do prédio estava deserta. Mortimer puxou-a para si, delicadamente. Depois tocou de leve os lábios dela com um beijo.

— Quando poderei revê-la? — perguntou.

— Não faço idéia — respondeu Penelope.

— Dê um jeito de ser logo. Hoje a secretária de Viviani vai lhe telefonar para marcar a hora da consulta — assegurou Mortimer, enquanto ela entrava no táxi que a levaria para casa.

11

PENELOPE HAVIA amarrado na cabeça um lenço de algodão para se proteger da poeira. Usava uma velha calça *jeans* e, munida de balde e panos, estava ajoelhada no chão, limpando o piso de sua nova casa. Eram dez da noite. Lucia e Daniele dormiam em seus quartos, Andrea ainda se encontrava no jornal e ela se sentia dona do seu tempo. Esfregava o mármore e cantarolava uma canção da Vanoni cuja letra falava de uma mulher que se apaixonara porque não tinha nada para fazer. Captou o aspecto cômico da situação e sorriu. Ela se apaixonara por Mortimer por ter mil coisas a fazer, e os sentimentos que experimentava em relação a ele eram uma espécie de oásis luxuriante no caos de sua existência.

O telefone tocou. Penelope se ergueu, largou os panos de chão, tirou as luvas de borracha e atendeu.

— Podemos conversar um pouco? — pediu Mortimer.

— Claro — sussurrou Penelope, com o coração batendo, não pelas tarefas domésticas, mas pela emoção de ouvir aquela voz.

Tinham se passado dois dias, longos como dois anos, depois que ela estivera na casa dele.

— O que está fazendo? — perguntou Mortimer.

— Lustrando o piso — declarou ela.

— O quê?

— Isto mesmo. Imagine água, panos de chão, detergente e muita disposição e ânimo. Quando as crianças dormem e meu marido está no jornal, tenho três ou quatro horas só para mim. E, assim, posso trabalhar.

— Mas esse não é o seu trabalho — protestou o médico.

— Ah, não? Pergunte a Andrea. Ele se orgulha muito de uma mulher que faz tudo, sem precisar de empregada — explicou ela com ironia.

— Eu preferia que você tivesse alguém fazendo o serviço de casa e conseguisse ficar um pouco comigo.

— Não posso deixar as crianças sozinhas — replicou Penelope.

— Eu sei, e estou de acordo. Você conseguiria ajeitar as coisas para o fim de semana?

— Vou tentar. O que está planejando?

— Vamos a Bérgamo. Para a minha casa.

— Verei o que posso fazer. — Nesse momento, ela escutou o elevador parando no andar. Rapidamente, despediu-se de Mortimer. O marido voltara antes do previsto. Entrou no momento em que ela desligava.

— Não me diga que ainda estava discutindo com Danko — disse Andrea, do vestíbulo.

— Na verdade, não era ele — respondeu Penelope, sem dar outras explicações.

Andrea não se preocupou em indagar mais e seguiu para o quarto. Dali a pouco apresentou-se de pijama.

— Temos alguma coisa para comer, amor?

— Abra a geladeira e veja o que acha — respondeu ela, em tom gélido.

— Minha Pepe está de mau humor? — perguntou ele, passando junto dela e tocando sua face com um beijo. Penelope o observou. Andrea era a representação clássica do marido de pantufas. Relaxado, tranqüilo. Era ela quem havia comprado aquele pijama de popeline com listras azuis, amarelas e cinzentas, que caía bem nele. Aos 34 anos, Andrea ainda era um homem belíssimo, mas continuava a se comportar como um rapazinho. Fazia algumas semanas que circulava com uma nova aventura. Desta vez, a mulher era uma nutricionista. Colaborava no jornal como autora de uma coluna sobre alimentação e freqüentava o mesmo Tennis Club de Andrea. Pepe jamais a encontrara, mas às vezes escutara sua voz metálica, irritante, ao telefone. Depois, tinha visto, porque Andrea os mostrara, alguns instantâneos tirados no tênis, durante uma partida em dupla: ela e Andrea, contra Moscati e sua mulher, Erminia.

— Para quem é especialista em dietas, ela me parece um pouco acima do peso — comentara Penelope.

— Por que você é sempre tão ácida com meus amigos? — replicara Andrea.

Penelope não tivera vontade nem tempo para discutir. Além de se ocupar da casa e dos filhos, estava escrevendo as letras das canções que preparava com Danko e os autores da comédia. Era um trabalho divertido, mas complexo, que a absorvia muito. Quando saía para se encontrar com eles, precisava dar saltos mortais para achar alguém a quem confiar Lucia e Daniele.

Às vezes os levava à casa de Donata, para onde eles não gostavam de ir porque achavam Lavinia e Giulietta pequenas demais como companheiras de brincadeiras. Outras vezes recorria à mãe, que aceitava o encargo sempre protestando, porque devia desmarcar outros compromissos. Mais freqüentemente, pedia ajuda a Sofia, que eles adoravam porque ela os levava ao cinema e depois ao restaurante. Com Andrea, Penelope não podia contar. Pelo contrário: quando ela não estava, ele aproveitava para ficar longe de casa.

— Domingo, vou estar fora o dia inteiro — anunciou Penelope.

— É o único dia em que podemos ficar juntos um pouco — protestou Andrea, enquanto tirava do microondas um prato com uma fatia de pizza fumegante. Aos domingos, as crianças eram confiadas aos primos Pennisi, e eles dois tentavam reconstituir os farrapos de sua vida de casal, dizendo a si mesmos que ainda valia a pena viverem juntos. Mais do que tudo, era Penelope quem tentava se convencer, porque Andrea não tinha dúvidas sobre aquela união. Por mais tolices que ele conseguisse cometer ao longo da semana, o domingo era o dia dedicado a Pepe, a mulher-mãe pela qual ele gostava de ser mimado.

— Estou cansada. Vou dormir — disse Penelope, como única resposta.

Andrea pousou o prato sobre a mesa e fulminou-a com um olhar.

— O que você tem de tão urgente que não pode ser feito na segunda-feira?

— Tenho um compromisso importantíssimo — cortou ela, encaminhando-se para o quarto de hóspedes, onde dormia desde algumas semanas antes, depois da última briga a respeito da nutricionista. Como sempre, Andrea teimara em negar essa história e ela, como sempre, fingira acreditar na inocência dele. Mas insistira na separação de quartos. Desde que haviam se casado, essa era a primeira vez em que reagia com tanta firmeza: enquanto seu marido continuasse a traí-la, não mais aceitaria relações conjugais.

Andrea, que se sentia culpado, aceitara essa separação temporária, sem renunciar às traições, sabendo que Penelope, mais dia menos dia, voltaria a dormir com ele.

Ela se fechou no quarto e se preparou para dormir.

— Posso saber o que é essa coisa tão importante que vai estragar meu domingo? — perguntou ele, irrompendo no quarto.

— Se eu lhe contasse, você não acreditaria — respondeu Penelope, metendo-se entre os lençóis.

— Tente — desafiou ele.

— Tenho um encontro com um homem — anunciou ela, e, enquanto dizia isso, achou que seu coração ia falhar. Àquela altura, tudo podia acontecer. Andrea poderia destruir a casa. Mas ele se limitou a olhá-la, atordoado, e empalideceu.

Penelope o viu vacilar e agarrar a maçaneta da porta, para não perder o equilíbrio, e retomar o controle de si um instante depois. Andrea havia decidido que o homem em questão só podia ser Danko.

— Aquele velho bastardo deveria saber que o domingo é sagrado. Vocês têm seis dias durante a semana para trabalhar juntos. Não bastam? — afirmou, alteando a voz.

— Você vai acordar as crianças, gritando assim — repreendeu-o Penelope.

Andrea saiu do quarto batendo a porta e ela deu um suspiro de alívio.

Apagou a luz e escondeu a cabeça embaixo do travesseiro, perguntando-se o que era a fidelidade. Se renunciasse a Mortimer, poderia se considerar uma mulher fiel? Fiel a quem? A quê? A si mesma, ou ao juramento pronunciado ao se casar com Andrea? Era justo viver na infelicidade, para manter um juramento?

Revirou-se na cama, exasperada por essas perguntas para as quais não achava respostas convincentes. Por fim, exaurida pelo cansaço, adormeceu.

12

Nos dias seguintes, Penelope se esforçou por não manifestar a ansiedade que a dominava, tolerando a bagunça das crianças com insólita paciência. Não deu a perceber o quanto a irritava a repentina doçura do marido, o qual, no entanto, não parava de perscrutá-la desconfiado.

Ela não tinha intenção de tranqüilizá-lo, até porque estava cheia de incertezas. Enquanto isso, repetia para si mesma: "Domingo vou saber se devo excluir Mortimer da minha vida."

Às nove da manhã, quando saía do prédio com os filhos, esperou um milagre: que o homem dos seus sonhos a decepcionasse e ela pudesse retornar à sua tranqüilizadora solidão.

— Aonde você está indo? — perguntou o primo Manfredi, quando Lucia e Daniele entravam no carro.

— A um compromisso importantíssimo — respondeu apressadamente. O táxi que ela chamara estava parando junto à calçada. Fez as costumeiras recomendações aos filhos e depois os observou, enquanto se afastavam no carro do primo. Então entrou no táxi, que a deixou em frente ao prédio da via San Barnaba, onde Raimondo Teodoli a esperava. Ele a recebeu com um perfeito beija-mão, enquanto Penelope pensava no marido, que ainda dormia, acreditando que ela passaria o dia com o amigo musicista.

— Estou tão feliz por vê-la! — disse Mortimer. Depois abriu a porta de um carro esporte, convidando-a para entrar.

Para aquele dia insólito, Penelope havia renunciado a se arrumar. Nem sequer se maquilara. Usava tênis, *jeans* escuro, uma camiseta branca e um *blazer* azul-claro de seda. Os cabelos estavam despenteados, como sempre. Ela decidira se apresentar do jeito como era, com suas poucas virtudes e seus muitos defeitos, para verificar até que ponto o homem por quem se apaixonara estava atraído por ela. Afinal, ele não arriscava nada, ao passo que ela colocava em risco a si mesma, seus afetos e sua família, a qual, por mais problemática que fosse, lhe dava estabilidade.

— Já fez seu desjejum? — perguntou Mortimer, sentando-se ao volante. Penelope balançou negativamente a cabeça.

— Então vou levá-la ao paraíso dos brioches e fazê-la experimentar o melhor *cappuccino* da sua vida — prometeu ele, arrancando com o carro.

Pararam em frente a uma pequena pastelaria na avenida Piave. Era um local antigo, com a cozinha nos fundos. Os clientes dominicais se atropelavam ao longo do balcão do bar, onde adquiriam tortas e bandejas de docinhos. Mortimer a conduziu para uma sala fresca, onde pairava um aroma de baunilha. Sobre as mesinhas redondas, cobertas por compridas toalhas de linho cor de creme, estavam pousadas pequenas jarras de porcelana que continham anêmonas brancas e frésias amarelas. Eles se instalaram numa mesa ao lado da vitrina protegida por cortininhas de renda.

— Brioche com creme e dois *cappuccini* — pediu o homem à garçonete.

— Como é que você sabe que gosto de creme? — quis saber Penelope, curiosa.

— Eu também gosto — respondeu ele, com naturalidade.

Estavam sozinhos naquela saleta de atmosfera aconchegante.

— Sabe — disse ele —, descobri esta pastelaria uns dois anos atrás, depois que Katherine me deixou. Era uma manhã de domingo, como hoje. Eu estava saindo do hospital, depois de um plantão de trinta e seis horas. Precisava caminhar e fruir a quietude daquela manhã alegre. Não me agradava a idéia de voltar para uma casa vazia. O homem é um animal de hábitos. A ausência de Katherine me deixava melancólico. E vim parar aqui. Estes brioches com creme me reconciliaram com a vida — concluiu, enquanto a garçonete servia o que fora pedido.

Tomaram o desjejum olhando-se nos olhos e comprazendo-se com a proximidade recíproca.

Outro casal entrou na salinha quando eles se levantaram para sair.

A auto-estrada estava semideserta. Chegaram rapidamente à cidade alta. O automóvel passou sob os muros e entrou num largo, protegido por uma cancela telecomandada. Mortimer explicou que aquele era o estacionamento para os moradores. Fazia anos que a família Teodoli mantinha uma disputa com a prefeitura para construir alguns boxes nas adegas do seu palacete, mas o patrimônio histórico não concedia a permissão.

— Meu bisavô entrava com sua caleça pela passagem coberta — explicou ele. — Meu avô estacionava o automóvel sob o pórtico. Depois, o número de carros da família aumentou e meu pai pediu permissão para construir uma rampa que descesse até um estacionamento subterrâneo. Ainda estamos esperando uma resposta. Minha mãe tentou algumas vezes vender esta casa, que exige uma manutenção contínua e caríssima. Não sei até quando conseguiremos conservá-la — continuou. — Mas, enquanto isso, eu e meu irmão gostamos de vir para cá, de vez em quando. E minha mãe, embora more em Paris, também vem aqui com freqüência.

Transpuseram a soleira da mansão e atravessaram a passagem, encimada por uma abóbada de tijolos e cujas paredes estavam cobertas por afrescos desgastados pelo tempo. Veio ao encontro deles um ancião que usava um avental azul de trabalho.

— Seja bem-vindo, doutor. Estávamos à espera — exclamou o velho, com olhos risonhos.

— É bom ver você, Tito — disse o médico. Apontou Penelope e acrescentou: — Esta é a senhora Pennisi.

Tito cumprimentou-a respeitosamente e mostrou o cesto que segurava:

— Acabo de colher estes tomates. Ainda estão quentes do sol. Os damascos também começaram a amadurecer. Alguns até já estão bons. Se quiserem, vou colhê-los — sugeriu.

Após a passagem, abria-se um pátio com calçamento de pedrinhas. No centro, situava-se uma grande fonte barroca de pedra branca, encimada por um Netuno que segurava um tridente numa das mãos e, na outra, um enorme peixe de cuja boca escancarada jorrava água. Adiante do pátio via-se o jardim, com cercas vivas de buxo esculpido em desenhos geométricos, as quais margeavam pequenas alamedas cobertas de glicínias. O horizonte se perdia no céu sem nuvens.

— Nós mesmos vamos colher os damascos. Diga a Rosetta que nos prepare o almoço para o meio-dia — ordenou Mortimer ao velho doméstico, que se afastou, deixando-os sozinhos. Depois, como que tomado por uma dúvida, virou-se para Penelope: — Você prefere comer mais tarde?

— Tudo bem quanto ao que você decidiu — respondeu ela. Estava feliz por se confiar completamente a ele, durante as poucas horas que passariam juntos.

Mortimer tomou-a pela mão e a conduziu através do jardim até um viçoso e tratadíssimo pomar, onde arvorezinhas dobravam os ramos sob o peso de pêssegos, peras, ameixas e damascos que amadureciam.

Penelope pensou no majestoso damasqueiro do jardim de Cesenatico. Quantas vezes, no fim do verão, havia escalado o tronco, junto com sua amiga Sandrina, para se empanturrar de frutos suculentos como o néctar.

Estas eram árvores diferentes. Pequenas, bem podadas, bastava estender a mão para pegar um fruto. Cada um dos dois colheu um punhado.

— Vamos lavá-los na fonte — disse Mortimer.

— E se nos molharmos? — observou ela.

— Mas isso é que é o bom. É uma brincadeira que eu fazia quando menino, com meu irmão.

Mortimer tirou o paletó, arregaçou as mangas da camisa e lavou as frutas sob o jorro de água que se pulverizava em minúsculas gotas. Penelope o imitou. A água esguichou nos rostos e nas roupas deles, que riam como crianças. O sol, inundando o pátio, iluminava o possante Netuno, que parecia olhá-los com benevolência.

— Depois nos sentávamos aqui, na borda, comendo damascos e arremessando os caroços, tentando jogá-los do outro lado do muro — recordou ele.

— Quem era o melhor nisso? — quis saber Penelope.

— Nenhum dos dois. Os caroços eram leves demais para irem tão longe.

— Você também brincou disso com Katherine? — perguntou Penelope à queima-roupa.

— Por que pergunta?

— Por nada. Responda — insistiu ela.

— Não — respondeu Mortimer, num tom que não admitia réplicas.

— O que você quer da vida? — interrogou-o Penelope.

Mortimer olhou-a, pensativo.

— Nada — sussurrou.

— Isso não é resposta — teimou ela.

O homem tomou uma das mãos de Penelope entre as suas e fitou-a diretamente nos olhos.

— Eu já tenho muito, e poderia viver com bem menos. Não me interessam o dinheiro, a carreira ou o sucesso. Vivo num presente do qual gosto ainda mais porque você está comigo.

— Mas amanhã não vou estar.

— Isso me desagradará. Mas não muito, porque haverá outros momentos só para nós dois.

— O que o leva a acreditar nisso?

— O fato de desejarmos estar juntos. Não lhe parece uma razão suficiente?

Aproximou-se uma mulher robusta, cinqüentona, de rosto largo e cordial. Trazia uma bandeja com dois copos cheios de chá gelado. Usava um vestido de florzinhas e um pequeno avental branco de organza engomado.

— Achei que podiam estar com sede — disse, pousando a bandeja na borda da fonte.

— Esta é Cesira — explicou Mortimer. — Esta mansão decadente não seria a mesma sem ela — acrescentou, contando que Cesira viera trabalhar para a família Teodoli quando tinha 18 anos. Vivia com eles há 32. Vira nascerem Riccardo, primeiro, e depois Raimondo. Cuidara deles desde pequeninos e os vira crescer e tornar-se adultos. — Ela faz totalmente parte da nossa tribo — concluiu Mortimer.

— Você continua brincalhão — esquivou-se Cesira, falando-lhe com familiaridade.

— É verdade. Mas só quando a vejo. Você sempre consegue me deixar de bom humor — retrucou o médico.

A mulher cumprimentou Penelope com uma espécie de satisfeita curiosidade. Evidentemente, Mortimer não costumava trazer visitas femininas ao velho palacete da família.

— Venha. Vou lhe mostrar a casa — propôs ele, tomando Penelope pela mão.

No térreo, passaram através de algumas salas setecentistas, com móveis belíssimos e quadros de época.

— Meu pai só modificou a decoração no andar superior, onde sempre vivemos — explicou ele, enquanto a guiava por uma grande escadaria de mármore branco iluminada por duas enormes janelas, no meio da rampa, pelas quais irrompia a luz do sol. As vidraças eram transparentes como cristal. Ao longo do perímetro das paredes, estavam penduradas grandes telas que retratavam damas e guerreiros.

— Estes são nossos antepassados romanos e bergamascos. Minha mãe conhece a história e os nomes de cada um deles — comentou Mortimer.

— E você, não? — perguntou Penelope.

— Só sei que alguns eram verdadeiros tratantes, inclusive esta abadessa de cara feroz. Viveu em Roma, no século XVIII. Entrou para o convento porque era coxa. Mas dizem que até pariu seis filhos. Vá você confiar em certa gente — exclamou ele, divertido.

No primeiro andar, uma larga abertura em arco rebaixado dava acesso a um imenso salão no qual prevaleciam tons de verde-malva. Quatro janelas francesas se abriam para um vasto terraço do qual se podia admirar toda a parte antiga da cidade. Havia limoeiros carregados de frutos e uma mesa posta.

Dos campanários da igreja vieram as badaladas do meio-dia. Cesira foi ao encontro deles no terraço.

— Telefonema da Policlínica para você — anunciou a Mortimer, enquanto lhe estendia um aparelho sem fio. Ele apertou a tecla, escutou e, por fim, disse: — Tudo bem. Vou pegar o carro e daqui a pouco estou aí.

— Problemas? — perguntou Penelope.

— Uma paciente minha. Entrou em trabalho de parto e houve complicações. Temos de voltar para Milão — explicou. Tomou-a nos braços e apertou-a com paixão.

— Lamento muito — sussurrou-lhe ao ouvido.

— Vai ser sempre assim? — perguntou ela. Mas já sabia a resposta.

13

A AUTO-ESTRADA ESTAVA quase deserta. Em vinte minutos, chegaram a Milão.

— Deixo você em frente à sua casa — disse Mortimer.

No trajeto de volta, ele pensara em pedir a Penelope que o esperasse na cobertura da via San Barnaba, mas depois desistira porque não sabia como iria evoluir a situação de sua paciente.

Penelope desceu do carro e sussurrou:

— Tenho certeza de que a futura mamãe estará em excelentes mãos.

— Obrigado — respondeu ele, beijando a dela.

Penelope estava ficando cada vez mais apaixonada por aquele homem magnífico, que, ao contrário de Andrea, não se empenhava em mostrar-se interessante e esperava que tudo entre os dois acontecesse naturalmente, do jeito que ela queria.

Sua casa estava imersa no silêncio. Talvez Andrea tivesse saído. Não: o chaveiro dele estava no potinho sobre o console da entrada. As persianas da sala ainda estavam abaixadas. Ela se dirigiu para o quarto na ponta dos pés. Pela porta entreaberta, viu seu marido adormecido. Estava nu, como sempre. "Nu e ignaro", pensou. Sentiu-se quase culpada. Ela o deixara sozinho e ele se refugiara no sono. Sentiu algo macio roçando-lhe as pernas. A pequena Frisby surgira de algum canto e reclamava sua atenção. Penelope tomou-a nos braços e levou-a até o quarto de vestir. Instalou-a sobre a tábua de passar e a acariciou. A gatinha virou-se de pernas para o ar para que a dona lhe coçasse a barriga.

— Mesmo velha desse jeito, você ainda quer dengo — sussurrou Penelope.

Frisby já estava com 12 anos. Penelope a encontrara, magra e depauperada, no jardim de Cesenatico, no verão em que sua avó morreu e ela conheceu Andrea. Cuidou dela, deu-lhe comida e amor. O nome Frisby foi dado por causa da rapidez com que ela conseguia fugir assim que aparecia o enorme gato da vovó Diomira. Irene protestou:

— Nem pense em adotá-la. Já temos nas costas este bicharoco guloso. Dois gatos são demais.

Mas o bicharoco guloso resolveu o problema no fim do verão. Sumiu no mundo. Não voltou de uma de suas habituais perambulações noturnas. Esperaram por ele durante dias. Mas o gato não foi mais visto. Provavelmente havia acabado embaixo de um dos muitos carros que corriam desenfreadamente pelas alamedas escuras. Frisby foi levada para a cidade. Tímida e amedrontada, escondia-se embaixo das camas e só aparecia para comer. Penelope levou-a consigo quando se casou. Quando a primogênita nasceu, Andrea se apresentou com um filhote de *setter* irlandês.

— As crianças devem crescer convivendo com bichos — disse.

Penelope se enfureceu. Concordava com o marido quanto ao fato de que os animais domésticos constituíam um excelente estímulo para o crescimento dos filhos, mas tinha muito o que fazer e aquele bichinho bagunceiro não lhe facilitaria a vida. Frisby sentiu o novo habitante como um ultraje. Arrepiou o pêlo, bateu a cauda com raiva e mostrou os dentes agudos, bufando como um dragão. Depois compreendeu que não tinha como se livrar do cachorrinho e então delimitou sua área. Decidiu que a metade superior da casa, da mesa ao topo dos móveis, pertencia a ela. Não houve jeito de induzi-la à convivência.

Piripicchio tinha morrido dois meses antes e agora a gatinha voltava a se sentir à vontade. As crianças, Penelope e Andrea haviam chorado o desaparecimento daquele belíssimo *setter*.

— Agora, nada de cães — declarara Penelope.

— Tudo bem — dissera Andrea.

Ela jogou fora cama, tigelas, guia, ossos sintéticos e, passados os primeiros dias de tristeza, apreciou a maravilha de viver sem um animal invasivo e solicitante. Sua gatinha não sujava, era silenciosa e, sobretudo, não precisava descer em horários fixos, três vezes por dia, com qualquer tempo.

— Agora, chega de cafuné — disse Penelope.

Livrou-se dos *jeans* e da camiseta. Abriu uma porta do armário para pegar um robe e se viu no espelho. Nunca se demorava diante de sua própria imagem, até porque gostaria de ser dez centímetros mais alta, ter pernas mais delgadas e quadris menos acentuados. Só se aceitava da cintura para cima.

— Da cintura para baixo eu tenho carne demais — constatou a meia-voz. Recordou uma canção que a vovó Diomira trauteava, enquanto seus dedos se moviam ágeis entre os fios e navetas, inventando desenhos para suas rendas *frivolité*, e começou a cantarolá-la. A letra exaltava as "flores carnosas" das mocinhas de Havana, de "sangue tórrido, como o Equador". Palavras enfáticas que a fizeram sorrir. Subitamente, se interrompeu. A gatinha chutava pelo chão alguma coisa reluzente e parecia se divertir muito. Penelope se inclinou e apanhou um pequeno objeto. Um brinco.

— De onde veio isto? — sussurrou, examinando-o à luz.

Era uma argolinha dourada, cravejada de pequenos cristais transparentes.

— Meu é que não é — disse ela, sopesando a bijuteria. — Onde você o pegou? — perguntou a Frisby, que esticava uma pata para recuperar seu novo brinquedinho.

Vestiu o robe e foi até a cozinha.

Havia duas xícaras de cafezinho em cima da mesa: uma estava suja de batom. Penelope ergueu-a com uma das mãos, segurando o brinco na outra.

Assim que ela saíra de casa, Andrea havia organizado uma substituição.

— Mas que retardado! — explodiu. Não havia cólera em sua voz. Somente amargura por aquele marido inconsciente, que, sentindo-se sozinho, se consolara com a amante da vez. Provavelmente, enquanto ela fazia o desjejum com Mortimer na pastelaria da avenida Piave, os dois se embolavam na cama.

Achou que ela e Andrea eram decididamente um casal de hipócritas. Não se considerava melhor do que ele. Caminhando na ponta dos pés, voltou ao quarto, onde Andrea, sem saber nada, dormia profundamente. Ela analisou a desarrumação dos lençóis e travesseiros, mal lançou uma olhadela ao belíssimo corpo do marido e, na penumbra, identificou o outro brinco. Estava na preciosa tigelinha de Sèvres que Mortimer lhe havia presenteado. Aquilo lhe pareceu uma associação de péssimo gosto: a reles bijuteria dentro de uma pequenina obra de arte. Pegou o outro brinco, voltou à cozinha e jogou os dois na lata de lixo. Depois lavou cuidadosamente as duas xícaras de café. Em seguida, foi até o banheiro, onde os dois tinham deixado outros sinais de sua passagem. Recolheu as toalhas usadas e meteu-as na lavadora, posicionando o regulador da temperatura em noventa graus. Finalmente, lavou e desinfetou com antibactericida a louça sanitária, balbuciando a meia voz:

— Isto aqui não é motel! Ainda é a minha casa, droga!

Foi à cozinha e começou a preparar uma massa. Eram duas da tarde e ela precisava comer. Sentia que estava vivendo uma situação insustentável, mas desta vez não tinha coragem de lançar Andrea à porta da rua. Ela também tinha algo a se fazer perdoar. Desejava apenas que acontecesse alguma coisa, qualquer coisa, que ajudasse os dois a esclarecer de uma vez sua relação.

Devorou um prato de macarrão com molho de tomate, manjericão fresco e parmesão.

O telefone tocou. Era Mortimer.

— Estou atrapalhando? — perguntou ele.

— É como se eu estivesse sozinha — ironizou ela. E acrescentou: — Como foram as coisas com sua paciente?

— Nasceu uma bela menininha. A mãe e o bebê estão muito bem, e eu gostaria de retomar uma conversa que ficou em suspenso.

— Eu também gostaria muito — respondeu ela. Bastava-lhe escutar a voz dele para se sentir melhor, para aplacar as angústias. Se não fossem seus filhos, que dali a pouco voltariam para casa, correria para Mortimer. Em vez disso, prometeu: — Depois eu lhe telefono.

Andrea acordou. Ela o ouviu entrar no banheiro e depois percebeu o ruído do chuveiro. Evidentemente, ele imaginava ainda estar sozinho, porque começou a cantar os célebres versos de Paolo Conte sobre uma solitária tarde, “azul demais e longa”.

Quando entrou na sala e a viu, Andrea teve um sobressalto.

— O que está fazendo aqui? — perguntou.

— Esta casa também é minha. Esqueceu? — replicou Penelope com um sorriso que enganaria qualquer pessoa, mas não a ele.

— Você só ia voltar à noite — disse Andrea, atordoado.

— Houve uma mudança de programa.

— Há quanto tempo está aqui?

— Tempo suficiente para fazer uma limpeza geral. Exceto no quarto. Escancare a janela, tire os lençóis e ponha para lavar. Os limpos estão no armário. Você mesmo refaz a cama — ordenou Penelope, com voz severa.

Andrea estava embrulhado num roupão branco felpudo e enxugava os cabelos com uma toalha.

— Por quê? — perguntou, num fio de voz. Tinha sido apanhado quase com as mãos na massa. Quase. Ainda havia uma débil esperança de que ela não tivesse percebido a passagem de outra mulher por ali.

— Chega de bancar o menino! E, principalmente, lembre-se de que não pode trazer para casa as suas amantes. Espero ter sido clara — replicou ela, com firmeza.

Viu-o empalidecer, contorcer os lábios e arregalar os olhos, como sempre fazia quando era culpado.

Penelope sabia que Andrea explodiria dali a pouco. Desta vez, por sorte, as crianças não estavam.

— Sua perversão não conhece limites! — berrou ele, de fato, embolando a toalha e jogando-a no chão. — Você inventou esse truque de uma saída dominical para despencar em casa de repente, esperando me ferrar. Bem, quebrou a cara.

— Pare de mentir, você é vulgar e banal! — gritou ela por sua vez. — Essa sua Migliavacca disseminou provas de sua presença pela casa inteira.

— Perversa e cretina! Ou melhor, não, você é uma louca pervertida! Quer que eu lhe diga toda a verdade? Estou de saco cheio! — replicou Andrea, marchando em direção ao quarto. Ali se trancou e, pouco depois, todo vestido, saiu batendo a porta da casa.

Penelope entrou no aposento, deu uma olhadela de nojo para a cama que Andrea não havia refeito, pegou sua tigela de Sèvres e colocou-a sobre a mesinha-de-cabeceira do quartinho onde dormia. Deitou-se, esperando recuperar um mínimo de tranqüilidade, e aguardou o retorno das crianças.

14

— MAMÃE! Água!

Como sempre, quando era hora de dormir, Daniele exigia sua presença.

Penelope abandonou o caderno de apontamentos no qual estava escrevendo a letra de uma canção, desceu da cama, foi buscar um copo de água fresca e entrou no quarto do menino.

— Pronto — disse, inclinando-se sobre ele e levantando-lhe a cabeça para ajudá-lo a beber. Daniele só quis um gole e ela pousou o copo na mesinha. — Agora durma — acrescentou carinhosamente. Ele lhe agarrou a mão.

— Não vá embora — suplicou.

Penelope se agachou no chão. Com uma das mãos apertava a do filho, com a outra lhe acariciava o rosto.

— Assim está bom? — perguntou.

— Sim. Quero mais um gole d'água.

— Você sabe que não deve beber muito líquido antes de dormir — lembrou ela docemente.

— Só um pouquinho. Mas, se eu fizer xixi na cama, você não vai contar a ninguém. Não é?

— É. Mas tente não fazer. Agora, posso voltar para minha cama?

— Se essa posição estiver ruim, você pode se deitar do meu lado — propôs ele, abrindo espaço junto de si.

Nesse momento, Lucia também fez ouvir sua voz.

— Vocês dois me acordaram. Estou com sede — choramingou.

Sua reclamação, Penelope sabia, era ditada pelo ciúme em relação a Daniele. Sempre que o pequeno reclamava as atenções da mãe, ela se metia no meio para obter sua parte.

— Sua irmã também quer água. Espere aí. Depois eu volto — sussurrou, beijando a testa do menino.

Entrou no quarto de Lucia. Era um aposento pequeno, mas muito gracioso, decorado com móveis e tecidos em tons pastel.

— Olhe aqui sua água, menininha — ronronou Penelope.

— Não quero com você. Quero com papai — replicou a garota, em tom aborrecido.

— Você sabe muito bem que o papai não está — disse a mãe, recorrendo a toda a sua paciência, que era muita, mas não inesgotável.

— Então não estou mais com sede — declarou Lucia, escondendo a cabeça embaixo do travesseiro.

Penelope pousou o copo na mesinha e se inclinou para acariciar-lhe as costas.

— Me deixe — reagiu Lucia, esperneando. — Não quero atrapalhar seu flerte com Daniele.

Penelope sorriu.

— Com quem você aprendeu essa palavra tão antiga? — perguntou. Queria distraí-la da mordida do ciúme.

— Com a vovó Irene. Ela sempre diz: fulana flerta com sicrano, ou então: entre aqueles dois há um velho flerte — explicou.

— E você sabe o significado?

— Quando duas pessoas namoricam de um jeito bobo — declarou Lucia.

— Isto mesmo, você definiu bem. Eu estou namoricando com meus filhos de um jeito bobo. Agora vocês me fizeram perder a paciência. Hora de dormir.

— Quero papai! — estrilou Lucia.

— Vai ter de esperar. Não é certo que ele volte esta noite para casa — anunciou Penelope. Talvez Andrea passasse a noite com a Migliavacca. Ou então iria dormir na casa da mãe. Fosse como fosse, desta vez Penelope não sofreria. Seu coração e sua mente, por sorte, estavam longe dali.

As crianças pararam de reclamar sua presença. Ela voltou para o quarto, reclinou-se, retomou o caderno e fitou um ponto impreciso na parede fronteira, em busca de uma inspiração que não veio. Seus pensamentos perseguiam obstinadamente Raimondo Teodoli, que entrara em sua vida restituindo-lhe uma segurança que ela acreditava perdida e que vinha do fato de se sentir desejada. Andrea, à sua maneira, continuava a lhe querer bem, disso estava certa. Mas já não era apaixonado por ela, e ela, desde muito tempo antes, já não sentia nenhuma atração física por ele.

Fechou o caderno de anotações, até porque não conseguiria trabalhar. Saiu da cama e foi olhar os quartos dos filhos. Ambos dormiam. Fechou as respectivas portas e sentiu-se tentada a ir até a sala e telefonar para Mortimer. Não ousou fazê-lo, considerando que já era quase meia-noite. Sentou-se na cama, segurou o rosto entre as mãos e as lágrimas brotaram. Estava em grande dificuldade e não sabia como sair.

— Lamento ter sido grosseiro — disse seu marido.

Andrea estava ali, diante dela, e lhe estendia um ramalhetezinho de lírios-do-vale. Penelope não o ouvira chegar.

— Você pode sair e fechar a porta? — replicou ela, gélida, entre as lágrimas.

— Minha pequena Pepe, não podemos fazer as pazes? Eu trouxe as flores que você adora — insistiu Andrea, pousando sobre a mesinha o perfumadíssimo buquê. Como sempre, pedia que ela esquecesse. Durante alguns dias, faria o papel do menino arrependido e gratificaria Penelope de mil maneiras, para depois recomeçar a traí-la. Se, naquele momento, Penelope lhe dissesse: "Eu amo outro homem", ele daria uma grande gargalhada e não acreditaria. Em vez disso, ela disse:

— Sabe por que você me encontrou aqui esta noite? Porque tenho dois filhos a quem amo mais do que tudo na vida. Eu me esforço por dar uma aparência de serenidade e equilíbrio a uma família na qual não existe honestidade. Agora, por favor, saia.

Andrea obedeceu e ela ficou sozinha, chorando sobre seu descontentamento.

No dia seguinte, acompanhou os filhos à escola e depois foi ao banco para ver seu pai.

— O que posso fazer por você? — perguntou ele.

Mimì Pennisi continuava sendo para ela um ponto de referência. Era um homem sólido, um pouco avaro de palavras, mas bastava um olhar ou um gesto afetuoso dele para lhe infundir segurança.

— Eu ia passando e pensei em parar para trocar umas palavrinhas com você — disse Penelope. — Não nos vemos há mais de uma semana. Sabia?

O homem gostaria de replicar que eles não se encontravam havia meses. Sua filha se agitava em função da casa nova, dos filhos, das cançonetas, como se fosse um robô. Um dia, quando a bateria descarregasse, o que iria fazer? Mas ele preferiu comentar:

— Você me parece um tanto cansada. Sente-se.

O escritório do pai de Penelope tinha uma parede de vidro à prova de bala. Dali, ele podia observar o vaivém dos clientes. Havia também uma telecâmera que filmava o interior e o exterior do banco. Sobre a escrivaninha, estavam três fotografias emolduradas: uma de Irene, uma dele com a mãe e a terceira, de Penelope com Andrea e as crianças.

— O cansaço me faz bem, porque me impede de pensar — sussurrou ela.

— Se você os evita, devem ser pensamentos desagradáveis.

— Ou então, agradáveis demais. É melhor não insistirmos no assunto — confessou Penelope.

— Quer dar uma voltinha? — propôs Mimì, abandonando seu posto atrás da escrivaninha.

Caminharam por uma ruazinha secundária, onde não havia tráfego. Penelope deu o braço ao pai e uniformizou seu próprio passo com o dele.

— Lembro que, quando eu era criança, competíamos para ver quem caminhava mais rápido. Eu perdia o ritmo e ficava furiosa, porque nossos pés deviam se mover em sincronia.

— Direito direito, esquerdo esquerdo — precisou Mimì.

— E você me ensinou um saltinho para retomar o passo — recordou ela.

— Você era uma menina pensativa — observou Mimì.

— E você, um pai silencioso — disse Penelope. — Eu o queria muito bem, mais do que à mamãe.

— Você nunca aceitou sua mãe. Sempre a considerou uma rival. Sei lá por quê — sussurrou Mimì.

— Ela era tão insuportavelmente bonita... Fazia com que eu me sentisse tola e desgraciosa. Mas, com você, era como se me nascessem asas. — Calaram-se e continuaram a caminhar. Depois ela disse: — Conheci um homem. Quando estou com ele, me sinto feliz.

Mimì se deteve. Tirou do bolso do paletó um cigarro, acendeu-o, deu uma profunda tragada e disse:

— Estou ouvindo.

Ela contou tudo sobre Mortimer e concluiu:

— Penso nele o tempo todo. A cada hora do dia, me pergunto onde está, o que está fazendo, quais são as pessoas que encontra. Sinto o perfume dele, vejo suas mãos, escuto sua voz encantadora.

— Em poucas palavras, você arrumou uma paixão assustadora — comentou Mimì, a meia voz. Apagou o cigarro e os dois recomeçaram a caminhar.

— Eu o desejo com todo o meu ser — admitiu ela.

— Devia falar disso com seu marido.

— Ele não é suficientemente maduro para entender. Não poderia me ajudar. Faria um escarcéu. Eu o conheço muito bem, infelizmente — observou Penelope.

— Você não quer ser ajudada. Falou comigo para aliviar a consciência. Bom, eu não sou padre e não posso absolvê-la. Sou apenas seu pai, e posso lhe dizer que você está cometendo um enorme erro.

— Como você pode saber o que é certo e o que não é? É justo viver caminhando contra si mesmo?

Enquanto dizia isso, Penelope teve consciência de que sua mãe fizera isso desde quando se casara. Mimì não tinha culpa alguma. Nem mesmo Andrea, apesar do péssimo caráter e das contínuas transgressões, tinha algo a ver com sua paixão por Mortimer.

— Você tem dois filhos e um marido a quem quer muito bem — afirmou seu pai.

— A palavra divórcio não lhe diz nada?

— Sim, ela me faz pensar que você realmente ganhou asas. Ainda não conhece o homem por quem se apaixonou e já fala em divórcio. É realmente demais. Encerre essa história enquanto é tempo. E fale disso com Andrea. Ele pode aprontar um escarcéu, como você diz, mas esse também poderia ser um modo de recuperar um marido a quem, apesar de tudo, você está muito ligada.

Penelope voltou para casa e sentiu um cheiro gostoso de assado. Foi até a cozinha. Andrea, com um pano amarrado em torno dos quadris, estava ao fogão, remexendo na caçarola um bom pedaço de vitela. As batatas douravam no forno.

— Você não devia estar no jornal? — perguntou Penelope, surpresa por encontrar o marido em versão doméstica.

— Pedi um dia de folga. E estou tentando ser útil. Preciso muito de você, querida Pepe — disse ele, abraçando-a.

— Não posso acreditar! — sussurrou Penelope. — Você está fazendo o almoço, e botou flores frescas na mesa.

Estava surpresíssima. Sua reação a um fato tão insólito foi a suspeita.

— Qual é a malandragem desta vez? — perguntou.

Depois da conversa com o pai, queria ficar sozinha para refletir. Ficara impressionada com uma afirmação de Mimì a respeito dos seus sentimentos por Andrea: "Um marido a quem, apesar de tudo, você está muito ligada." Era verdade. Sentia-se ligadíssima a ele, por uma infinidade de razões que não tinham nada a ver com enamoramento nem com atração sexual. Nem mesmo com o fato de Andrea ser o pai dos seus filhos. Esse marido imaturo talvez satisfizesse outras necessidades, como a de fazê-la se sentir indispensável. Ela sempre tivera plena consciência de quanto sua presença era importante para ele e para aquela família

— Não há truque nem engano — recitou Andrea, imitando os pregoeiros das feiras do interior.

A pergunta de Penelope saiu à sua revelia:

— Então, por que me sinto tapeada?

— Não por mim, espero. Sempre a levei muito a sério — disse ele, levando uma mão ao coração. Estava de boa-fé. Antes que Penelope pudesse replicar, acrescentou: — Ai, meu Deus, o assado está queimando — e apressou-se a desligar o fogo.

Sua mulher o observava, perplexa. Ele se aproximou e pousou as mãos nos ombros dela.

— Pepe, você é tudo o que tenho de mais precioso na vida. Não sei por que sempre consigo arruinar tudo. Mas sei que logo depois me arrependo e lhe peço perdão. Já se passaram três meses e meio que voltei do Festival de Sanremo. Desde então, você não dormiu mais comigo. Por quê? Acha que sou o pior dos companheiros? Não, tenho certeza de que você não acha isso. Mesmo assim, a partir de hoje quero lhe demonstrar que sou o melhor dos homens. Vou buscar as crianças na escola. Depois, iremos todos ao cinema, e esta noite, quando aqueles monstrinhos dormirem, você e eu estaremos bem juntinhos e vou lhe falar, como fazia antigamente, de todo o meu amor.

Penelope devia absolutamente se defender, antes que aquele rio de ternura a arrastasse, pois sabia que, alguns dias depois, a corrente a jogaria mais uma vez para a margem árida da desilusão. Recuou um passo, para se esquivar de Andrea, e observou-o gelidamente.

— Desta vez você fez coisa muito pior. Trouxe para casa sua amante da vez. Menos de 24 horas atrás, você se fartou dela na nossa cama. Agora, não sabe como se safar dessa e encenou um novo espetáculo. Tirou um dia de folga e espera que eu me pendure no seu pescoço. Isso não funciona mais — disse, liberando os pés dos sapatinhos de salto alto e olhando o marido de baixo para cima, com ar de desafio. Depois, encaminhou-se para o banheiro, batendo a porta na cara dele.

— Pepe, me escute — suplicou Andrea.

— Vá embora — respondeu ela. Estava furiosa.

— Diana Migliavacca é a amante de Moscati. Ontem de manhã, veio chorar no meu ombro porque ele não se decide a se separar da mulher. Você sabe que não gosto de mexericos. Mas está me obrigando a lhe revelar essa história, que não é da nossa conta. Diana descartou um noivo por causa de Moscati, que agora treme de medo e não consegue largar a mulher — afirmou Andrea, com relutância.

— Quem você pretende enganar com essa conversa?

— Juro pelos nossos filhos.

— Não meta meus filhos nisso — disse ela, escancarando a porta. — Seja como for, se essa história for verdade, devo dizer que dou um pelo outro e não quero troca, os dois se equivalem. Estou me referindo a você e a seu diretor. Mas você devia me explicar o que fazia um brinco da Migliavacca no nosso quarto — desafiou-o. Depois foi para a sala e Andrea foi atrás.

— Ela me telefonou. Queria me ver, para desabafar. Convidei-a para vir aqui e lhe ofereci um café. Ela começou a chorar como uma menina. Foi até o banheiro. Deve ter lavado o rosto. Quando foi embora, vi que ela havia esquecido os brincos. Um caiu da minha mão e eu não tive vontade de procurar. O outro, botei na sua tigelinha. Depois voltei para a cama e tentei dormir de novo. Esta é a verdade, quer você acredite, quer não — afirmou ele, e não parecia estar mentindo.

— E tinha de escolher logo você como confidente? Por quê?

— E eu sei? Talvez porque não vou contar aos outros os segredos dela. Eu não falaria disso nem mesmo com você, se não tivesse sido obrigado — explicou Andrea, acrescentando: — E agora, acredita em mim?

— Você está me enrolando mais uma vez — comentou Penelope, e prosseguiu: — O fato é que essa mesquinhez toda me sufoca. Se a vida de um homem e uma mulher que um dia se amaram deve se reduzir a isto, realmente nós caímos muito.

— Vou levá-la de novo para o alto. A 12 mil metros. Quer ir comigo a Paris, por três dias? Partimos na sexta e voltamos no domingo à noite — anunciou Andrea, com um sorriso desarmante.

Explicou que havia sido convidado para a apresentação de um filme importante à imprensa. Viajariam de primeira classe, ficariam hospedados no Crillon, comeriam ostras do Atlântico, visitariam o Louvre, passeariam no Quartier Latin e fariam compras nos grandes magazines.

— Diga que aceita, que gostou desta proposta, que ainda me ama — implorou ele.

Apesar de tudo, Penelope se comoveu.

— Você me pegou mesmo — sussurrou. E lhe faltou coragem para contar que agora havia outro homem na sua vida. Então, disse: — Esse convite para acompanhá-lo chegou com muitos anos de atraso. Lamento, Andrea. — Estava triste por ele, por si mesma, pela vida conjunta que estava naufragando.

— Pense mais alguns dias, antes de recusar — sugeriu Andrea.

Naquela semana terminou o ano letivo dos filhos. Penelope decidiu que, se partisse logo com eles para Cesenatico, poderia evitar a viagem a Paris com o marido, sem ofendê-lo.

Inesperadamente, sua mãe se ofereceu para ajudá-la.

— Seu pai e eu — disse Irene — estamos pensando em passar duas semanas em Cesenatico. Você tem muito o que fazer. Então, levaremos as crianças para a praia e depois você vai nos encontrar.

Sem os filhos, Penelope poderia analisar com mais objetividade a mudança de rota do marido, ocorrida justamente no momento em que ela estava prestes a traí-lo. E esse fato complicava ulteriormente uma situação já difícil.

Lucia e Daniele partiram na quarta-feira à tarde, hora em quc Andrea se encontrava no jornal. Penelope telefonou a Mortimer e enfrentou logo o assunto.

— Meu marido quer que eu vá com ele a Paris para o fim de semana — anunciou.

Houve um longo momento de silêncio.

— Por que você me conta isso? — perguntou ele.

— Talvez por esperar que você peça para eu não ir — replicou ela.

— Essa é uma decisão que deve ser sua.

— Podia pelo menos dizer que não gosta da idéia — reagiu Penelope, em tom agressivo.

— Pepe, eu não vou escolher em seu lugar. Nada me autoriza a isso. Estou apaixonado por você. Estou até com ciúme. Mas isso não tem nada a ver. Seu marido e eu não somos dois cavaleiros que disputam os favores de uma dama. Eu nem o conheço e ele certamente nem sabe que existo. Só posso dizer que respeitarei sua escolha. E, se você decidir ir a Paris, não vou parar de esperá-la. Você ainda não conhece a determinação e a tenacidade de que sou capaz.

— Ele é o pai dos meus filhos — soluçou Penelope, abalada por mil temores.

— Um dia você talvez diga a mesma coisa a meu respeito, mas sorrindo. Boa noite, Pepe.

Para reagir à angústia, Penelope só conhecia um remédio: a exaustão física. Então, às dez da noite, botou a casa de pernas para o ar, começando pelos quartos dos filhos. Escancarou as janelas, desfez as camas, recolheu os lençóis e pijaminhas, imergindo o rosto naquele cheiro de infância, enquanto seu coração se enchia de ternura. Sentiu-se confortada por sabê-los em segurança com os avós, longe do tufão que a arrastava.

Andrea voltou às onze, na hora em que ela limpava as vidraças.

— Baunilha e chocolate — anunciou ele, mostrando um pote de sorvete recém-comprado. Estava apostando em todas as fraquezas dela para poder amansá-la.

Penelope achou que deveria ser-lhe agradecida, mas, ao contrário, tantas atenções repentinas a irritavam ainda mais, porque a impediam de avaliar com distanciamento a situação.

Desceu da escadinha onde estava empoleirada e sorriu para ele.

— Obrigada — disse.

Foram juntos para a cozinha e dividiram fraternalmente o sorvete. O marido a observava de soslaio, para estudar seu humor, enquanto falava de banalidades. A secretária de Moscati estava em licença-maternidade. O editor de esportes havia comprado uma Ferrari de segunda mão. Um fotógrafo da geral tinha sido roubado na estação Central.

— Então, você viaja comigo na sexta-feira? — perguntou de repente.

— Por que atribui tanta importância a essa viagem? — interpelou-o Penelope. E acrescentou: — A esta altura, minha mãe diria que tenho, tanto quanto ela, o péssimo hábito de responder às perguntas com outras perguntas. Mas, afinal, preciso entender, antes de decidir.

— Pelo amor de Deus! Eu não a estou insultando — explodiu Andrea.

— Está, sim — enfureceu-se Penelope, por sua vez. — Você acha que pode consertar um rasgão de muitos anos com um alfinete de fralda. Só que o tecido está gasto e não agüenta mais. Talvez seja melhor você partir sem mim.

— Vá para o inferno — replicou ele, jogando a colher do sorvete dentro da pia e, como sempre, batendo a porta da cozinha ao sair. Penelope não se alterou muito. Estava exausta. Colocou rapidamente as taças no lava-louças, foi tomar uma chuveirada e depois se deitou no seu cantinho. Andrea ainda estava acordado, porque, pela fresta da porta do quarto de casal, vinha alguma luz. Ela não deu grande importância a isso. Adormeceu quase na mesma hora.

Foi acordada pelo violento estrondo de um trovão que rasgou o silêncio da noite. Logo depois caiu a chuva, com violentas rajadas, enquanto no céu explodiam relâmpagos e trovões. Levantou-se para fechar a janela do seu aposento, as cortinas nos quartos dos filhos e as janelas francesas da cozinha e dos banheiros, arrepiando-se pelas lufadas de ar frio que a chuva trazia. Xingou-se de estúpida por tê-las deixado abertas. Depois, enfrentou as janelas dos cômodos que davam para a rua: o quarto de vestir, a sala de jantar, a de estar. Foi então que viu Mortimer no meio da avenida deserta. Ele olhava para cima, na direção do apartamento dela, sem ligar para a água que o ensopava.

"É um louco", pensou Penelope. Começou a acenar com os braços, para mandá-lo embora dali. Ele não se mexeu, afundando até os tornozelos nos riachinhos de água.

Então ela soube o que devia fazer.

15

PENELOPE APARECEU no portão do edifício. Estava de pijama e pantufas. A chuvarada a ensopou. Mortimer estava ali e pegou-a pelo braço. Refugiaram-se os dois no automóvel dele.

— Vou ficar resfriada. E você também — disse ela, ainda segurando as chaves de casa.

Antes de descer ao encontro de Mortimer, havia rabiscado no espelho um bilhete para Andrea: "Boa viagem. Estarei fora por alguns dias."

— Não demoro a trazê-la de volta — replicou ele, ligando o motor.

O temporal começou a se distanciar, mas as ruas asfaltadas pareciam torrentes, e havia galhos caídos ao longo do percurso. Sirenes das ambulâncias e dos bombeiros laceravam o silêncio da noite.

— O que você estava fazendo ali embaixo do meu prédio? — perguntou Penelope, molhada e com frio.

— O que faço muitas vezes. Fico rodando como um tolo abaixo da sua casa, porque é um jeito de sentir você perto. Esta noite, veio o temporal e você também veio, finalmente — confessou Mortimer.

Ele também estava ensopado. Estendeu a mão para o assento de trás e pegou uma manta leve.

— Cubra-se — disse a ela.

O carro se aproximou do edifício da via San Barnaba. Mortimer acionou um controle remoto, abriu-se um portão e eles desceram por uma rampa até a garagem subterrânea.

Correram para um elevador que os levou até a cobertura. A porta corrediça se abriu com um rangido leve e Penelope se viu num corredor de atmosfera aconchegante: paredes cor de creme, como o carpete que recobria o pavimento, estampas antigas penduradas às paredes, com retratos de poetas e escritores do passado. Ela notou esses detalhes de relance, enquanto Mortimer a guiava pelo interior do apartamento até abrir uma porta que dava para um banheiro.

— Agora você precisa se aquecer — disse Mortimer, apertando um botão ao lado da ducha. Jatos de água fumegante choveram no boxe.

Penelope se livrou rapidamente do pijama ensopado e abençoou a tepidez que a inundou assim que transpôs a porta côncava de vidro. Mortimer também se despiu, esgueirou-se para junto dela e a abraçou.

— Meu Deus, como você é pequenina e delicada — sussurrou, antes de beijá-la, enquanto riachos de água tépida corriam sobre seus corpos envoltos por uma nuvem de vapor.

Ela se sentia vivendo um momento mágico e estava determinada a saboreá-lo até o fim.

— Não se mexa — disse ele, fazendo aderir o próprio corpo ao dela.

— Não consigo — tentou protestar ela, enquanto a emoção lhe tirava o fôlego. — Você está dentro de mim e estou tremendo.

Mortimer fechou-lhe os lábios com um beijo.

— Pepe, meu amor, acorde. É meio-dia — cochichou ao ouvido dela uma voz que a fez vibrar.

Abriu os olhos. Estava num aposento que desconhecia, numa cama que não lhe pertencia, e havia um homem maravilhoso que a abraçava.

Aspirou um tênue perfume de lavanda. A porta que dava para o terraço estava escancarada e ela viu o céu anil de junho, límpido e transparente.

— Oi, Mortimer. Então não foi um sonho — sussurrou, grudando-se a ele.

— Sim, é apenas um sonho. Mas, enquanto durar, não vamos deixá-lo fugir — disse ele. Passou-lhe os dedos entre os cabelos desarrumados e deu-lhe um beijinho na ponta do nariz. Então acrescentou: — Estou esperando na cozinha. Aqui está um pijama para você.

Penelope o vestiu, arregaçando as mangas e as pernas da calça. Depois saiu do quarto e olhou ao redor, para localizar a cozinha. Aquele apartamento lhe parecia imenso. Finalmente a encontrou.

O médico estava fatiando pão integral numa travessa. A mesa estava posta para dois. Um sopro de vapor saía do bico da chaleira.

— E seus empregados? — perguntou ela.

— Foram para Bérgamo. Estamos sozinhos, fique tranqüila — disse ele.

Sobre uma bandeja, havia potinhos de porcelana cheios de sementes. Penelope os examinou, curiosa.

— No desjejum, é bom comer sementes de linho, girassol, gergelim tostado, abóbora, umas amêndoas. Misture tudo com o iogurte e mastigue devagar. O mel e o pão estão aqui — explicou Mortimer.

Penelope sentou-se à mesa e encheu as xícaras de chá.

— Em geral sou eu que preparo o desjejum — observou.

— Mas estou cortejando você — replicou ele, sorrindo.

— Não vai para o hospital?

— Até segunda-feira, ninguém nos incomodará. É uma promessa solene.

Misturou sementes e iogurte numa tigelinha e estendeu-a a Penelope.

— Por que tenho de comer esta coisa asquerosa? — perguntou ela.

— Não é asquerosa e vai lhe fazer bem — ordenou Mortimer.

— Pois é. Você sabe o que fazer, e eu, não — disse Penelope, enquanto sorvia o chá com expressão pensativa. — Se não tivesse aparecido embaixo das minhas janelas, ensopando-se de chuva, talvez eu não estivesse aqui. Você é um doido adorável — acrescentou. Debruçou-se por sobre a mesa e beijou-o nos lábios, enquanto pensava que, quando tinha 18 anos, outro homem fizera loucuras por ela. Recordou quando Andrea chegara de madrugada a Cesenatico e partira duas horas depois, para retornar ao trabalho em Milão.

— Diga um número, o primeiro que lhe ocorrer, entre um e vinte e um — pediu o homem.

— Onze — respondeu ela. — O dia em que nasci.

— Corresponde à letra eme. Agora diga o nome de uma cidade que comece por eme — prosseguiu ele.

— Mas o que é isso? Um jogo? — quis saber Penelope.

— Você vai descobrir logo. E então?

— Madri.

— Pois muito bem. Partiremos agora mesmo — anunciou ele, com ar satisfeito.

— Como é que vou para Madri? De pijama? Não tenho nem uma calcinha, e tampouco algum documento — observou ela, esquivando-se. Os dois riram como crianças. — Mas tenho comigo as chaves de casa — acrescentou.

— Nem pense que vou deixá-la voltar para sua casa. Você seria capaz de fugir de mim outra vez. Vamos para Bérgamo. Quanto à roupa, sem problemas. Espere aqui. Resolvo isso num instante — decidiu ele, já de saída.

— Mas você nem sabe o meu tamanho — protestou Penelope.

— Claro que sei. É o mesmo da minha mãe.

Pois é. Os dois tinham se conhecido quando Mortimer estava comprando um presente para a mãe. Só nesse momento foi que Penelope pensou nos filhos. Telefonou para Cesenatico. Seu pai atendeu.

— Ficaram mais um pouco na praia, com a avó. Vão bem. E você, onde está? — perguntou Mimì Pennisi.

— Por aí, papai. Estou muito ocupada. Beije as crianças por mim, e um beijão para você também — cortou ela, para não precisar mentir.

Mortimer voltou uma hora depois. Parecia o protagonista de alguma comédia americana. Estava carregado de pacotes.

— Você assaltou uma loja? — perguntou Penelope, excitada como qualquer mulher diante de tantas caixas para abrir.

— Várias lojas, porque a sapataria não vende meias e as de roupa íntima não vendem vestidos — brincou ele.

— Quanto você gastou?

A pergunta era ditada por um reflexo condicionado. Ela sempre perguntava quanto o marido havia gasto, sempre que ele fazia compras.

— Não sei. Paguei tudo com cartão de crédito.

— Quero a conta — insistiu Penelope.

— Pode deixar, eu lhe mando — prometeu ele, que a observava, divertido, enquanto ela pousava sobre a cama uma roupa após a outra, admirando cada coisa com um olhar comprazido.

Partiram para Bérgamo durante a tarde. Penelope viveu sua festa de amor com a intensidade emocional da adolescência, quando assistira à representação de *Romeu e Julieta* por uma trupe ambulante. Sabia que, um dia, tanta felicidade lhe traria dor e lágrimas. Mas não queria pensar nisso.

Passou meses alternando a euforia da paixão, quando estava com Mortimer, e com a cristalização dos sentimentos, quando estava com Andrea. Entre as paredes de casa, era uma mãe atenta e uma esposa ausente. Entre os braços do seu amor, era uma jovem sedenta de vida. Estava como que partida em duas e, como não era tola, tinha consciência de que essa ambivalência não poderia durar por muito tempo.

— Um dia decidirei o que fazer da minha vida — dizia a si mesma, embora esperando não ter de decidir nunca.

Às vezes sentia às suas costas o olhar espantado de Andrea, que não sabia como interpretar o comportamento da mulher. Ele sentia confusamente que Penelope havia mudado, mas não saberia dizer se para melhor ou para pior. As grandes brigas tinham acabado, não tanto por causa de uma harmonia reencontrada quanto por uma aparente indiferença de Penelope em relação a ele.

Transcorreram dias, semanas, meses. Penelope vivia na expectativa dos momentos, às vezes brevíssimos, que passaria com Mortimer. Quando estava com ele, sua ansiedade se aplacava e ela saboreava o prazer de amar e se sentir amada por um homem que parecia feito sob medida para ela. Mortimer sabia fazê-la sorrir e, sobretudo, lhe dava aquela sensação de segurança da qual ela sempre necessitara.

Uma noite, quando estava para sair e voltar à sua casa, ouviu dele:

— Quero ter um filho com você.

Penelope teve um sobressalto, como se tivesse sido despertada de um sonho belíssimo.

16

— Um filho? — repetiu, como se quisesse ganhar tempo para retomar o fio dos pensamentos. O pedido de Mortimer implicava uma série de considerações e de decisões difíceis.

— Sim, um filho — confirmou ele, com voz firme.

Estavam no vestíbulo do apartamento de Mortimer. Penelope, encostada à parede, esperava que o homem lhe abrisse a porta. Em vez disso, ele apoiou uma das mãos à parede, acima do seu ombro, grudou o corpo ao dela e a beijou. Penelope se sentiu numa armadilha.

— Quero um filho seu. Não de outra mulher. Só com você, meu amor — sussurrou.

— Desde quando? — perguntou Penelope, num fio de voz.

Tinham estado juntos por no máximo duas horas. Penelope se tornara habilíssima em conseguir retalhos de tempo para dedicar ao seu amor. Levara as crianças para a casa de Donata e devia ir buscá-las antes das dez. Já eram nove e meia da noite.

— Desde sempre — respondeu ele.

— Mas já tenho os meus filhos — protestou ela.

— E também um marido. Isso eu sempre soube. Mas nos amamos há um ano. Faz tempo que inventaram a instituição do divórcio, para que duas pessoas como nós possam regularizar a situação. Seus filhos ficarão conosco, e seremos uma família — afirmou ele, firmando na parede a outra mão, como se quisesse impedi-la de fugir.

— Por que me falar disso logo agora, quando estou de saída?

— Para você poder pensar no assunto. Sei que não é fácil enfrentar um divórcio. Eu já passei por isso, lembra?

— Mortimer, preciso ir — disse ela, esquivando-se de sob os braços dele para se livrar de uma situação angustiante.

— Eu sei — sorriu ele. Abriu a porta e desceram juntos para a rua. Um táxi esperava Penelope. Mortimer abriu a porta do veículo para que ela entrasse.

Penelope chegou pontualmente à casa de Donata e interfonou para os filhos descerem. Voltariam para casa todos juntos, no mesmo táxi.

— Mamãe, não quero mais brincar com as gêmeas — anunciou Daniele, assim que entrou no veículo. — Esta é a última vez que fico com elas.

— São tão boazinhas que dão nojo — acrescentou Lucia, apoiando o irmão.

— Vocês brigaram? — perguntou Penelope.

— O problema é justamente esse. Com Lavinia e Giulietta é absolutamente impossível brigar. Meu Deus, como são chatas! — prosseguiu a menina.

— Inventam umas brincadeiras bobas. E eu tenho de ser gentil porque elas são mulheres. Da próxima vez em que for trabalhar à noite, prefiro ficar em casa com Lucia. Não se preocupe, não vamos aprontar nada — disse seu filho, acariciando-lhe a mão.

Penelope se sentiu culpada. Fazia bastante tempo que depositava seus filhos aqui e ali, como se fossem encomendas postais, sob o pretexto de compromissos improváveis.

Em casa, levou-os para a cama enchendo-os de carinhos, enquanto pensava: "Sou uma mãe indigna. A vovó Diomira diria que levo uma vida dupla. A coisa mais vergonhosa que se pode dizer de uma mulher."

Arrumou rapidamente a casa. Preparou uma salada *niçoise* para o marido e colocou-a na mesa. Andrea chegaria a qualquer momento. Escutou os recados na secretária eletrônica. Depois entrou no quarto. Despiu-se. Sentia ainda no corpo o perfume de Mortimer.

A história com ele havia chegado a um ponto crucial. Ela devia tomar uma decisão. Dos dois homens da sua vida, um era demais. Só que ela precisava de ambos.

Escutou dois levíssimos toques do interfone. Vestiu um robe e correu para atender. Era Andrea.

— Desculpe. Esqueci as chaves na redação. Espero não ter acordado as crianças — disse o marido.

Penelope acionou a tecla para abrir o portão e destrancou a entrada da casa. Depois foi até a cozinha, pegou na geladeira uma lata de cerveja e colocou-a sobre a mesa.

— Não queria acordar você — disse o marido, entrando.

— Eu ainda não tinha ido dormir — respondeu ela, fingindo-se ocupada em arrumar o aparador.

— Por que não come alguma coisa comigo? — convidou ele.

Ela lavou um punhado de morangos, colocou-os numa tigela e sentou-se diante do marido.

— São muito pobres em açúcar, portanto não engordam — disse, como se quisesse se justificar.

— Ultimamente, você me parece muito emagrecida — observou Andrea.

— Perdi cinco quilos. Em um ano, não chega a ser muito — replicou ela.

— Você não está bem? — perguntou ele timidamente. Precisava falar e sua mulher talvez precisasse escutar.

— Nunca me senti tão bem quanto agora. Fisicamente, quero dizer. Quanto ao resto... — disse ela, deixando a frase em suspenso.

— Pois é, quanto ao resto, como andamos nós? — perguntou ele, examinando contra a luz uma azeitona sem caroço.

Penelope conteve a respiração. Muita gente conhecia sua história com Mortimer. Era possível que Andrea soubesse de alguma coisa.

— Diga você — solicitou.

— Acho que devemos assinar um armistício, depois de um ano de guerra fria. É possível que eu tenha cometido erros. Faz muito tempo que você os joga na minha cara reagindo com o silêncio e a ausência. Não está presente nem quando nos sentamos um diante do outro à mesma mesa. Não quero perdê-la, mas também não quero continuar vivendo com uma esfinge — disse ele calmamente.

— Então, o que sugere? — perguntou ela, recuperando o fôlego. Andrea ainda ignorava sua traição. Talvez tivesse chegado o momento de falar disso.

— Há duas possibilidades. A primeira é você voltar a ser a Pepe de sempre. Eu me casei com uma mulher vivaz, briguenta, implicante. A Pepe que conheço é uma mulher que exagera o valor das coisas que faz para você, que o massacra e depois berra dizendo que você a agrediu. Uma mulher que, quando cometo um erro, me joga isso na cara pela eternidade, que não dá trégua, que não concede um minuto de paz, que faz estardalhaço desde a manhã até a noite. Em suma, a mulher com quem me casei é realmente uma chata colossal — disse Andrea, em tom veemente. Depois, sua voz se suavizou e ele prosseguiu: — Mas sabe ser doce como o mel, tem uma risada que me amolece o coração, é capaz de ternuras sublimes, escreve canções que me comovem e, se tiver sucesso, não se vangloria. Minha Pepe é capaz de amar. É essa a mulher que quero ter de volta ao meu lado.

Penelope, com as mãos molemente abandonadas no regaço, conteve um soluço. Andrea a amava. Precisava dela, porque ela e os filhos eram o único ponto firme em sua vida, eram sua segurança, sua fonte de calor, da qual ele obtinha energia para viver. Se o deixasse e levasse os filhos consigo, o que seria dele? Então amou-o com todo o seu ser pela fragilidade dele, pela dor sincera que havia muito tempo o aprisionava, pelo ar de menino perdido.

Mortimer era um homem sólido, confiável, seguro de si, em quem ela podia se apoiar. Andrea precisava dela tanto quanto ela precisava de Mortimer. Não podia renunciar a nenhum dos dois.

— Você disse que há duas possibilidades. Qual é a segunda? — perguntou baixinho.

— Não existe uma segunda possibilidade — afirmou ele, com irritação infantil.

— Claro que existe. E você sabe disso — replicou Penelope.

Recapitulou mentalmente todas as vezes em que descera do carro de Mortimer, a poucos metros do portão do prédio. Algumas vezes tinham ficado juntos por dois ou três dias, e mais freqüentemente só por duas ou três horas. A cada vez, deixá-lo era um tormento. Ele a via afastar-se com passo apressado e, não agüentando a idéia de se separar dela, corria atrás e a agarrava pela cintura, enquanto ela se debatia entre o riso e o pranto.

— É a última vez que nos vemos às escondidas do seu marido, como se eu fosse um malfeitor — protestava Mortimer, sem se resignar a vê-la ir embora.

— Meu amor, por favor, não torne as coisas mais difíceis para mim. Já estou bastante angustiada — suplicava Penelope.

Mortimer lhe dava um abraço apertado e a beijava apaixonadamente. Penelope abria o portão e ele parecia querer segui-la.

— Vá embora, por favor — sussurrava ela.

— Você pode topar com um tarado, no corredor. Ou no elevador. Me deixe entrar — insistia ele.

— Nem pensar.

— Então fico aqui embaixo até saber que você está em casa. Apareça na janela e me faça um sinal.

Penelope abria devagarinho a porta de casa, deslizava do vestíbulo para a sala e erguia cuidadosamente uma persiana. Mortimer, no meio da avenida, levantava os braços para ela e depois saltava de pés juntos, como se quisesse tomar impulso para alcançá-la. Ela acenava mandando-o se afastar, ele replicava com caretas engraçadas, a meio caminho entre o riso e o pranto. Àquela altura, ela se debatia entre a necessidade de correr aos quartos dos filhos para vê-los, tocá-los, senti-los respirar no sono, e a dor por ter de deixar o homem a quem amava.

— Você está querendo falar de separação? De divórcio? — disse Andrea, com uma careta entre a dor e o desprezo.

Foi então que Penelope soltou um grito. As mãos pousadas molemente no colo contraíram-se de repente sobre o ventre, a testa se cobriu de suor, ela empalideceu e pensou: "Estou morrendo."

— Pepe, o que foi? — perguntou Andrea, inclinando-se para ela, apavorado.

— Alguma coisa está me rasgando o ventre — sussurrou ela, com voz despedaçada.

— Que coisa? Explique melhor, pelo amor de Deus — suplicou o marido, abraçando-a.

Seu robezinho de algodão estava se manchando de sangue.

— Você está tendo uma hemorragia — constatou Andrea, aterrorizado.

A dor era tão forte que ela quase não conseguia respirar.

— Vou levá-la já para o hospital — decidiu Andrea, erguendo-a nos braços.

17

Às NOVE E MEIA DA NOITE, depois que Penelope o deixou, Mortimer seguiu para o hospital. Naquela noite, estava de plantão. Fez logo a visita aos pacientes, que repousavam tranqüilamente. Depois se fechou na sua sala, adjacente à de curativos. Livrou-se do jaleco e deitou-se numa cama de campanha, atrás do biombo. Esperava conseguir dormir umas duas horas. Se houvesse alguma emergência, as enfermeiras o chamariam.

Fechou os olhos, tentando conciliar o sono. Mas seus pensamentos giravam em torno de Penelope. Ele a encostara à parede, forçando-a a uma decisão que estava no ar havia meses e mesmo assim era constantemente adiada. Conhecendo sua amada, sabia que lhe havia provocado uma bruta tensão emocional. Recorrera àquele ato de força porque já não conseguia agüentar uma situação tão incerta. A seriedade da relação deles merecia algo maior e bem melhor.

Seus encontros eram breves demais, ao passo que Mortimer desejava viver com Penelope para sempre. Ela era a mulher que ele sempre procurara: verdadeira, deliciosamente complicada, substancialmente sincera. Sabia ser uma amante apaixonada e uma amiga jovial. Era impulsiva, sonhadora, mas sabia enfrentar a realidade com concretude. Em suma, Penelope era perfeita, e ele a queria toda para si. Já a apresentara à mãe, ao irmão, a alguns velhos amigos. Todos tinham gostado dela. Agora queria desposá-la e ter filhos.

Antes de adormecer, torceu para que ela conseguisse achar coragem suficiente para encerrar definitivamente a relação com o marido. Em pleno sono, foi acordado por uma enfermeira.

— Doutor, a doutora Lorenzi lá do pronto-socorro o procura. Um caso grave. Pergunta se o senhor pode descer agora mesmo.

Com uma das mãos a enfermeira lhe estendia o jaleco e com a outra lhe oferecia uma xícara de café.

Ele recebeu os dois. Depois correu para o elevador. A doutora Lorenzi o esperava.

— Desculpe incomodá-lo — disse, enquanto seguiam por um corredor secundário. — Mas preciso da sua opinião.

— De que se trata? — perguntou ele. A doutora Lorenzi era uma ginecologista experiente e, se estava pedindo sua ajuda, significava que o caso era grave.

— É uma mulher jovem. Teve duas gestações normais. Além disso, está em tratamento com Viviani por causa de uns cistos disfuncionais. Agora, foi trazida pelo marido, segundo o qual ela foi atacada repentinamente por dores abdominais lancinantes e começou a perder sangue — explicou a médica sucintamente.

Os cistos disfuncionais são um problema comum a muitas mulheres. Mortimer sabia que Pepe também sofria disso.

— Você fez uma ultra-sonografia? — perguntou.

— Imediatamente. O exame revelou um grande cisto no ovário esquerdo. O marido diz que na última ultra-sonografia, de seis meses atrás, não havia sinais anômalos. Agora, ela está quase em colapso por causa da dor. De vez em quando perde a consciência — disse a ginecologista. E prosseguiu: — O quadro de conjunto me escapa. Não consigo encontrar uma relação entre o cisto, a abundante perda de sangue e a dor. Acho que lhe revelei tudo o que sei. — Depois, abriu a porta do quartinho onde estava Penelope.

— Vou dar uma olhada nela — disse o ginecologista, aproximando-se do leito no qual estava deitada a mulher, desmaiada.

De repente, ele empalideceu e sentiu o sangue gelar.

— Pepe, meu tesouro, o que lhe aconteceu? — sussurrou, inclinando-se para ela. Poucas horas antes, segurava-a em seus braços, apaixonada e vital, como sempre.

— Você a conhece? — perguntou a colega.

— O suficiente para intuir o que aconteceu — replicou Mortimer, enquanto afastava o lençol azul-claro que cobria Penelope. Pousou a mão sobre o ventre dela e logo identificou a zona atingida pela dor.

— Quer ver a ultra-sonografia? — perguntou a doutora.

— Sim, embora não seja necessário — disse ele. — Mande preparar a sala de cirurgia. Tenho de operá-la imediatamente.

— Por quê? Não estou entendendo — insistiu a colega.

— Veja — respondeu ele, mostrando a imagem —, o enorme cisto está sangrando no abdome. E isso explica a dor aguda. A hemorragia interna é provocada pelo transtorno hormonal. Viu como tudo está ligado? — perguntou, enquanto empurrava a maca para fora do quarto.

— Teodoli, espere. Vou chamar uma enfermeira — disse a doutora, seguindo-o pelo corredor até o elevador.

— Não precisa. Comigo ela vai mais rápido. Quanto a você, procure a melhor instrumentadora. E ache logo o anestesista. Veja se Canziani está disponível. Prefiro que seja ele — ordenou, antes que o elevador se fechasse às suas costas. Mortimer sabia que uma forte tensão emocional podia ter causado a repentina torção do cisto. Talvez ele mesmo a tivesse desencadeado, com sua insistência naquela noite. Penelope havia enfrentado com Andrea o problema da separação, causando um curto-circuito no sistema de regulação ovariana.

— É culpa minha, só minha. Me perdoe, Pepe — sussurrou, enquanto se inclinava para acariciar o rosto dela.

O elevador se abriu. Tinham chegado ao bloco cirúrgico. Uma enfermeira especializada os esperava.

— Canziani já está no hospital. Vem correndo para cá — informou ela.

Mortimer anuiu. Estava preocupadíssimo. A enfermeira lhe estendia o avental cirúrgico, a touca e a máscara. Ele calçou a sapatilha especial e depois lavou as mãos.

— Meus filhos — sussurrou Penelope, voltando a si. Agora se lembrava de tê-los deixado sozinhos, em casa, no meio da noite.

Mortimer se debruçou para ela.

— Por que está aqui? — perguntou Penelope, espantada.

— Parece que você está precisando de mim — replicou ele, com um sorriso tranqüilizador.

— Estou morrendo. Não é?

— Acha mesmo que vou deixá-la morrer?

— Tranqüilize meu marido, por favor. Ele está aqui, em algum lugar. E desesperado. É um homem muito frágil — sussurrou ela.

— Pode deixar. Agora tente relaxar — sugeriu Mortimer, com doçura.

Nesse momento, viu entrar o anestesista.

— Meça logo a pressão dela — ordenou.

O doutor Canziani se dedicou a Penelope.

— Está um pouco baixa — cochichou ao cirurgião.

— Faça o possível para aumentá-la — replicou Mortimer.

— Posso saber o que está me acontecendo? — perguntou Penelope, num fio de voz.

— Vou precisar fazer um corte bem pequenininho no seu púbis. Tenho de remover o cisto que tanto a faz sofrer e sustar a perda de sangue que pode colocar em perigo a sua vida. Para isso, farei uma raspagem. Daqui a menos de uma hora, você estará nova em folha — garantiu Mortimer. Depois, com um aceno, pediu à enfermeira que a preparasse para a intervenção.

Já na mesa de cirurgia, Penelope sentiu a picada de uma agulha no braço e, de uma distância bem remota, chegou-lhe a voz do seu homem:

— Agora, você vai dormir. Quando acordar, nos falamos.

Ela viu seus filhos dormindo serenos, em suas camas, e percebeu a leveza da respiração deles. Depois, mais nada.

A enfermeira espalhou tintura de iodo sobre o ventre de Penelope, já adormecida. Depois, o assistente isolou a zona da incisão. Mortimer estava pronto.

— Conseguiu aumentar a pressão? — perguntou ao anestesista.

— Doze por oito — respondeu o doutor Canziani.

Mortimer deu um longo suspiro e estendeu a mão enluvada para a instrumentadora.

— Bisturi — disse.

Fez um corte nítido e preciso. A assistente logo enxugou o sangue para limpar a zona que estava sendo operada. Mortimer viu as vísceras palpitantes da sua amada e o feio cisto no abdome cheio de sangue. Raciocinou rapidamente sobre o procedimento a adotar.

Tinha duas possibilidades: deter a hemorragia e deixar que o cisto se reabsorvesse, ou então remover o ovário que o havia produzido. Mas não queria comprometer a fertilidade de Penelope. Então escolheu uma terceira via.

— Farei uma ressecção ovariana — anunciou. Logo depois, interrogou o anestesista: — Como está a pressão?

— Consigo mantê-la estável. Mas trabalhe depressa — pediu o colega.

Mortimer operou velozmente e com escrupulosa precisão. Raspou o útero, suturou perfeitamente as partes internas e o corte externo.

De vez em quando, a enfermeira lhe enxugava o suor da testa. Em meia hora, ele havia executado uma pequena obra de arte.

A enfermeira pegou um curativo para cobrir a ferida.

— Pode deixar, eu faço isso — disse Mortimer, pressionando delicadamente o adesivo sobre o ventre onde a pele, coberta de iodo, assumira uma coloração âmbar.

O anestesista havia livrado a paciente da cânula com a qual ela fora entubada. Na dobra do braço, inseriu a agulha para o soro.

— Prepare uma bolsa de gelo — disse Mortimer à enfermeira.

Penelope foi transferida para a maca. Ele acomodou a bolsa de gelo sobre o corte. Depois acompanhou as fases do despertar.

— Como está a pressão agora? — perguntou a Canziani.

— Perfeita.

Mortimer se inclinou sobre Penelope e lhe tocou a face.

— Pepe, está me ouvindo?

Ela soltou um gemido.

— Muito bem. Podem levá-la para o quarto — ordenou Mortimer, enquanto tirava a máscara. Depois, retirou as luvas.

— O marido está aí fora — informou um assistente. — Você pode acalmá-lo? O pobre homem está transtornado.

Encontrar Andrea era o último dos desejos de Mortimer. Mas era uma tarefa à qual não podia se subtrair. Assim, abriu com energia a porta da sala de cirurgia. Viu um homem jovem, de aspecto decididamente agradável, expressão desesperada.

Com um gesto nervoso, Mortimer tirou a touca.

— É o marido da senhora Pennisi? — perguntou com agressividade. Andrea foi ao seu encontro e notou o jaleco verde manchado de sangue.

Os dois homens trocaram um olhar intenso.

No de Mortimer havia o estupor e o ciúme diante daquele indivíduo que, na esfera afetiva de Penelope, ocupava um lugar em primeiro plano. No olhar de Andrea havia a ansiedade da espera e a angústia pela sorte da pessoa amada.

O cirurgião compreendeu que aquele homem amava Penelope muito mais do que ele gostaria. Essa constatação o irritou. Penelope jamais lhe falara do marido, ao passo que era pródiga em contar as peculiaridades dos filhos. Somente algumas raras menções veladas o tinham induzido a compreender que aquela não era uma união feliz.

— Está tudo resolvido — disse Mortimer, esforçando-se para exibir um tom profissional. — Sua esposa será levada agora para o quarto. Daqui a alguns minutos, o senhor poderá ir vê-la.

— Como está ela? — perguntou Andrea, angustiado. — Achei que morreria de tanto perder sangue.

— Isso podia acontecer, se não tivéssemos intervido a tempo. Amanhã, o professor Viviani lhe explicará o porquê da intervenção. Mas tranqüilize-se. A senhora Pennisi está bem e, dentro de poucos dias, poderá voltar para casa — concluiu Mortimer, quase fechando a porta na cara de Andrea.

Precisava ficar um pouco sozinho para se recuperar do medo que o assaltara diante do sofrimento de sua amadíssima Penelope. Enquanto desatava os laços do avental cirúrgico, deu-se conta de que suas mãos tremiam.

No toalete da sala de cirurgia, despiu-se completamente, meteu-se embaixo do chuveiro e, enquanto a água lhe escorria em cima, começou a soluçar. Não era apenas um pranto libertador. Ele chorava por ter percebido que perdera a mulher amada.

18

UMA ENFERMEIRA do plantão noturno do setor de ginecologia o esperava para lhe oferecer uma tisana.

Mortimer agradeceu com um sorriso. Havia recuperado a compostura habitual.

— Acompanhe de perto a senhora Pennisi — recomendou.

— Mandei instalá-la no quarto do fundo. É o mais sossegado — tranqüilizou-o a enfermeira.

— Muito bem. Algum problema?

— A mocinha do quarto número seis está tendo contrações cada vez mais próximas. Mas ainda não tem dilatação. Medi a pressão dela Catorze por oito e meio. Os batimentos cardíacos do bebê estão ótimos — informou a enfermeira.

— Daqui a pouco eu vou vê-la — disse Mortimer, deixando-se cair na cama de campanha. Estava exausto. Não pela intervenção em si, mas pela tensão emocional que ainda não o abandonara. — Verificou a pressão da senhora Pennisi? Nós quase a perdemos — sussurrou.

— Eu sei. A pressão está normal. O marido está com ela.

— Mande-o para casa. Parece que os filhos ficaram sozinhos e a senhora estava preocupada com eles.

Mortimer queria ir ver Penelope, mas não tinha a menor intenção de reencontrar Andrea. Estava prestes a detestar aquele marido bonito demais. Depois se envergonhou dos próprios pensamentos. Bebeu a tisana, ficou de pé e espreguiçou-se. Estava cansado, mas decidiu ir até o quarto número seis. A moça grávida sofria em silêncio.

— Contrações dolorosas, não é? — disse ele, sorrindo.

— Nem me fale — replicou a jovem.

Tinha 16 anos. Era aluna do segundo ano do liceu artístico. No início do ano letivo, fugira de casa com o baterista de uma banda de *rock*. Voltara dois meses depois, coberta de equimoses causadas pelas surras do companheiro e pelas agulhas com que se injetava heroína. E estava grávida. Os pais a acolheram e cuidaram dela com amor. Com o apoio de uma comunidade terapêutica, ajudaram-na a se reencontrar consigo mesma. Ela voltou à escola, confortada pela solidariedade dos colegas e dos professores. Mortimer havia acompanhado sua gravidez desde o início, encorajando-a e assistindo-a com afeto nos longos meses de espera.

— Então, darei o melhor de mim para convencer sua menina de que chegou a hora de enfrentar a grande viagem para a luz — prometeu enquanto afastava o lençol para examiná-la.

A jovem apertava a mão de sua mãe, que estava havia horas ao seu lado, acariciando-lhe a testa e confortando-a.

— O que o senhor acha, a minha menininha não quer sair? — perguntou a adolescente, intrigada.

— Ela está muito bem na sua barriguinha. Você fez tudo o que devia e gerou uma criatura perfeita, como você. Agora, precisa absolutamente se liberar, mesmo que a pequenina não concorde.

Bastou-lhe uma inspecção rápida para perceber que o colo do útero não estava suficientemente dilatado.

— Mas você também não quer que ela nasça. Está gostando muito de mantê-la aí dentro — sentenciou Mortimer.

— Eu tenho medo. A idéia do parto me apavora — sussurrou a jovem.

— É normal. Sempre se tem medo daquilo que não se conhece — disse ele e acrescentou: — Agora vou dar um pequeno talho na bolsa que contém sua filha. Assim, faremos sair o líquido amniótico. — Cortou e logo depois chamou a enfermeira.

— Leve-a para a sala de parto — ordenou. Depois, virou-se de novo para a moça: — Vão lhe injetar oxitocina, para acelerar a dilatação. Sua filha nascerá daqui a menos de uma hora.

— Doutor, o senhor vai nos deixar sozinhas logo agora? — perguntou a mãe da jovem, preocupada.

— Eu jamais poderia abandonar a mamãe mais bonita deste setor. Preciso ir ver uma senhora que operei uma hora atrás, e depois volto para ajudar sua filha — prometeu Mortimer.

No corredor, veio ao seu encontro o anestesista que o acompanhara durante a intervenção.

— Saí de lá agora — anunciou, aludindo a Penelope. — Ela está indo muito bem. Reclama apenas que sente as costas muito doloridas.

— Está sozinha? — indagou Mortimer.

— O marido já foi. Ela mesma pediu que ele voltasse para casa — informou o colega.

Mortimer entrou no quartinho de dois leitos. Penelope gemia, a voz fraca.

— Meu amor — sussurrou ele, acariciando-lhe a testa.

— O que você fez comigo? — perguntou ela.

— O necessário para que você possa sarar logo — respondeu ele.

— É como se eu tivesse uma fogueira na barriga. Dois cães raivosos mordem minha coluna e a estão dilacerando — acrescentou Penelope.

Nessa noite, o ginecologista voltou várias vezes para vê-la, confortá-la, aliviar a longa vigília com massagens nas pernas, substituir o gelo derretido, em suma, para fazer tudo o que habitualmente um cirurgião não faz. Mas Penelope era uma doente especial.

— Estou me comportando muito mal — disse ela. — Mas realmente me sinto mal.

— Você é a paciente mais impaciente que já tive — reclamou Mortimer. Mas sabia que a inquietação de Penelope, a mesma que aguçava a sensação de dor e a impedia de relaxar e dormir, tinha raízes profundas.

Às sete e meia da manhã, chegou Marco Viviani, o titular. Mortimer o atualizou sobre a situação dos pacientes e sobre a intervenção feita na senhora Pennisi.

— Mandou analisar o tecido? — perguntou o professor.

— Tudo negativo — disse o cirurgião.

— Vamos vê-la agora — decidiu Viviani.

Andrea estava no quarto. Sentado à cabeceira da mulher, falava com ela e a acariciava com ternura:

— As crianças estão na casa dos seus pais. Querem vir visitá-la. Assim que você melhorar, eu as trago.

O titular pediu ao homem que saísse. Mortimer o cumprimentou com um aceno.

— O doutor Teodoli me disse que esta noite a senhora não conseguiu descansar. E agora, como se sente? — perguntou Viviani a Penelope.

— Como alguém que recebeu uma saraivada de pancadas — lamentou-se ela.

— Essas pancadas, como a senhora as chama, vão melhorar logo, logo. Mais tarde, a senhora deverá se levantar. Dará uns passos ao redor do leito e depois ficará na poltrona por meia hora. A senhora não sabe a sorte que teve ao encontrar aqui meu assistente. O doutor Teodoli a salvou no último minuto.

— Mas eu sei, sim — disse Penelope, tentando sorrir.

Mortimer estava ereto, ao pé da cama, e a olhava com ternura. Tinha a barba por fazer, os olhos marcados pelo cansaço.

— Agora vou conversar com seu marido e tranqüilizá-lo. À tardinha, venho vê-la de novo — concluiu o titular, já saindo.

Mortimer se aproximou dela e lhe acariciou a mão.

— Vou descansar em casa — sussurrou. — Mandei chamar uma enfermeira que ficará com você na minha ausência.

Penelope dormiu bem e, dia após dia, a dor foi desaparecendo.

— O doutor Teodoli está à sua espera na sala de curativos — anunciou uma enfermeira. — Vai tirar os pontos. No fim da tarde, a senhora poderá deixar o hospital.

Penelope se levantou, vestiu um robe e, a passos curtos, seguiu pelo corredor. Estava fraquíssima. Segurava o ventre com uma das mãos, porque lhe parecia que ele podia cair. Mortimer a esperava. Fechou a porta, ajudou-a a deitar-se na maca, levantou-lhe a camisola e descobriu o abdome. Estava silencioso e concentrado. Umedeceu o curativo com um solvente e depois, com um puxão decidido, liberou o ferimento. Limpou-o com um desinfetante, cortou os pontos, um por um, e tirou-os.

— As margens se juntaram completamente. Já estão se formando umas crostinhas. Durante muito tempo, esta área vai lhe parecer insensível, porque cortei alguns nervos. Em compensação, não restará vestígio da incisão — informou.

Recobriu o corte com uma gaze leve e fixou-o com tiras finas de esparadrapo. Depois, ajudou Penelope a se levantar.

— Agora, sente-se aqui — ordenou, apontando-lhe uma poltroninha giratória, junto a uma escrivaninha de metal.

— Vai me dizer alguma coisa desagradável? — perguntou ela.

— Uma coisa muito dolorosa para nós dois. Pepe, não nos veremos mais — sussurrou Mortimer.

Ela baixou a cabeça para esconder as lágrimas.

— Eu sei — disse. — Soube uma semana atrás, quando tentei enfrentar meu marido. Não vou deixá-lo nunca, mesmo amando você infinitamente.

— Percebi isso quando me vi diante de Andrea. Ele ama você.

Penelope anuiu.

— Não gosto de histórias que acabam — disse, chorando.

— Mas o nosso amor não acabará nunca. Separam-se apenas nossas existências — afirmou Mortimer, estendendo-lhe um lenço para que ela enxugasse os olhos.

— Eu preferia que estivéssemos falando disso em outro lugar — disse Penelope.

— Acabaríamos nos pendurando no pescoço um do outro e recomeçando tudo.

— É verdade. Mas não posso pensar em perder você — protestou ela, entre as lágrimas.

— Vamos nos telefonar. Vou lhe escrever. Cuide-se, meu amor — sussurrou Mortimer, abrindo a porta da sala.

Penelope se afastou da vida dele em pequenos passos, ao longo do corredor do setor de ginecologia.

Passaram-se sete anos...

1

— PASSARAM-SE SETE ANOS e ainda me pergunto se minha bela história de amor acabou realmente — observou Penelope, pensativa, e acrescentou: — Ele não se casou de novo e tenho como que a impressão de que está me esperando.

— É uma dúvida grave, minha querida amiga — disse o professor Briganti, balançando a cabeça. — Entendo que não seja simples resolvê-la, porque, quando estão em jogo os sentimentos, a vontade não basta. Em minha opinião, você ainda não transpôs inteiramente aquela famosa cerca. Está ali há anos, com um pé de um lado e um pé do outro, num equilíbrio muito precário. Sua história se assemelha a muitas outras que já escutei. A pessoa espera que, com o passar do tempo, tudo se acomode. Mas não é assim.

— Entendi isso quando engravidei de Luca. Esperei que essa terceira gravidez pudesse ser uma espécie de remédio para restaurar minha relação com Andrea. E foi, durante nove meses. Mas, no momento do parto, a novela recomeçou. E essa é outra longa história, que lhe contarei em outra oportunidade. Sempre fui uma grande trapalhona — lamentou-se Penelope.

O homem se apoiou firmemente nos braços da cadeira e, tomando um impulso, levantou-se. Encaminhou-se devagarinho para o interior da casa e, ao subir os degraus, virou-se e sorriu para ela.

— Nós nunca fazemos nada por acaso. Você veio para Cesenatico por uma razão muito precisa, que não tem nada a ver com o amadurecimento do seu marido e os problemas dos seus filhos. Você ainda ama esse Mortimer. Se ele não se casou de novo, foi porque você não o liberou. Eu a conheço, menina. Você é teimosa como uma mula. Mas não tem coragem para escolher. O que está esperando? Que o destino escolha em seu lugar? Isso também é possível. Mas lembre-se de que, enquanto você se arrasta com suas dúvidas, alguém está sofrendo.

Agitava o indicador para ela, e esse gesto era uma reprovação que o sorriso não mitigava. Entrou na casa e fechou a porta.

Afinal, o sábio amigo emitira um juízo que não era nem um pouco lisonjeiro.

Penelope deixou o jardim do vizinho e entrou no dela. Associou ao seu estado de espírito a visão de todo aquele entulho e da confusão que os operários estavam criando para reformar a casa. Como pudera o velho professor jogar-lhe na cara que Mortimer não tinha se casado outra vez porque ela não o deixara livre? De onde ele tirava esse juízo tão severo? Os dois tinham se despedido na sala de curativos do hospital e, poucos meses depois, ela e Andrea haviam concebido o terceiro filho. Parecia mais o contrário: era Mortimer que não se resignara. Ainda três meses atrás, em 26 de fevereiro, enviara para ela, como todos os anos, um ramalhetezinho de miosótis não-te-esqueças-de-mim e, como sempre, ela lhe telefonara para agradecer, "nunca te esquecerei". Mas isso era o óbvio. Uma relação tão intensa permanece no coração por toda a vida.

Penelope subiu a escada até a torrinha. Do norte, chegavam rolos de nuvens cinzentas.

Pareciam carregadas de chuva. Uma lufada de vento frio, insinuando-se entre os arcos, deu-lhe arrepios. Ela se sentou no banco de vime. Apoiou as pernas sobre a mesinha, reclinou a cabeça contra a parede e adormeceu. Quando acordou, o sol estava se pondo. Do jardim, subia o perfume da terra e das folhas lavadas pela chuva. Tinha chovido e ela não percebera. Escutou vozes infantis vindas da rua e seu coração se encheu de ternura. Recordou o último toque dos lábios do seu caçula, antes de sua partida. Levou a mão ao rosto, como se quisesse recuperar aquele beijo, que não era propriamente um beijo, mas uma pequena vibração dos lábios que só ele sabia fazer. Reagiu à comoção e desceu a escada.

A tralha dos operários se espalhava por toda parte. Ela saiu de casa e viu a luz acesa no jardim do professor. O velho a esperava para o jantar. Só que ela não tinha fome e, sobretudo, queria ficar sozinha.

Sentou-se num degrau, olhando o portão de entrada a cujas barras Andrea havia amarrado seu pedido de casamento. Anos distantes, alimentados por desejos e esperanças, pela curiosidade de descobrir o que a vida reservava para ela, como se no seu futuro houvesse terras inexploradas, ricas de maravilhas.

Os faróis de um automóvel clarearam a trilha do jardim. Penelope protegeu com a mão os olhos ofuscados pela luz. O carro parou, uma porta se abriu e uma mulher avançou para ela.

Era Donata, sua amiga do peito. Penelope a viu e não escondeu o desapontamento.

— Veio fazer o quê? — perguntou, agressiva, antes mesmo que a outra transpusesse o portão.

— Acabo de rodar trezentos quilômetros até aqui. Você podia pelo menos perguntar como estou — queixou-se a astróloga.

— Como você está? — secundou Penelope, distraidamente, sem se levantar do degrau. Donata estava embaixo da pérgula das fúcsias e já se aproximava.

— Como se tivesse sido atropelada por uma avalanche. Estou esmagada — respondeu Donata, com voz lúgubre.

— Pois então, errou de endereço. Aqui não vai achar nenhum pronto-socorro — replicou Penelope.

— Você é minha melhor amiga. Quem mais eu deveria procurar, num momento como este?

— Saiba que estou me virando muito bem, sozinha. Vim para cá porque queria estar só. Não preciso dos seus conselhos, nem dos de Sofia, nem dos do Pai Eterno. Quero ser deixada em paz. Por acaso eu lhe pedi ajuda? — agrediu-a Penelope, decidindo-se finalmente a descer os degraus para ir ao encontro dela. — Como vê, a casa está toda desmontada e não posso hospedar você. Eu mesma estou num hotel. E agora meu vizinho está me esperando para o jantar — prosseguiu, já perto da outra. Então, viu que Donata estava chorando.

— Mas sou eu que lhe peço ajuda — disse a amiga, entre as lágrimas.

— O que aconteceu? — perguntou Penelope, com um fio de voz.

— Meu casamento foi para o espaço. Giovanni me traiu — soluçou Donata, jogando os braços no pescoço dela.

Penelope pensou em Giovanni Solci, o marido perfeito, o homem que toda mulher gostaria de ter por companheiro, porque era bonito, sólido, confiável. Recordou o quanto Donata sempre se orgulhara dele e das gêmeas, nascidas de progenitores tão exemplares. Pensou em todas as vezes em que invejara a amiga por ter Giovanni como marido e pai de suas filhas, porque Giulietta e Lavinia eram duas garotas de 13 anos equilibradas, serenas, estudiosas, despreocupadas, e em grande parte isso se devia a ele. Muitas vezes, desejara que Andrea se parecesse com Giovanni, pelo menos um pouco.

— Não podemos confiar nos homens. São todos iguais — constatou, acariciando as costas da amiga.

— O meu é diferente — afirmou Donata.

— Isso é o que você pensava. O que nós todas pensávamos. Mas, no fim das contas, os homens são uns estúpidos, uns inconscientes, uns egoístas. Você deve se resignar. Suporto as traições de Andrea há muitos anos. Você sabe muito bem — disse Penelope.

Recordou quando tinham ido os quatro para Londres, de onde prosseguiram, de trem, até Ramsgate. Queriam unir o prazer das férias à utilidade de desenferrujar seu inglês titubeante. Tinham reservado quartos no Priory Hotel, em Priory Road. Um delicioso alberguezinho de madeira e tijolos, com móveis vitorianos, quartos aconchegantes e uma gerente, Mrs. Brewer, que parecia saída das páginas de Dickens. Rosto redondo como uma maçã, cachinhos louros, fala cheia de suspiros, sorrisos e balbucios. "Devem estar cansados da viagem. Permitam-me oferecer-lhes um *cherry*", sussurrou ela, convidando-os a sentar-se no pequeno *hall* que era uma espécie de saleta recoberta por espiguilhas e veludos. Penelope e Andrea eram recém-casados, ao passo que Donata e Giovanni ainda estavam noivos.

— Quando é que nos receberiam assim, num dos nossos hotéis? — comentou Andrea.

— Os ingleses têm senso de hospitalidade. Mas isso só acontece na província. Em Londres, a conversa é outra — replicou Giovanni, que freqüentava o Reino Unido desde quando era aluno de liceu.

De repente, atrás deles, uma voz feminina se fez ouvir, como se brotasse do nada: "Andrea! Meu amor! Que bom revê-lo!". Uma beleza morena, de jeito vivaz, ar sofisticado, se inclinou sobre o marido de Penelope, abraçando-o e dando-lhe um beijo na boca. Penelope, Donata e Giovanni ficaram pasmos. Andrea, nem um pouco embaraçado, fez as apresentações. A moça se chamava Emanuela. "Uma colega", esclareceu ele, sorrindo despudoradamente. Emanuela mal se dignou a lançar uma olhadela à jovem esposa. Mas, pressurosamente, informou a Andrea que aquela era sua última noite no Thanet, onde fizera uma reportagem fotográfica sobre a casa de Charles Dickens em Broadstair.

— Todas as suas colegas falam assim com você? — perguntou Penelope, furiosa.

— Você sabe como é. Sou um sujeito de quem todos gostam — comentou seu marido, com ar brincalhão.

Donata e Giovanni não fizeram comentários. Penelope se tranqüilizou ao entrar no quarto do hotel, simplesmente delicioso. Era todo em branco e tons de anil. A cama de latão tinha um baldaquino de renda imaculada, como a das cortinas da *bow window*. Sobre um aparador laqueado de azul estavam a chaleira elétrica e uma bandeja de prata com xicarazinhas de porcelana e biscoitos cheirosos. Sobre uma mesinha, uma jarra de anêmonas. Capturada por aquelas deliciosas descobertas, Penelope esqueceu o irritante encontro do marido com a exuberante colega. Afastou a cortina para observar a rua de casas brancas, com portõezinhos de todas as cores. Da janela do banheiro, ao contrário, viam-se o mar e o porto onde estavam ancorados os navios. Ela e Andrea saíram para jantar com Donata e Giovanni. Mrs. Brewer havia sugerido irem ao Harvey's, um *pub* que parecia uma taverna de piratas. Comeram camarões e lagostins com fatias de pão amanteigado, beberam cerveja e *black coffee*. Riram muito, como jovens despreocupados que eram, e retornaram ao Priory Hotel cantando *I wanna be loved by you*, numa engraçada imitação da voz de Marilyn Monroe. Depois se retiraram para seus quartos. Giovanni e Donata estavam em aposentos separados, porque haviam decidido que só dividiriam a mesma cama depois de casados. Andrea preparou duas xícaras de chocolate. Uma para ele e outra para Penelope, a quem a ofereceu quando ela já estava na cama.

— Vou falar um instantinho com o Giovanni — disse Andrea, antes de se despir. Ela o esperou durante horas. No meio da noite, bateu no quarto de Giovanni, que estava sozinho e dormia. Depois foi chorar no ombro de Donata.

— Ele foi para a cama com aquela Emanuela horrorosa. Eu sei — disse, soluçando.

Sua amiga a consolou, garantindo-lhe que nenhum homem, nem mesmo um geminiano sem-vergonha, faria uma coisa dessas à própria mulher, com quem se casara poucos meses antes.

— Agora vou bater na porta de todos os quartos. Vou descobrir aquele desgraçado — disse Penelope.

— Mas aquela mulher já foi embora. Vi quando ela entrou num táxi, na hora em que voltamos — mentiu a amiga.

Donata a acompanhou até o quarto e as duas ficaram olhando, pela janela do banheiro, os navios ancorados. Andrea retornou ao amanhecer, enquanto Penelope, surda a qualquer argumento, começou a fazer sua mala. Ele se ajoelhou diante dela, pedindo perdão e oferecendo-lhe um buquê de cachos amarelos de cítisos. "Colhi para você, nos rochedos", disse, e deu uma explicação fantasiosa sobre como havia transcorrido a noite. Penelope quis acreditar na inocência dele, como quisera acreditar nos argumentos tranqüilizadores de Donata.

Agora, em Cesenatico, Donata chorava nos seus braços, recordando com ela aquele episódio distante.

— Sim, sei muito bem que Andrea sempre a traiu. Mas não é verdade que todos os homens sejam iguais. Há quem seja até pior — afirmou, referindo-se ao marido.

— Você não pode perdoar um momento de fraqueza dele? — replicou Penelope.

— Esse momento de fraqueza, como você o chama, Giovanni o consumou na nossa cama com Mariano Zegna, o professor de tênis dele — sibilou Donata, deixando Penelope embasbacada.

2

As DUAS SEGUIRAM para o Grand Hotel. Donata conseguiu um quarto vizinho ao de Penelope. Esta, enquanto a amiga desfazia a mala, foi até a sacada e ficou olhando os reflexos cintilantes da lua na superfície escura do mar. Seus pensamentos, que na torrinha da casa haviam corrido para o pequeno Luca, agora perseguiam Mortimer. Ela conhecia perfeitamente os hábitos, as pequenas manias dele. Não havia hora do dia em que não conseguisse encaixá-lo num lugar, numa atitude. Ao despertar, de manhã, pensava: "Ele agora está no hospital, fazendo a ronda das pacientes." À noite, ao adormecer, pensava ainda: "Já foi dormir." Via-o deitado na cama onde, durante tantos meses, fizera amor com ele. Virado de lado, a mão direita tão bem modelada e forte, pousada sobre o travesseiro, e os longos cílios abaixados sobre os grandes olhos cinza-azulados. Ela quase escutava sua respiração lenta e regular.

O professor tinha razão: ela não o deixara livre para se afastar.

Do quarto vizinho vinha a voz de Donata, que falava ao telefone com a mãe:

— Sossegue. Estou em Cesenatico com Pepe. Ficarei por aqui uns dois dias. Depois volto. Cuide das gêmeas. Elas não sabem e não devem saber. Não, ele não vai ousar telefonar. Claro, mamãe: depois da tempestade vem a bonança. Me passe Lavinia.

Penelope escutou-a inventar piedosas mentiras para esconder das filhas a verdade. Enquanto isso, um garçom trouxera para a sacada a tisana de tília.

Ela a serviu nas xícaras e chamou a amiga.

— Vamos, sente-se, beba e relaxe — convidou.

— Queria ver você no meu lugar — lamentou-se Donata.

— Bem, minha situação não é melhor.

— Ora, faça-me o favor! Você não dividiu a cama com um degenerado. Eu, sim. E não sabia — gritou a outra, com voz histérica.

— Mas, no fim das contas, ganhei chifre do mesmo jeito — insistiu Penelope, que estava transtornada pela revelação mas tentava jogar água na fogueira.

Donata não a escutava. Seguia o fio dos próprios pensamentos.

— Ele enganou a mim, as nossas filhas, os parentes, os amigos. O marido modelo, do qual eu me orgulhava e que vocês todas invejavam, era um homossexual. Você faz idéia do que significa descobrir que acolhi dentro de mim a semente de um degenerado? — explodiu.

— Não seja preconceituosa — admoestou-a Penelope.

— Não estou sendo. Ele é que é *gay*.

— Pare com isso, ou serei obrigada a lhe sugerir aquelas miraculosas gotinhas de Bach que você distribui a todo mundo, mas ignora para si mesma — zombou Pepe.

— Podia ter me poupado dessa — irritou-se a astróloga.

— Desculpe, Didì — disse Penelope, chamando-a pelo apelido de infância. — Eu só estava tentando não dramatizar. Mas entendo o seu desespero. Ainda não consigo acreditar que Giovanni possa realmente ser homossexual. Não é o tipo dele, em suma.

— Claro que é. Eu devia ter compreendido isso vinte anos atrás. Aquela mania do noivado puro, das relações íntimas comedidas, e todas as besteiras que ele inventava para me evitar. Mas eu digo: por quê? Que motivo ele tinha para se casar comigo, para bancar o marido modelo, para mentir covardemente a mim e às gêmeas? É isso que me desespera.

E começou a contar os detalhes da descoberta casual, ocorrida no sábado à noite, quando ela voltara de um congresso de astrologia com um dia de antecedência, decidida a fazer uma surpresa ao marido. As gêmeas estavam na casa dos avós para o fim de semana. Ela e Giovanni passariam uma noite de amor inesquecível. Sabia que iria encontrá-lo em casa, porque pouco antes o chamara pelo celular.

— Estou elaborando uma idéia para o *spot* publicitário da massa Buitoni. Como você sabe, quando a casa está vazia eu trabalho muito melhor do que na agência — dissera ele ao telefone.

Donata entrou no apartamento na ponta dos pés, certa de encontrar o marido instalado no estúdio. Mas estava tudo escuro, exceto o quarto, de onde uma luz tênue se filtrava pela fresta da porta semicerrada. Ela a empurrou e achou que estava vivendo um pesadelo. O "seu" Giovanni e Mariano Zegna, o jovem Apolo do Tennis Club, estavam nus e completamente absortos num complicado exercício que nem mesmo a fantasia dos antigos gregos conseguiria imaginar. E tudo isso acontecendo no "sagrado tálamo" conjugal. Os dois nem perceberam sua presença.

Donata soltou um berro de desespero. Enquanto os dois amantes, tão bruscamente chamados à realidade, ainda abraçados, olhavam-na como se ela fosse um espectro, agarrou um cabide que estava ali, em cima de uma cadeira, ao alcance da mão, e começou a dar estocadas no ar. Ao mesmo tempo, apregoava toda a sua decepção, a repulsa, a traição. Gritava e batia aqui e ali, determinada a cancelar uma cena que jamais iria esquecer, por toda a vida. Tinha sido necessária a força dos dois homens para imobilizá-la. Por fim, o instrutor de tênis se escafedeu e Giovanni aproveitou a prostração dela para confessar que sempre a traíra, mesmo antes de conhecê-la.

— Mas isso não significa que eu não ame você ou as gêmeas — disse. — Vocês são minha família e as adoro.

— Por quê? Por que você me arruinou a vida? — Donata não parava de fazer uma pergunta para a qual Giovanni não tinha resposta.

— Sempre me envergonhei da minha diversidade. Mesmo assim, não perdi nenhuma oportunidade de estar com homens, sempre, onde quer que eu fosse, em qualquer situação. Finalmente, você sabe a verdade — declarou ele.

Donata pegou a mala no armário e, enquanto a enchia com suas coisas e as das meninas, ouvia transtornada as horríveis confissões do marido.

Agora, recapitulava tudo diante de Penelope:

— Ele estava usando minha liga cor-de-rosa e minhas meias de seda cor da pele — revelou, soluçando. — Só a você eu podia contar esta catástrofe que se abateu como uma fúria sobre minha existência construída dia após dia com amor, com o prazer de alcançar a perfeição. Me perdoe, Pepe, por todas as vezes em que critiquei, deplorei ou julguei você. Naturalmente, ninguém deve saber, mesmo que todos saibam. Os vizinhos, que escutaram meus gritos, sabem, e certamente já contaram tudo a outras pessoas, que irão contar a outras mais. Mas todos fingirão não saber. Por favor, não fale disso nem mesmo com Sofia.

— Oh, Sofia! A situação dela não é melhor do que a nossa! — exclamou Penelope.

— Mas a minha é a pior de todas. Entende?

— Você pensou em Lavinia e Giulietta?

— Só disse a elas que, de agora em diante, nossa família muda de configuração e que vamos morar com os avós, porque o pai delas se comportou com um canalha. Não posso traumatizá-las escancarando a verdade. Mas, para o meu advogado, contei tudo, tintim por tintim. Apesar do desespero, enquanto fazia a mala tive a idéia genial de levar toda a papelada que Giovanni nunca deixa na agência. Vou depená-lo direitinho. Ele vai ter de me pagar uma bela quantia mensal, enquanto viver — declarou Donata, furiosa.

— Se eu fosse você, não ia querer um centavo dele — observou Penelope.

— Mas você é idiota

— Obrigada.

— Desculpe. Não era o que eu queria dizer.

— Queria, sim. Você só sabe pedir desculpas. Primeiro, por ter me julgado mal. Agora, por ter me chamado de idiota. Didì, desça do pedestal e encare a realidade como ela realmente é, e não como você gostaria que fosse. Sua existência era perfeita demais para ser verdadeira. Algumas vezes a invejei. Até porque você exagerava um pouco ao descrever sua serenidade familiar.

Donata soltou um suspiro doloroso.

— Coitadas das minhas filhas. Têm um pai que usa uma liga cor-de-rosa e meias de seda cor da pele. Se a cena que vi fosse de um filme, talvez eu risse. Mas, desde sábado à noite, só faço chorar. — Enxugou as lágrimas e bebeu um comprido gole de tisana. — Lembra-se, Pepe, quantos sonhos, quantos castelos no ar nós construíamos sobre nosso futuro, quando éramos mocinhas? Você era quem mais sonhava, naturalmente. Eu interpretava meu quadro astral sob a medida das minhas aspirações. Jamais poderia imaginar que as estrelas me reservassem tanta miséria. Eu lhe disse horrores sobre Andrea e previ desastres. Deveria ter acolhido com mais modéstia seus repetidos pedidos de que eu fosse cuidar da minha vida. Agora me dou conta de que concebi duas filhas sem ter conhecido um homem. Porque está claro que Giovanni não é homem. Todas as minhas certezas desmoronaram. É o fim!

— Não é verdade. Não é o fim de nada. Justamente quando você tem a impressão de que o mundo lhe desabou em cima, é aí mesmo que nasce algo de bom. É assim, acredite — disse Penelope.

— Palavras, palavras vazias — replicou a amiga.

— Dor, minha querida Didì. Muita dor. Ela pega você aqui, na boca do estômago, depois se irradia por todo o corpo e tritura seus pensamentos. Depois vem o medo, que sempre acompanha o sofrimento. Mas, quando você menos espera, abre-se uma fresta de luz. Você não sabe como, nem de onde vem, mas a luz chega. Experimente consultar seus astros. Felizmente, você acredita neles.

— Já fiz isso — revelou Donata. — Urano e Netuno estão em dissonante marcha de quadratura. Tenho Marte em oposição, e isso me impele de ser agressiva e precipitada. Em suma, sofro a influência de um trio pouco recomendável. Por isso, corri para você. Você tem Júpiter, que fará soar aos seus ouvidos uma música melodiosa. Júpiter, como você sabe, é o planeta mais benéfico do zodíaco. Estar ao seu lado só pode me fazer bem. Você ainda não sabe e, se soubesse, não acreditaria, mas está se aproximando um período de grande serenidade na sua vida afetiva — profetizou a amiga, com voz inspirada.

Penelope não conseguiu conter um sorriso, mas evitou um comentário sarcástico.

— Se é assim que você vê as coisas, acho ótimo. Procure um pouco de serenidade para você também.

— Não sei por onde começar.

— Pense que seu marido está sofrendo tanto quanto você, talvez até mais. Ser homossexual não é uma culpa. Imagine o quanto ele deve ter sofrido por não ser como todos nós. Queria viver como um homem normal, mas sempre prevalecia a necessidade de usar sua liga. Pobre Giovanni — sussurrou Penelope, com sincera solidariedade.

— Pobre de mim, você quer dizer. Eu nunca transgredi. Sempre fui uma mulher fiel — observou Donata. Estava clara a alusão à história extraconjugal de Penelope.

— Sim, fiel à sua idéia de perfeição. Mas, felizmente, o ser humano é imperfeito — sublinhou Penelope.

Estavam prestes a brigar, mas ainda não tinham acumulado agressividade suficiente para isso.

— Claro que você, Sofia e eu formamos um belo trio. Nossos anos mais belos voaram para longe como pétalas de rosa ao vento, e ficamos sozinhas. A solidão me apavora — sussurrou Donata.

— Sofia é muito mais sozinha do que nós. Não teve filhos daquele bastardo do Varini — disse Penelope e prosseguiu: — Embora os filhos não bastem para preencher nossos dias. Primeiro a espremem como se você fosse um limão e depois vão embora. Como, aliás, está certo que seja. E, no fim, que sentido conseguiremos dar à nossa vida? Ontem mesmo nossos corações vibravam por um olhar, uma palavra, um beijo. Hoje estamos aqui, sozinhas, numa sacada em frente ao mar, falando de decepções, traições, derrotas. Sabe de uma coisa, Didì? Não me conformo com a derrota. Ainda tenho vontade de viver, de amar, de ser feliz. Mas, antes, é preciso enxergar claro ao redor e dentro de nós.

Naquela noite, Penelope escreveu a Andrea.

Cesenatico, 26 de maio

Querido Andrea,

Refleti longamente antes de responder à sua carta, que me emocionou pela franqueza com que a escreveu. Por fim, decidi: com igual sinceridade, devo lhe contar aquilo que lhe escondi durante muito tempo, ainda que seja uma história encerrada, que pertence ao passado.

Anos atrás, conheci um homem por quem me apaixonei. Houve um momento em que até pensei em me separar de você. O nome dele é

Raimondo Teodoli, e o apelido é Mortimer. São dele as cartas que você achou na gaveta da minha escrivaninha. É uma história que acabou sete anos atrás. Não foi pelo fato de você me ignorar que o traí. Simplesmente aconteceu, porque o destino me fez conhecer um homem estupendo. Amei-o apaixonadamente. Deixei-o após um ano de dúvidas e sofrimentos, porque estava convencida de que você era o homem da minha vida.

Quis lhe contar tudo isso para esclarecer nossa relação. Se a história de Gemma e da sua família, sufocada por tanto tempo, trouxe problemas para você e, conseqüentemente, também para mim e para os nossos filhos, talvez tenha chegado o momento de contá-la.

Sei que você está enfrentando muitas dificuldades, mas espero que as resolva com a ajuda das crianças.

Aguardo notícias.

Penelope

3

DEPOIS DE LER A CARTA de Penelope, Andrea sentiu que o ar lhe faltava. A traição de sua mulher era uma ferida no seu orgulho. O fato de aquela história ser antiga, terminada há muitos anos, não atenuava a dor. Tanto mais quanto Penelope tivera a coragem de escrever que amara Raimondo Teodoli apaixonadamente. E ele jamais havia percebido. Como podia imaginar que a mãe dos seus filhos escondesse uma traição? Sempre havia acreditado ser o único e exclusivo homem da vida dela.

Quando não estava angustiado pela mãe nem era perturbado pelas investidas dos filhos, continuava a se perguntar o que teria de especial aquele Mortimer, para desencadear a paixão numa mulher como a sua Pepe. Ela definia o tal sujeito como "estupendo". Andrea só conhecia um homem estupendo e irresistível: ele mesmo. Pelo menos, era nisso que acreditava antes de ler a carta de Penelope. E agora, ao confessar a traição, ela afirmava ter mantido o casamento depois de amadurecer a convicção de que ele era o homem da sua vida. Tinham estado à beira da separação, do divórcio, e ele nunca soubera de nada.

Viu Luca passar ao seu lado e pensou: "Fiz meu terceiro filho com uma puta." Não duvidava de que Luca fosse seu filho. O menino se parecia com ele como se parecem duas gotas d'água. Impulsivamente, tomou-o nos braços e o apertou contra si.

— Gosto muito de você — disse.

— Me solte — ordenou o garoto.

— Não, se antes você não me der um daqueles seus beijos especiais — retrucou o pai.

Luca pousou os labiozinhos rosados na face de Andrea e soltou caprichadamente seu "brrr". Andrea o repôs no chão, enquanto seus olhos se marejavam de comoção. Penelope lhe dera três filhos estupendos, complicados, fascinantes. Carregara-os durante nove meses, sem nunca angustiá-lo com seus problemas de mulher grávida, supondo-se que os tivera. Ele não tinha certeza, mas parecia-lhe recordar que, para ela, os meses de gravidez sempre haviam sido de absoluto bem-estar. Penelope ficava mais alegre e agitada do que o habitual. Exceto nas proximidades do parto. Então ele a via mover-se pesadamente, e seus olhos ficavam maiores, mais doces.

Relembrando aquilo, não conseguiu reprimir um ímpeto de ternura pela mulher maravilhosa a quem sempre amara. Mas de repente a cólera tomou a dianteira. Ele sentiu necessidade de conhecer em detalhes a história da traição. Talvez Penelope tivesse mentido. Seria a história de Mortimer uma invenção para espicaçar seu ciúme? Mas havia aquele pacote de cartas na gaveta da escrivaninha. Ele ainda não tivera coragem de lê-las. Se o fizesse, talvez descobrisse que se tratava apenas de um episódio inocente, porque, do contrário, ela não se apressaria a tranqüilizá-lo, liberando-o de qualquer sentimento de culpa. Se realmente o tivesse traído, ela descarregaria toda a responsabilidade em cima dele.

Sua cabeça parecia estar prestes a explodir. A confissão de Penelope o estava enlouquecendo. Ele só conhecia um modo de descarregar a tensão: fazer uma cena. Mas diante de quem, se Penelope não estava? Não podia se enfurecer com os filhos, claro. Lucia e Daniele, sentados à mesa da sala de jantar, estavam estudando. Lucia se esforçava por explicar ao irmão alguns conceitos elementares de matemática, e fazia isso com sua energia típica: palavras claras, intercaladas pela costumeira pergunta: "Entendeu, tapado?" Luca brincava de carrinho sobre o piso do vestíbulo com uma menina da sua idade, filha do porteiro.

— Priscilla! — berrou Andrea.

A doméstica entrou na sala.

— Sim, senhor — disse, olhando-o com ar interrogativo.

Andrea não queria absolutamente nada dela, e custou a achar um pretexto.

— Você ainda não me prestou contas das compras — rosnou. — Nem me deu o troco daquelas cem mil liras.

Com um gesto irritado, a filipina lhe estendeu a nota fiscal do supermercado:

— O senhor ainda me deve *two thousand* liras.

O total da nota que Andrea estava examinando chegava a cento e duas mil liras.

— Você fez compras para Muhamed também — acusou-a Andrea, constatando que Priscilla havia adquirido creme de barbear e lâminas que ele não usava.

— A patroa nunca me cobra essas coisas — replicou a jovem, indignada.

— A patroa tem o péssimo hábito de fechar um olho. Às vezes até os dois. Você me deve 18 mil liras e vou descontar do salário — declarou o patrão.

— A patroa também fecha um olho com o senhor. Mas o senhor nunca se aborreceu com isso — reagiu Priscilla. Aquele homem estava lhe negando seus pequenos direitos, que também compreendiam a facadinha nas compras, e essa atitude não lhe agradava.

— Você está demitida! — sibilou Andrea.

Estava falando sério. Priscila se apavorou. Não podia se permitir perder o emprego com os Donelli. Aquilo era uma gaiola de loucos, certo, mas eles a respeitavam, pagavam seu salário regularmente e, sobretudo, gostavam dela.

— A patroa foi quem me contratou e só ela pode me mandar embora — replicou de cara fechada, sufocando o medo.

Tampouco Andrea queria que ela saísse. Precisava totalmente da empregada. Mas não devia deixar que aquela filipina espertíssima o dominasse.

— Pode ir se queixar no sindicato — disse.

Nesse momento, tocaram a campainha.

— Vá abrir — ordenou Andrea.

— Agora mesmo, senhor — disse Priscilla, o rosto repentinamente iluminado por um largo sorriso. A tempestade havia passado. Ela evitaria cometer outras imprudências, pelo menos até que a patroa voltasse.

Do vestíbulo veio um grito alegre de Luca.

— Oi, vovô!

O sogro vinha entrando. Andrea foi ao encontro dele.

— Chegou na hora certa. Preciso ir ver minha mãe. Você pode ficar um pouco com as crianças? — pediu.

Mimì Pennisi o encarou com expressão grave:

— Me ofereça um café e um cigarro.

Depois sentou-se numa poltrona da entrada e baixou o olhar para observar a ponta dos seus lustrosíssimos sapatos.

— O Terror jacobino é filho natural da Gironda — disse. E, como o genro o encarava, lívido, acrescentou: — Cheguei a essa conclusão aprofundando o estudo sobre a guerra na Vendéia. Porque, veja bem, naquela época travavam-se duas guerras: uma contra as monarquias e outra contra os opositores do governo republicano. É daí que nascem complôs, atentados, delitos. Vêem-se inimigos por toda parte e nasce a lógica perversa do extermínio como solução para o conflito político.

— Veio até aqui para me dizer isso? — perguntou Andrea.

O homem balançou a cabeça, com ar desconsolado.

Priscilla já correra até a cozinha para botar a cafeteira no fogo. Andrea estendeu a Mimì o maço de cigarros.

— Aconteceu alguma coisa que eu não sei? — perguntou, quase a contragosto. Farejava más notícias e não queria ouvi-las.

— Irene me deixou sozinho — sussurrou Mimì.

— Explique-se melhor — disse o genro.

— Ontem à tarde saí, como sempre, para ir à biblioteca. Voltei na hora do jantar. Ela não estava. Nem havia jantar. Ela me telefonou por volta das oito e disse: "Vou estar fora por algum tempo. Não se preocupe." Então tentei saber algo mais. Não podia deixar de me preocupar, entende? Ela diz que, depois de se sacrificar durante anos, resolveu se reapropriar da sua vida. O que significa isso, em sua opinião? — perguntou Mimì, com ar desconsolado.

Em vez de responder, Andrea o levou até a cozinha. Priscilla, que estava colocando sobre a mesa as xícaras e o açucareiro, cochichou para ele:

— Então, não estou mais demitida?

— Vá fazer as camas logo — ordenou Andrea.

— Eu não imaginava que Irene tivesse se sacrificado durante anos. Achava que tinha dado a ela tudo o que eu tinha, mesmo não sendo muito. Evidentemente, me enganei. Você acha que impus a ela muitos sacrifícios? — quis saber Mimì Pennisi, com ar perdido.

— Como você sabe, entre mim e Irene nunca houve uma grande sintonia — disse Andrea, imperturbável. Não queria revelar uma suspeita que era quase uma certeza: sua sogra tinha ido embora com Romeo Oggioni. Fazia anos que Penelope sentia no ar essa decisão, e já falara com ele sobre isso: "Minha mãe e Oggioni se amam há mais de 20 anos. Mais dia, menos dia, papai vai ficar sozinho."

— Você acha que ela volta? — perguntou Mimì.

— É a mim que pergunta? Não está vendo minha situação?

— Minha filha foi um péssimo exemplo para Irene — comentou o homem, que não sabia como explicar a si mesmo a decisão da esposa.

— Em geral, acontece o contrário. Sua filha afirma que sou um péssimo exemplo para seus netos — observou Andrea.

— Mulheres! Quem as entende? — resmungou Mimì, mexendo a colherinha na xícara de café.

4

Maria Donelli parecia revigorada. Costas apoiadas numa pilha de travesseiros, bandeja pousada sobre os joelhos, comia com a própria mão uma papa densa, amarronzada, da qual parecia gostar muito.

— Purê de maçã — explicou ao filho. — Quer?

Andrea balançou negativamente a cabeça. Tinha falado com a chefe do setor, que o tranqüilizara sobre as condições gerais de sua mãe. "Está consciente e não sofre, pode acreditar", dissera ela. "A insuficiência cardíaca está sob controle e o incômodo no braço é suportável."

Maria raspou o prato.

— Estou cansada. Me ajude a me deitar — pediu ao filho.

Ele a ajeitou da melhor maneira. O quarto tinha dois leitos, mas no outro não havia ninguém. Portanto, estavam sozinhos.

— Não gosto de ficar no hospital. Pelo menos, queria Penelope comigo — reclamou ela.

— Eu não basto?

— Sua mulher o deixou, não foi?

— Como é que você sabe?

— Sonhei. Ou, quem sabe, um passarinho me contou — sorriu Maria, com olhar malicioso.

Andrea a encarou, perplexo, perguntando a si mesmo se sua mãe tinha consciência do que estava dizendo.

— Daniele esteve aqui hoje de manhã, antes de ir para a escola, e me trouxe isto aqui — disse ela, apontando uma imagenzinha sacra sobre a mesinha-de-cabeceira.

Andrea pegou o objeto. Era um Cristo que dava a bênção, com uma longa veste branca, as mãos e os pés marcados pelas chagas. Ao longo da borda da veste, seu filho tinha escrito uma frase que o comoveu: *Jesus, eu te amo*.

— Estava afogueado pela corrida. Me beijou na testa, me entregou esta imagem e pediu que eu rezasse para a mãe voltar logo para casa — explicou Maria.

Andrea ficou desconcertado.

— Você criou seus filhos sem Deus. Assim como seu pai fez com vocês. Mas eles precisam acreditar no Senhor. Vou rezar para Penelope reencontrar o caminho de casa. Se isso acontecer, peça a Deus que o ilumine e o faça ser melhor.

Andrea pousou a imagem sobre a mesinha, sem responder. Estava perdido. Acreditava conhecer sua mulher e seus filhos e agora se dava conta, cada vez mais, de não saber absolutamente nada. Para ele, tinham existido apenas o trabalho, a afirmação profissional, o jogo da sedução.

— Penelope teve um amante. Você sabia? — sussurrou.

— Você se casou com uma moça excelente. Eu quero bem a ela como a uma filha. Sorte sua que não o tenha largado muitos anos atrás. Se tivesse feito isso nessa época, não voltaria mais. Mas, agora, pode ser que reconsidere.

— E eu deveria fingir que não é nada? Estou morrendo de ciúme — protestou ele.

— Também traí seu pai. Duas vezes. Foi no início do casamento. Ele não ligava para mim e eu era muito infeliz. Quando soube, ele fingiu não dar importância. Mas parou de me trair. Só que continuei sendo infeliz. Procure evitar que aconteça o mesmo com sua mulher.

Maria adormeceu e ele ficou ao seu lado, acariciando-lhe docemente a mão. Sua mãe tinha razão. O que o levara a trair sempre sua amada companheira? Na primeira vez, tinha sido o acaso. Ele recordou aquela noite em Ramsgate, no Priory Hotel. Não tinha a menor intenção de ignorar Penelope. Quando entraram no belíssimo quarto, Penelope se fechou no banheiro e ele, debruçando-se à janela, viu Giovanni Solci na rua, embaixo. Solci não estava com Donata, mas com um rapaz que o beijava.

— Vou falar com Giovanni um momentinho — disse ele a Penelope.

Desceu correndo, abriu a porta do *hall* e, na rua, não encontrou ninguém. Então subiu de volta e bateu no quarto do amigo. Esperou um pouco, até Giovanni abrir o postigo. Estava nu.

— O que você quer? — perguntou.

— Nada. Desculpe. Achei que tinha visto você lá embaixo. Uma imagem inquietante, posso lhe garantir — tentou explicar Andrea.

— Ora, vá para o inferno — foi a resposta do outro, fechando a porta.

Andrea saiu de novo para a rua, meio confuso e não completamente tranqüilizado, perguntando-se o que estava lhe acontecendo. Tinha absoluta convicção de que um dos dois jovens que se beijavam era Giovanni, e agora se perguntava qual viciosa alteração mental lhe dera tanta certeza. Acabou achando que bebera cerveja demais e decidiu fazer uma caminhada até os rochedos. As arvorezinhas de cítiso estavam carregadas de flores amarelas. Ele colheu um buquê para sua mulher, que certamente o aguardava. E, de novo, topou com Emanuela. Ela estava com dois fotógrafos e os três o convidaram para um *pub*. Depois, voltaram para o hotel. Emanuela o levou para o seu quarto. Ele estava absolutamente bêbado e só ao amanhecer, quando voltou a si, percebeu o problema que havia arrumado com Penelope. Deu um jeito nas flores e voltou para ela, decidido a jurar que não a traíra. E quando reviu Giovanni, mais tarde, envergonhou-se do equívoco que cometera.

— Desculpe por esta noite — disse ao amigo.

— Desculpe você. Eu o mandei para o inferno, mas porque estava tomando banho — respondeu este.

Tinham sido umas férias fantásticas, durante as quais Lucia fora concebida.

— Oi, Andrea — disse uma voz esfuziante, que lhe deu um sobressalto e o tirou das reminiscências.

Sofia, a outra amiga íntima de sua mulher, lhe sorria da porta do quarto do hospital. Parecia uma foto de editorial de moda: *tailleur* de seda rosa-pálido, sapatos e bolsa cor de gelo, pérolas cinzentas nos lóbulos das orelhas e no pescoço. A juba exuberante e a maquilagem caprichada lhe conferiam o aspecto de uma jovem senhora pronta para ir a uma recepção. Andrea sempre a vira assim, e sempre tivera a impressão de que ela estava prestes a entrar em cena, nos trajes de prima-dona. Sabendo que Sofia não o tinha em alta estima, sempre a considerara uma espécie de calamidade na vida de sua mulher, a qual dificilmente tomava uma decisão sem tê-la consultado antes.

Detestava-a desde o início, porque Sofia tinha tudo o que faltava a ele: um grande senso de organização, a capacidade de manter a calma nos momentos mais difíceis, um estilo inato que lhe permitia mover-se com desenvoltura em qualquer situação. E, enfim, gozava da confiança de Penelope, que sempre seguia suas sugestões. Sofia organizava o tempo livre deles, indicando a Penelope a "viagem certa", a exposição imperdível, o concerto a que se devia assistir sem falta, o cardápio para um jantar a oferecer aos convidados, o lugar ideal para umas férias na montanha com as crianças. Priscilla, a empregada, havia sido achada por Sofia. Penelope, quando tinha algum problema, telefonava a Sofia, que achava a melhor e mais imediata solução.

— É tão dedicada aos assuntos alheios que não consegue resolver os dela — comentara Andrea, exultante, quando o marido, Silvio Varini, a deixara. Por outro lado, ele também detestava o insigne docente, arrogante e antipático.

Agora, porém, enquanto Sofia gorjeava: "Posso entrar?", Andrea teve um instante de júbilo. Aquela presença jovial num lugar onde reinavam dor e solidão era uma nota alegre, poderosa e vital.

Levantou-se, foi ao encontro dela e a abraçou.

— Sinceramente, eu não a esperava — disse.

— Achei que Maria gostaria de me ver. Trouxe um óleo energético, porque afinal ela vai precisar que alguém lhe massageie o corpo. No hospital, não se preocupam com essas coisas, mas são tão importantes quanto as terapias médicas. E, como sou otimista, também trouxe o baralho. Quem sabe se ela não vai querer jogar uma partidinha? — disse Sofia, espalhando sobre a cama uma série de pacotinhos.

Maria continuava dormindo. Sofia lhe acariciou a cabeça. E prosseguiu:

— Vá ver seus filhos. Eu fico com ela até que a enfermeira da noite chegue.

— Você é muito prestativa — sussurrou Andrea.

— Eu sei. Sempre fui. Mas não é uma virtude. Nasci assim, do mesmo modo como alguém nasce musicista ou arruaceiro — minimizou ela, comprazida.

Ao voltar para casa, Andrea notou o jovem Roberto Tradati, namorado de sua filha, diante do portão.

— O que está fazendo aqui? Por que não sobe? — perguntou.

— Tenho de levar Lucia aos ensaios de *flamenco* — explicou o rapaz.

— Mas quantos ensaios ela tem? Você já a levou ontem, e também anteontem.

— A prova é daqui a dois dias. Aquelas pobres moças estão trabalhando como umas condenadas — explicou Roberto, em tom solidário.

— Por que você também não freqüenta o curso de dança?

— Não tenho talento. Para Lucia, é um compromisso muito sério. Seja como for, ando preocupado. Há um professor espanhol que dança com ela. É bonito e competente demais para o meu gosto. E ela olha para ele com muito interesse. Diz que faz parte do *pathos* da dança. Mas não gosto disso. O senhor tem mais experiência do que eu com as mulheres. O que acha? Devo acreditar?

— De jeito nenhum. As mulheres, meu caro, nós nunca as conhecemos o suficiente. Quando você acha que as tem na mão, elas escapolem e você nem percebe. Grude na minha filha o máximo que puder — sugeriu Andrea com um sorriso cúmplice.

Lucia, que enquanto isso ia chegando ao portão, deu um beijo apressado no pai e subiu na moto de Roberto.

Em casa, Andrea encontrou Luca e Daniele com o avô. Mimì Pennisi havia preparado umas berinjelas *alla parmigiana* que exalavam um perfume apetitoso.

— Novidades? — perguntou Andrea, sentando-se à mesa.

Priscilla estava na varandinha limpando a gaiola de Tchip e Tchop, enquanto recitava a costumeira ladainha:

— Estou cansada de cuidar dos bichos de vocês. A patroa não está e tudo cai nas minhas costas. Sansone, os peixes e estes pequenos *birds*, que sujam por dez. Vou afogar os dois no aquário, se vocês não cuidarem deles.

Todos deram de ombros e continuaram a comer.

— Perguntei se há novidades — repetiu Andrea.

— Lucia telefonou à mamãe — disse Daniele. — Conversaram um tempão.

— Conte — incitou-o Andrea.

— Pergunte a Luca. Ele estava do lado e ouviu tudo.

— E então? — perguntou o pai, ansioso por saber.

— Não ouvi nada — disse Luca, com um olhar descarado. Não falaria nem sob tortura.

— Dá para dizer pelo menos se a mamãe tem intenção de voltar para casa? — insistiu Andrea.

— Só faz uma semana que a mamãe está de férias. Priscilla, quando vai para as Filipinas, fica dois meses. Quantos dias uma semana tem? E dois meses? Pegue o número menor e tire do maior. O resto são os dias que mamãe ainda tem.

O avô, o pai e o irmão olharam embasbacados para ele. De onde lhe vinha um conceito tão preciso e complexo?

— Quer dizer que você sabe fazer subtração! — exclamou Daniele.

— O que é subtração? — perguntou Luca, com uma candura desarmante.

— O que você acabou de falar — interveio Andrea.

— Lucia ficou a tarde inteira repetindo essas coisas para Daniele. Não é tão difícil assim de entender — cortou o garotinho.

— Ou você é um gênio ou então é um idiota — resmungou o irmão.

Mimì ficou para dormir com eles. Disse que não queria voltar para casa. Priscilla resmungou de novo, porque um hóspede lhe complicava a vida. Daniele passou a noite em cima dos livros, na tentativa extrema de evitar uma reprovação. Luca e Andrea foram juntos para a cama grande. Sansone já aprendera a dormir no tapete, ao pé do leito.

— Daniele jogou fora o forro de borracha. Disse que não precisa mais — sussurrou Luca ao ouvido do pai, antes de adormecer.

— Obrigado por me fazer essa confidência — disse Andrea, dando-lhe um beijo. Gostaria que a esposa ficasse sabendo disso.

5

Três acordes de violão e o soluço final da cantora Carmen Amor, rainha do *flamenco*, concluíram a última *sevillana*. O público que lotava o teatro aplaudiu demoradamente.

Os primeiros bailarinos, Carlos Sanlucar e Lucia Donelli, de mãos dadas, inclinaram-se ofegantes, irradiando felicidade no sorriso com que respondiam àquela calorosa homenagem. Da platéia voaram flores, enquanto o público, composto de amigos e parentes, escandia aos berros os nomes das bailarinas, acompanhando-os com *olas* de estádio. Lucia viu o pequeno Luca encarapitado nos ombros de Daniele, que gritava como um alucinado o nome da irmã. Ela e Carlos, com um gesto elegante, indicaram as dançarinas enfileiradas às suas costas.

Lucia continuava a sorrir, enquanto, com o olhar, passava em revista o rosto dos seus entes queridos. Ali estava seu pai, que arremessou ao palco um buquê de pequenas rosas brancas. Ela o pegou no ar. Estavam os primos Pennisi, estava Sofia, que, para a ocasião, havia esquecido a compostura habitual e esbracejava, dizendo o nome dela em altos brados. Estava Roberto Tradati, seu namorado, que, com o polegar e o indicador metidos nos cantos da boca, assoviava toda a sua empolgação. Estavam as amigas e os colegas de escola, que gritavam em coro: "Lucia, você é demais!". Só faltava Penelope. Ainda no camarim, Lucia tivera a surpresa de receber um grande ramalhete de lírios perfumadíssimos e um bilhete: "Estou pensando em você com todo o meu amor. Mamãe." Tinha metido a mensagem na faixa do traje escarlate de cigana. Olhara-se no espelho e se sentira lindíssima. Maquilara o rosto com sabedoria e prendera os cabelos castanhos na nuca, num coque onde enfiara uma rosa de seda vermelha. Sabia que dançara com a raiva, a paixão e o langor de uma autêntica cigana.

— Eu amo você — sussurrou-lhe Carlos Sanlucar, seu belíssimo professor de *flamenco* que havia dançado com ela.

— Eu também amo você — replicou, continuando a sorrir para o público.

Dizia a verdade. Carlos tinha a força e a elegância de um antigo *hidalgo*. Seus olhos ardentes e escuros a fulminaram desde o primeiro encontro, que remontava a outubro passado, quando ela se inscrevera no quarto ano da escola de dança.

A professora que a acompanhara nas turmas precedentes havia voltado para a Espanha e Carlos tinha chegado.

Ele era jovem, tinha um rosto cigano, uma voz risonha, e a observou como se Lucia fosse uma flor rara.

— Mostre o que aprendeu até agora — disse.

Ela exibiu com naturalidade alguns passos, ao ritmo de um fandango.

— Você mantém muito gosto para a dança — sentenciou ele, com gravidade. Lucia sorriu daquela linguagem extravagante, mas sobretudo por estar impressionada pela musicalidade da voz de Carlos. Depois baixou o olhar, para esconder a emoção. — Tem uma ótima postura, muito cênica. Tem temperamento e também é muito *hermosa* — concluiu Carlos, baixando o tom de voz, como se falasse consigo mesmo.

A essa altura, Lucia enrubesceu, porque nos olhos daquele jovem e encantador professor tinha lido o desejo de tocá-la. Penelope, que a acompanhava, mascarou a própria contrariedade intervindo bruscamente:

— Sim, minha filha é muito *hermosa*, como o senhor diz, e também determinada. Mas, para ela, a dança é uma atividade absolutamente secundária. Quanto a mim, o que me interessa saber é se o preço da matrícula continua o mesmo.

Lucia lhe deu um beliscão no braço, sibilando:

— Odeio você.

Carlos contemplou Penelope com um sorriso fascinante.

— Para isso, senhora Donelli, deverá se informar na secretaria. Pessoalmente, espero que tenha aumentado, porque assim vou ganhar mais.

— Esse novo professor me parece um tanto bonitinho demais — comentou Penelope, na volta para casa.

— Por que você não costura essa boca, às vezes? — agrediu sua filha. — Por que é tão odiosa quando alguém me agrada?

— Qualquer mãe defende seus filhotes — explicou Penelope.

— Ele não me atacou.

— Mas fez coisa pior, porque a fascinou.

— Eu amo Roberto. E detesto você. Você é insuportável, principalmente quando lhe vêm à cabeça essas idéias estranhas.

— Idéias que você provocou, com seus rubores, seu pestanejar e todo o resto. Também posso estar errada.

Mas sua mãe tinha entendido tudo. Ao longo dos meses, semana após semana, Lucia se apaixonara por Carlos. Tinha motivos para crer que ele, embora soubesse ser inflexível e exigisse dela o máximo, correspondia a esse sentimento.

Roberto era conciliador, permissivo, brando e terno. Carlos era severo, impiedoso, agressivo. Mas, ao fim de cada aula, quando ela estava destruída pelo cansaço, ele então lhe sorria, dava-lhe um piparote no nariz e dizia: “Você é perfeita, Lucia. Absolutamente perfeita.” E ela se derretia como neve ao sol.

Mantinha ciumentamente só para si os próprios sentimentos e continuava a se repetir que Roberto era seu homem.

Poucas semanas antes da prova final, Carlos a acompanhou depois de uma aula.

— Volto para Barcelona em junho — disse.

— Quer dizer que, no próximo ano, não estará mais aqui? — perguntou ela, sufocando a decepção.

— Você podia ir comigo.

Tinham saído juntos da escola, na via Dogana, e ele a arrastara até a *piazza* del Duomo.

— Por que eu deveria? — perguntou Lucia.

— Quero continuar dançando com você. E você também quer isso — respondeu ele, rodeando-lhe os ombros com um braço.

Os dois eram belos, e os passantes os olhavam com admiração.

— Como lhe disse minha mãe, a dança para mim é uma atividade absolutamente secundária. — Agindo contra si mesma, coração em tumulto, Lucia estava colocando à prova toda a sua capacidade de resistência.

— Mas eu amo você. E você também me ama — sussurrou Carlos, encostando o rosto ao da jovem, como se quisesse beijá-la. Ela fechou os olhos e recebeu o costumeiro piparote na ponta do nariz. Mas logo deplorou esse instante de fraqueza.

— Na minha idade, é fácil cair na armadilha de um homem de 29 anos, principalmente se ele se chama Carlos Sanlucar, é um bailarino extraordinário e irradia toneladas de fascínio — replicou com voz firme. Depois se soltou do abraço dele e acrescentou: — Seja como for, não tenho certeza de que o amo. Talvez seja só uma atração. Gosto da sua voz, do seu sorriso, do seu perfume e do jeito como você me olha. Acho que gostaria que você me beijasse. Mas isso não é amor. Entende?

— Isso é paixão, minha querida Lucia — objetou ele, com um sorriso que arrancaria aplausos.

Ela se despediu com uma careta um tanto infantil.

— Até a aula de sábado — disse. Depois se dirigiu quase correndo para a entrada do metrô.

Agora, a prova final se concluíra triunfalmente. Quando se dirigiam aos vestiários, Carlos pegou-a por um braço e puxou-a para seu camarim. Depois fechou a porta.

— Volto para Barcelona daqui a dois dias — disse.

— Eu sei — anuiu Lucia.

Ele ergueu os braços, levou as mãos à nuca e tirou do pescoço uma fina corrente de ouro da qual pendia uma pequena cruz grega.

— Uso isto desde criança. Meu pai, que havia emigrado para a Argentina, foi quem me mandou, como presente de primeira-comunhão. Agora, quero que seja sua — disse, prendendo a correntinha ao pescoço de Lucia.

— Por quê? — perguntou ela, com voz insegura.

— Você é minha melhor aluna — sussurrou ele. Então, segurou em suas mãos o rosto da jovem e beijou-a demorada e intensamente.

Un nó de pranto apertou a garganta de Lucia e os olhos dela se encheram de lágrimas. Se, naquele momento, Carlos a convidasse: "Vamos embora, venha comigo", ela o seguiria. Em vez disso, ele disse:

— Daqui a duas semanas, você terá terminado o curso. Se quiser, sabe onde me encontrar. Estarei à espera.

Lucia abriu lentamente a porta do camarim, saiu para o corredor, misturou-se às colegas ainda excitadas e cansadas, trocou de roupa e deixou o teatro. No pátio, foi recebida pelos aplausos festivos de sua família. Roberto a abraçou. Sofia lhe pespegou um beijo na testa. Seu pai lhe sorriu, orgulhoso. Luca e Daniele a olharam com admiração.

— Vamos para casa — disse. — Estou cansada.

— Eu queria que mamãe tivesse visto você — sussurrou Daniele.

— Vou telefonar para ela — respondeu Lucia, já entrando no carro com a família.

Assim que se viu sozinha em seu quarto, ligou para Penelope.

— Obrigada pelas lindas flores que me mandou — disse.

— Algo não vai bem. O que foi? — perguntou a mãe, percebendo um tom diferente na voz dela.

— Carlos me beijou e chorei — confessou Lucia imediatamente.

Penelope não respondeu. Limitou-se a escutar a continuação.

— Quando ele me beijou, vi as cores do arco-íris. Ele me convidou para ir ao seu encontro na Espanha, quando concluir a escola.

— Seu namorado sabe disso? — perguntou a mãe.

— Não pode saber. Eu amo Roberto. Se lhe dissesse que também amo Carlos, ele não entenderia. Não sei o que fazer.

Penelope não respondeu. Ocorreu-lhe que ela também tinha amado dois homens. Renunciara a Mortimer, mas isso lhe doía até agora. Gostaria de dizer à filha: "Esqueça o bailarino." Mas não sabia se esse era um bom conselho. Os sentimentos, as emoções, as pulsações do coração devem seguir seu próprio curso.

— Então, o que devo fazer? — solicitou-a Lucia.

— Você gostaria de seguir Carlos, mas não quer perder Roberto. Está com um problema, e ninguém pode resolvê-lo por você — disse a mãe, afinal.

No fundo, se dependesse dela, Penelope preferiria que Lucia ficasse com o namorado, porque o conhecia e apreciava a concretude e a honestidade dele. Ficaria muito ansiosa se Lucia decidisse ir ao encontro do bailarino. Daquele cigano espanhol Penelope não sabia nada, e temia que ele quisesse apenas se divertir com uma moça de boa família.

— Mamãe, por favor, me ajude — suplicou a filha.

— Eu queria que você estivesse aqui, para poder abraçá-la — disse Penelope.

— Mas você está a trezentos quilômetros de distância e estou no meu quarto, sozinha e confusa — deplorou Lucia, erguendo a voz. — Se ao menos eu pudesse ter uma boa briga com você... talvez conseguisse clarear minhas idéias. Por exemplo, se você me mandasse esquecer Carlos, sei que correria atrás dele. Nem que fosse para contradizê-la — declarou, com simplicidade.

— Só que não vou fazer isso, porque quero que você tome suas decisões livremente.

— Tenho a impressão de que está me enrolando — sibilou a filha. — Desde quando ficou tão compreensiva?

— E você, desde quando recorre a mim para saber o que deve fazer? Você sempre me acusou de ser a causa dos seus problemas. Mas a culpa não seria também um pouco sua, droga? — reagiu Penelope.

— Agora eu a reconheço. Essa mãe conciliadora e compreensiva realmente não estava me convencendo — declarou a jovem e prosseguiu: — Mas você tem uma resposta, sim. É tão difícil dizer o que pensa? Os adultos nunca dizem o que pensam, só dizem o que consideram certo. Somente os velhos têm a coragem de dizer a verdade. A vovó Maria, por exemplo, diria que sou uma estúpida, destinada a uma infelicidade perene. O vovô diria que sou uma tolinha, frívola e apaixonada só por mim mesma. Mas você é minha mãe. Por que não me ajuda?

— Se você estivesse se afogando, eu faria tudo para salvá-la. Mas você está apenas vivendo. Seu problema sentimental faz parte da vida. Assim como seu amor pela dança, seus sucessos escolares, suas alegrias e suas desilusões. Na vida, as pessoas riem e choram.

— Minhas amigas são muito mais felizes e despreocupadas do que eu — comparou Lucia.

— As minhas também eram, quando eu tinha a sua idade. Depois, também para elas chegou o momento das lágrimas — disse Penelope.

— Afinal, deve existir um jeito de não sofrer — irritou-se Lucia.

— Se existe, não conheço — admitiu Penelope, com sinceridade.

— Se eu não errar num dever de casa, sou premiada pelo professor com uma nota boa. Se interpretar uma dança à perfeição, ganho aplausos. Portanto, se viver do jeito certo, não poderei sofrer. Qual é o jeito certo de enfrentar a vida?

— Não existe receita de felicidade. Cada um deve encontrá-la sozinho, sem ter medo. Coragem. Tenho certeza de que você conseguirá.

— Mas por que nós, mulheres, temos de ser tão complicadas? — suspirou Lucia, em tom melodramático. E acrescentou: — O vovô agora está morando conosco. A vovó fugiu. Não se sabe por quê. Ele, pelo menos, não sabe. Ou então finge não saber.

"Finalmente ela se decidiu", pensou Penelope. E disse:

— Lamento por ele. Vai sofrer muito.

— Está arrasado, um trapo. Acho que Roberto também sofreria muito se eu fosse com Carlos para Barcelona. E eu também, porque o amo.

— Viu? Você mesma achou a resposta que procurava.

O papel de parede da sala Chippendale...

1

O PAPEL DE PAREDE da sala Chippendale, nos anos da primeira infância de Penelope, era de seda verde jaspeada. Em seguida, desaparecera para deixar a parede nua, pintada de branco. Penelope ainda recordava a decisão de Irene: "Temos de eliminar este forro. Aí embaixo podem se aninhar insetos."

Agora, a casa tinha sido reformada. Só faltavam uns poucos acabamentos. Ela gostaria de forrar novamente as paredes com seda, mas o custo era excessivo. Assim, teve de admitir que, afinal, a decisão de sua mãe tinha sido a mais prática. Em vez do branco, porém, escolheu uma tinta verde-pálida e, ao longo do perímetro superior das paredes, mandou colar uma barra do mesmo tecido que revestia sofás e poltronas.

Terminada a restauração, a sala da vovó Diomira voltara a triunfar em todo o seu esplendor. As mesinhas redondas, com três pernas arqueadas e dois tampos, polidas pelo marceneiro, mostravam a perfeição do desenho original. Como fazia quando criança, Penelope se deteve para considerar a figura do dragão com as fauces escancaradas e a língua fina e bifurcada. Passou a ponta do dedo nas pequenas escamas douradas do monstro, que parecia querer engolir a pontezinha sobre as margens floridas e a casinha com o teto em forma de pagode. Na infância, aquele teto de pontas recurvas a impressionava, e ela passava horas a contemplá-lo, imaginando os países distantes que o bisavô capitão havia visitado em sua infinita peregrinação pelos mares do mundo.

"Viu, vovó? Fiz tudo direitinho, exatamente como você gostaria. Tenho certeza de que você gostou de ver como sua casa voltou a ficar bonita", disse a si mesma, sentando-se na poltrona onde Diomira dera sua última baforada de cigarro.

Penelope estava muito orgulhosa por ter conseguido, sem o auxílio de um arquiteto, devolver à casa o aspecto original. Não tinha jogado nada fora. Tudo o que não fora possível recuperar, ela mandara reproduzir segundo os desenhos originais. Agora, estava satisfeita consigo mesma.

— Muito bem, Pepe. Ótimo trabalho. Estou falando sério.

A voz era a de sua mãe, que se apresentava ali, de pé, na soleira da sala, e sorria para ela.

Penelope se levantou e a enfrentou com um olhar zangado.

— Eu estava nos arredores. Em Forlimpopoli, mais exatamente. Então pensei em dar uma olhada na minha casa — prosseguiu Irene, sublinhando o possessivo "minha". E, como Penelope não falava, continuou: — Naturalmente, não vim para ficar. Você já deve ter sabido que deixei seu pai. Estou viajando com Romeo. Queremos ir passar uns dias em Roma.

— Achei sua certidão de casamento — disse Penelope.

Irene deu dois passos até o interior do aposento e baixou o olhar para observar os ladrilhos octogonais, brancos e verdes, recém-polidos.

— Parecem novos — comentou. — Ficou bom este piso. Naturalmente, falta um tapete.

— Ouviu o que eu disse? — insistiu a filha.

Irene estava esplendorosa. Sobre sua pele de alabastro, o *tailleur* em xantungue de seda rosa-bombom ressaltava sua figura esbelta.

Mais uma vez, Penelope se sentiu inadequada. Usava umas sandalinhas rasteiras, cor de couro, uma bermuda desbotada e uma camiseta branca com um texto vistoso: DEUS MORREU, MARX MORREU E EU TAMBÉM NÃO ME SINTO MUITO BEM. A frase era assinada por Woody Allen.

— Sim, ouvi perfeitamente — replicou Irene, examinando o pensamento de Allen bem à vista sobre o peito da filha.

— Jamais confiei em você. E tinha razão — afirmou Penelope.

— Sem dúvida, você anda apregoando uns pensamentos cheios de otimismo — ironizou Irene.

A camiseta era de Daniele, e Penelope a encontrara entre as roupas de verão deixadas na casa. Resolvera vesti-la porque sentia saudade do filho, mas também porque, no fim das contas, aquela espécie de lema estava em sintonia com seu estado de espírito.

— Não tenho muitos motivos para estar alegre — retrucou, encarando a mãe com severidade.

Mas Irene evitou esse olhar e passou a observar as paredes da sala, onde as aquarelas de Diomira, dentro de novas molduras em delicados tons pastel, tinham voltado a fazer bela figura.

— Você sempre teve um péssimo temperamento. É daquele tipo que sempre vê o copo meio vazio — sentenciou.

— Ter uma mãe como você não foi uma injeção de otimismo.

— Não vim aqui para brigar — sorriu Irene.

— Eu sei. Veio para a última despedida, antes de sumir com aquele horrível Romeo Oggioni — disse Penelope, com voz cortante.

— Carreguei na minha vida duas cruzes muito pesadas: seu pai e você. Ele me ama além de qualquer sensatez, e você me detesta por ciúme. Na sua idade, ainda traz à baila minhas relações pré-matrimoniais com seu pai. Não acha que está exagerando?

— Agora percebo por que você e Andrea nunca se entenderam: são iguais. Eu exijo satisfações pelas traições e ele nega. Quero saber por que você carregou o estandarte da esposa que chegou virgem ao altar — berrou Penelope, exasperada pela atitude da mãe.

— Algum dia você vai contar aos seus filhos que teve um amante? — replicou Irene num sussurro.

Penelope ficou desconcertada.

— Não acho que sua relação com Lucia seja melhor do que a nossa — prosseguiu Irene, reforçando a dose.

— Eu nunca banquei a mãe perfeita — reagiu Penelope, tentando se defender.

— Mas eu, sim. Sempre achei que devia me propor ao melhor, se quisesse lhe servir de exemplo. Não consegui. No entanto, por você, e só por você, tinha encerrado a história com Romeo. Se não tivesse engravidado, talvez nem me casasse com seu pai. Mas você estava dentro de mim e eu não queria matá-la, como fizeram e continuam fazendo muitas mulheres. Mimì foi o melhor dos maridos. Só que, para conviver bem, é preciso que os dois queiram. E eu não queria. Sim, vim me despedir de você. Vou ficar com um homem a quem amo e que me ama há 30 anos. Naturalmente, não tive coragem de dizer a verdade ao seu pai. Quero bem a ele e me dói saber o quanto sofrerá pela minha fuga. Vim pedir que você fique perto dele, se puder.

Penelope quase se deixou levar pela emoção. Mas agüentou firme. Já tinha suas preocupações e não queria se encarregar também dos problemas dos pais.

— Ou seja, assim, simplesmente com quatro palavrinhas, você alivia a consciência — comentou.

— Exatamente como você. Com quatro trabalhos de restauração neste tugúrio decadente, acha que vai reorganizar sua vida desconjuntada — replicou Irene, levantando-se e saindo da sala.

— Esta casa, até ontem, era definida como "o palacete da praia", se bem me lembro. Quanto à minha vida desconjuntada, sempre mantive você longe dos meus problemas. Pelo menos isso, você devia valorizar.

— Pois fez mal. Eu poderia tê-la ajudado. Seja como for, um conselho lhe devo. Depois, como sempre, você fará o que quiser — disse Irene, descendo os degraus.

Penelope viu Romeo Oggioni ao volante de um Porsche preto, do lado de lá do portão. Ele olhava para as duas.

— Encerre de uma vez a história com aquele médico. Faz anos que você a arrasta, embora tenha um marido que foi feito sob medida para você. Ao contrário do seu pai, ele sabe lhe dar trabalho. É disso que nós, mulheres, precisamos para nos sentir úteis — sentenciou Irene, encaminhando-se para o homem que a esperava.

Romeo saiu do carro e abriu a porta para ela. Mas, antes, fez um aceno de saudação a Penelope.

Então, num impulso, Penelope correu pela trilha, transpôs o portão e, antes que a mãe embarcasse no carro, abraçou-a.

— Boa sorte — sussurrou.

— Lembre-se do meu conselho — disse a mãe, comovida.

2

O BIP-BIP DO RELÓGIO eletrônico repercutiu na cabeça de Daniele como uma série de marteladas que esfacelaram as quietas regiões do sono. Ele esticou o braço para a mesinha-de-cabeceira, desligou o despertador e olhou o mostrador luminoso: cinco e meia da manhã.

Então saiu da cama, resmungando contra o senso de dever que era uma novidade absoluta em sua jovem vida. Movendo-se com cuidado, para não perturbar o sono da família, foi tomar banho. Depois se vestiu, pegou o texto de psicologia e se fechou na sala. Naquela manhã, teria uma argüição, a última do ano, e não queria ficar embatucado.

Acomodou-se numa poltrona e escolheu um capítulo ao acaso. Em dois dias, havia decorado quase toda a matéria do ano letivo. O capítulo escolhido se intitulava "Elementos e funções da vida intelectiva". Então, começou a repetir em voz alta: "Os elementos são: sensação, percepção, memória e conceito..."

Quando acabava de repetir uma frase, conferia no texto a exatidão da exposição. E comentava consigo mesmo: "Eu, por exemplo, tenho a sensação de que estas porcarias não me importam nem um pouco, mas tenho a percepção de que, se não as souber, vou levar outra bomba."

Depois de uma hora e meia de revisão, achou que estava aceitavelmente preparado.

Dali a poucos minutos, o vovô e Lucia se levantariam. Seu pai e Luca dormiriam até as oito. Ele decidiu telefonar à mãe. A falta que sentia dela se tornava cada vez mais premente. Não que tivesse alguma necessidade específica. Mas queria vê-la, sentir o calor do seu abraço, escutar sua voz.

Ligou para o número de Cesenatico e Penelope atendeu depois de muitos toques, quando ele já estava quase desligando.

— Filho querido, é você? — disse ela, com voz de sono.

— Achei que você não estivesse em casa — respondeu Daniele, aliviado.

— Demorei porque tive de descer do meu quarto até o vestíbulo. Acho que preciso pedir uma extensão para o primeiro andar. Quando eu era adolescente, como você, descia essa escada correndo. Agora, não tenho mais tanta agilidade e desenvoltura — explicou Penelope.

— Mamãe, você ainda vai ficar fora muito tempo? — perguntou o garoto, enfrentando o motivo do telefonema.

— As obras aqui ainda estão em andamento e...

— E você não está pronta. Entendo — cortou Daniele.

— Estou com saudade de você, meu filho — suspirou ela. — De todo mundo.

— Inclusive de papai?

— Sem dúvida, mas menos do que de vocês. Eu queria que todos estivessem aqui, você, Lucia e Luca. Talvez isso não possa acontecer logo. Mas penso nos três o tempo todo. Como estão?

— Bem, no geral. Eu me levantei às cinco e meia para rever a matéria de psicologia. Tenho uma argüição no segundo tempo. Sei que vou ser reprovado. Mas não quero que isso me aconteça com desonra. Já fiz muitas besteiras. De algumas, você nem sabe — confessou Daniele.

— Quais são as que não sei? — perguntou Penelope, já ansiosa.

— Agora, não interessam mais. É tão bom "fazer as coisas direito", como você diz! Antes, eu não sabia disso. Preciso desligar, porque escutei alguém se movimentando lá dentro. Talvez seja o vovô.

— Meu pai ainda está aí? — perguntou ela.

— Está morando conosco. Depois da partida da vovó, ele se sentiu muito sozinho, sabe? Ele e papai se entendem.

— Muita coisa mudou, desde que fui embora. Fico contente. Boa sorte na sua argüição.

— Mamãe, eu lhe quero muito bem. Espero que volte logo — disse Daniele.

Desligou, pegou seu livro e foi até a cozinha. Abriu a porta para a sacada, ergueu as persianas e a luz de junho irrompeu no aposento. Estava colocando o leite no fogo quando se deu conta de que havia um silêncio insólito. Tchip e Tchop ainda não se exibiam no costumeiro chilrear alucinado. Ele ergueu o olhar para a gaiola. Estava vazia.

Seu primeiro pensamento foi que tinham fugido. Mas a portinhola estava fechada. Então os viu, no ninho. Eram dois montinhos de penas luzidias.

— Lucia! Lucia, venha cá, correndo! — suplicou, batendo na porta do banheiro.

— São apenas sete e dez e você já me enche a paciência — reclamou a irmã, abrindo a porta e olhando-o com agressividade.

— Tchip e Tchop morreram — anunciou Daniele.

— Não seja idiota. Ontem à noite eles estavam superbem. — Lucia já ia fechando de novo a porta quando viu os olhos do irmão marejados de pranto.

— Droga! E agora, quem vai contar a Luca? — sussurrou ela, depois de correr à cozinha para constatar o falecimento.

— Alguém torceu o pescoço deles durante a noite — concluiu Daniele.

— Não fale besteira. Quem faria uma coisa tão terrível?

— Priscilla. Ela vive reclamando. Tolera Sansone, mas só porque tem medo dele. Todo dia, repete sem parar que não agüenta mais estes *birds*. Foi ela — decidiu Daniele.

Nesse momento apareceu Mimì Pennisi. Trazia a guia de Sansone e se dispunha a descer com o cão. Era uma tarefa que ele assumira de bom grado. Os dois netos o perscrutaram com expressão acusatória, depois de trocarem um olhar eloqüente, que dizia: "E se tiver sido o vovô?"

— Bom, o que está acontecendo? — perguntou Mimì, com ar cândido.

— Não, o vovô nunca sujaria as mãos com semelhante infâmia — julgou Daniele, em voz alta.

— Alguém torceu o pescoço de Tchip e Tchop — anunciou Lucia.

Sansone gania na soleira da cozinha porque havia visto a guia e queria sair logo. O avô abriu a gaiola, pegou um periquito e o examinou com cuidado.

— Ninguém puxou o pescoço deles. Talvez tenham morrido de infarto.

— Os dois ao mesmo tempo? — duvidou Lucia.

— Acontece. Talvez Tchip tenha morrido primeiro, e o pobrezinho do Tchop não agüentou a dor de perder sua companheira. Quando dois se amam como eles, muitas vezes a morte de um significa também a do outro. Sabem como são chamados esses periquitos? "Os inseparáveis". Um não pode viver sem o outro.

— Vai ser um golpe duro para Luca — insistiu Lucia. — Primeiro a mamãe foi embora, depois a vovó adoeceu, e agora morreram esses bichinhos.

— Eu é que não vou acordá-lo para dar a notícia. Até porque estou atrasado — decidiu Daniele.

— Não se preocupem. Eu falo com meu neto — tranqüilizou-os o avô.

Luca aceitou o fato com aparente tranqüilidade. Envolveu amorosamente os periquitos num lenço de papel. Sacrificou uma caixinha do seu Lego para fazer o esquife deles. Enquanto os irmãos estavam na escola, organizou o funeral. Avisou os amiguinhos que moravam no condomínio e confabulou com o porteiro, que prometeu cavar um buraco no canteiro do fundo do pátio, embaixo de uma espirradeira em flor. Na tarde desse dia, do saguão do edifício, partiu uma pequena procissão. Luca, à frente de todos, segurava solenemente, nas palmas das mãos, a caixa que continha os despojos dos dois passarinhos. As outras crianças o seguiam, compungidas. Daniele e o avô fechavam o cortejo.

Para a ocasião, Daniele escrevera uma breve canção que ele cantou, acompanhando-se com o violão, enquanto os outros davam a volta ao pátio.

Lucia se recusara a participar daquilo que havia definido como “uma palhaçada infantil”. Mas, ao escutar a bela voz do irmão, debruçou-se à sacada e acompanhou a cerimônia inteira.

Priscilla escondeu a gaiola vazia no alto de uma prateleira do depósito.

— Pelo menos agora a cozinha vai ficar mais limpa — sentenciou.

Lucia não fez comentários. Começou a preparar um chocolate.

— Com este calor? — protestou a doméstica.

— Luca gosta. Ele está precisando de consolo — replicou a jovem.

Luca ficou agradecido. Mas Mimì Pennisi trouxe à tona sua alma siciliana e disse:

— Morte de bicho de penas dentro de casa é anúncio de desgraça.

3

ANDREA TINHA MAIS de uma razão para se preocupar. Sua mãe permanecia no hospital. No jornal o clima estava tenso, porque, ultimamente, a tiragem sofrera uma queda e Moscati não perdia nenhuma oportunidade para descarregar seu mau humor sobre os jornalistas. A família, sem Penelope, girava inteiramente em torno de Andrea. Mas, sobretudo, o ciúme o atormentava. O fato de sua mulher ter esperado oito anos para lhe revelar uma traição não o deixava em paz.

Por sorte, os problemas familiares absorviam grande parte do tempo que ele não dedicava ao trabalho. Além disso, devia programar um verão decente para Luca. Estava também tentando entender o que acontecia entre Lucia e o namorado. Juntos, eles pareciam mais um casal de velhos cônjuges do que dois jovens apaixonados. Andrea tinha a impressão de que sua filha queria dispensar Roberto e de que este procurava um jeito de evitar isso.

Já havia constatado com exatidão o quanto era difícil se ocupar de uma família, de uma empregada cretina, de um sogro que, quando não delirava sobre as vicissitudes de Marat e Charlotte Corday, profetizava desventuras por causa da morte de dois estúpidos periquitos.

Agora estavam todos à mesa, comendo um jantar espartano preparado por Lucia. Nessa noite ela havia cozinhado um arroz frio com rúcula e camarão.

— Prato único — explicou. — Porque compreende entrada, prato principal e acompanhamento. Custa caríssimo, portanto comam com respeito.

Luca, porém, tirava do seu prato um camarão depois do outro e os passava a Sansone.

— Você é um idiota! — impacientou-se a irmã, ao notar a manobra feita às escondidas. — Faz idéia de quanto custa isso?

— Eu não como cadáveres de animaizinhos — disse Luca, enrubescendo.

— Ora, ora! Era o que nos faltava, um vegetariano neste circo de loucos — observou Andrea.

Daniele estava eufórico nessa noite, porque ainda se regozijava com a excelente nota na argüição de psicologia.

Levantou-se da mesa e voltou dali a pouco, segurando entre o polegar e o indicador um peixinho vermelho que se debatia.

— Se você não come animaizinhos mortos, então coma este, que está vivo — afirmou, colocando o peixinho no prato de Luca.

Como única resposta, Luca empalideceu, depois enrubesceu, escancarou a boca para tomar fôlego, ficou roxo e parou de respirar.

Os dois irmãos, sentindo-se culpados, correram para ele, preocupados e carinhosos.

— Desculpe, desculpe — suplicou Daniele.

— Juro que não grito mais com você — prometeu Lucia, porque o menino manifestava os mesmos sintomas preocupantes daquela vez em que fora levado às pressas para o hospital.

Priscilla começou a guinchar. Jamais tinha visto Luca naquelas condições.

— *My God*! O menino está morrendo!

Mimì Pennisi não se alterou.

Andrea pegou a jarra de água que estava sobre a mesa e derramou tudo na cabeça de Luca. Funcionou. O garoto engoliu ar e recomeçou a respirar. A essa altura, o pai o agarrou pelas axilas, colocou-o de pé na cadeira e deu-lhe dois tapas nas bochechas. Depois meteu a mão no bolso da calça dele e se apoderou da bombinha de Ventolin.

— Está vendo isto aqui? — disse, com voz firme. — Olhe bem, porque, a partir deste momento, não verá mais. — E jogou a bombinha pela janela. — Agora, vá trocar de roupa e volte para comer o arroz e os camarões. Não quero mais ouvir falar de asma, de *spray* contra asma, de ataques de asma. Chega. Entendeu?

Recolocou-o no chão e empurrou-o para fora da cozinha.

— Eu vou morrer. E você vai ficar com dor na consciência — disse Luca, olhando-o com expressão ameaçadora.

— Sem problemas. Faremos para você um belo funeral, como o de Tchip e Tchop.

— E, se não morrer, vou passar tão mal que você vai precisar me levar para o hospital — martelou o garoto.

— Ótimo. Assim, você faz companhia à vovó Maria. E fica por lá todo o tempo que ela ficar — decretou Andrea. — E vai ser muito.

Poucos minutos depois, Luca se reapresentou à mesa.

Tinha trocado a roupa e penteado o cabelo. O rosto ainda trazia as marcas vermelhas dos tapas. Retomou seu lugar à mesa e comeu todo o arroz, até o último grão, e os camarões.

Depois encarou o pai, olho no olho, e disse:

— Nunca mais lhe dirijo a palavra, enquanto você viver, e nunca mais durmo na cama com você. — Desceu da cadeira e, seguido por Sansone, trancou-se no quarto.

— Vou dar um pulo na farmácia para comprar o Ventolin dele — anunciou Lucia.

Andrea não fez comentários. Lamentava ter estapeado o filho. Esperava ardentemente que sua firmeza pudesse servir para aplacar as crises ansiosas do pequeno.

Foi trabalhar com o coração cheio de amargura. Quando retornou, pouco depois da meia-noite, viu sua cama vazia. Sentiu-se sozinho. Pensou em sua mulher, que lhe jogara nas costas uma família para administrar. Sentou-se à escrivaninha. Pegou papel e caneta e começou a escrever uma carta na qual vinha pensando desde muitos dias antes.

30 de maio

Querida Penelope,

Mantive silêncio por alguns dias, na tentativa de digerir sua traição. Não consegui. A raiva passou, mas não a amargura. Sei que nunca lhe facilitei a vida, mas, depois de tanto tempo, que necessidade havia de me contar que esteve apaixonada por um homem estupendo? Somente o rancor pode tê-la levado a essa confissão tardia. Se sua revelação não foi ditada pela perfídia, o que a impeliu a fazê-la?

Fui um companheiro transgressivo e um pai ausente. É verdade. Talvez sua fuga fosse mesmo necessária. Tive oportunidade de pensar, de refletir, de procurar em mim mesmo as razões de muitas das minhas atitudes infantis e tolas. Compreendi o quanto a feriram minhas explosões de ira, minha incapacidade de ter uma relação adulta com você e com nossos filhos. Também compreendi a causa de certos comportamentos irracionais que agora, com dificuldade, tento controlar. Se você não tivesse ido embora, deixando-me diante dos fatos, e não apenas das palavras, eu provavelmente jamais teria tomado consciência de um mal-estar que vem de longe. Portanto, sou grato a você por isso.

Mas se é verdade que, durante anos, eu a feri e humilhei, é igualmente verdade que você se desforrou das minhas culpas me alvejando à queima-roupa, como um matador impiedoso. Você me derrubou definitivamente.

Minha adorada Pepe, devo lhe dizer uma verdade irrefutável: eu amei só uma mulher. Você. E a perdi para um desgraçadíssimo Raimondo Maria Teodoli di San Vitale, que Deus o fulmine com todos os Seus raios.

A esta altura, se você ainda achar que errou ao deixá-lo para continuar vivendo comigo, estou pronto a lhe dar o divórcio, assumindo toda a culpa.

Não quero me defrontar, na idade do seu pai, com você indo embora para seguir um antigo amor.

Andrea

4

ARRUMADA DA MELHOR maneira a casa da vovó Diomira, Penelope se deu conta de que não tinha mais nada a fazer. Passou em revista todos os aposentos, da despensa à torrinha, procurando inutilmente um modo de empregar seu tempo. Tudo estava limpo e organizado. Seu salva-vidas tinha se esvaziado e ela bracejava no traiçoeiro mar da solidão.

Sua fuga estava produzindo frutos dentro da família. No que se referia a ela, ajudara-a a compreender que devia absolutamente encerrar a partida com Mortimer. Mas não sabia como. Seria suficiente pegar o telefone, discar o número dele, escutar sua voz e dizer: "Acabou"? Não tinha sentido. Concluída a ligação, ela se veria no mesmo lugar.

Devia revê-lo, olhá-lo nos olhos, falar-lhe de si. Devia fazê-lo sentir que a história entre os dois estava de fato terminada. Não haveria mudanças de idéia. Mortimer estava no seu coração, mas Andrea e os filhos estavam na sua vida, para sempre. Ao reformar a casa de praia, quisera conservar o velho telefone preto de parede. Assim, entrou no vestíbulo, decidida a ligar para Mortimer. Ergueu o fone, mas depois achou melhor tomar primeiro um café.

Foi até a cozinha e colocou no fogo a cafeteira napolitana. Ouviu tocar a campainha. Debruçou-se à janela. Era o seu vizinho.

— Posso entrar? — perguntou o professor.

— Sentiu o cheiro do café. Não foi? — disse ela, destravando a tranca elétrica.

O homem avançou pela trilha. Penelope foi ao encontro dele.

— Mesmo sabendo que você está em casa, o carteiro teima em botar sua correspondência na minha caixa de correio — explicou o velho, estendendo-lhe uma pilha de cartas. Ela as pousou sobre a mesinha redonda, no vestíbulo. Depois, precedeu o professor até a cozinha.

— Sabia que o médico me proibiu de tomar café? — anunciou ele, como se se tratasse de uma interdição escandalosa.

— Desde quando? — perguntou ela, colocando sobre a mesa duas lindas xícaras de porcelana russa, azul e ouro, que eram tudo o que restava de um serviço completo da avó.

— Desde ontem. Tive uma tontura e Isabella se preocupou. Chamou Fantini, que me fez um exame muito meticuloso. No fim, disse: "Nada de café, nada de vinho, nada de guloseimas, e tome estas pílulas para a pressão." Entendeu, minha jovem, como andam as coisas?

Isabella era a moça da região que o servia e Fantini era o velho médico que havia tratado da avó e da mãe de Penelope, dela mesma e até dos seus filhos, quando adoeciam durante o verão.

— E então? — perguntou ela, sem saber se devia ou não servir o café também para ele.

— Não posso recusar seu convite, então vou tomar. Além disso, queria conversar com você sobre o seguinte: é justo proibir esses pecadinhos a um homem da minha idade? Veja, meu objetivo não é chegar aos 90 anos, como minha mãe. Se o fato de continuar a consumir café e todo o resto significa abreviar minha vida, eu digo que está bem. Cada um de nós tem direito à sua própria dignidade. Essas renúncias têm algo de covardia. Lembro quantas vezes Fantini dizia à sua avó Diomira: "Chega de cigarros." Ela nunca lhe deu ouvidos. Sem fumar, talvez tivesse vivido mais tempo. Mas de que jeito? Em que condições? É justo acrescentar anos à vida, como se fosse uma prova de resistência? Mais meia colherinha de açúcar. Você sabe que gosto de café doce. Obrigado, querida. Então, eu estava dizendo que pensei muito em tudo isso, ontem à noite. E depois telefonei a Fantini e lhe expus essas minhas perplexidades. Fantini, como você sabe, é um caro amigo. Substancialmente, declarou-se de acordo comigo. Porém... Há sempre um "porém", quando você tenta fazer valerem suas razões. "Porém", disse ele, "com a pressão alta você corre o risco de uma isquemia cerebral. Isso, trocado em miúdos, significa uma paralisia. Quer correr esse risco?" Eu digo que não, esse risco não quero correr. Quero acabar minha vida em um só instante, como aconteceu com minha mãe e com sua avó. O que acha? — perguntou o professor, levando aos lábios a xícara de café.

— Eu queria que o senhor não morresse nunca. Sempre que uma pessoa querida se vai, também leva consigo uma parte da minha vida — replicou Penelope.

Veio se insinuar entre suas pernas uma gatinha grávida, miando.

— Adotou uma gata? — perguntou o professor.

— Ela me adotou. Circulou vários dias pelo jardim. Eu lhe dava comida e água. Depois percebi que ela está grávida. Então preparei uma cesta, embaixo da varanda, e forrei-a com um velho suéter de lã. Acho que ela vai parir ali — explicou Penelope.

— Bom, agora está choramingando. Talvez precise de você — advertiu-a o velho, levantando-se e saindo da cozinha. — Obrigado pelo café. Descobri uma solução para a ameaça de Fantini: tomarei as pílulas dele, mas não me privarei do vinho, das guloseimas nem do café — concluiu.

A gata o seguiu pelo jardim. Penelope fechou a porta. Agora, telefonaria a Mortimer.

Discou o número da casa dele, em Milão. O empregado espanhol informou que o doutor estava em Bérgamo.

Então ela chamou o palacete San Vitale.

— É um prazer ouvi-la, senhora — exclamou Cesira. — Vou lhe passar o doutor.

Instantes depois, ele disse:

— Olá, Pepe.

— Preciso vê-lo — respondeu ela.

— Quando quiser.

— Estou em Cesenatico. Vou levar umas três horas para chegar aí.

— Pode vir a qualquer momento.

— Vou fechar a casa e saio.

— Estou esperando.

Penelope repôs lentamente o fone no gancho. Deu a volta à casa para fechar portas e janelas. Escutou o lamento da gatinha. Correu lá fora e a encontrou na cesta. A pequena vira-lata a encarava com olhos suplicantes. Estava prestes a parir e sofria. Então Penelope lhe acariciou o ventre, como fizera Mortimer, quando ela estava para ter Luca.

A terceira gravidez

1

PENELOPE VOLTOU para casa ofegante, pela fadiga de carregar duas grandes sacolas plásticas cheias de provisões. Tinha entrado no nono mês de gravidez e havia engordado dez quilos. O telefone estava tocando. Ela apoiou as sacolas no chão e correu a atender. Era seu marido, que a chamava do jornal.

— Pepe, convidei Moscati e a mulher para jantar conosco esta noite. Prepare alguma coisa bem deliciosa, como você sabe fazer. Veja lá, quero fazer boa figura.

Ela estava sem fôlego e tinha as pernas inchadas, porque retinha muito líquido. O professor Viviani, que acompanhava a gravidez desde o início, a tranqüilizara. O menino estava muito bem. Ela deveria apenas ser mais rigorosa com a dieta. Mas não conseguia renunciar a algumas incursões furtivas à confeitaria da esquina, onde esgotava o estoque de casadinhos de baunilha e chocolate.

— Mas logo hoje? Estou muito cansada, Andrea — disse ela, num tímido protesto.

— Ainda são 11 da manhã. Você tem o dia inteiro para descansar, e à noite estará em excelente forma. Confio em você. Beijos — disse ele, desligando o telefone.

Penelope desabou exausta numa poltrona. Livrou-se dos sapatos, que mal continham os pés inchados. Deu um suspiro de resignação. Ainda tinha de fazer as camas. Um cesto de roupa para botar na máquina. Precisava fazer o almoço e ir buscar Daniele e Lucia na escola. E depois teria de cozinhar a tarde inteira para preparar um jantar decente. Dia inteiro para descansar? Nada. Andrea estava preocupado unicamente com fazer boa figura perante seu diretor e a gentil consorte, a quem Moscati continuava a trair com Diana Migliavacca. Andrea queria que seu chefe visse a bela casa deles, que conhecesse as iguarias que sua mulher sabia fazer. O fato de tudo isso ser produto das fadigas de Penelope era absolutamente secundário. Para arrumar o novo apartamento, ela havia empregado até o último centavo o dinheiro dos seus direitos autorais sobre *Baci di dama*. A essa altura, embora precisasse demais de uma doméstica, sabia que não podia se permitir essa ajuda. Assim, continuava a agüentar apenas com suas forças o peso da família.

Preparou um jantar com o máximo de capricho. Depois levou Daniele e Lucia para a cama, recomendando-lhes que se comportassem porque o papai teria convidados importantes. Arrumou a mesa da sala de jantar com a toalha de linho de Flandres, os pratos de porcelana e os preciosos cálices de cristal que haviam pertencido à sua avó. Os talheres de prata ingleses tinham a mesma proveniência.

Moscati, que era um napolitano de origem proletária, e sua mulher, milanesa de origem modesta, sequer se deram conta do refinamento daquele aparato.

Durante todo o tempo, Penelope arrastou seu peso da cozinha à sala de jantar e vice-versa, enquanto Andrea conversava amavelmente com os convidados, dava ordens a ela e ignorava obtusamente sua exaustão.

A certa altura, a senhora Moscati disse:

— Você me parece um tanto cansada, querida.

Esse comentário soou como uma piada. A mulher de Moscati sequer se dignara a ajudá-la a tirar a mesa. No entanto, via que ela se atrapalhava toda, por causa do peso do barrigão. Penelope não se deu o trabalho de responder. Enquanto Andrea formulava mais um pedido, servir o café e aquele uísque escocês de 12 anos, Penelope enveredou pelo corredor, entrou no quarto e despencou na cama. Estava exaurida e sentia nas costas umas fisgadas surdas e dolorosas.

Andrea escancarou a porta do quarto.

— Enlouqueceu? Estamos lá, na sala, esperando o uísque e o café. O que lhe deu na cabeça, para...

— Telefone ao professor Viviani. Diga que minhas contrações parecem ter começado — pediu ela, ofegando.

Uma hora depois, estava no setor de ginecologia da Policlínica.

O professor Viviani não estava. Tinha ido a Viena para um congresso. Mas havia uma obstetra que discutia com o ginecologista de plantão porque, segundo ele, o menino não tinha girado na posição certa para sair.

— É um parto prematuro — disse o ginecologista. — Mas ainda faltam horas para que ele aconteça — explicou a Andrea.

Mais uma vez, Daniele e Lucia tinham ficado sozinhos em casa, no meio da noite.

— Vá fazer companhia a eles, por favor — suplicou Penelope ao marido.

Andrea estava ansioso e transtornado.

— Pepe, me perdoe. Fui um egoísta, como sempre. Estava tão preocupado com os convidados que esqueci sua condição. Estou me sentindo um verme.

— Deixe para lá. Agora, cuide das crianças. Vá logo para casa — recomendou ela.

— Por quê? Eles já estão grandinhos. Além disso, por sorte, estão dormindo — protestou Andrea. — E este que vai nascer também é meu filho.

— Sim, mas por enquanto é assunto só meu. Não se meta nisso, Andrea. Eu já pari dois filhos. Sei como são essas coisas. Sinto que este trabalho de parto ainda vai demorar. Vá logo para casa — ordenou Penelope.

A obstetra anuiu. Pertencia à velha escola segundo a qual o parto é um problema exclusivamente de mulheres. Os pais, na sala de parto, davam muito trabalho, ainda que ela precisasse fazer boa cara porque essas eram as novas regras.

Assim que Andrea saiu, a médica se debruçou para a parturiente e lhe acariciou os cabelos.

— Escute, filhinha — disse, num sussurro —, não estou muito tranqüila em relação ao seu parto, com esse doutor Botti completamente bêbado.

— Tive náusea só de sentir o bafo de álcool dele — confirmou Penelope.

— Por isso, eu me permiti chamar o doutor Teodoli. É o melhor, aqui dentro. Por sorte, encontrei-o em casa. E, como mora a dois passos daqui, chegará logo. Com ele, eu fico mais sossegada e a senhora estará em excelentes mãos.

E essa, agora? Penelope e Mortimer tinham se deixado já fazia um ano. Com que ânimo ele a ajudaria a parir o filho que tanto havia desejado ter com ela?

— Não devia — protestou debilmente.

— Filhinha, trabalhei aqui a vida inteira. Já vi de tudo, entre médicos e pacientes. Botti é um peso que carregamos há anos. Por isso, os médicos ficam de sobreaviso, quando ele está de plantão. Daqui a pouco, chegará a pessoa certa para ajudá-la. Veja, ele já está aqui — disse aliviada a obstetra, enquanto Mortimer entrava na sala. Ele viu o rosto inchado e sofredor de Penelope e lhe sorriu. Descobriu o ventre enorme, pousou a mão ali e o acariciou. Penelope tinha os olhos arregalados.

Fazia respiração curta, inspirando pouco ar com muita freqüência. A carícia do médico no seu ventre lhe deu alívio.

— Você está três semanas adiantada em relação à data certa — disse ele. E acrescentou: — É evidente que este menino está com muita pressa de nascer.

Mortimer sabia daquela gravidez, porque Penelope lhe escrevera sobre isso. Ele, porém, esperara algumas semanas antes de se manifestar.

— Como vai a gravidez? — perguntara.

Conhecendo-o, Penelope sabia o quanto devia lhe custar aquele tom aparentemente indiferente. O fato de ela ter engravidado implicava uma serenidade reencontrada na relação com o marido.

— Viviani diz que está tudo em ordem. E você, como vai? — perguntara ela, por sua vez.

— Acabo de voltar de Boston. Minha ex-mulher se casou de novo e me convidou para testemunha — explicara Mortimer.

— Foi difícil?

— Foi divertido. Katherine sabe ser espirituosa.

Assim, ele lhe enviava outra mensagem. Era de fato um homem livre, ao passo que ela arrumara uma nova gravidez.

— Já eu, não. Não sei ser espirituosa em situações desse tipo. Nem você — dissera Penelope.

Agora, Mortimer estava inclinado sobre ela, tocava-lhe o ventre com aquelas mãos que dispunham realmente do poder de fazê-la melhorar e lhe falava com doçura.

— Acho que o bebê está em ótima posição. A monitoração cardíaca me diz que ele está bem. As contrações se tornam cada vez mais freqüentes. Pepe, acho que estamos chegando lá. Vou levá-la para a sala de parto. Seu filho está para nascer — declarou ele com voz jovial.

Na sala de parto, já os esperavam a obstetra, duas enfermeiras e o neonatologista. Mortimer aplicou nela uma anestesia local e lhe fez uma pequena incisão na vagina, para facilitar a saída do menino e evitar lacerações na mãe.

— Empurre, Pepe. Empurre com força — incitou-a. — Isso, muito bem. Já estou vendo a cabecinha. Mais um bom impulso, tesouro. — Esse "tesouro" lhe escapou e ele nem percebeu. A obstetra notou essas três sílabas pronunciadas com amor. Trabalhava com ele e conhecia sua habitual interação com as parturientes. Mortimer era sempre terno e resoluto. Mas jamais chamara nenhuma delas de "tesouro". A médica segurou a cabeça da criança, que estava toda fora. Mortimer apoiou os antebraços no abdome de Pepe e fez uma robusta pressão para ajudá-la a expelir o bebê. Penelope estava coberta de suor, dilacerada pelas contrações, mas fez toda a força que pôde.

Foi Mortimer quem aparou o bebê quando este, com um último impulso, saía da barriga da mãe, e o entregou à enfermeira para que o limpasse. Depois colocou-o nos braços de Penelope. Era um bebê lindíssimo. O neonatologista o examinou rapidamente.

— Não precisa de incubadora — disse. E, virando-se para Penelope: — Parabéns. A senhora fez um menino belíssimo.

Pouco depois, Penelope expeliu a placenta. Por fim, Mortimer suturou o pequeno corte e ela foi colocada na maca para ser conduzida de volta ao quarto.

— Leve-a lá para cima, para o setor das que já deram à luz — disse o ginecologista.

— Estou com frio — queixou-se Penelope, já no quarto. Era sempre assim, quando tinha neném. Primeiro, arrepios de frio e tremor no corpo todo. Depois chegava a paz e, com esta, vinham também as lágrimas.

Estava chorando quando Mortimer entrou no quarto. Ele já se livrara do avental cirúrgico e usava a mesma roupa daquele domingo de dois anos antes, quando a levara a Bérgamo pela primeira vez.

— Quero lhe dizer que você se portou muito bem — disse, segurando-lhe a mão e tocando-a com um beijo.

— Tenho uma certa prática. Na quarta gravidez, vou ser quase perfeita — respondeu Penelope, tentando brincar.

— Não queira fazer graça a qualquer preço. Chore tranqüilamente todas as suas lágrimas. Vai precisar de alguns dias, você sabe, para sair da depressão.

— Eu sei. Mas isso não impede que eu me comova. Mais uma vez, você chegou justamente na hora em que eu precisava de sua ajuda — sussurrou ela, entre as lágrimas.

— Parece que, apesar da nossa boa vontade para nos mantermos afastados, o destino a toda hora nos coloca no mesmo caminho — disse ele, com um sorriso melancólico.

Uma enfermeira entrou no quarto trazendo gaze para limpar o seio de Penelope.

— Agora vamos lhe trazer o bebê. A senhora já sabe como dar o peito a ele. Não é?

Penelope anuiu. Ficaram de novo sozinhos e Mortimer recuou dois passos em direção à porta.

— Escolha um nome para o bebê. Você tem esse direito — disse Penelope.

Ele sacudiu negativamente a cabeça.

— Não me envolva além das minhas possibilidades — respondeu.

— Ainda vai passar aqui para me ver? — perguntou Penelope.

— Você não precisa mais de mim, Pepe.

Quando lhe trouxeram o filho, ela aproximou o seio daquela boquinha sedenta de vida. Sorriu entre as lágrimas.

— Vou chamá-lo de Luca, como o evangelista. Ele era médico e pintor. Talvez você venha a ser um artista, ou então um bom doutor. Exatamente como Mortimer — sussurrou.

Continuou acariciando a gatinha...

1

Continuou acariciando a gatinha, que a encarava com olhos cheios de gratidão. Nasceram quatro filhotes brancos e pretos, bem parecidos com ela. Estavam molhados e esfomeados. Tinham os olhinhos ainda fechados, mas o instinto os guiou para as tetas da mãe, que os nutria e limpava com a pequena língua áspera.

— Você é uma mãezinha perfeita — consolou-a Penelope. — Um dia, vou achar um nome que lhe seja adequado.

Colocou ao lado da cesta uma tigela com água. Depois, chamou o professor, que estava no jardim.

— A gata pariu quatro gatinhos — anunciou. — Deixei aqui umas latas de ração. O senhor poderia dar uma olhada nela, de vez em quando? — pediu.

O professor se aproximou da cerca que separava os respectivos jardins.

— Como assim, querida?

— Estou de viagem.

— De volta a Milão?

— Não. Vou ver se devo pular aquela famosa cerca — confidenciou Penelope.

— Ótima decisão, minha menina.

— Provavelmente, retorno hoje à noite mesmo. Mas, se eu só chegar amanhã, quem vai cuidar da minha gatinha? A comida está no parapeito da varanda. O senhor se ocupa dela, professor?

— Conte comigo — garantiu o velho.

Penelope entrou no carro, certa de que voltaria a Cesenatico à noite. Mas, como não queria que o professor Briganti se preocupasse, tinha dado um prazo maior.

Estava de novo em viagem. Seu estado de espírito, por sorte, era melhor do que quando ela deixara a família. Na solidão de Cesenatico, tinha tomado uma decisão que permitiria a ela e a Mortimer separar definitivamente seus destinos. Finalmente, falaria com ele com a serenidade e o distanciamento de quem amadureceu uma convicção profunda. O que vivera com ele tinha sido um lindo sonho. Uma magnífica recordação, a ser acalentada por toda a vida.

Enquanto o carro engolia os quilômetros, ela recordou o palacete barroco da via Porta Dipinta, os magníficos afrescos de Gian Giacomo Barbelli, no andar nobre, as salas que se abriam para o pátio, os aposentos de Mortimer, onde, durante muitos meses, passara momentos de felicidade absoluta. Em Lodi, antes de entrar no desvio para Bérgamo, parou para abastecer o tanque. Aproximava-se um temporal. Assim que entrou de volta no automóvel, caíram as primeiras e grandes gotas de água suja de areia. Parecia que a chuva lhe estendia armadilhas a cada vez que ela decidia partir. Quando saiu do pedágio de Bérgamo, o temporal se afastara em direção ao oeste. Ela percorreu até o fim a longa reta da Bérgamo nova e depois começou a subir para a cidade alta. Passou sob a antiga porta encimada pelo Leão da Sereníssima e deixou o carro no estacionamento pago, não longe do palacete dos Teodoli.

Pegou a bolsa e saiu para uma pracinha. Encaminhou-se por uma ruela tortuosa, ladeada por palacetes antigos e por jardins debruçados sobre os velhos muros.

Quando se desenhou a silhueta imponente do palacete San Vitale, parou para tomar fôlego. Estava prestes a encerrar para sempre um capítulo importantíssimo de sua vida. Sentia-se emocionada. Ao encontrar Mortimer, diria: "Constitua uma família. Case-se e não pense mais em mim."

Deu um longo suspiro e, com passo decidido, atravessou a passagem coberta. Mortimer estava sentado à beira da fonte, no meio do pátio. O grande Netuno o dominava com sua imponência e, com o braço que segurava o tridente, parecia separar a zona de sombra da área ensolarada, onde a cerca viva de murta, de folhas ainda tenras, brilhava lavada pela chuva recente.

O cabelo de Mortimer estava curtíssimo. No rosto, emagrecido, os traços perfeitos haviam adquirido maior agudeza. Ele usava calça cinza, uma pólo branca e um paletó azul. Escutou o eco dos passos de Penelope, ergueu o olhar e sorriu.

— Meu Deus, como você está pálido — sussurrou ela, enquanto ele a abraçava.

O último encontro deles remontava há dois anos. Tinham-se visto durante a estréia de uma comédia musical no Teatro Nuovo. O nome de Penelope era citado, no cartaz, entre os dos autores. Ela escrevera as letras das canções e ali estava, participando de uma festa que era também sua, com Andrea e Lucia.

No primeiro intervalo, no meio do espetáculo, enquanto o público se concentrava no saguão, Andrea permaneceu na platéia conversando com alguns colegas, críticos musicais. Penelope e Lucia abriram caminho com dificuldade entre as pessoas para tentar chegar ao bar e, se possível, escutar os comentários dos espectadores.

Embora Mortimer estivesse de costas, ela logo o reconheceu no meio da multidão. A figura imponente, a nuca sólida, a massa de cabelos escuros que lhe acariciavam o pescoço eram inconfundíveis.

— Vá até o bar. Peça o que quiser e compre uns bombons — disse à filha. — Depois nos reencontramos na sala — acrescentou, colocando o dinheiro na mão de Lucia, sem dar explicações.

Mortimer, com as mãos metidas nos bolsos da calça, observava um dos muitos recortes que cobriam as paredes.

— Sei que não é o tipo de espetáculo que você prefere — disse Penelope, tocando-lhe o ombro. — Portanto, agradeço duplamente sua presença.

— Estou muito orgulhoso de você — replicou ele, virando-se para olhá-la.

Ela lhe estendeu a mão, que ele apertou entre as suas. Olharam-se demoradamente nos olhos, e essa mirada foi mais eloqüente do que as palavras. Não tinham parado de se amar. Penelope soltou a mão que ele segurava, recuou um passo e, cheia de saudade, sussurrou:

— Qualquer dia destes, eu lhe telefono.

Agora, no pátio do palacete de Bérgamo, enquanto trocavam um amplexo, Penelope teve a sensação de abraçar o vazio. Que fim havia levado aquele corpo sólido, bem estruturado e palpitante de vida que ela tanto amara? Ainda sentiu, porém, a intensidade do perfume dele.

— O que lhe aconteceu? — perguntou, alarmada, escondendo o rosto na curva do ombro dele.

— As pessoas mudam — respondeu Mortimer, soltando-se do abraço. — Você, felizmente, continua a bela jovem de sempre — acrescentou. Depois surgiu em seus lábios o sorriso que ela conhecia. — Mas eu a prefiro assim. — Passou a mão entre os cabelos dela, desarrumando-os.

— Puxa, e eu que me penteei com tanto cuidado! Você sabe como somos nós, as mulheres. Diante de um homem, queremos nos apresentar da melhor maneira — brincou Penelope, acrescentando: — Por que não me conta o que lhe aconteceu?

Ele parecia não querer responder. Pegou-a pelo braço, guiando-a para o interior do palacete. Subiram a escadaria que levava ao andar superior. Penelope olhou distraidamente os retratos dos Teodoli e dos San Vitale. Conhecia-os de cor.

— Fale primeiro. Foi você quem me telefonou e disse que queria me ver — lembrou ele.

Mas Penelope estava sem palavras. Tinha ido até ali com o firme propósito de encerrar aquela história para sempre. Agora, percebia uma espécie de emoção e de angústia que a impediam de se expressar.

No primeiro andar, veio ao encontro deles a senhora Teodoli, que segurava pela mão um belo garoto de grandes olhos escuros e risonhos.

— Olá, Pepe — cumprimentou-a, dando-lhe um abraço. — Pena que você só tenha chegado agora, quando todos já foram. Almoçaram conosco alguns colegas de Mortimer e o meu filho Riccardo, com sua família. Agora, também vou embora e levo Manuel comigo. Você se lembra do pequeno Manuel, não?

Falava como se a tivesse visto na véspera, e não sete anos antes. Em sua voz havia a vivacidade de antigamente, mas ela parecia envelhecida e tinha nos olhos uma sombra de tristeza.

— Claro que me lembro. Era um bebê deste tamanho — disse Penelope referindo-se ao menino, filho dos empregados espanhóis que viviam com Mortimer na casa de Milão. — Oi, Manuel — sorriu. Depois, virou-se para a senhora: — Talvez eu tenha chegado numa hora inoportuna.

— De jeito nenhum. Mandei Cesira preparar o chá.

Afastou-se com o garoto, enquanto Penelope e Mortimer transpunham o limiar da sala. A porta envidraçada estava aberta para o terraço. Cesira arrumava a mesa de *plexiglas* transparente, sustentada por uma estrutura de aço, com xícaras, bandejas de docinhos e toalhinhas de renda finamente trabalhadas.

A doméstica cumprimentou Penelope festivamente e depois se retirou, deixando os dois sozinhos. Eles se instalaram num sofazinho coberto de almofadas forradas de algodão cru. Mortimer serviu o chá nas xícaras.

— Quer *baci di dama*? — perguntou.

— Ainda se lembra de que eu gosto? — disse ela.

— Estão fresquíssimos. Cesira os fez, quando soube que você vinha.

— Me fale de você — pediu Penelope, antes de levar a xícara aos lábios.

— Tudo começou com um sinal na perna — sussurrou Mortimer, olhando o céu acima do jardim. E acrescentou: — Uma hora atrás, estava chovendo. Depois o sol voltou, para receber você.

— Continue — incitou-o Penelope.

— Esse *tailleur* que você está usando me faz recuar no tempo. E me recorda uma bela jovem que eu quis levar ao rio — brincou ele, evitando falar de si.

— Vamos, Mortimer. Mais cedo ou mais tarde, vou acabar sabendo de tudo. Era tão ruim assim, esse sinal?

— Bastante. Explodiu seis meses atrás, disparando células anormais para todos os lados. O resultado é o que você está vendo — confessou ele, finalmente.

Penelope achou que ia desmaiar. O homem forte, vital e fascinante que ela conhecera não existia mais. Mortimer a olhava tristemente. Viu-a empalidecer e recuperou o sorriso. Pegou um *baci di dama* e colocou-o entre os lábios dela.

— Diga se gostou — pediu.

Penelope agarrou-lhe o pulso e o segurou firme, olhando-o apreensiva.

— Por que eu não soube de nada? — perguntou.

A última carta de Mortimer remontava a três meses antes. Ele falava de uma viagem a Paris, onde se hospedara com a mãe e o padrasto. Conde um jantar no Procope, onde encontrara alguns companheiros, ex-colegas de universidade. A carta estava escrita com termos leves, e o tom brincalhão não deixava perceber o drama que ele estava vivendo. Agora, Penelope compreendia que ele estivera na França para consultar algum especialista que lhe oferecesse uma esperança.

— Por que eu não soube de nada? — repetiu, agressiva.

Mortimer fez um gesto de impaciência.

— Eu deveria ter lhe telefonado ou escrito que estava doente? O que você faria? Não preciso de lágrimas. A piedade me irrita. A verdade me aterroriza. Eu amo a vida, você sabe disso, minha doce Pepe.

Penelope levou as mãos ao rosto, como que para colocar uma barreira entre ela e aquela terrível verdade.

— Tive dias difíceis — prosseguiu Mortimer. — Até consegui detestar as pessoas que mais me amam: minha mãe, meu irmão, meus sobrinhos, os colegas. Todos se sentiam no dever de me consolar. Alguns, até hoje, tentam minimizar. São mentiras que me irritam.

Num impulso, Penelope o abraçou, com os olhos marejados de pranto.

— A morte não tem amigos. Eu lhe escondi minha situação. Não queria que você soubesse. Depois, você me telefonou. Disse que queria me ver. Eu devia ter respondido que não era o caso. Mas, por fraqueza, cedi. Estou feliz por revê-la — disse Mortimer, apertando-a contra si.

— Meu amor — sussurrou Penelope, acrescentando: — Eu tinha vindo para lhe dizer que você não devia me esperar mais, devia constituir uma família. Talvez, se não tivéssemos nos deixado, você não houvesse adoecido.

— Aquele sinal era muito anterior à época em que a conheci. Nunca dei importância a ele. Não se deixe levar por sentimentos de culpa. Seria um péssimo caminho. E, desta vez, não vou poder lhe oferecer um ombro onde se apoiar.

A noite caíra e algumas lufadas de ar fresco ameaçavam trazer mais chuva. O chá havia esfriado nas xícaras. Penelope sentiu um calafrio.

— Vamos lá para dentro — sugeriu ele.

Entraram no grande salão onde Cesira tinha colocado bem exposta, sobre uma mesa, uma tigela de cerejas.

— São do nosso pomar. Quer? — perguntou Mortimer.

— Depois, talvez. Agora, eu queria descansar — respondeu ela. De repente, sentia-se exausta, sem forças.

— Se quiser trocar de roupa, no quarto ainda achará seus vestidos — informou ele.

— Por todos esses anos... — sussurrou ela, sem terminar a frase.

— Sempre esperei que você voltasse — anuiu ele, com uma careta cômica, entre o riso e o pranto.

Penelope estava angustiada, e a idéia de viajar de volta para Cesenatico lhe parecia insustentável naquela hora.

— Acha que posso passar a noite aqui? — perguntou, hesitante.

— Para mim, já era certo que você ia ficar — replicou ele.

Penelope entrou nos aposentos de Mortimer e foi até o quarto que ele ocupava habitualmente. Nada havia mudado, desde a última vez em que estivera ali. Por toda parte, a mesma ordem meticulosa, o mesmo perfume. As poucas roupas que ela havia deixado ainda estavam penduradas no armário. Finalmente sozinha, Penelope explodiu num pranto libertador. Depois, entrou no banheiro. Havia uma banheira com hidromassagem. Isso era novidade. Encheu-a de água, despiu-se e se deitou naquele pequeno mar que fervilhava de bolhinhas.

— Água frisante — sussurrou, lembrando-se do quiosque de bebidas ao lado do cinema Arena de Cesenatico. Tinha na época 16 anos e, nas noites de julho e agosto, trabalhava como ajudante no bar, para extremo desapontamento da avó e com os suspiros resignados da mãe. As crianças, antes de entrarem na arena estival, estendiam-lhe quinhentas liras e pediam: "Pepe, uma garrafa de água, daquela frisante." Referiam-se à mineral com gás.

Naqueles anos, ela e suas amigas se interrogavam freqüentemente sobre o futuro. Sofia dizia: "Serei uma senhora, como mamãe." E isso queria dizer que ela sonhava fazer um bom casamento, continuar a morar na via Cappuccini e passar seus dias no golfe e as noites jogando *bridge*.

Donata elaborava projetos sobre sua atividade de astróloga: "Vou me casar com um homem que possa ser um bom pai para os meus filhos e abrirei um consultório. Terei uma clientela importante e uma existência muito serena."

Penelope suspirava: "Eu só queria estar sempre apaixonada."

Naquela época, tinha quase a idade de sua filha Lucia agora.

Saiu da banheira. Num armariozinho, encontrou creme hidratante para o corpo e outro para o rosto. Depois de enxugar rapidamente os cabelos, vestiu uma calça de linho azul e uma blusinha de seda branca.

Voltou ao salão. Através das portas-balcão que davam para o terraço, viu Cesira limpando a mesa na qual tinha servido o chá. No céu, grandes nuvens escuras anunciavam mais chuva.

— O doutor foi descansar — informou a doméstica, indo ao seu encontro.

— Mas está quase na hora do jantar — objetou Penelope.

— Ele teve um dia cansativo. Ultimamente, ele se cansa com qualquer coisa — comentou Cesira, balançando a cabeça. Depois, disse: — Estou preparando um minestrone de legumes e umas abobrinhas fritas. Me lembro de que a senhora gosta. Quando quiser jantar, é só dizer.

— Vou esperar que o doutor se levante — replicou Penelope, sentando-se numa poltrona. Parecia-lhe estar vivendo um sonho ruim. Sobre aquele enorme palacete, tão belo e confortável, onde anos antes ela passara horas de intenso prazer, descera a sombra da morte.

— Nem provou nossas cerejas. E pensar que Tito as colheu justamente para a senhora — reprovou-a a velha empregada.

— Lamento, mas meu estômago travou — desculpou-se Penelope.

— Entendo. Mas hoje a senhora está aqui de novo e acho que ele ficou muito contente. Minha patroa não o deixa quase nunca. Os amigos vêm vê-lo com freqüência, mas parece que quase o aborrecem — disse Cesira, antes de sair do aposento.

Penelope viu cair uma chuva fina e sentiu sobre a pele o sopro gélido da solidão. "A morte não tem amigos", dissera Mortimer, pouco antes. Palavras cruas, que expressavam substancialmente uma grande verdade. Ela deu um soco no braço da poltrona, num gesto inútil de desespero. Não conseguia aceitar aquela realidade tão cruel.

Deixou o salão, voltou aos aposentos de Mortimer e fechou a porta do quarto. Na mesinha-de-cabeceira, a lâmpada estava acesa. Ele dormia. Ela se aproximou da cama, na ponta dos pés. Da dobra alva do lençol emergia um braço nu, de musculatura ainda harmoniosa.

Penelope se agachou no tapete, ao lado dele. Escutou sua respiração, enquanto espiava seu rosto, como fazia com os filhos, quando a preocupavam. Aproveitava o sono para ficar perto deles, olhá-los, sentir seu perfume e imaginar seus sonhos. A ternura lhe encheu o coração. De repente, Mortimer moveu o braço e o pousou sobre as costas dela.

— Eu sabia que você viria — sussurrou.

— Eu o acordei?

— Sinto você bem perto e parece que o sonho continua — disse Mortimer.

— O que você sonhou? — perguntou Penelope, erguendo-se sobre os joelhos e pousando a cabeça no travesseiro, ao lado da dele.

— Uma coisa bonita e estranha.

— Conte.

— Eu estava num bosque de árvores altíssimas e caminhava por um terreno coberto de folhas. Estava escuro, ao meu redor, e eu tinha medo. Depois, levantei o olhar lá para o alto e vi uma girândola de luzes com as cores do arco-íris. Tive uma sensação de alegria absoluta, só comparável à que experimentava quando fazia amor com você.

— Que coisa linda você está me dizendo — sorriu ela.

— Você me deu um presente esplêndido, vindo aqui — sussurrou ele. E a abraçou.

Então Penelope tirou a blusa, a calça e deslizou para a cama, fazendo seu corpo aderir ao de Mortimer.

— Eu também, você sabe, jamais havia experimentado um prazer tão intenso e perfeito antes de conhecê-lo — confessou. E prosseguiu: — Acho que você é a outra metade da minha maçã.

Mortimer sorriu, enquanto ela começava a despi-lo com gestos lentos e delicados. Sentia sob os dedos a leveza daquele corpo tão amado, que conservava a solidez acetinada e o perfume que ela conhecia. Queria com todo o seu ser que Mortimer percebesse, mais uma vez, o prazer da vida.

Escutaram cair a chuva, enquanto ela o acolhia dentro de si.

Depois, choraram juntos, agarrados um ao outro.

— Você lembra, meu amor, quantas vezes fomos felizes nesta cama enorme? — perguntou Penelope, num sussurro.

— O milagre se repetiu mais uma vez — disse ele. — Valeu a pena esperar por você. — E cobriu-lhe o rosto com muitos beijinhos, até que ela adormeceu.

Mortimer permaneceu imóvel, segurando-a entre os braços. Quando a sentiu mergulhada num sono profundo, soltou-a, levantou-se e se vestiu. Abriu o cofre embutido na parede, oculto sob um desenho de Gustav Klimt. Tirou uma caixinha recoberta de couro escuro e abriu-a. Observou o anel de platina com um grande diamante rosa talhado *à la marquise*. Tinha sido de sua mãe. Ele deveria presenteá-lo à sua mulher Katherine, mas nunca o fizera. Sete anos antes, esperara inutilmente o momento oportuno para colocá-lo no dedo de Penelope. Então fez isso agora, delicadamente, sem despertá-la.

Depois se inclinou para ela. Tocou-lhe os cabelos com uma carícia. Apagou a luz e saiu do quarto.

Foi até o banheiro e se injetou um analgésico. Fazia dois meses que suspendera a quimioterapia. Não tinha mais motivos para prolongar, mesmo por pouco tempo, sua existência.

Cesira estava preparando a mesa para o jantar.

— Ponha um só lugar, para a senhora — ordenou ele, acrescentando: — Diga a Tito que se prepare para me levar de volta a Milão.

— Mas a senhora... — tentou objetar Cesira.

— Está dormindo.

— E quando acordar?

— Ela vai compreender — disse ele. E realmente nada mais havia a acrescentar.

2

PENELOPE ACORDOU sobressaltada, tomada por uma sensação de angústia. Achou que tivera um pesadelo. Depois se lembrou. Estendeu a mão na cama para procurar Mortimer. Ele não estava. Tateando, achou o interruptor e, ao fazer esse gesto, sentiu algo pesado no anular. A lâmpada de cabeceira iluminou o quarto e a enorme pedra que lhe brilhava no dedo. Sobre a mesinha, estava a caixinha de couro escuro que contivera o anel. Só podia ter sido ele a lhe dar aquele magnífico presente.

Foi se refrescar no banheiro, vestiu-se e entrou no salão. Tricotando diante do televisor, que transmitia um velho filme, Cesira a acolheu com uma pergunta:

— Descansou bastante?

— Onde está o doutor?

— Quis ser levado para Milão. Disse que a senhora compreenderia.

— Que horas são? — perguntou Penelope. Estava perturbada e infinitamente triste.

— Quase dez. Quer comer alguma coisa? — sugeriu a doméstica, abandonando o filme e o tricô.

Ouvia-se o gotejar da chuva nos vidros da janela.

— Vou aceitar umas cerejas daquelas que você me ofereceu — disse Penelope, e acrescentou: — Acho que também vou embora.

— Com este tempo?

— Preciso sair daqui, Cesira.

A doméstica anuiu. E assim Penelope se foi para sempre daquele palacete no qual deixava uma parte importante de sua vida.

Chegou a Cesenatico no meio da noite. A chuva continuava e, antes mesmo de entrar em casa, ela foi procurar a gata. Iluminou o vão embaixo da escada com uma lanterna que sempre mantinha no parapeito da varanda. A cesta estava vazia. Não havia vestígios da mamãe nem dos filhotes.

— Fugiu! — exclamou Penelope, decepcionadíssima. Dominada como estava pela idéia da morte, a perspectiva de encontrar aqueles gatinhos palpitantes de vida havia representado um pequeno consolo. "Por quê?", perguntou-se com amargura, abrindo a porta da casa. Acendeu todas as luzes, foi até a cozinha e botou no fogo uma panelinha com leite e chocolate. A vovó Diomira, quando tinha um desprazer, se consolava bebendo chocolate com leite. Ela fez a mesma coisa. Adoçou-o bastante e derramou-o numa caneca. Entrou na sala e sentou-se com ar pensativo na desconfortabilíssima cadeirinha Chippendale. Começou a sorver o chocolate, sentindo-se absolutamente desprovida de qualquer energia. Esvaziou a caneca e, sem perceber, passou a se balançar na cadeira, como fazia em criança.

Escutou a voz rouca da vovó Diomira, que lhe dizia: "Penelope, pelo amor de Deus, pare de se balançar na minha Chippendale."

Fechou os olhos. Reviu a avó sentada à sua frente, na poltrona de braços. Usava o vestido de seda preta com flores brancas. Entre o indicador e o médio, segurava o cigarro. Penelope sentiu seu aroma de pó-de-arroz, tabaco e Givenchy.

— Estou sofrendo muito, vovó. E seu chocolate não me deu grande conforto — balbuciou.

Pareceu-lhe que Diomira respondia: "Quem lhe disse que a vida é um passeio? Não fui eu, sem dúvida. Se você não sofrer, não pode sequer dizer que está viva."

Um miado fraquinho trouxe-a de volta à realidade. Penelope abriu os olhos. Na poltrona Chippendale, no lugar de Diomira, estava a gata.

Penelope parou de se balançar e olhou-a com estupor.

— Bichana, minha amiga! — exclamou. Inclinou-se para acariciá-la, falando-lhe com doçura. — Para onde levou seus bichaninhos?

Miando, a gata a precedeu em direção à varanda. No chão, a um canto, embaixo do sofazinho de vime, ela instalara seus filhotes sobre uma almofada estampada de flores, caída de uma poltrona.

— Não gostou da cesta lá fora. Não foi? Teve medo de que algum gato maldoso viesse perturbá-la — concluiu Penelope, comovida.

A gata se enrodilhou na almofada e acolheu os filhotes entre as patas. Penelope viu as cabecinhas trêmulas buscarem o leite da mãe, que agora olhava para ela com altivez. Então, ajoelhou-se ali ao lado e, finalmente, chorou todas as lágrimas que havia contido. Soluçando, tirou do dedo o anel com o diamante e o enfiou na correntinha que trazia ao pescoço. Iria mantê-lo sempre consigo, assim como levaria para sempre no coração a lembrança de Mortimer. Chorou por si mesma, por ele, pela ausência dos filhos, por aquele marido que ela não mais conseguiria amar como quando tinha 20 anos e pensava que ele seria o único homem de sua vida. Depois de muito chorar, por fim se acalmou.

— Você é mais feliz do que eu — sussurrou docemente para a gata. — Pode manter seus filhotes ao seu lado. E não dá a mínima para aquele desgraçado do pai deles.

A gata fechou os olhos e adormeceu. Penelope apagou as luzes e, ao passar pelo vestíbulo, notou a correspondência que abandonara sobre o console no dia anterior. Examinou-a rapidamente. Havia boletos, faturas, publicidade e uma carta. Reconheceu a letra de Andrea. Não tinha intenção de lê-la. Não naquela noite. Distraidamente, jogou-a de volta sobre o console e não percebeu que a carta foi parar entre a parede e o fundo do móvel, desaparecendo da visão. Subiu ao primeiro andar e se refugiou no seu quarto. Deitou-se na cama e, exausta, adormeceu logo.

Acordou quando o sol de junho resplandecia num céu de cristal.

Desceu para o térreo e só então se lembrou da carta do marido. Devia lê-la. Mas não a encontrou. A carta parecia ter desaparecido no vazio.

3

SOFIA VOLTOU PARA casa pouco antes da hora do jantar. Vinha do apartamento de Maria Donelli, onde passara umas duas horas com Lucia, a quem considerava sua afilhada. Maria, na verdade, tivera alta do hospital em condições precárias, e só mesmo por mérito do senso de organização de Sofia era que pudera retornar à sua casa, em vez de ser transferida para um dos muitos asilos para idosos não auto-suficientes, onde pessoas nessas condições esperavam a morte.

Sofia arrumara o pequeno apartamento de Maria segundo as necessidades de uma mulher gravemente enferma de corpo e mente. Substituíra a cama por um leito bem equipado e munido de barras para evitar que ela caísse. Descobrira uma indiana, doce e inteligente, que imediatamente aprendera a dar assistência à anciã. Fizera um acordo com o serviço social da prefeitura e obtivera a intervenção cotidiana de uma assistente que se ocupava da higiene pessoal da enferma. Quanto a ela, ia visitá-la junto com Lucia, em dias alternados. Daniele cobria os outros dias. Andrea ia ver a mãe todas as manhãs, antes de seguir para o jornal. Enfim, Maria estava recebendo aquilo que sempre dera a todos: amor e dedicação.

Andrea sofria pelos transtornos de sua mãe, mas, sobretudo, não se resignava à idéia de que seu irmão Giacomo se desinteressasse totalmente dela.

— Deus o castigará por esse sacrilégio — comentara Sofia.

— Isso não é consolo — retrucara ele.

Naquela noite, depois de deixar Maria, Sofia acompanhou a afilhada até a casa desta. Lucia puxou o assunto que mais lhe interessava: as férias de verão. Com a leviandade dos jovens, e ocupada como estava com os próprios problemas, já esquecera as condições da avó.

— Você vai andar de barco neste verão? — perguntou.

— Claro. E espero resgatar, nem que o agarre pelos poucos cabelos que lhe restam, aquele verme que você chama de tio. — Sofia aludia a Silvio Varini, que saíra de casa fazia muitos meses para ir viver com uma jovem aluna.

Lucia conhecia as desventuras conjugais de Sofia, a qual, evidentemente, se casara com o homem errado. Ela não queria cometer o mesmo erro. Por isso, mantinha em suspenso a relação com Roberto e a paixão por Carlos.

Queria refletir e, assim, decidira aproveitar as férias para ficar longe de ambos.

— Se você me convidasse, eu adoraria ir — declarou. Sofia reagiu com um gesto de nervosismo. Essa idéia de Lucia era péssima. Ela precisava de uma certa intimidade para refazer o vínculo com o marido e reconduzi-lo aos limites domésticos.

— Temo que você possa se aborrecer. Nós não saímos por aí em busca de discotecas e coisas do gênero. Para falar a verdade, nossos dias são de um tédio mortal. Quando estamos navegando, tomamos sol. Quando atracamos, damos aquela volta supercomum pelos *shoppings* e, à noite, nos arrumamos para ir comer nos lugares de sempre e cumprimentar as mesmas pessoas que também encontramos na cidade. Às vezes, ficamos até tarde conversando no convés de alguma embarcação de amigos e, por fim, vamos dormir naquelas cabines desconfortabilíssimas, que fazem uma pessoa ter saudade da sua cama. Acha que são férias excitantes?

Naturalmente, Sofia havia forçado a mão sobre o tédio da vida num barco para afugentar o perigo de uma intrusão. Depois, leu a decepção no olhar daquela jovem a quem era profundamente afeiçoada e acrescentou:

— Pense. Se não lhe parecer muito aterrorizante um mês inteiro comigo e com o professor, será um prazer tê-la como hóspede.

As duas se separaram e Sofia correu para sua casa, a fim de dar as últimas ordens a Tina, a empregada.

A mesa já estava posta e enfeitada, como sempre, por flores fresquíssimas e perfumadas, pelos castiçais de prata, pelos pratos de porcelana, pelos copos de vidro soprado.

Na cozinha, a doméstica lavava aipo, cenouras, corações de alcachofra e rabanetes que o professor Silvio Varini apreciava degustar ao vinagrete.

— Preste atenção, Tina, só uma gotinha de azeite. Não esqueçamos que o professor tem os triglicerídios altos — disse Sofia.

— Eu sei, patroa. Só limão, pouco vinagre, sal dietético e ervas aromáticas — recitou a mulher, em tom paciente. Se dependesse de sua vontade, de bom grado acrescentaria umas gotas de arsênico às comidas do professor e de sua exuberante amiguinha. Ao contrário, porém, sempre que os dois se apresentavam para almoçar ou jantar, cabia-lhe calcular os condimentos na balança. Também lhe cabia receber dele, com um sorriso, o saco de roupa suja, porque a amiguinha não sabia sequer ligar a máquina de lavar. Quanto ao ferro de passar, a moça não fazia idéia de que tivesse sido inventado. O professor a desculpava, com ar brincalhão: "Ela é tão jovem! Ainda precisa ser plasmada", dizia.

— Sobre o frango grelhado, pulverize umas sementes de gergelim. Fazem bem a ele, por causa do cálcio. E ponha uma boa porção de tomates na salada, porque são ricos em sódio — recomendou Sofia.

— Patroa, já sei de cor os valores dos triglicerídios, do colesterol e dos açúcares do professor. Não se fala de outra coisa nesta casa — impacientou-se a empregada.

— Tina, entenda bem: se nós não cuidarmos dele, quem cuida? — interpelou-a Sofia. — A Capuozzo? — acrescentou, em tom irônico.

Angelina Capuozzo era o nome da jovem de 22 anos com a qual o "verme" havia montado casa. Nascida em algum monte da Campânia, crescera num casebre, em meio às cabras e às ovelhas. Formada professora de maternal, "sabe Deus como", viera para Milão e se matriculara na universidade. Não podia sequer ser definida como bonita. Não tinha classe. Mas, por definição do professor, tinha um "olhar de fêmea" que o enlouquecia.

No início, Sofia a acolhera em casa, como costumava fazer com as alunas anteriores do marido, com elegância e uma pontinha de condescendência. Em geral, eram jovens capturadas pelo fascínio do grande acadêmico, brilhante, extremamente preparado. Ela mesma não se deixara capturar, quando era universitária e seguia as aulas dele? O professor Varini era autor de textos cujas idéias eram analisadas e discutidas nos ambientes acadêmicos. Era declaradamente um homem de esquerda, e os políticos se valiam de suas opiniões. Com freqüência, era um disputado participante de debates televisivos. Em suma, era um personagem conhecido, que gozava de uma certa fama. Era também de uma avareza extrema, que ele definia como parcimônia. E, segundo essa definição, preferia servir-se da doméstica de sua mulher a contratar uma e pagar-lhe o salário.

Sofia dizia: "São as fraquezas dos grandes homens." E o desculpava.

Sofia intuíra de imediato que a montanhesa campaniense era uma casca-grossa. Assim, desde o início, empregara toda a sua capacidade de simulação, dirigindo-se a ela com um "prezada senhorita", enquanto, com o marido e as amigas, chamava-a de "a Capuozzo". Por nada no mundo a trataria por você e a chamaria de Angelina.

— Vou tomar um banho e me trocar — anunciou. E, ao sair da cozinha, ordenou a Tina: — Se eles chegarem antes de eu estar pronta, sirva suco de tomate. Com muito limão e pouco sal, para o professor. No da Capuozzo, acrescente pimenta, muita pimenta. Dizem que arrebenta o fígado — declarou, com voz dulcíssima.

Aqueles jantares a três — ela, ele e a jovem amante — eram uma espécie de rito semanal que se repetia desde quase um ano antes. Era realmente demais para a tolerância de Sofia, que pretendia aproveitar as longas férias no barco para induzir o marido a terminar definitivamente com a amiguinha.

Assim, quando os três estavam à mesa, Sofia, bela e altiva como sempre, anunciou:

— Sabe, querido, reservei o barco para primeiro de julho. Os dois marinheiros de sempre, é claro. E alguns convidados de quem você gosta muito.

— Quem são? — quis logo saber o professor, curioso.

— O ministro Frontini e senhora. O senador Bellani e senhora — enumerou Sofia, com voz suave. Depois prosseguiu: — Frontini estará conosco só a partir da segunda quinzena de julho. Alegou deveres parlamentares. Será verdade? — perguntou, com ar inocente.

— Você, quando quer, consegue superar a si mesma — observou satisfeito o professor, e prosseguiu: — Com Frontini, tenho vários assuntos a discutir. E também não é má a presença do senador — comentou, satisfeito. Então virou-se para a jovem companheira e disse: — Você tem muito o que aprender com Sofia. Quatro semanas conosco, no barco, serão um ótimo aprendizado.

Sofia empalideceu. Não estava preparada para receber aquela punhalada pelas costas.

— Mas, querido, esta pobre jovem não pode absolutamente fazer parte do grupo. Como deveremos apresentá-la? — sussurrou, ostentando um sorriso que escondia lágrimas de raiva.

— Sofia! Não a estou reconhecendo. De onde lhe vêm esses pudores oitocentistas? Somos todos adultos e vacinados, que diabo! — disse o "verme", sorrindo para a jovem, a qual encarou Sofia com ar de desafio.

— Como disse? — embatucou Sofia.

— Estou dizendo que Angelina irá conosco. Hoje, você e ela fazem parte da minha vida — replicou o marido, com serenidade.

A essa altura, Sofia recapitulou em poucos segundos todos os anos de sua vida de esposa afetuosa, fiel, tolerante, de acordo com a educação que recebera. Tanto sua mãe quanto sua avó diziam: "O matrimônio é um sacramento que cabe somente às mulheres respeitar." Tinha visto o avô e o pai às voltas com relações clandestinas diante das quais a avó e a mãe se calavam, fingindo ignorá-las. Os maridos, mais dia menos dia, voltavam ao redil com cara de ovelhinhas perdidas. Agora, só agora, Sofia se perguntou de onde aquelas mulheres tiravam tanta força para engolir sapos com um sorriso nos lábios. Recordou todas as vezes em que voltara para casa, para o apartamento vazio, tendo apenas Tina como interlocutora. Recordou dias, meses, anos de melancolias, de prantos solitários, de ansiosas esperas, e se deu conta de sua própria estupidez. Não mais permitiria que seu marido fizesse com ela aquilo que seu pai e seu avô tinham feito às esposas deles. Aprenderia a viver para si mesma, e não em função de um marido egoísta e insosso.

— Tinaaaa! — berrou.

— Pronto, patroa.

— Pegue o saco dos trapos que este verme trouxe e jogue pela janela — mandou.

— Com muito prazer, patroa — anuiu a empregada.

— Quanto a você, fora daqui, imediatamente — ordenou ao marido, num tom que não admitia réplicas.

Varini, literalmente desnorteado, não compreendeu a situação.

— Mas, minha amiga, o que deu em você? Eu... eu não a estou reconhecendo. De um momento para outro, você... — balbuciava, apavorado.

A Capuozzo, porém, captara imediatamente o sentido da reação de Sofia.

— É muito simples. Sua esposa, finalmente, parou de fingir. A mulher generosa, compreensiva, de visão ampla, tirou a máscara. Não entendeu, fofo?

Fofo! O ilustre docente que já passara dos 50, era quase careca e mostrava sinais de envelhecimento precoce, na intimidade com a pastora da Campânia tinha virado "fofo"! "A apoteose do ridículo", pensou Sofia, irritada por ter feito o papel de capacho, mitificando as afinidades eletivas deles.

— Eu disse: fora! — repetiu Sofia. — Se não sair imediatamente, vou espetá-lo com este garfo.

E, cheia de uma cólera por muito tempo contida, pressionou-lhe no pescoço, bem na altura do pomo-de-adão, os dentes de um garfo de prata.

O professor Silvio Varini compreendeu que chegara o momento de mudar de tática. Deu-se conta de haver avançado o sinal, propondo à mulher a presença da Capuozzo no barco alugado para as férias. Levantou as mãos, num gesto de rendição, enquanto recuava cautelosamente em direção à porta. Não queria em absoluto perder Sofia, até porque, sem o seu apoio, iria se sentir perdido.

— Tudo bem, estou indo — condescendeu. E acrescentou: — Mas saiba que amo você.

Tina havia escancarado a porta da casa e estava toda ereta na soleira, exalando satisfação pelo rompante de orgulho da sua patroa.

— Bastava dizer que não queria Angelina conosco. Você bem sabe que todo desejo seu é sagrado. Angelina é muito compreensiva e não irá conosco. Você não vai, não é, fofa?

A idéia de perder o encontro com o ministro e com o senador lhe era intolerável. Assim como não queria perder as vantagens que lhe vinham do casamento com Sofia.

A essa altura, porém, sua jovem aluna o encarou com a mesma expressão com que se olha um objeto repulsivo.

— Ora, vá tomar no cu, seu merda! — sibilou.

Saiu da casa rebolando, enquanto Sofia, sorridente, lhe dedicava um compassado aplauso.

— Bravo, Capuozzo! Nota dez! — declarou. Em seguida, bateu a porta na cara do marido.

Tina explodiu finalmente numa gargalhada libertadora.

— Muito bem, patroa. Já era hora — disse, sem conseguir conter o comentário.

— Sim, já era hora — concordou Sofia, com amargura.

E meteu-se no quarto de vestir. Só queria se livrar das roupas, botar um pijama e se deitar.

Pensou em Penelope e em Donata, suas amigas do peito. Ambas tinham deixado os maridos com poucos dias de diferença. Seria uma doença contagiosa? Ela conhecia as razões de Penelope, mas a essa altura se dispunha a admitir que Andrea era, de longe, melhor do que o "verme". As razões de Donata, porém, ainda estavam envoltas em névoa. Giovanni Solci era uma pérola de homem. No entanto, alguma coisa devia ter dado errado, para que Donata o largasse no meio da noite, levando junto as filhas. Mais dia, menos dia, iria descobrir a verdade. Agora, estava na mesma situação delas.

"Mas por que esperei tanto tempo para botá-lo pela porta da rua?", perguntou-se, com irritação. Depois, admitiu para si mesma que a razão de tanta tolerância tinha sido o amor. Ela era perdidamente apaixonada pelo professor Varini. Sentia-se subjugada pelo fascínio dele, por sua personalidade comunicativa, pela inteligência vivaz, pela eloqüência brilhante. Naquela noite, de repente, acontecera o milagre. Ela o vira tal como ele era: um homem de meia-idade, nem um pouco bonito, insultuosamente negligente com os sentimentos alheios, ambicioso e egoísta. Naquele momento, havia parado de amá-lo. Aquele homem mitificado não a agradava mais. Deitada na cama, diante de um programa de TV no qual prestava atenção, pegou o telefone e ligou para seu advogado.

— Quero me divorciar de Varini — anunciou. — Divórcio litigioso. Vou dar ao senhor todos os elementos para castigá-lo como ele merece.

Depois soltou um longo suspiro de alívio. Usaria o pretexto do divórcio para se livrar do compromisso com os dois políticos e as respectivas mulheres. Eram personagens que ela não estimava e em relação aos quais sempre se mostrara condescendente só para satisfazer o marido.

Depois chamou Lucia.

— Sabe, pensei no seu desejo de tirarmos férias juntas. Acho que é uma solução excelente, até porque esta noite me livrei do verme — anunciou.

— Vai me levar no barco com você? Que bom, tia Sofia — entusiasmou-se Lucia.

— Exatamente. Duas moças espairecendo pelo Mediterrâneo. O que acha?

— Parece título de filme — aprovou Lucia. Tinha certeza de que se divertiria com Sofia e talvez conseguisse esquecer o bailarino espanhol.

4

A NOTÍCIA VEIO por telefone e, na hora, deixou-o incrédulo e dubitativo.

— Você passou de ano — anunciou Lele, um colega de turma.

— Ora, não me venha com piada — irritou-se Daniele.

— Juro! Minha mãe me arrastou quase à força para ir ver o quadro das notas. Eu, bomba. Você, aprovado. Mamãe me deu a maior bronca. Hoje, a família vai me julgar e já sei a sentença: nada de férias, cursos de recuperação no verão, depois matrícula numa escola particular. Um saco! — disse o amigo.

— Lamento por você — solidarizou-se Daniele.

Ainda assim, a incredulidade o induziu a fazer uma verificação. Telefonou a outro colega. Sua aprovação foi confirmada.

Daniele havia passado as primeiras horas da manhã perambulando pela casa, sem achar coragem para se apresentar no saguão da escola e ver os resultados. Tinha certeza de que seria reprovado.

Agora, estava tão feliz que sentiu necessidade de dar a notícia aos seus. Mas, tirando Luca, que estava entrincheirado no quarto, em casa não havia ninguém, nem mesmo Priscilla, que fora ao supermercado.

Foi falar com o irmãozinho. Achou-o sentado à escrivaninha. Sansone, aninhado aos pés do garoto, soltou um rosnado de protesto pela intrusão de Daniele.

— Quieto aí! — ordenou-lhe Daniele. Depois voltou-se para Luca: — O que está fazendo?

O menino não respondeu. Tinha apoiado a mão aberta sobre um papel branco e, com uma hidrográfica, delineava os contornos dela.

Acabou o trabalho e olhou para Daniele.

— Escrevi minha mão — disse.

— Desenhou — corrigiu-o o irmão.

— Não. Escrevi.

— Tudo bem. Você escreveu sua mão. Agora quer escrever também o pé? — perguntou o mais velho, com ar impaciente.

— Já fiz isso — declarou o menor, puxando outro papel no qual estava bem evidente o contorno do seu pezinho descalço.

— Passei de ano — anunciou Daniele.

— O pé vai encontrar a mamãe. A mão pega ela — balbuciou Luca.

— Jesus do céu, o que você está tentando dizer?

— Não sei — replicou Luca e, com um gesto irritado, amassou os dois papéis e jogou-os na cesta.

— Não. Espere. Para conversar com você, só usando um intérprete — bufou Daniele. Recolheu os papéis, alisou-os sobre a escrivaninha e os examinou. Enquanto isso, repetia: — Ouviu o que eu disse? Passei de ano.

— Não estou nem aí — replicou Luca.

— Como você é bobo! — deplorou o irmão.

Luca mergulhou na cama e Sansone pulou em cima dele, pronto para brincar. Daniele se lembrou de que, apesar da aprovação, teria dois meses de férias numa imunda granja irlandesa, porque seu pai já pagara antecipadamente a uma certa senhora O'Donnell, que o hospedaria, e comprara a passagem para a viagem.

Seus amigos se divertiriam como loucos, percorrendo a Europa em absoluta liberdade, quem sabe topando com excitantes aventuras, ao passo que ele seria relegado a um lugar horrível, no meio das ovelhas, em campos varridos pelo vento e pela chuva. Mas ainda faltavam dez dias para a partida, e, já que havia passado de ano, devia tentar induzir a mãe e o pai a rever esse programa.

— Estou muito contente por ter sido aprovado. Quero telefonar para a mamãe e contar. Assim, ela também vai ficar contente — insistiu Daniele.

— A mamãe não liga para você nem para mim — disse Luca, com um olhar maldoso.

— Você quer que ela volte, não é?

— Não quero ver ela nunca mais.

— Mentira. Você "escreveu" seu pé para ir até lá e sua mão para poder pegá-la — insistiu o irmão, mostrando-lhe os desenhos nos papéis. — Tive uma idéia. Me ajude a carregar Igor.

— Para quê?

— Vou revendê-lo a Luigi.

Luigi era o comerciante de animais exóticos a quem Daniele havia comprado a jibóia-macho. A loja ficava atrás do prédio.

— Não quer mais Igor? — espantou-se o menino.

— Vou estar fora dois meses, julho e agosto. Quem vai cuidar dele?

— Eu não vou. Sansone não gosta de Igor. Portanto, eu também não. Vire-se.

Luca se tornara mais agressivo depois do último ataque de fúria do pai, que lhe custara dois tapas. Sua veia polêmica estava mais aguçada e a necessidade de rever a mãe, mais acentuada.

— Escute. Tive uma idéia genial. Luigi vai me dar dinheiro e nós dois poderemos executar um plano brilhante — insistiu o irmão.

— O que é um plano brilhante?

— Você vai descobrir se me ajudar a carregar Igor — prometeu Daniele.

— E se eu não quiser descobrir? — perguntou Luca, em tom provocador.

— Vai me ajudar do mesmo jeito, porque isto é uma ordem — disse Daniele, com voz firme.

— Nojento — declarou o menino. — Primeiro quer bem a Igor, depois não quer mais. Eu não trocaria Sansone nem mesmo por uma nova caixa de Lego.

— Não diga merda!

— E você não fale palavrão. Sabe que o papai detesta.

— Levante-se dessa cama e me obedeça.

— Acha que tenho medo de você? — desafiou-o Luca.

— Acho, sim, porque sou maior e mais pesado e posso encher você de pancada.

— Pega, Sansone! — ordenou Luca.

O *maremmano* deu um salto e, com as patas dianteiras, imobilizou Daniele, grudando-o à parede.

— Agora, vamos ver se você é mais forte do que o meu cachorro — desafiou-o o irmãozinho.

Priscilla chegou das compras naquele momento e, ao ouvir a briga, intrometeu-se, berrando por sua vez.

— Se a mãe de vocês não voltar logo, eu vou embora. Estou cheia de todo mundo! — ameaçou.

Quando viu os dois garotos entrarem no elevador carregando Igor em sua caixa, respirou de alívio. Sentiu-se tão feliz que acariciou Sansone. Como única resposta, o cão lhe dirigiu um rosnado ameaçador. Porém, pensou Priscilla, o lado positivo dos meninos Donelli era que, depois de se engalfinharem como dois selvagens, eles se acalmavam e ficavam mais amigos do que nunca.

Andrea telefonou do jornal, como sempre, por volta do meio-dia, para pedir notícias.

— Tudo bem, patrão — informou Priscilla. — Seu sogro foi à *blibioteca*. Lucia foi *on shopping* com a senhora Sofia. Daniele e o pequeno saíram juntos, levando Igor. A cobra não está mais aqui — concluiu, rindo.

— Por qual outro bicho eles o substituíram? — indagou Andrea cautelosamente.

— Como é que posso saber? Ainda não voltaram.

Andrea desligou e se perguntou o que seus filhos estariam aprontando. Tinha notado os progressos de Daniele, que se livrara de todas aquelas argolas que o enfeavam, não molhava mais a cama e, num movimento de orgulho tão extremo quanto inútil, até começara a estudar. Agora, renunciara inclusive à serpente. Isso lhe parecia realmente exagerado. Precisava entender logo o que estava acontecendo. Mas, enquanto isso, curtia uma grande satisfação.

Justamente naquela manhã, tinha sido chamado ao telefone por um dirigente da RAI de Roma.

— Uma conversa informal, pelo menos por enquanto. Gostaríamos que o senhor nos procurasse, aqui na *piazza* Saxa Rubra. Naturalmente, reembolsaremos as despesas de viagem — dissera o interlocutor.

— Posso pelo menos ter uma idéia do motivo desse encontro? — perguntara Andrea.

— Estamos estudando um programa inteiramente novo. Deverá ser um telejornal do espetáculo. Mas ainda falta definir tudo. Em suma, esperamos o senhor amanhã à tarde. Acha que conseguirá vir?

Andrea estava tão excitado que correu a contar tudo ao seu diretor. Moscati não se preocupou em esconder seu desapontamento.

— Logo agora, que o jornal atravessa uma fase difícil, você me deixa na mão — disse.

— Talvez seja um projeto que nunca se concretizará — minimizou Andrea.

— Espero que sim, no meu interesse — concluiu o diretor.

Quando Andrea voltou para casa, Lucia também vinha chegando, carregada de bolsas e pacotes.

— Sofia me deu de presente um guarda-roupa completo para o mar — explicou. — Maiôs, calças, camisetas, sandálias. Quer ver? — perguntou, excitada.

— Francamente, não estou interessado. Quase não consigo distinguir um pareô de uma bermuda — declarou o pai, com sinceridade. — E não gosto que Sofia gaste tanto dinheiro com você — concluiu.

— Tia Sofia seria minha madrinha, se você tivesse mandado me batizar. De qualquer forma, ela é quase uma segunda mãe, quer você queira ou não — esclareceu a filha.

— Tudo bem. Não vamos brigar, vamos comer. Chame seus irmãos — ordenou Andrea.

— Luca e Daniele ainda não voltaram — disse Priscilla, preocupada.

— Mas é uma e meia da tarde. Por onde andam eles? — alarmou-se Andrea.

Lucia fez uma incursão ao quarto dos irmãos e voltou com um bilhete que fora deixado em destaque sobre a escrivaninha. Dizia: *Passei de ano. Vou viajar com Luca. Vamos ver a mamãe. Beijos. Daniele.*

Cesenatico, 15 de junho

Querido Andrea,

Eu tinha recebido sua última carta num momento particularmente difícil. Deixei-a reservada para lê-la quando me sentisse um pouco mais serena, como estou agora. Mas sua carta desapareceu. Não consigo encontrá-la. Não imaginava que isso me desagradaria tanto. Mas foi o que aconteceu. Eu não queria mais vê-lo nem falar com você, mas as cartas eram e são um modo de dialogar civilizadamente à distância e de conseguirmos nos dizer coisas que não nos dissemos em 18 anos de casamento.

Dias atrás, estive em Bérgamo, para ver Raimondo Teodoli. Foi uma visita breve e traumatizante. Eu sabia que, durante todos esses anos, ele não tinha parado de me esperar, e queria dizer-lhe que não havia qualquer possibilidade de retomarmos uma história terminada, porque minha família é tudo o que tenho de mais importante. Encontrei um homem que sofria, gravemente doente. Então não disse nada. Amei-o pela sua dor. Sei que não o verei mais.

Voltei a Cesenatico altas horas da noite e não tive ânimo para ler sua carta. Deixei-a separada. Na manhã seguinte, não a encontrei mais. Procurei por todos os lugares. Nada. Lamento.

Sei que você, meu pai e as crianças estão se arranjando bem. Isso me conforta.

Começo realmente a acreditar que era necessário um afastamento para estabelecer entre nós um pouco de clareza. Não sei se teremos um futuro juntos. Estou certa, porém, de que meus filhos terão uma mãe mais consciente. Sofro pela falta deles. Por favor, me escreva logo.

Penelope

5

PENELOPE EXPEDIU a carta para o marido. Depois foi fazer compras na Cooperativa. Carregou tudo na bicicleta e, pedalando com calma, dirigiu-se para casa. Na altura do Hotel Pino, viu que vinha ao seu encontro, também de bicicleta, a senhorita Leonida, que tocou a campainha para cumprimentá-la. As duas frearam e se viram cara a cara.

— Meu Deus! Eu soube que você está aqui há algum tempo. Como foi que não apareceu antes? — interpelou-a a velha senhorita, conhecida no lugar pelo apelido de "Gazeta da Romagna".

— Cara Leonida, se a senhorita soubesse como andei ocupada... — sorriu Penelope e, debruçando-se sobre o guidom, beijou-a na face enrugada.

— Eu sei, eu sei. Ontem mesmo estive em Sant'Arcangelo e encontrei o dourador Maffei. Ele me contou que restaurou para você a sala Chippendale de Diomira. Sabe, enquanto não me cassarem o registro, continuo acompanhando os alunos entre Sala, Sant'Arcangelo, Gambettola e Cannucceto. Deus do céu, já cheguei aos 75. Sabia? Mas o trabalho me mantém jovem. Outro dia mesmo, Bruno, você o conhece, me disse: "A senhorita ainda tem as pernas mais bonitas de Cesenatico." Foi com estas pernas que virei a cabeça de Artemio Santamaria, que Deus o tenha em Sua glória. Claro que, em matéria de belas pernas, sua mãe não fica atrás de ninguém. Eh, Irene sempre foi um mulherão. Aliás, eu soube que ela foi vista em Frampula, com aquele Romeo. Será verdade?

Leonida Casadei, a despeito do nome masculino, absolutamente usual na Romagna, fora realmente uma bela jovem, em seu tempo. Filha de camponeses abastados, estudara piano em Cesena. A mãe, autoritária e ciumenta, sempre conseguira afastar seus cortejadores. Decidira que, dos seus oito filhos, a última, Leonida, devia permanecer solteira para cuidar dos pais na velhice. Só que, aos 26 anos, a pianista conheceu um violinista bolonhês: Artemio Santamaria. Um belo homem, por quem ela se apaixonou. Para não perdê-lo, arquitetou uma fuga de amor. Mas as pessoas do lugar viram e falaram. Os irmãos de Leonida logo descobriram o casal num hotelzinho de Faenza, no momento em que o violinista ia revelar à jovem companheira os segredos do prazer. Artemio foi espancado e Leonida, reconduzida à casa, em lágrimas. De fato, soubera-se que Artemio tinha mulher e quatro filhos e já sofrera duas condenações por estupro. Leonida ficou confinada em casa durante muito tempo, e só quando pareceu ter tomado juízo foi que lhe permitiram dar aulas particulares de piano às crianças do lugar. A senhorita Leonida permaneceu virgem e solteira. E isso a deixou um tanto amargurada. Às vezes, dizia: "Envelheci sem saber se aquele negócio é bonito, como dizem alguns, ou feio, como dizia minha mãe."

Quando Penelope era criança, durante alguns verões, Leonida fora sua professora de piano. Depois continuara a freqüentar a casa, porque ficara amiga da vovó Diomira.

Agora, queria saber de Penelope se era verdade aquilo que se comentava em Forlimpopoli a respeito de uma fuga de amor de sua mãe com Romeo Oggioni. Porém, por mais que desaprovasse a cabeçada de Irene, Penelope não queria estimular os mexericos.

— Senhorita, não escute tudo o que dizem as pessoas. A mamãe esteve aqui para controlar seus interesses. A senhorita bem sabe que aquela fábrica de Frampula pertence a ela — disse. Depois, debruçou-se de novo para Leonida e a beijou afetuosamente. — Venha me visitar — acrescentou. — Assim, vou poder lhe oferecer uma xícara de chá na sala Chippendale.

Já em casa, escutou o telefone. Por coincidência, era justamente sua mãe.

— Onde você está? — perguntou Penelope.

— Em Roma. No Hotel d'Inghilterra. Vou ficar aqui por vários dias, porque Romeo tem uma série de reuniões de trabalho. Enquanto isso, dou uma volta pelas lojas. À noite, temos jantado em certos restaurantes realmente agradáveis. Em suma, não é exatamente uma lua-de-mel, mas parece um pouco — sussurrou Irene.

— Foi para dizer isso que você me ligou? — indagou Penelope.

— Queria notícias do seu pai.

— Por que não fala diretamente com ele?

— Você sabe muito bem que não tenho coragem. Mas penso muito nele — confessou Irene.

— Por quê? Saudade? — insinuou a filha.

— Eu não disse isso.

— Por aqui, estão falando de você e Oggioni — revelou Penelope.

— Não me importo nem um pouco. Sempre estivemos acima dos mexericos. Como vão seus filhos?

— Bem, espero. Sinto muita falta deles.

— Eu também. Perdi meus pontos de referência, minhas amigas, os velhos hábitos. Na minha idade, não é simples reinventar a vida — deixou escapar Irene. E acrescentou: — Mas você não pode me compreender.

Pelo contrário, Penelope a compreendia. Compreendia suas contradições e a decepção de um amor sonhado por 30 anos e que agora se revelava inconsistente, comparado aos afetos familiares que dão um sentido à vida. Compreendia que a mãe sentia falta do marido.

— Vou dizer a papai que você está pensando nele — prometeu.

Desligou, pegou as sacolas de compras e levou-as para a cozinha. Antes de tudo, queria preparar um pratinho nutritivo para sua gata. Limpou um punhado de pequenas sardinhas, tirou-lhes as espinhas, cortou-as em pedacinhos, colocou tudo numa tigela e foi até a varanda. A bichana sentiu o cheiro do peixe fresco. Deixou os filhotes e, miando em sinal de agradecimento, começou a comer com a delicadeza e a elegância dos gatos. Penelope fez carinho nos bebês e na mamãe, que não protestou, por confiar nela. Depois saiu para o jardim, sentou-se no banco embaixo da varanda e prosseguiu na leitura de um livro que mal havia iniciado. De vez em quando, parava de ler e pensava em Mortimer. Imaginava-o no apartamento da via San Barnaba, assistido pela mãe, pelo irmão, pelos empregados. Certamente, pensava nela, e no entanto não a queria por perto. Ela compreendia as razões dele e as respeitava.

Dali a pouco, escutou uma voz que a chamava:

— Mamãe! Mamãe!

Com o coração galopando, largou o livro, correu pela trilha do jardim e, atrás das grades do portão, viu Daniele e Luca. Parou, levando a mão ao peito.

— Mamãe, estamos aqui! — gritou Luca, erguendo um braço para saudá-la.

Ela escancarou o portão, abriu os braços e do fundo do coração lhe brotou uma risada cheia de pranto.

6

PENELOPE SORRIA como quando era criança e, no horizonte plano da Romagna, via nascer o arco-íris depois do temporal. Uma vez, saíra correndo por um prado, ao longo da ribanceira do Rubicão.

— Pepe, aonde você vai? — gritara seu pai.

— Vou pegar o arco-íris. Está lá embaixo — respondera ela, rindo de alegria.

Jamais esquecera aquele lampejo de felicidade absoluta.

A mesma que sentia agora, enquanto apertava seus filhos nos braços e os cobria de perguntas. Queria saber tudo deles e de Lucia, do pai e do avô. Enquanto isso, o telefone da casa tocava e tocava, sem que ela se importasse.

Coube a Daniele entrar e atender.

Era Andrea, alucinado de raiva pelo que considerava uma ação imprudente e imperdoável.

— Se eu fui maduro o bastante para passar de ano, também sou para vir encontrar a mamãe — replicou calmamente o garoto.

— Podia acontecer alguma coisa com vocês. Que justificativa eu teria para dar à sua mãe? — perguntou o pai.

— Mas não aconteceu nada. Correu tudo bem. Eu esperava que você ficasse contente porque passei e não lhe pedi dinheiro para a viagem. Vendi Igor para vir até aqui. Também tive de trazer Luca, antes que ele pirasse. Ele queria ver a mamãe de qualquer jeito, Portanto, não grite — replicou o filho.

Quando se despediram, Andrea se acalmara e estava muito contente pelo sucesso escolar de Daniele.

Penelope mostrou aos filhos a gata vira-lata, que agora lhe pertencia, e os filhotes. Quando Luca tentou acariciá-los, a gata começou a balançar nervosamente a cauda. Depois, ficou quieta. Compreendera que o pequeno não os maltrataria. Daniele fez uma rápida incursão, da torrinha à despensa, para ver a casa da vovó toda renovada.

— Você gastou um dinheirão — constatou, enquanto a mãe fritava uns espetinhos de camarão.

— Raspei de novo minha poupança, desta vez por esta casa que nem me pertence. Mas eu precisava ocupar meu tempo para não pensar demais em vocês — justificou-se Penelope.

— Nós nos viramos bem, apesar de todas as confusões que aconteceram — disse Daniele.

— Bem, alguma coisa eu soube — replicou Penelope, que fora quase diariamente atualizada por Sofia.

— Também soube que o papai é muito severo? — perguntou Luca.

— Todos os pais são. Ser doces e capazes de compreensão é tarefa apenas das mães — sorriu Penelope, tomando nota do fato de que Andrea, finalmente, havia mudado de atitude perante os filhos.

— Mamãe, posso ficar aqui com você? — perguntou o menino.

— Já está.

— Mas eu digo ficar, em vez de voltar para Milão com Daniele.

— Você precisa pedir ao seu pai. Se ele deixar, por mim tudo bem.

— E se ele disser que não? Ele é capaz de não deixar, mesmo que eu tenha uma crise de asma — sublinhou Luca. — Sabia que ele jogou meu Ventolin pela janela?

— Acho que ele fez bem. Você nunca foi tão conversador como agora, depois que ficou sem esse remédio. De qualquer forma, se o papai disser que não, você tem de obedecer — decidiu Penelope, sabendo que Andrea consentiria. — Mas acho que ele vai deixar — concluiu, com uma piscadela cúmplice.

Sentia-se confortada ao ver o quanto Luca havia mudado para melhor. E espantada pelo repentino amadurecimento de Daniele. Seu filho tinha sido aprovado contra todas as previsões, e ficara mais bonito, mais doce e reflexivo. Isso teria acontecido de qualquer modo? Ela não podia saber, mas queria acreditar que sua ausência havia acelerado o ritmo de uma tomada de consciência. Até Lucia parecia mais sensata. Certo, sua filha sempre lhe daria preocupações. Parecia-se com ela, a mãe, mais do que esta desejaria. Era uma jovem complicada e um dia se tornaria uma mulher e mãe complicada, exatamente como a própria Penelope.

Sentiu pena do homem que se casaria com Lucia, mesmo sem o conhecer ainda. E, nesse momento, teve pela primeira vez um lampejo de compreensão pelo marido.

— Telefone ao seu pai para combinar sua viagem de volta. Se ele pedir para falar comigo, me passe — disse a Daniele.

Mas, quando o garoto ligou, Andrea se limitou a perguntar como estava a mamãe.

— Bem — respondeu Daniele e, baixando o tom de voz, acrescentou: — Quer falar com ela?

— Não, não é preciso. Confio em você. Mas diga a ela que, se precisar de mim, sabe onde me encontrar.

— Ainda não estou preparado para esses jogos refinados entre adultos. Não vou dizer absolutamente nada — concluiu Daniele.

Penelope não fez perguntas e o garoto não deu o recado.

Durante dois dias, ela ficou agarrada aos filhos. Depois decidiu que chegara o momento de se separar do maior.

— Agora, você deve se resignar a ir para a Irlanda e ganhar sua vida por dois meses — disse.

Daniele tentou apelar para a comoção.

— Eu não poderia ficar aqui com você? Posso cuidar de Luca e do jardim, que está maltratado. À noite, posso ir para o quiosque, como você fazia quando era garota, para vender água frisante. Não acha que vamos ficar muito bem, nós três, juntinhos, juntinhos?

— Você vai para a Irlanda. Durante dois meses, terá de aprender a entender seus hospedeiros e a se fazer entender por eles. E talvez até se divirta. Viver de maneira diferente vai lhe ser útil — replicou a mãe, num tom que não admitia réplicas.

E assim, junto com Luca, acompanhou-o a Rimini, onde ele tomaria o trem. Andrea iria recebê-lo na estação de Milão.

Naquele dia, ao sair para o jornal, Andrea encontrou na caixa de correspondência a carta de Penelope.

Abriu-a imediatamente e começou a ler. Aquelas palavras doloridas o comoveram. Pareciam quase um pedido de armistício, ou mesmo de paz. Mas, depois das primeiras linhas, sentiu raiva. "Dias atrás, estive em Bérgamo, para ver Raimondo Teodoli."

— E ainda me conta! Você é mesmo uma idiota — explodiu, enquanto atravessava o saguão do prédio.

O porteiro, que escutou o comentário, dirigiu-lhe um obsequioso "Bom dia, senhor Donelli", acompanhado de um sorriso irônico.

— Vá cuidar da sua vida! — fulminou-o Andrea, com um berro que, momentaneamente, serviu para aplacá-lo.

Entrou no carro e prosseguiu na leitura: "Amei-o pela sua dor. Sei que não o verei mais." A esta altura, parou de novo.

Na carta anterior, ela escrevera que aquela história havia acabado sete anos antes, e agora revelava que amara Raimondo pela dor dele. Que sentido tinha tudo isso? Seria mesmo verdade que aquele maldito indivíduo estava tão doente assim?

O ciúme voltou a invadi-lo. Em vez de ligar o carro, subiu de volta ao apartamento, entrou no quarto e pegou na gaveta da escrivaninha o tal pacote de cartas que não se atrevera a abrir. E começou a lê-las.

De vez em quando, a cólera se diluía na piedade. Não que aquelas mensagens fossem dramáticas. Pelo contrário, estavam escritas com leveza e senso de humor. Eram pontuadas por lampejos de alegria. Mas, na reconstrução de uma paixão que ele havia ignorado, Andrea notava a melancolia de um amor intenso, bruscamente sufocado. Reconstituiu o conflito de sua mulher, dividida entre dois homens a quem amava sinceramente. E não sabia bem se o vencedor tinha sido ele mesmo ou aquele Mortimer, que primeiro salvara a vida dela e depois a ajudara a dar à luz o pequeno Luca, com a ternura de um homem apaixonado. Enquanto ele, Andrea, estava em casa com as crianças, o outro segurara seu caçula entre as mãos e o entregara à vida.

"Deve ser dilacerante ajudar a mulher a quem se ama a dar à luz o filho de um outro", disse a si mesmo, com uma ponta de comoção.

Naquele momento, já não conseguia odiar o rival. Deu-se conta de que, para não ter de enfrentar uma situação desagradável, jamais se perguntara, em tantos anos de casamento, se sua mulher o traía. Do mesmo modo como, durante anos, recalcara sua infância trágica. Somente depois da fuga de Penelope conseguira encarar de frente a realidade. E agora, sem hipocrisias e com poucas e doloridas palavras, a esposa lhe falava de sua dor e de sua necessidade de conversar com ele. Devia acreditar na sinceridade dela?

Andrea jamais se fizera tantas perguntas sobre o que Penelope sentia e pensava.

Dobrou de novo todas as cartas de Mortimer, recolocou-as nos envelopes e trancou-as com chave na gaveta. Meteu no bolso a carta de sua mulher e saiu. Chegou à redação sem ter lido os jornais. Sobre sua mesa de trabalho já estavam prontos os informativos da Ansa. Percorreu-os rapidamente, foi à sala dos redatores e pautou as notícias e matérias a apurar. Depois, retirou-se para seu escritório e começou a ler um jornal.

Parou de repente na página dos necrológios: era inteiramente dedicada a Mortimer. Parentes, amigos, colegas choravam o desaparecimento do doutor Raimondo Maria Teodoli di San Vitale.

Sentiu-se como se tivesse recebido um soco no estômago. Recordou as palavras de sua carta a Penelope: "Esse Mortimer, que Deus o fulmine com todos os Seus raios", e suas mãos foram tomadas por um tremor, enquanto ele sussurrava:

— Foi culpa minha. Eu lhe roguei aquela praga. — Lembrou-se do pai, de Gemma, da professora Cazzaniga, pessoas cuja morte ele desejara ardentemente. — Mas que maldição é essa que carrego? — interrogou-se e seus olhos se encheram de lágrimas.

— Desde o dia em que sua mulher o abandonou, eu não o reconheço mais — disse o diretor, que havia entrado na sala de Andrea.

— Nem eu mesmo me reconheço — respondeu ele, envergonhando-se por ter sido flagrado num momento de fraqueza.

Milão, 20 de junho

Querida Pepe,

Luca está com você. Lucia e Daniele estão comigo pela última noite. Amanhã, Sofia virá buscar nossa filha para umas férias de barco, no Mediterrâneo. Eu, por minha vez, vou acompanhar Daniele ao aeroporto de Malpensa. Ele chegará a Dublin num vôo da Alitalia, e de lá seguirá para Galway de trem. Na estação, encontrará Patrick, o filho mais velho da senhora Margareth O'Donnell, o qual o conduzirá à granja da família, a poucos quilômetros da cidade. Portanto, ficarei sozinho com Priscilla, porque seu pai também já foi embora. Deveríamos ir juntos para Roma, eu para discutir uma oferta de trabalho na RAI e ele para enfrentar Irene.

No último momento, não tive vontade de partir. Imaginei que, se as conversas chegassem a bom termo, eu teria de me transferir para Roma. Francamente, não quero me afastar das crianças por cinco dias na semana. Até o dia em que você foi embora, Lucia, Daniele e Luca não tiveram um pai. Por sorte minha e deles, agora o têm, e não pretendo repetir os erros do passado. Estou descobrindo o que significa amar verdadeiramente os próprios filhos. E sei que devo isso a você.

Foi bom que você não conseguisse achar minha última carta. Era uma carta ruim, e não merecia ser lida. Se a encontrar, rasgue-a sem abrir. Peço isso como um favor pessoal.

Há pouco, soube pelos jornais que Raimondo Teodoli faleceu. Sinto por você. Hoje de manhã, li as cartas dele que você conserva na gaveta da escrivaninha. Não foi uma atitude correta, eu sei. Você me perdoou muitas. Se puder, perdoe mais esta. Não fui movido pela curiosidade, mas pelo desespero, pela necessidade de entender. Amo-a mais do que pode imaginar.

Nos últimos dias, estive várias vezes a ponto de lhe telefonar. Só não o fiz porque você me proibiu.

Abrace nosso caçulinha por mim.

Andrea

7

LUCA NÃO A LARGAVA um minuto. Segurava-lhe a mão quando iam à praia e não entrava na água se ela não nadasse ao seu lado. Dormia com ela na cama grande e a seguia por todos os lugares, até no banheiro.

— Faça o que precisar fazer. Fico aqui esperando — dizia.

— Não vou fugir — garantia Penelope, tentando tranqüilizá-lo mas sabendo que era trabalho perdido, porque somente com o contato físico Luca adquiria a certeza de que ela não iria embora outra vez. Penelope o compreendia e o satisfazia.

As aulas tinham acabado e a praia se animara. Penelope encontrava as amigas de sempre, com os filhos. Para aplacar a curiosidade delas, tivera de explicar que Lucia e Daniele já estavam crescidos e preferiam outros lugares para passar as férias. Andrea andava muito ocupado e viria ao seu encontro quando tivesse uma folga. Quanto a Irene e Mimì, não demorariam a chegar. Porém, por mais que se esforçasse para não alimentar mexericos, estes se alastravam de qualquer maneira, porque, nos modos e nas palavras de Penelope, os amigos notavam algo de insólito.

Um dia, a senhorita Leonida a enfrentou abertamente.

Penelope estava deitada embaixo do guarda-sol. Luca, aos seus pés, jogava bolinhas de gude com dois amiguinhos. A professora de piano se aproximou, estendendo-lhe um espetinho de frutas carameladas.

— Muito obrigada. Posso guardar para mais tarde? — disse Penelope, que não tinha a menor intenção de saborear aquelas frutas cheias de açúcar. Desde algum tempo antes, insolitamente, sentia aversão por coisas doces e se comprazia, pensando que essa recusa lhe permitira manter uma forma perfeita.

— Eu a conheço desde quando você usava fraldas. Sempre foi uma moça exuberante, cheia de vida. Agora, está mudada. O que lhe aconteceu? — perguntou a velha senhorita, instalando-se na espreguiçadeira ao lado.

Penelope a observou com ar pensativo. A anciã não estava querendo fazer mexericos: pelo contrário, em sua voz havia uma nota carinhosa, quase maternal. Penelope estendeu a mão e acariciou a dela.

— Nunca estive tão serena — garantiu.

— Você está magra como um prego. Nunca a vi assim.

Finalmente, Penelope compreendeu que as pessoas do lugar estavam preocupadas com sua saúde. Acreditavam-na doente e lamentavam sua reserva, o que as impedia de ajudá-la.

— Então, por que está sempre grudada ao pequeno Luca, como se temesse não revê-lo nunca mais? — observou a senhorita Leonida.

Uma voz muito conhecida veio tirá-la do embaraço.

— Ah, estão aqui! Finalmente! — exclamou Irene, com um sorriso festivo.

Sua mãe e seu pai, trazendo nas mãos os tamancos, dirigiam-se para o guarda-sol. Irene se agarrava ao braço de Mimì não para buscar um apoio, do qual não necessitava, mas como se temesse perdê-lo. Usava um maiô inteiriço de um belo amarelo-dourado que sublinhava a perfeição de seu corpo estupendamente conservado. Mimì vestia uma bermuda de cores berrantes.

Luca os viu e correu para abraçá-los.

— O que vocês trouxeram para mim? — perguntou.

Penelope não parecia muito surpresa por revê-los juntos. Beijou os dois, enquanto sua mãe exibia maneiras corteses para cumprimentar a senhorita Leonida. Nasceu imediatamente uma animada conversa entre a anciã professora de piano e Irene. Luca voltou a jogar com os amiguinhos e Penelope se afastou com o pai.

— Como conseguiu recuperá-la? — perguntou de repente.

— Você me disse onde ela estava. Fui buscá-la. Ela não parecia esperar outra coisa. Teve os ataques de sempre, naturalmente. Eu estava tão furioso que, pela primeira vez na vida, levantei a mão para uma mulher. Dei-lhe uma bolacha. Só uma, Pepe. Estávamos no saguão do hotel. Os hóspedes e os porteiros nos olharam como se fôssemos marcianos. E sabe o que sua mãe fez? Alisou o rosto, sorriu para todos e disse: "Não liguem. Meu marido gosta de bater. Mas vocês ainda não me viram." E me meteu na cara as costas da mão, com tanta força que fiquei tonto. Depois acrescentou: "Isto é por ter permitido que eu fugisse com aquele Oggioni, que é mais insuportável do que você." Pegou-me pelo braço e disse: "Me leve já para casa." Foi exatamente assim. E devo agradecer isso a você. Parece que ela se sentiu muito mal com o herói dos seus sonhos. Um sujeito que só pensa no trabalho e só se dedicava a ela nos intervalozinhos de tempo — contou Mimì. Parecia estar satisfeitíssimo.

Irene foi ao encontro do marido e da filha depois de se livrar da amiga. Olhou Penelope com uma ternura nova.

— Você está muito bonita — disse, com doçura. E acrescentou: — De onde veio esse estupendo solitário que você carrega no pescoço com tanta desenvoltura?

— Foi um presente — sussurrou Penelope, enrubescendo.

— Imagino. Ganhou dele?

— Sim. Foi antes de...

— Andrea me contou. Lamento muito. Enfim, acabou tudo — disse Irene, acariciando-lhe o rosto.

Voltaram todos juntos para casa. Luca fuxicou dentro do carro dos avós para procurar os presentes que eles tinham trazido. Irene e a filha foram para o fogão.

— Seu marido está muito mudado. Sabia? E devo dizer que mudou para melhor. Trabalha duro, mas isso não é novidade. Passa o tempo livre com a pobre da Maria. Eu também fui vê-la. Ela me comove. Já lhe tiraram o gesso do braço. Andrea o massageia e o movimenta para restabelecer o tônus. Você devia ir visitá-la qualquer dia desses.

Irene contava isso enquanto empanava uns bifes de vitela para fazê-los à milanesa. Penelope lavava umas folhas de alface e valeriana, de pé, diante da pia. De repente, teve uma tontura. Sentiu um mal-estar que lhe subia do estômago. Largou tudo e correu para o banheiro. Vomitou. Logo se sentiu melhor. Era tudo culpa das batatas fritas que seu pai insistira em lhe oferecer no bar da praia. Já fazia alguns dias que não tolerava frituras. Tanto que, quando Irene começou a fazer os bifes, saiu para o jardim e foi brincar com Luca e os gatinhos.

Nessa noite, Daniele telefonou da Irlanda. Fazia isso todo fim de semana, ligando a cobrar. No início, chamava quase todos os dias para suplicar que o deixassem retornar. Andrea não se deixara comover e dissera que, se ele voltasse, encontraria trancada a porta da casa.

— Papai, por favor, estou muito mal aqui. Me mandam recolher a turfa, ordenhar uma vaca vagabunda e cuidar de umas ovelhas fedorentas. Chove o tempo todo. Peguei um resfriado horrível. Me dão umas coisas horrorosas para comer e, para piorar, antes de cada refeição tenho de agradecer ao Senhor pelo alimento que nos oferece — reclamara Daniele.

Andrea teve um instante de compaixão por aquele rapazinho de 16 anos que até poucas semanas antes ainda fazia xixi na cama. A essa altura, pedira conselho à sua mulher. Esse tinha sido seu primeiro telefonema para Penelope, desde o dia em que ela fora embora.

— O que você faria, no meu lugar? — perguntou.

— Exatamente o que você está fazendo. Agüente firme. Daniele vai compreender que, na vida, a pessoa precisa saber se adaptar — replicou ela.

E, quando Daniele pediu a ajuda da mãe para abrir uma brecha no rigor paterno, Penelope disse:

— Sinto muito, mas você tem de obedecer a seu pai. — Foi uma alegria, isso de poder jogar toda a responsabilidade sobre o marido.

No prazo de uma semana, as notícias da Irlanda foram ficando mais toleráveis.

— Mamãe, estou ganhando cada músculo... — disse Daniele, assim que ouviu a voz dela. E acrescentou: — Sabia que aprendi a andar a cavalo? À noite, ensaio com o coro da igreja e no domingo vou poder cantar na missa com os outros. A senhora O'Donnell é simpaticíssima. Patrick e Sean, os dois filhos dela, me ensinam a lutar boxe. Já estou me entendendo bem melhor com eles em inglês. E você, como vai?

Foi um telefonema cheio de alegria. Penelope gostou sobretudo de saber que Daniele ia cantar no coro. Ele tinha sensibilidade para a música e ela esperou que, com a retomada das aulas, seu filho quisesse se matricular num curso de violão clássico. Como toda mãe, projetava nos filhos os próprios sonhos não realizados.

Na hora do jantar, quem telefonou foi Lucia, de Porto Cervo. Parecia felicíssima e falava com a mesma entonação de Sofia. Estava tendo umas férias estupendas, como era justo para uma estudante que era a primeira da classe.

— Em agosto, vou a seu encontro em Cesenatico, se ainda estiver aí — disse.

— Claro que estarei aqui. Para onde acha que eu iria? — interrogou-a Penelope.

— Nesse caso, seria bom que papai estivesse conosco.

— Também espero — respondeu a mãe, acrescentando: — E como andam seus assuntos do coração?

— Venho considerando a maravilha de estar sozinha. Acho que 17 anos é uma idade muito curta para se ligar a um homem. Seja como for, hoje mesmo estive com Roberto. À noite vamos sair juntos. Depois eu lhe conto — concluiu Lucia, com uma risadinha frívola.

Penelope voltou para a mesa com um sorriso radioso. Quando seus filhos estavam contentes, ela se sentia feliz.

— Mamãe, hoje à noite os *chicotadores* vão estar na praça. Você me leva? — pediu Luca. Os *chicotadores* eram os açoitadores, jovens dotados de braços fortíssimos que faziam estalar longos açoites ao ritmo de músicas populares.

— Claro. Termine logo sua salada — disse Penelope. — Vocês também vão? — perguntou aos pais.

— Sua mãe e eu estamos pensando em ir dançar. Em Sant'Arcangelo há uma orquestrazinha que toca direitinho — observou Mimì. Pegou a mão da mulher e levou-a aos lábios. Irene anuiu com expressão carinhosa.

Penelope e seu filho se viram na mesma praça onde, quando criança, ela assistira com a avó e a amiga Sandrina ao drama de *Romeu e Julieta*. Como todos os outros meninos, Luca acompanhou a longa exibição, que se originava de festas populares antiquíssimas, com estupor e admiração.

— Mamãe, você me compra um chicote? — pediu ele, na volta.

— Amanhã vamos ao mercado de Sant'Arcangelo. Se acharmos um pequenininho, adequado a você, eu compro — prometeu Penelope.

Estava serena, e esse estado de espírito era reforçado pelo fato de Luca não ter mais sofrido crises de asma. Era o sinal mais tangível da serenidade do seu filho. Colocou-o na cama e ele adormeceu quase de imediato. Então ela desceu para a cozinha. Sentia fome. Seus pais ainda estavam fora. Nunca os vira tão unidos e, sobretudo, nunca vira sua mãe tão dócil diante do marido. Com o tempo, a honestidade, a dedicação, a doçura do pai haviam vencido a inquietação de Irene.

Dentro de um prato oval, cobertos por um filme plástico transparente, estavam os bifes à milanesa que haviam sobrado do almoço. Ela os viu e foi invadida pela náusea. De novo, correu até o banheiro e vomitou. Foi então que se revelou em toda a sua evidência aquilo que, por alguns dias, tinha sido a sombra de uma suspeita. Penelope entrou na sala Chippendale, sentou-se na poltrona da vovó Diomira e sussurrou:

— Estou grávida.

8

PENELOPE FOI SE deitar na hora em que os pais estavam voltando. Aproximou-se de Luca, que dormia a seu lado, e o abraçou.

— Acho que você vai ganhar um irmãozinho. Ou talvez uma irmãzinha — cochichou-lhe ao ouvido.

Nos dias subseqüentes, o exame de urina confirmou a gravidez.

Certa manhã, ao alvorecer, ela ouviu tocar o telefone no vestíbulo. Precipitou-se pela escada, maldizendo a preguiça que a induzia a adiar o pedido de uma extensão no andar superior.

— Estou na praia. Por que você não vem me encontrar?

Era Andrea.

— Estou indo — respondeu ela.

Do quarto do primeiro andar veio a voz de sua mãe.

— Quem é que está ligando a esta hora? — perguntou, irritada.

— Foi engano. Volte a dormir — disse Penelope.

Abriu devagarinho a porta de casa, saiu para o jardim, montou na bicicleta e pedalou velozmente em direção à praia. Cesenatico, ao amanhecer, era aquela de sempre: uma cidade lunar. Ela abandonou a bicicleta diante da porta ainda abaixada do bar. Contornou a construção branca e viu-se na praia. Os guarda-sóis estavam fechados e as espreguiçadeiras e cadeiras reclináveis, ainda dobradas e encostadas às mesinhas. O sol nascia à flor d'água. Andrea, de *jeans* e camiseta, foi ao encontro dela.

Parou a um passo de distância e sorriu.

— Você me parece bem — disse.

— Você me pegou ainda de camisola — replicou ela.

— Vamos dar um mergulho? — propôs o marido, tirando a camiseta.

— Acha que, desta vez, conseguiremos alcançar o sol? — perguntou Penelope, correndo para o mar que se alongava em ondas rasas, acariciando a areia.

Nadaram em sincronia em direção ao largo. Depois viraram-se de costas, olhando o sol que ia subindo velozmente no céu.

— Eu achava que um momento tão bonito nunca mais se repetiria — exclamou Andrea.

— Às vezes, a felicidade volta — afirmou Penelope. Fez uma cabriola sobre si mesma e recomeçou a nadar para a margem.

Saíram da água com frio.

— Na cabine, temos roupões para os dois — anunciou ela. Nesse momento, o bar se abriu. O guarda-vidas, que muitos anos antes tentara seduzir Penelope, apareceu na soleira e os viu.

— Madrugadores, vocês dois — observou, divertido.

— Você tem sonhos frescos? — perguntou Andrea.

— Acabaram de chegar. Vou ligar a máquina e faço para vocês o *cappuccino* de sempre — prometeu o homem.

Na cabine com Andrea, Penelope se livrou da camisola ensopada de água e se embrulhou numa toalha felpuda.

— Você é muito bonita. Vinte anos atrás, não me deixou vê-la nua — brincou Andrea. Penelope lhe sorriu e saiu da cabine.

Dirigiram-se ao bar e ela disse:

— Vinte anos atrás, não tínhamos feito juntos três filhos. Depois, baixinho, acrescentou: — E agora, há um quarto a caminho.

O marido segurou-a por um braço, obrigou-a a se voltar e olhou-a com uma expressão de absoluta felicidade.

— Você está grávida?

Ela anuiu.

— E só me conta agora? — reclamou ele, explodindo numa risada cheia de alegria que de repente se interrompeu. Soltou-lhe o braço e perguntou: — Quem é o pai?

Penelope não respondeu logo. Olhou para a cintilante superfície do mar e sussurrou:

— Não sei.

Andrea não reagiu. Sabia que sua mulher estava dizendo a verdade.

Penelope baixou os olhos e se encostou numa mesinha. Sentou-se apertando ao peito a toalha felpuda. Ergueu o rosto. Seu marido se inclinou para ela e pousou os lábios sobre seus cabelos molhados. Rodeou-lhe os ombros com o braço e a apertou contra si.

— Este filho é meu, porque eu amo você — disse.

Os dois permaneceram assim, abraçados, olhando o céu límpido daquela esplêndida manhã de junho.

— Você ainda não dormiu, não é? — perguntou Penelope.

— Terminei meu trabalho três horas atrás. Como poderia?

— Tem de voltar para a cidade?

— Quero abraçar Luca. E preciso ficar com você. Vamos para casa.

A autora

SVEVA CASATI MODIGNANI é uma das autoras mais amadas da narrativa contemporânea: seus romances, traduzidos em 13 países (entre os quais França, Alemanha, Rússia e Brasil), venderam mais de oito milhões de exemplares. Por trás desse célebre *nom de plume* escondem-se, na realidade, Bice Cairati e Nullo Cantaroni, um casal harmonizadíssimo, tanto na vida privada quanto na profissional. Ambos renomados jornalistas, em 1981 publicaram seu primeiro romance, *Anna dagli occhi verdi*, que imediatamente obteve enorme aprovação da crítica e do público, inaugurando um gênero único e inimitável no panorama da narrativa italiana de evasão. A razão de todo esse sucesso? Sobretudo, o fato de haver compreendido a necessidade do público no sentido de ler romances que, sem abrir mão da variedade e da riqueza das tramas, tenham como gancho uma realidade familiar, ou seja, italiana, com ambientações, personagens e panos de fundo "reconhecíveis". E também a capacidade de enfrentar o tema dos sentimentos, a cada vez sob um ângulo diferente, captando com sensibilidade as transformações, as mudanças ocorridas nos últimos vinte anos em nossa sociedade, a partir do papel diferente da mulher. Ao primeiro e afortunado romance, seguiram-se até hoje outros 13 — todos coroados pela crescente aceitação de leitores e críticos e, em parte, transformados em adaptações televisivas de sucesso. Bice e Nullo Cantaroni vivem desde sempre em Milão — cidade à qual são ligadíssimos —, na bela e acolhedora casa que pertencia à avó de Bice, e onde a autora nasceu e mora desde criança.

Este livro foi composto na tipologia Lapidary 333 BT, em corpo 13/17, e impresso em papel off-white 80g/m² no Sistema Cameron da Divisão Gráfica da Distribuidora Record.